租界

小白
著

Shanghai

目次

序——想像力的租界

伊格言

容我再次引用李敬澤談《租界》：「讀《租界》，翻到僅僅三、四十頁，我就知道我看到了什麼，那是一部卓越的虛構作品的氣息，你看到一個或許並不存在的世界以不容置疑的氣勢撲面而來——詳盡、浩大、氣象萬千，亂世中的大城如熱帶雨林，密集的、腐爛的、生殖與死亡的、華麗妖邪的、幽暗的、壯觀的、瑣屑的，這大城或許就是一九三一年的上海，而這一九三一年的上海屬於一個名叫小白的作家，小白從歷史檔案中、從縝密的實地考察中，以一種考古學家的周詳（當然不是挖掘曹操墓的考古學家），和一個詩人的偏僻趣味，全面地重建這座城市。」——是的，「一個或許並不存在的世界」、「一個詩人的偏僻趣味」——這是我個人所捕捉到的李敬澤的洞見，藏閃於字裡行間；並未明說，然而幽微暗示：於《租界》泛黃膠卷上逐步顯影的，一九三一年的上海，或許，並不是真的。

對，「不是真的」——但且慢，我說那「不是真的」，需要解釋：我的意思是，那或許並不真實存在於歷史上一九三一的上海，那並不趨近歷史真實；儘管我相信對絕大多數讀者而言，我們難免覺得那「像得不得了」。於此事上，小說家小白是如此順手、順便、順其自然就完成了傳統小說的擬真要求——寫得像是「真有那麼一回事」：「馬立斯茶樓像個船艙。把房子弄成這樣也不奇怪，租界裡有些上年紀的歐洲商人就喜歡這一套。給自己加個船長的頭銜啦，在房子裡弄點舷窗啦，在牆上掛個舵盤啦。要是更準確一點說，它更像個漂浮在半空中的六角形塔樓。樓梯彎彎曲曲，扶手還包著一層黃銅皮，三樓的大間三面都是寬窗，朝東北方向任哪扇伸頭，都能看見跑馬場。」

這是電影美術的工作。換言之，一般而言，導演是不經手的。美術有美術的本事，那是另門專業；導演與其胡亂插手指點江山，造成悲劇，不如先尊重專業再說。然而那是電影，小說可不是這樣了。小說作者，別無選擇，必須親任導演、兼演員、兼攝影、兼美術。這告訴我們小白在《租界》裡順手完成的工作（像山珍海味大快朵頤一頓後隨手洗碗）有多驚人——注意，那既非二〇〇九年的上海，亦非一九九九年的上海；那是一九三一年的上海。是以我們或許必須坦承，那可能都「不是真的」——那是一個或許並不存在的世界；而更有可能的是，那是個七分真三分假的世界，那不僅依賴「考古學家的周詳」（真的部分，檔案室裡的田野調查），甚且必須依賴「詩人的偏僻趣味」（想像的、奇形怪狀的、假的部分）。

而正是在此一意義上，小白完成了一獨屬於長篇小說之重要任務：擬造。擬造一個世界。說它獨屬於長篇小說是因為，短篇中，由於篇幅所限，我們很難刻意體現此一價值：小說之萬花筒，小說之清明上河圖。舉例：以無邊際之想像為基底，小說家金庸集成了各路武功門派，詳述各家淵源理路，蔚為大觀，那是武俠世界的清明上河圖；而在《租界》裡，小說家小白擬造了一不同於王安憶、不同於張愛玲、不同於歷史之真實，遂因而獨屬於他自己的上海。一個世界。這是小白為小說此一技藝向人類想像力所徵用之「租界」。於此一世界中，百工群戲、醫藥卜筮、販夫走卒，一針一線，飛砂走石，萬花筒般流利旋轉的光與暗，均出自其個人之手。這是於傳統長篇小說情節與人物外小白的戮力之處。他當然不曾是一位通俗作家（《租界》情節曲折精彩，但那並不表示它是一部通俗小說），但同時，也不可能是那些我們所慣見的「純文學作家」——或許他從來厭倦於寫出我們所慣見慣讀的那些純文學小說。這些小說或常或短，或令人擊節讚賞，或為德不卒兼且力有未逮；但小白在意的顯然是別的事情——他所專注的，他想更動的，是整個小說國度的疆界。這當然不是件容易的事。而在這點上，我想他是我的同路人。這是寫給行家看的小說——一般讀者或許不在乎一部小說的組裝工序，不在意「小說」此一藝術行當之疆界，但藉由《租界》，小白對他的理想讀者，以及眾多同道中人如我者發出了挑戰與邀請。

（本文作者為小說家）

序　攝影師、鍊金術士及重建一個上海

李敬澤

窗外右下方是外白渡橋，窗子對面是俄羅斯領事館綠色的圓形屋頂，然後我聽到了槍聲，驚恐奔散的人群，鮮血，照相機鎂光燈閃動，警笛長鳴……

這裡是浦江飯店，哦不，是禮查飯店，深褐色的柚木護壁和粗大屋梁，拱形窗，這裡的房間讓人想起森嚴的城堡，或者，這是輪船的艙室——窗外，輪船正在渾濁的黃浦江上緩緩駛過。

小薛和特蕾莎，一前一後走在這幢深奧的大樓的陰暗的走廊裡，十九世紀的地板吱吱作響，步步驚心。小薛精巧、瘦削，有時你會覺得他像一隻漂亮的動物，機靈、警覺、惹人憐愛又讓人不放心，而特蕾莎，那個俄羅斯女人，她高大、豐饒、她有一種滄桑之美、廢墟般的美、險峻的美，她在前邊走著——

他們消失在禮查飯店的外面，外面是一九三一年的上海，這兩個人走進了一本名為《租界》的小說，這是一個萬象雜陳的世界，構成這個世界的元素是：革命、反革命、暴力、恐怖、恐懼、陰謀、愛情、背叛、權力、信念、謊言、仇恨、同情，還有槍、錢、鮮血、奔湧的體液、戰慄的神經、照相機和攝影機……

一切都是如此緊迫、關乎生死，疾風暴雨催迫著人們。

讀《租界》，翻到僅僅三、四十頁，我就知道我看到了什麼，那是一部卓越的虛構作品的氣息，你看到一個或許並不存在的世界以不容置疑的氣勢撲面而來——詳盡、浩大、氣象萬千，亂世中的大城如熱帶雨林，密集的、腐爛的、生殖與死亡的、華麗妖邪的、幽暗的、壯觀的、瑣屑的，這大城或許就是一九三一年的上海，而這一九三一年的上海屬於一個名叫小白的作家，小白從歷史檔案中、從縝密的實地考察中，以一種考古學家的周詳（當然不是挖掘曹操墓的考古學家），和一個詩人的偏僻趣味，全面地重建這座城市。

這樣一座城市注定與另外的城市形成比較關係：張愛玲的上海、王安憶的上海、中產階級想像中的上海……

小白的上海有一種「魔性」，上帝與撒旦在這座城市博弈。小白為人類活動的巨大規模所激動，他即使不是宏大的，至少也是愛熱鬧的，他至少是有一種審美上的趣味：把所有的景象放進大些、再大些的「世界戲劇」的舞臺；我們知道在這一九三一年的上海紅塵浮世的遠處，南京政府正在經歷內部分裂的危機，從屠殺中站立起來的中國共產黨人正在進行志在摧毀這個世界的頑強鬥爭，日本軍人的軍刀已經出鞘，在這小說的故事結束兩個月後，九．一八事變爆發；而在上海，十九世紀殖民主義冒險家們的後繼者在瘋狂地囤積地皮，他們堅信他們的經驗、邏輯和運氣，堅信一個「上海自由市」的出現，那將是一塊更大的西方飛地，永久繁榮、遍地黃金。

站在文學的立場，小白深刻地理解政治與歷史，至少他深知，政治不是人性中的異物，政治就是人性，是人性中最深邃、持久、最具爆發力的成分。小白的一九三一是政治之年，各種政治的敘事、話語和修辭，相互衝突、混雜，有時是潤物無聲、有時是明刀明槍地規劃和推動著人的生活——直到最隱密、最私人的經驗；小白或許知道，在這個城市持續演進的神話中，一個執著的想像方向就是穿越歷史與政治，如同一艘幽靈船，在黑暗的時間之海中負載著某種恆常秩序，從過去駛向現在和未來；而他重新確立起一種想像基準：很抱歉，沒有什麼不是政治，文學化的政治：在此時、在這個城市裡，每個人對他人的回應，都注定是在政治壓力下做出的人性反應，都是在尋求和確認敵人與同道；批判的武器和武器的批判，在情感和話語的盡頭，就是暴力，是刀子、槍和子彈。

所以，小白的上海一九三一不是讓中產階級感到溫暖而渾濁的下午時分，天地不仁，生命因危險的激情而戰慄，這部小說一直保持著極高的腎上腺素分泌水平。小白知道這個世界是殘酷的，在一種淑女世界觀裡，這種殘酷化為了自憐自嘆的蒼涼手勢，而小白並不為此哀嘆，他像一個瘋狂的攝影師——對，這是這部小說裡一個根本意象，這個攝影師在鏡頭後面，恐懼、狂喜地捕捉著眼前的一切：人的掙扎、世界在傾覆，人的美和不美，生命在污穢中壯麗地展開——這是煉獄般的人間。

然後，我們看到了那幾個人：小薛、特蕾莎、冷小曼、顧先生……我相信，那是你從未看到的人，這不僅是因為他們的身分、經歷和命運的特殊性，而且，相對於中國小說的人性想像域而言，他們具有一種確鑿的原創價值。也許冷小曼會讓你想起《色，戒》，但相比於簡略的王佳芝，冷小曼有更為豐沛的內在性。

小白在《租界》中對人性的了解有時到了令人髮指的程度——不是了解，是一種深入的理解力和想像力，源自於寬闊幽暗的心，這心裡，有一個鍊金術士的密室。

很少看到現在的作家如此耐心大膽地跟蹤審查每一個人物，他精力充沛不知疲倦，他身上混雜著小報娛記的八卦趣味，私家偵探玩世不恭的黑暗眼光、心理學家的解釋癖、革命家的決斷冷靜和一個殺手、一個打手的邪僻激情，等等。也就是說，小白理解力和想像力其實是來自於角度的跳躍、重疊、混雜，來自於他對現代都市中紛繁的感知方式與路徑精確、廣博的掌握。

讓我再說得清楚一點：我們可以假設有一個作家，他有成竹在胸的目光和角度，他選好了地方，架起攝影機，然後觀察、想像和書寫。但也可以假設有另一個作家，比如小白，他同時操縱十幾臺攝影機，小白是一個民工，小白是一個律師，小白是一個明星，小白是一個證券交易員，小白是一個廚子、一個刺青技師……每個小白都有一副獨自的內在眼光，都在自身的邊界之內包羅萬象。正是這種孤獨、隔絕的內在性使得現代都市成為無數微小的孤島和荒漠，而中國當代的小說家對此幾乎無能為力；而現在，這個小白，他是夜幕下的拾荒者，他靈敏地穿越於孤島和荒漠之間，最終回到他的密室。

——他細緻地設定和玩味每個人的獨特條件和境遇，但同時，他堅信，在最為具體逼仄的境遇中，人性存在著無窮化合的可能。當然，實際上這幾乎是文學存在的根本前提和小說繼續存在下去的唯一具有說服力的根據，但是，很少有中國作家像小白這樣真正牢記這一點並為此而著迷，這個鍊金術士，他在每一個人物身上試驗著各種元素和各種組合，考驗人類生活的各種價值，他力圖精確，有時是精確到纖毫畢現地展示這種化合過程，它的構成、它的趨向。

小白有一種甚至令人羞憤的人性鑑賞家的氣質，他的熱情幾乎無目的，不是為了說明什麼，只是為了證明人是如此神奇，人的身上潛藏著無窮變幻的可能。

對人性之豐饒的巨大興趣使得《租界》獲得強勁的戲劇性：懸念迭起，意外頻生，緊張、激越，如同複雜地形中的賽車；支持這種速度、支持事物向不可預料的方向不斷蔓延的，並非某種給定的、需要人類理智去攫取的東西，你不知道下面將要發生什麼，那不是知識和信息問題，不是敘事技巧問題，而是，你真的不知道人將要怎樣，怎樣選擇和怎樣行動。

這小說常常讓我想起格雷安．葛林——多年前，我曾寫過一篇名為〈我所喜愛的島嶼〉的短文，在文中，我表達了對英國小說傳統的傾慕。而小白是目前為止我所見過的唯一擁有英國風範的中國小說家，這倒不是指小白本人精通英文，熟讀西典，而是那種廣博甚至享樂的經驗主義氣質，那種陰鬱、那種克制的狂暴。正如格林的小說中一樣，人性中各種各樣的因素，在偶然的靈機一動和虛妄的深謀遠慮的推動下備受考驗，在小說中匯集成加速度的洪流——事情沒有也不可能如某個人的計畫、預想或信念、知識般前進，每個人在事件中傾盡全力，但最終，每個人都發現，這並非他們想要的結果。

《租界》由此達到了對一般人類事務、特別是大規模人類事務的洞察，對此，另一個英國人以賽亞．伯林曾經做過精彩的論述，他在談到自維柯開始的一種宇宙論模式時說道：「這些模式傾向於認為人類社會的制度習俗不僅來自人類有意識的目的或欲望；在適當承認這些有意識目的——無論是屬於制度習俗的奠基者、運用者還是參與者——的作用之後，他們強調的是個人及群體方面不自覺或不完全自覺的原因，尤其強調不同的人未經協調的目的相互碰撞產生的出人意料的結果，每個人的行為都部分地出於清楚連貫的動機、部分地出於他自己與別人都不甚了解的動機或原因，導致事態發展成了可能誰都不想要的樣子，然而它卻制約著人的生活、性格和行動。」[1]

小薛最終消失在遠處。在這部小說的所有人物中，只有他走出了小說的時間邊界——小白認為有必要交代他的下落，他在二戰結束後到了法國。為什麼小白對他如此關照？當然，他是最關鍵的人物，就像化學實驗中最關鍵的那滴溶液，當他進入燒瓶的一瞬間，平衡打破，世界沸騰；但這不是原因，原因可能在於，小白甚至在下意識裡焦慮於這個人物的內在狀態；他在根本上不屬於任何地方、任何人、任何組織、任何觀念，他在這世上最難安頓、永難安頓。

我承認，我渴望細緻地分析這個人物，他的身上有奇特的魅力：他是歷史、政治和道德除不盡的一個餘數，他有一種令人驚異的本能的膚淺，但恰恰是這種逃脫一切判斷的膚淺把他帶進了生命的深處，深淵般的深處。

但是，考慮到本文僅僅是一篇序言——印在小說前頭，我想我必須克制我的興趣，把此人的盛大冒險完整地留給讀者。

我要說的是，二〇一〇年的某一天，我站在浦江飯店——禮查飯店的窗前，凌晨，外白渡橋上空無一人，然後，我看見小薛從遠處走來，他依然年輕或者老態龍鍾，他在橋頭停住，似乎在等待什麼，許久之後，他抬頭，注視這座飯店的某個窗戶。他這時在想什麼？他在等待什麼？他的眼裡或許有一絲淚光閃爍：從這裡開始，這個浮浪、幸運的人，這個注定無所屬的人經歷了比他所認識所遭遇的任何人都更為強勁、深邃、幽暗、寬闊的生命。

二〇一〇年十二月十三日子夜

（本文作者為中國作家協會副主席）

1《現實感》，譯林出版社二〇〇四年十一月第一版第3頁。

自序——只是個遊戲而已

《租界》無意於展現一段歷史，它更像是為某一段歷史訂製的贗品。為了以假亂真，作者確實在搜集材料下了一點功夫。一九三〇年代的中外報紙雜誌，檔案館內租界和警務處卷宗，各種日記、回憶錄，許許多多的照片和影像資料。為了讓小說中一艘郵輪順利進入黃浦江港區，就去讀了領航員日誌。要寫一場賽馬，就查閱賽馬俱樂部紀錄。但這些細節上的考證，並不是為了讓小說本身更加符合某一段歷史。倒不如說，它們是想讓小說所虛構的那些事件，更有可能在那些年代中真正發生。

當然了，如果一名刺客想要在清晨的黃浦江碼頭上發動襲擊，他不得不了解離岸電臺通訊方式，知道入港領航程式，懂得推算潮汐時間。要不然他就只能在岸上揣著槍抽著煙痴痴等待了。因為輪船靠岸，在那時候上下可能相差好幾個小時。

憑空捏造了一些人物，捏造了一些事件，把它們扔進一九三一年的短短幾個月內，讓它們按照那個時代的邏輯旋轉起來，席捲起各種人事，衝向一個結局。在這個過程中，小說希望能揭示出一點有關歷史的秘密。因為最大的秘密是人心中的隱秘動機，而這些動機在記載歷史的各種文本，難以完全呈現。從這個意義上來看，這部小說像是一場歷史實驗。在一個封閉而透明的器皿中，設置了必要的環境條件，把懷有各自觀念和動機的人物放置其中。看看他們面對事件會做何反應，導致何種結果。

出於這個目的，小說使用了一種近乎現在進行時態的敘事時間。敘述者似乎身處於那些人物中間，目睹他們的行動，聆聽它們的對話。一切事情都好像當即發生在敘述者面前。敘述者並不知道這一刻的行動會在下一刻引發什麼後果。某種程度上，這部小說的敘述更接近於電影，「事件」是正在發生和呈現，而不是被追述。說起電影和小說的差異，其實不就在這裡麼？電影敘事，本質上是現在進行時的，而小說歸根究柢是一種對過去完成事件的追述。

小說完成那年，希拉蕊曼特爾出版了她的《狼廳》。那是一部真正用現在進行時態完成的歷史小說，因為不同於漢語，英語動詞可以區分出時態。在某種意義上我完全能理解這位英國女作家的想法：就算讀完所有歷史紀錄，你也未必能尋找到那些深埋於往昔人物內心的秘密動機。也許更聰明的辦法是自己動手來做一個「實驗」。

中文沒有動詞時態。辦法是壓縮視角。《租界》近六十節，每節都採用了某個小說人物的敘述視角，一切都嚴格限制在他能看見、能聽見，或者他可感知得範圍內。因此小說中人所有的行動，所有事件，都好像是在這個視角觀照下的「此刻」正在發生。只有唯一的一次，敘述者視角從這個限定中逸出，忽然提到小說主人公若干年後的遭遇。這幾乎是作者故意為之，而這個小小的「破綻」，立刻被小說最初的幾位讀者之一，也是這部小說初版序言的作者李敬澤先生發現了。他在序中指出了這次小小的「越界」。

從小說中某個特定人物的視角出發，作者自然面臨著一個難題。如果這個人物心中有了一個想法，你如何讓讀者相信這個想法屬於這個人物，而不是屬於作者自己？他的行動、反應，甚至他對疼痛的感覺，是這個人物自己的麼？為此作者閱讀了生活在那個時代的各行各業得人物的各種記述，他們的日記，他們的小說，從他們所說的片言隻語中尋找他們的感知方式，他們對事物的看法和反應。感受他們的視覺，聽覺，味覺和觸覺。

可是，如果（只是如果）你真的能做到這一切，又如何讓小說敘事最後能夠達成作者自己的意圖呢？畢竟作者能夠看到小說中人看不到得結局呢，作者自己比小說中人晚生了好幾十年呢。無論在知識或者觀念上，作者多多少少都超過了小說中人所能具備的。這個內在的悖論在敘事中又該如何處理呢？幸虧現代小說發明了一種技術，叫做自由間接引語。它能幫助我們解決這個難題。

《租界》的寫作過程艱難而有趣。我知道閱讀它的過程可能很艱難。它在各處埋設了很多秘密，但從未依靠小說中人的行動來解密。秘密的揭示是通過不同視角的轉換，通過層層疊疊的轉述。我們的確期望閱讀它的過程也會是有趣的，如果做不到，你就把它扔到一邊吧，沒什麼要緊，就像小說後記中引用的那份法租界警務處檔案卷宗。那串卷宗號數字，如果你用五角號碼漢語字典來解碼，那是三個字：「騙你的」。這故事只是個遊戲而已。

❖

And walked like an assassin through the town,
And looked at men and did not like them,
But trembled if one passed him with a frown.

W. H. AUDEN

*IN TIME OF WAR: A Sonnet Sequence with a Verse Commentary**

* 「他走過市鎮，像是個刺客，／看著芸芸眾生卻並不喜歡他們，／但他會發抖，假若路人對他皺眉蹙額。」

——W. H. 奧登，〈戰爭時期——十四行組詩附詩體解說詞〉

❖

In fact, when the moment came, Power had not so much to be seized as to be picked up.
It has been said that more people were injured in the making of Eisenstein's great film *October* (1927) than had been hurt during the actual taking of the Winter Palace on 7th November 1917.

Eric Hobsbawm

The Age of Extremes: The short Twentieth Century, 1914-1991*

* 「事實上，當時刻到來，權力與其說是被奪取，倒不如說是被隨手撿起。有人說，在愛森斯坦拍攝那部偉大的電影《十月》時受傷的人，比一九一七年十一月七日那場真正的攻打冬宮現場傷亡的人還要多。」

——艾瑞克．霍布斯邦，《極端的年代（1914-1991）》

引子

民國二十年五月十九日
凌晨二時二十四分

艙壁劇震，汽笛聲短促兩響，小薛睜開眼睛。床單蒙在他頭上，潮音宛如另一個世界的雷聲。而床單下的這個世界仍舊暖和，仍舊……只是輕輕晃動，特蕾莎赤裸的脊背也在黑暗中顫抖。好一陣他才明白過來：船在重新啟動輪機。

艙外濃霧瀰漫。看不見星光，此時若是踏足甲板，多半像一腳踩到夢裡，眼前漆黑縹緲，身體冰冷，可疑的是濕滑地面，身體方位感失靈，甚至對身體本身都不敢說很有把握……聽得見海水湧動，卻看不見它在哪裡，黑暗無窮無盡地向外延伸，一直延伸到幾百米外的那只躉船浮標上，隔著一萬層黑紗，燈光微弱閃爍。

正漲潮。領航員已登船。寶來加號[1]右舵十五度調整船首，船尾向左側微擺，險些碰到那艘義大利巡洋艦利比亞號幾小時前剛剛放下的深水錨索。郵輪昨天夜裡停到長江口這片臨時錨地，位置大約在北緯三十一度和東經一二二度三十二分附近的舟山群島海面。

---

1 PAUL LECAT。

輪船全速駛離錨區。兩小時後，長江口潮汐會漲至最高點，要抓緊時間通過「公平女神」航道[2]。航道北側是一大片隱藏在水底的沙灘，航道底下也全是泥沙。退潮至最低時，某些水域深度不足二十英尺，寶來加號重達七千五百噸，吃水將近二十八英尺，必須在漲潮時抵達吳淞口的另一個臨時錨地。

這條航道剛開始通行巨輪。從前，大型船舶從長江口進入黃浦江走最北面那條航道，繞過暗沙和長興島，水域更加詭異莫測。前年，寶來加號差點在那裡一命嗚呼，宣告它十五年海上服役生涯的終結。在冬日的濃霧中，它一頭撞上阿默斯特暗礁[3]。這段暗礁叢生的海域曾讓無數船隻遭難——「阿默斯特」這名字本身就來自一艘在這裡撞沉的英國小型巡洋艦[4]。

寶來加號被送到上海的船塢，今年一月剛出廠，首航馬賽港。回程停靠海防，然後是香港，現在它又再次回到上海。

郵輪在吳淞口外再次停機。一小時前——pass port to port[5]，領航員會在當天的日誌上寫下這句。江面濃霧籠罩，他沒有聽到對駛船隻橋樓喇叭的呼叫聲，等他看到對方左舷紅燈時，

2 Astrea Channel，宣統元年三月十六日（一九〇九年五月五日），吃水六點七米的英國巡洋艦「阿司脫雷」號（Astrea，希臘傳說中正義的公平女神），首先通過新開通的這條航道，因定名。

3 Amherst Rocks，現名雞骨礁，在佘山島附近東海海面上。

4 LORO AMHERST。

5 航行術語：「左舷對左舷通過。」

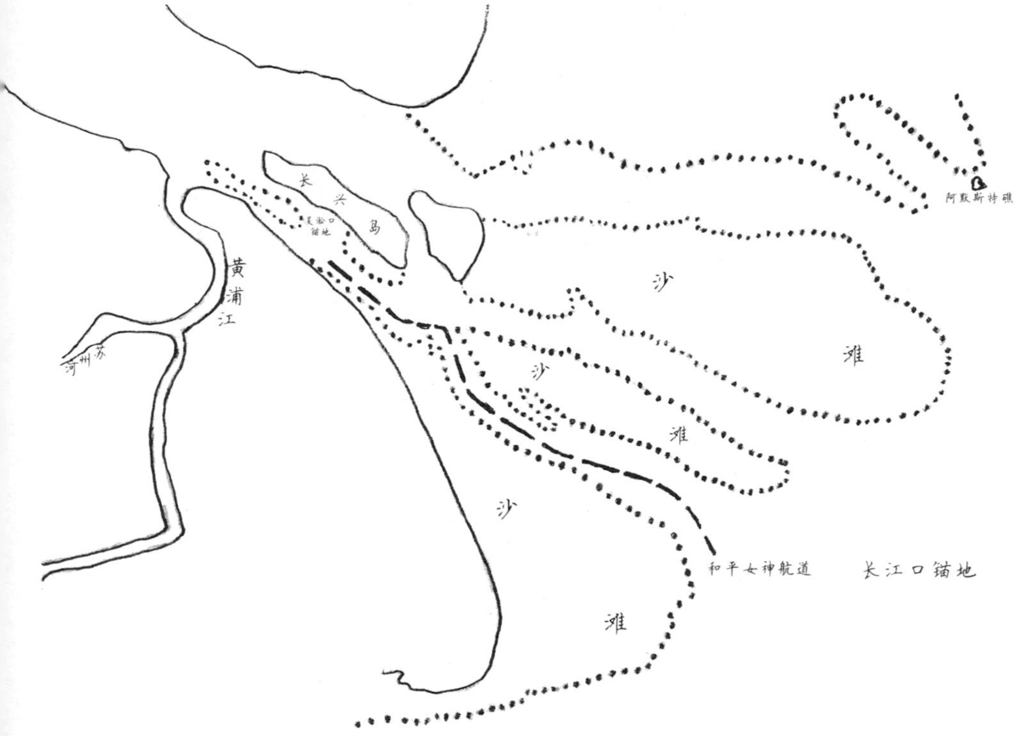

長江口航道圖

兩船幾近擦碰。右舵十五度，寶來加號緊急實施避讓動作，險些被擠出航道，陷進導沙堤側的淤泥中。

門縫透入微弱紅光，小薛拉開艙門，他嚇出一身汗，對駛而來的巨輪像座移動的大廈，陡然向他傾覆過來。

他鑽回到床單底下。特蕾莎睡得像頭母獸，鼾聲綿長，偶爾抽搐兩下。他用指甲搔刮她的脊背，掠過那兩塊肩胛骨中間的一大塊紫色雲霧的斑點。

他陪她旅行。他知道她的名字，可除此以外他搜腸刮肚，也只能找到一些含糊的詞句——那又怎樣？人家只不過希望他是個稱職的情人，又沒讓他當情報人員。

「她對古董珠寶具有豐富的知識」，「她有一塊墨綠色的翠石榴石，馬尾狀的花紋泛著黃金般的色澤」，「她喜歡一根接一根抽香煙，尤其是在床上」，「她在香港和西貢認識一些神秘的人物」。其中有些說法純粹出自他的職業想像——陌生人總會刺激他的想像力。他是個攝影師，靠向上海租界裡大小報紙雜誌零星出售作品為生。運氣好的時候，一張搶劫殺人案現場的照片可以賣上五十塊錢。

初次相遇是在一個槍殺現場，邊上就是屍體。第二次是莉莉酒吧，招牌寫著「Lily」，就在虹口，隔壁是掛著燈籠的按摩室——當時他覺得她跟按摩室裡那些「巴黎女子」沒什麼兩樣（「巴黎女子」在燈籠上）。

其實連這名字他也剛知道。在河內的大陸飯店[6]他聽到別人這樣叫她——特蕾莎。在這之前，他只知道大家都叫她梅葉夫人。他漸漸猜想她是個白俄，人家都說她是德國人。可他被她迷住啦，在上海的禮查飯店[7]，在河內的大陸飯店……那些陽臺和回廊有多寬敞，還有吊扇，掛得那樣高，你都找不到風是從哪裡吹來的。空氣裡全都是腐爛的熱帶水果散發出的淫蕩氣味，風會吹開淺綠色的窗帘，吹乾身上的汗水。他差點就會愛上她，要不是……

現在是退潮時分，船要在臨時錨地停上十二個小時，等下一次漲潮時才能繼續航行，進入黃浦江。到時候會有另一位領航員登船。

他掀開床單，跳下床，穿上衣服走到艙外，這才發現離靠岸還早。天際線漸漸露白，寒風直往他的領子裡鑽，他扭頭往餐廳走，他需要喝杯熱茶。

右側船舷。另一個大菜間[8]。冷小曼也打算悄悄起來，不要驚動枕邊的曹振武。按照計畫，她這會該去電報室，有條緊急電文必須發送。

曹振武是她的丈夫，此去香港身負機密使命，為某個極其重要的人物安排行程。他如期回上海，是要在租界裡等候那位黨政要人，陪同他繞道香港從新圳回廣州。

曹振武的鼾聲忽高忽低，如同他的脾氣，時而暴躁時而溫順，捉摸不透。冷小曼此刻望著他，滋味複雜。她有些傷感，可不是為他。她也曾試圖從日常生活中尋找理由，她作出努力，

6 Hotel Continental。
7 Astor Hotel。
8 頭等艙。

想要憎恨他。她把他身上讓她討厭的地方全都想個遍，從中卻得不到什麼決絕的力量。可是，讓我們的生活變得有意義的是那些更崇高的理由，更耀眼的詞句，難道不對麼？

泊吳淞口候領水十時前上岸碼頭照舊　曹

值班電報員將電文發送至呼號為ＸＳＨ的上海海岸無線電臺，收電人林有恆先生，身分是中國旅行社的接待人員。半小時後，位於四川路Ｂ字二十一號的電報局大樓內，夜班服務生推開玻璃門走到櫃檯前，把電報紙交給已在那裡等候兩個多小時的林先生。

大餐廳艙門緊閉。小薛回到房間，她還在熟睡中。他本來已打定主意，要把她扔在一邊，不理她，不住她的房間，不睡她的床。她那樣嘲笑他。他甚至去訂好一個三等艙位。他怒氣沖沖跑出飯店，步行到碼頭，站在一棵棕櫚樹下，鞋底黏著塊跟唾液攪在一起的檳榔渣，望著碼頭旁那些穿著黑色短褂的安南小販，聞到空氣裡那股讓人頭暈的汗臭味……不知為什麼他又回到飯店。

她根本就沒打算來找他，她知道他會自己乖乖回來。他年輕，她比他大上個七、八歲，一切都在她的掌控之中。那人是誰？那個傢伙是誰？他問她。陳先生，她告訴他。在香港，她獨自出門，一整天把他扔在旅館。最初他以為那是些俄國人，那些不得不賣掉最後幾件首飾的白俄。從香港去海防，他在船上看到過這傢伙，這個陳先生。特蕾莎裝得不認識他，他一路和他們同行，一直到河內，在飯店大廳裡，小薛親耳聽到那傢伙喊她——特蕾莎。他下樓，只是來買包煙，誰知剛巧就看到，他看到她走進那人的房間。

一直到半夜她才回房間。他質問她，憤怒地把她推在牆上，掀開她的裙子，扯開那條絲綢襯褲，伸手進去摸她。她甚至都顧不上洗澡。她朝他笑，直到他問她：他是誰？為什麼他從香港一路跟著我們？

她甩開他，嘲笑他，你以為你是誰？他以為自己愛上她。他以為自己是在為她抽菸的方式著迷，她不用煙嘴，不用瑪瑙煙嘴，或是青綠色玉石煙嘴，煙草黏在鮮紅的唇弧上，蓬亂的黑褐色短髮朝她蒼白的面孔投下捉摸不定的陰影。

他坐在床邊，她在酣睡。床頭櫃上是她的手提袋，以前他從未翻看過她的東西。他打開袋子，圓窗透進灰白曙光，一塊黑乎乎的鐵器，他伸手撥到袋口，那是一支手槍——袋子被人奪走，屁股上給踹一腳，特蕾莎坐在枕頭上，他跌落地毯。舷窗外灰白色的天空變得橙紅，她坐在逆光裡望著他，赤裸的肩膀鮮豔透明。他覺得鼻子發酸，站起身來，抓過照相機，轉頭朝艙門外走。

江面濃霧散盡，水光閃耀，太陽把白漆甲板照得血紅。他下到底層甲板，往船首走去。纜繩，防雨布，按單數編號排列的救生艇[9]……人群擁擠在船舷旁，正是日出時分。

這裡有幾張桌椅。可帆布潮濕，沒有人坐——再說，這會，也沒別人，船頭上風更大。他倚靠舷欄，七、八艘輪船呈扇形停泊，船頭一色朝西南吳淞口方向。近處是一艘美國郵輪，

9 救生艇從船首按編號依次向後排列，單數編號在右舷，雙數編號在左舷。

「PRESIDENT JEFFERSON」[10]，江水拍打船體，水線上方，漆成橙紅色的船殼上濺滿水珠，好像某種無毛巨獸的皮膚上滲出的油汗。漂浮的垃圾聚集到水線周圍，海鷗盤旋，在尋找腐爛食物。他朝虛空中咒罵，自我憐惜迅速轉化成一股怒氣。

白影飄過眼角，一小塊絲綢——手絹。在船舷外側飛舞，像一團白色的水母在風中鼓縮。他轉頭，有個女人臂靠船首另一側舷欄，黑呢大衣，綠黃格旗袍（在大衣下襬處窄窄露出一條邊）。太陽從長江口外的天空照過來，灑滿左舷，灑在她的頭髮上，臉頰上幾點晶光閃爍，像是淚水。他覺得自己好像在哪裡見過她，面孔蒼白，陽光照進她的瞳仁，眼淚被混合成某種金色的水珠，他想，是哪部電影吧？他一定在哪裡見過她，該是哪部電影裡的女主角吧？他愣愣地望著她，一時間回不過神來——

鐘聲敲響，餐廳在召喚客人。冷小曼用手背抹一下臉頰。她看看他，這個一肚子脾氣不知要朝哪裡發的傢伙，她扭頭要走，看到那臺照相機，肩帶拖得長長，一直掛到肚子上。鏡頭蓋翻開，手指按在快門上，她疾步離開。

領航員在八點三十分左右，從左舷梯登船。他負責引導郵輪進入蹌口航道[11]，順黃浦江上行，最後停泊到此次航行的終點站，陸家嘴以東、黃浦江北岸的公和祥碼頭。早兩個月，他原本可以到中午再上船，下一次潮汐漲至最高水位是下午二點多鐘。

提前登船純粹是因為港務管理處最近下發的那份文件。文件由港務總監親自簽署，要求全體領航員早上七點三十分前必須進辦公室。每天一大早，船務代理公司會把當天進港船隻的領港通知書交到這裡，由辦公室分配給上班的領航員。這就像領取一天的口糧，他們說。

領航員聯合工會發出緊急通知，要求大家嚴格照辦。要不然飯碗就會被別人搶走啦，工會頭頭說。近來有一些冒牌的領航員登上進港船隻，沒有執照，缺乏必要的水域知識，僅憑在船橋上跟船長拍拍肩膀，再加上對折價格，就能擅自帶船進港。這些業餘選手純粹是乘虛而入，事情說來話長。

兩年來世界性的貿易蕭條使銀價持續下跌，領航員整天在辦公室裡哭天抹淚。一百年來，他們的服務價格始終都按銀兩計算（別人家的港口都用黃金來結算工錢）。這做法如今就很吃虧，幹同樣的活，收入匯率一折算，少掉一大截。千山萬水跑到這裡不就是為掙錢麼？聯合工會向港務總監訴苦，總監卻不聞不問。原因是前不久南京政府交通部根據條約，發出正式照會，聲稱將於民國二十二年年底前全部收回領港權利。港務總監本人也需要尋找新飯碗，哪裡還顧得上大夥兒？聯合工會不得不發起罷工，讓那些船隻塞滿黃浦江吧，有人在辦公室裡大叫大嚷。罷工的結果，不但沒讓服務價格漲起來（等這場世界性貿易蕭條過去之後吧，負責調查的海關巡視官員是這麼說的），反而在港口裡弄出一大幫冒牌領航員來。

最後就弄成這樣，最後就弄得大家每天一早就要從床上爬起來去辦公室，領取口糧——實際上是搶口糧。

他不是單獨前往登船，在港務辦公室外的浮碼頭上，四個身穿短褂的中國人登上另一條快

10 傑佛遜總統號。

11 吳淞口進港航道，為長江口航道進入黃浦江的口門段，故名。

艇，兩條船一前一後靠上寶來加號的舷梯。他猜想那是幫會人物，他看到他們身上帶著槍。

幫會大先生派來的人走到艙門口時，曹振武早就梳洗完畢，吃過早飯。兩名保鏢把他的箱子提到艙外甲板上。他坐在大菜間沙發上，冷小曼站在門外船舷旁。他不知道冷小曼為什麼不守在家裡，偏要跟他跑出來，一出來卻又老擺出那副悶悶不樂的樣子。她忽然打個寒戰，走過去打開箱子，取出一條紅色圍巾包在頭上。

他此來身負秘密任務，行程不僅通知法租界巡捕房，更要請青幫出面保護。他不準備等船停靠公和祥碼頭再下船，那是在公共租界。他要坐快艇從陸家嘴南面的金利源碼頭上岸，那是在法租界，那是大先生的勢力範圍。

兩條小艇同時駛離大船。一條船上坐著個法國人，他是信使，定期從河內保安局乘坐火車轉道海防來上海，隨身攜帶須由法租界巡捕房政治部首長親自簽收的密件。另一條船上坐著南京的重要人物，以及他的太太和保鏢，還有四個幫會打手。不久以後，那位太太聲稱頭暈，堅持要爬到艙口「透透風」。

天已大亮，林培文坐在那個快要鏽爛的鑄鐵梯子上，梯子沿堤向江裡伸到潮線以下。碼頭邊的水面上泛著灰白色的泡沫，漂浮著腐爛的木塊，還有幾片菜葉。這是漁行碼頭，他看到隔壁金利源碼頭上坐著幾名腳夫，脖子上掛著銅製工牌，只有領到銅牌的工人才能進入外檔碼頭。他望著東北方向的陸家嘴，黃浦江在這裡突然向南來個大轉彎，東岸的陸地被航道圍出一個尖角，有人說，那塊尖嘴的岸角上從前居住著六姓人家，所以叫六家嘴。現在那裡可不止六戶人家，各大洋行都在那裡圈地建造倉庫棧房，沿岸連片污黑的高牆，孤零零幾塊鄉下人的油菜地，好像那一嘴爛牙上，還爛出幾個牙洞來。他覺得自己沒法看清從陸家嘴轉彎過來的小船，附近的江面上密布大小船隻。報紙上說，浚埔局在那裡實施工程，往江裡拋石卸土，要填平那裡的水底深坑。

今天凌晨，他用偽造的證件從海岸電臺領取船舶無線電報。他已將電文內容向老顧報告：目標將按預定計畫出現。從某種意義上來說，這個人才是今日之星，其餘的人——包括林培文自己，都是他的配角。

顧福廣凌晨時還在浦東爛泥渡。一行三人雇小船過江。租界當局規定，過江客運由少數幾家華洋商辦輪渡公司專營，嚴禁違法私渡。但狹長曲折的黃浦江裡，還是有人冒險私自載客渡江。

他們坐在一輛栗色「配極」[12]四門轎車裡，汽車停在金利源碼頭大門口。林培文看見兩隻小艇一前一後從轉角冒出頭來，他看見快艇艙口站著一個女人，扶欄的克羅米鍍層光芒閃爍，紅色頭巾在江風中飄舞。他轉身離開，從鐵絲網破洞鑽出漁行碼頭。他走到那輛「配極」車旁，擺手示意。

戈亞民跳出汽車，消失在人群裡。外灘路的碼頭出口兩側人頭簇擁。林培文看到那個記

12 Peugeot，今譯「標緻」。

者，鬼頭鬼腦的樣子特別顯眼。

李寶義站在人群裡。說記者是有些抬舉他。《亞森羅賓》報館的雇員從未超過三個人。三日出一刊，每期四開一大張。他得到消息，一大早跑來觀望。這消息極其驚人，他不敢獨占，沒那膽子。他在茶樓裡把消息賣給幾家大報的記者。這會，人家正站在他邊上，還有人在十米開外的地方架著照相機。

法租界老北門分區捕房的程友濤探長帶著幾名巡捕走進大門。今天有要緊人物上岸，幫會負責貼身衛護，他的責任是驅趕閒雜人等，封鎖棧橋外的浮碼頭。汽車要從棧橋直接開上浮碼頭。「配極」車看見巡捕出現，緩緩駛離碼頭出口。

顧福廣站在太古站[13]的南側，長衫底下藏著一支勃朗寧M1903手槍，塞在他那條灰色嗶嘰褲子的左口袋裡，口袋是另外縫製的，格外深，手槍藏在裡頭，十分妥帖。背後那幢沒有窗戶的古怪建築是順昌漁行的冷凍庫房。顧福廣很擔心，他突然發現情況不妙，棧橋已被封鎖，沒人可以隨意出入浮碼頭。如果是車隊，如果車窗拉上帘子……

林培文站在對面街角，正朝這邊張望。老顧身後，沿外灘路繼續向南，隔開兩條與太古路平行的窄街，在小東門大街[14]和法租界外灘路交叉口的鐵柵門旁邊，有巡捕房的哨所。再往南，外灘路進入華界的那一段，路名變成外馬路，外灘路和外馬路交接處街心的那幢房，是上海特別市水上警察分局大樓。林培文此刻的任務是嚴密監視那兩個單位。顧福廣站立的位置是最佳觀察點，對面金利源碼頭大門口發生的所有事件盡收眼底。在太古路靠洋行街[15]的另一頭，停著那輛栗色的「配極」。

冷小曼已上岸。她也發現情況不妙。那是三輛黑色的八缸福特轎車，他們坐中間那輛，曹振武在她邊上。她不知道別人能不能弄清她坐哪輛車，窗帘拉得嚴嚴實實。

她瞬間作出決定，這會她倒一點都沒猶豫。

程友濤探長站在浮碼頭上，迎接客人。他要曹振武的保鑣交出那兩支盒子炮。法租界地盤不允許普通市民攜帶無照槍枝，安全問題由幫會擔保。

汽車緩緩離開棧橋，繞過大樓向門口駛去。

十點剛過，李寶義發誓說他聽見江海關的鐘聲，那是後來他在茶樓裡告訴小薛的。

這時鞭炮聲響起來，從碼頭大門北側排成一長列的黃包車後面，傳出劈里啪啦的爆炸聲。事後，巡捕房證實那就是鞭炮，掛在金利源碼頭外圍牆的鑄鐵柵欄上。那一小段地面上滿布紙屑，散發著濃烈的硝磺氣味。租界巡捕對鞭炮的爆炸聲早已形成條件反射。在近來小規模的遊行暴動中，鞭炮被大量應用。這樣的爆炸並不會造成任何損失，但連續不斷的炸裂聲足以把現場弄得一片混亂。

一輛黃包車衝出隊列，攔住冷小曼坐的那輛汽車。車窗是打開的，她搖下窗子，把頭伸出窗外，把食指插到舌根上，使勁嘔吐起來，那是船上的早餐牛奶。汽車急停，她的頭晃動一

13 Rue de Takoo，今高橋路。
14 今方濱東路。
15 今陽朔路。

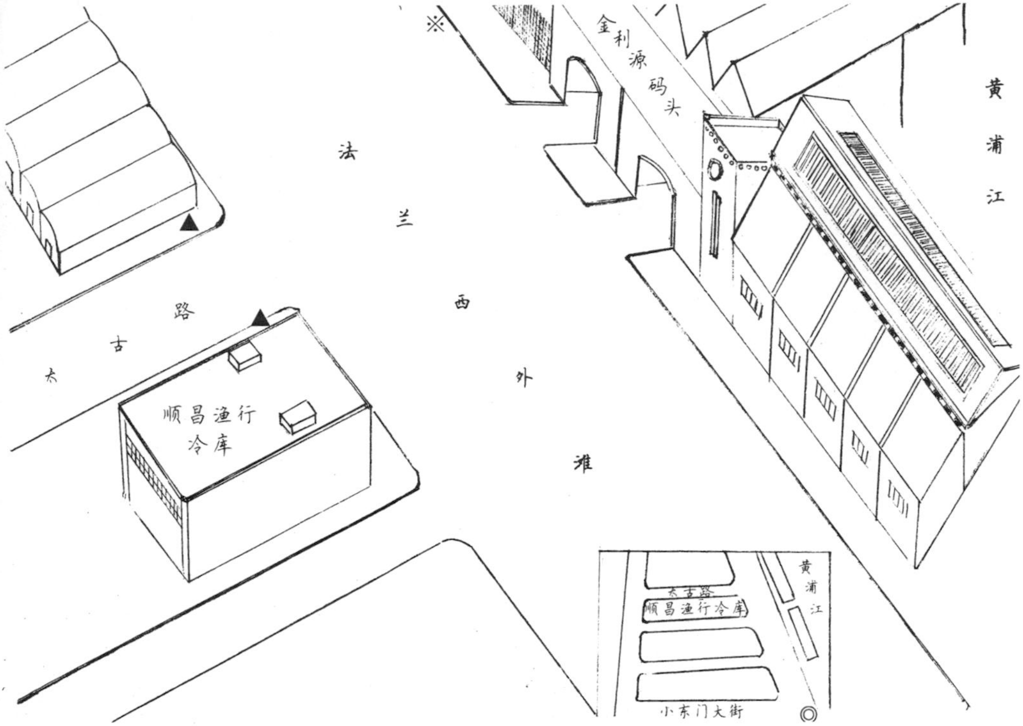

图释

※：曹振武遇刺地点

▲：观察位置

◎：上海水上警察分局

金利源碼頭刺殺現場

下，吐出的東西飄落在車門上。她沒有看到黃包車後的戈亞民。車門被人猛地拉開，她跟著一起倒在車外的地上，她聽到槍聲，像錐子刺痛她的耳膜——

外灘路兩側林立的高樓為鞭炮的爆炸聲帶來極佳的回音效果。但顧福廣來不及欣賞鞭炮造成的混亂，他關心的是結果。看到冷小曼從車裡跌出來，他覺得自已能夠想像出她此刻的心境。

當最後決定是由戈亞民，而不是她做出致命的一擊，沒有人為她慶幸。儘管冷小曼向組織表示過她有同樣的勇氣，儘管組織上認為，汪洋——也就是她的前夫在獄中的壯烈犧牲，很有可能與這個前廣西軍官，這個一度擔任北伐軍駐上海軍法處處長的曹振武有關。顧福廣還是決定由戈亞民來執行報復計畫。行動的效果是最重要的，必須當眾處決。幸虧他制定計畫時，沒去考慮直接在浮碼頭上開槍，要不然對方封鎖棧橋這一手，顯然就會讓他的計畫完全泡湯。他當時只是想要個更醒目的行動現場。顧福廣知道戈亞民為什麼那樣激動地爭奪這一任務，曹振武下令槍決的不僅是他同父異母的哥哥，他的精神導師，還是至今占據——因為已死去而更加占據冷小曼整個內心的人。

戈亞民幾乎是把手伸進汽車後座裡開槍的，毛瑟手槍裡的三顆子彈全部打在曹振武身上，最後一顆甚至直接命中太陽穴。

對曹振武本人，那當然是最後的一擊。但對顧福廣來說，那不過是第一擊，是對租界、對上海發出的第一個極富威懾力量的信號。

在場的法租界巡捕毫無反應。來不及反應。事後，在針對這一事件召開的多方會議上，他們只是對人家說，一切都發生得太快，沒有人能夠做出適當的反應。

同樣，青幫派出的七、八名保鑣也措手不及。他們分頭鑽進前後兩輛汽車，剛剛坐定。如同舞臺上幕布降落，那半分鐘內所有人都短暫鬆懈下來，致命時刻稍縱即逝，刺客把握住了這個機會。

南京派駐上海的某個研究小組對這一事件展開調查，在內部會議上有人提出，巡捕房要求曹振武的保鑣交出手槍，這裡頭有沒有什麼問題？此外，有人還提出應該對這批青幫打手做詳細調查。曹振武何時何地上岸，這詳細情報是通過什麼渠道透露給刺客的呢？但這項提議不久就自動取消。因為隨後的調查很快發現，曹振武的太太曾在郵輪暫停吳淞口時通過海岸電臺發過一份電報。針對她的調查隨即展開。證據一項接著一項輕易找到，她的讓人驚訝的奇特歷史，她在香港朝上海發出的電文，她的紅色頭巾，還有她的嘔吐。可她本人早就失蹤。她的照片被人印到報紙上，租界小報對她大做文章，試圖用很多疑問句式把讀者的思路引到更加香豔傳奇的方向去。

有人拿來那個中國旅行社職員在電報局登記的表格，可查無此人，線索就此中斷。更重要的線索是那個名叫李寶義的小報記者，但南京方面能夠做的事不多，這個人是租界居民，只能讓巡捕房去調查。巡捕房送來的審訊筆錄顯然被重新整理過，還附有一份由老北門捕房程友濤撰寫的簡報，結論是，李寶義本人與暗殺組織並無關係，他只是在報館接到匿名電話。在事件發生後的當天下午，又收到一只牛皮紙信封。該記者有幫會背景，他很滑頭，事發前就把消息賣給別家報館，事後還把信封裡的東西連同故事一起賣給幾家在租界裡聲名卓著的中外報紙，沒有在自己那份小報上刊登，並無觸犯新聞檢查條例情事。南京方面沒有人為此著急，畢竟，有關部門與法租界巡捕房更加全面的合作正在協商中。

而那個殺手，無論是南京還是巡捕房，或者青幫，都不可能從他身上挖出什麼情況，因為他在射出三顆子彈之後，竟然掉轉槍口，又朝自己的太陽穴開一槍。巡捕房的驗屍官後來發現，他在朝自己開槍之前，還咬破舌頭下的一顆蠟丸，蠟丸裡包著一點氰化物。開槍只是毒藥之外的另一重保險。

一

民國二十年五月二十五日
上午九時十分

馬立斯茶樓像個船艙。把房子弄成這樣也不奇怪，租界裡有些上年紀的歐洲商人就喜歡這一套。給自己加個船長的頭銜啦，在房子裡弄點舷窗啦，在牆上掛個舵盤啦。要是更準確一點說，它更像個漂浮在半空中的六角形塔樓。樓梯彎彎曲曲，扶手還包著一層黃銅皮，三樓的大間三面都是寬窗，朝東北方向任哪扇伸頭，都能看見跑馬場。

茶樓裡吵吵鬧鬧，活像一個馬廄。事實上，在被改造成茶樓以前，它的確就是一個馬廄。樓下的大門嵌著兩塊黑鐵，圓形，馬蹄狀，李寶義進門前都要摸它一下。

馬立斯茶樓就像是租界裡小報行業的票據交換所，因為它靠近跑馬廳。天氣好的時候，你站在朝北的窗口，甚至可以清晰地看到看臺旁售票攤公告牌上色彩繽紛的數字，搖號啊，賠率啊。人群還沒進場，三五成群簇擁在跑馬總會大門口。李寶義朝跑馬場內眺望，賽馬晨跑練習用的內圈黃土跑道上，一匹皮色黝黑的小母馬被人牽著，在空地上懶洋洋走動，偶爾從渾圓的屁股縫裡掉下幾塊馬糞。好像看到什麼寶貝，馬夫趕緊用叉子撿進竹簍裡。

呸，李寶義吐掉沾在嘴唇上的茶葉末，這地方連茶水都像馬尿。前天，禮拜六，一大早老北門捕房的巡捕就找到他家裡。他幾乎是被人從睡夢中拖出去，塞進黑洞洞的車廂後座。然後又再次被人拖出來，一直拖進那個四壁煞白的小房間。這都怪他晚上不關房門。他又何必關上門呢？那房子裡根本就沒什麼值錢東西。再說，陌生人怎麼能堂而皇之從弄堂的房門進來，穿過天井繞過後樓廚房間，又走上嘎吱作響的木樓梯，還不驚動樓下楊家那個多事的老太婆？可人家是巡捕。穿著號衣，領口貼著番號，掛著銅哨警棍，誰又能攔住這幫傢伙？

所以直到被人掀開蒙頭的被子，李寶義都還睡得很香甜。來人很客氣，請他穿上衣服。只是到車子七拐八繞，停到一幢紅磚樓房前，又被人一把推下車時，他才一下醒覺，問人家：你們是誰？

到這時候，人家就不會那麼客氣啦，伸手給他後腦勺一個巴掌。房間裡的人他認得，是老北門捕房的程探長。程麻皮他很熟，說起來大家都在青幫，一樣是白相人，可人家是大人物。他跟人家講場面話，把家門先生報出來，可人家根本就不理他，一樣吃拳腳，一樣滾釘板，他只得一五一十把事情告訴程探長。他什麼都不知道。開槍之前，他確實不知道會發生什麼，要不然他當然會報告巡捕房，他是好市民。好吧，就算他不是好市民，他也沒那膽子呀。他只是得到消息說，那天上午在金利源碼頭將會有重大事件發生，匿名電話是早上七點就打進來。為什麼一大早就去報館？因為他根本就沒回家，他整晚都在牌桌上。為什麼一個匿名電話就會讓他相信呢？別家報館的記者又怎麼會相信他的話呢？他說不清，他的肩膀又被人壓住——可他真的弄不懂自己為什麼會相信人家。大概是語氣，電話裡對方的聲音很陰沉，他覺得話筒裡有一股冷氣往外冒。但他又怎麼能讓別家報館的記者相信呢？這很簡單——他的後腦勺上被人重擊一拳，程探長的手下不喜歡這種輕佻的語氣——可記者不就是這樣嗎？記者不就是聽到點風就是雨嗎？

程探長放他回家。臨走時程探長告訴他，要不是看他先生的面子，要不是他李寶義還算聰明，沒在《亞森羅賓》上刊登那篇聲明，把這故事通通賣給別家報紙，這次他可就完蛋啦，他多半要在龍華警備司令部的監獄裡蹲上幾年。金利源槍殺案發生後，租界報紙上有大量報導，居然還都附有暗殺組織的告上海市民書，根本不把設在東亞旅行社的上海特別市黨政軍聯合新聞檢查處放在眼裡。

茶樓上客人漸漸多起來，他坐在北窗口，小薛在桌子對面，八仙桌上放著小薛的照相機。「誰讓你不在呢？前一天晚上我就到處找你，當天一大早我還到茶樓上來找你，就是找不到你。」

李寶義這會說的是實話，他沒把實話告訴程探長。

小薛顯然有些懊惱，誰讓他沒趕上，這消息只能賣給別人啦。小薛再一次逐張翻看那些照片。有幾張在報紙上刊登過，有幾張小薛還沒看到過。這是《時事新報》的記者拍攝的照片。人家沖出一套來送給李寶義。

小薛最喜歡拍的就是這類場面。自殺者的屍體幾乎占據半張照片，從對角線開始的整個右上部分。倒在汽車尾部懸掛的備用輪胎旁。地上全是黑色的液體，還有那支手槍。《申報》把它叫做自來得手槍，另外有些小報寫成盒子炮，似乎更加聳人聽聞。另一張照片上，鏡頭越過巡捕的臉，越過帽簷，越過高舉的銅哨（離鏡頭太近使它看起來像一枝凋謝的黑色花朵），抓拍到打開的車門，還有車座上的屍體。車門下露出黑色大衣的一角，這是那個女人。這女人是那冤死鬼的太太，有一張照片拍到她茫然若失的面孔，她的手撐在地上，頭在用力向上抬起，嘴角還殘餘著剛剛嘔吐出的食物。李寶義在《密勒氏報》上還看到過另外一張，那是翻拍的舊報紙，文章報導曹振武先生的婚禮。有家報館從巡捕房獲得內線消息，說曹振武的死跟他的太太有關，這個女人現在是巡捕房的通緝要犯。

「這個女人——我在船上看見過她，我拍過她。比這張好多啦，他們拍得不好，照相機不行，技術也差一點。」小薛評論說，現場實在太混亂，《時事新報》的攝影記者顯然無法對準焦距。

「帶來我看看。」

「別想好事——」小薛有些走神，他又接著說：「你們先付錢，五十塊一張。」

李寶義覺得興趣不大，那是上個禮拜的事啦，整整一個禮拜，租界報紙上連篇累牘跟蹤這起事件，如今大家早已厭煩啦。就只有小薛還在還在來勁，就只有他還在興趣盎然。

「這個女人——竟然是共產黨，」小薛還是抓著這事不放，「他們到底怎麼找上你的？」

「在路上攔住我，把我請上車。」他又在吹牛。他在街上走，有個女人上來就打他耳光，咒罵他，還沒等他弄清怎麼回事，有人就上來勸架，有人把他拉上車。人家是把他綁架走的。可他不好意思告訴小薛，那有些丟臉。

「他們長什麼樣？」

「紅眉毛綠眼睛麼？笑話——你沒看見過共產黨麼？幾年前整條大街上都是他們。」

想起那個人，他就有些害怕。四十歲左右，在房間裡也沒脫下那頂帽子，眼睛是從帽簷的陰影下盯著他看的，一根接著一根抽香菸。他一點都不敢嘻皮笑臉，這個人比巡捕房更可怕，他從來不問你，可他知道你在想什麼。他越是客氣，李寶義就越害怕，像是稍有一句不慎，他就會開槍打死你，他把槍放在桌上。

那個人警告他，不要動歪腦筋，不要想著偷偷去報告巡捕房。所有的要求都必須做到，早上九點他要在金利源碼頭，他要把所有的事情看在眼裡，他要好好寫那份報導。他們還要來找他的，會給他帶來一些東西。可後來人家並沒有再來找他，人家只是給他送來一只牛皮紙袋，袋子裡有一紙聲明，代表中國共產黨處決反革命分子曹振武，聲明下方簽署他們的來頭：中國共產黨上海特別行動部暨群力社諸同志。此外，袋子裡還有一顆子彈。這是人家在對自己的信用做出保證，看到這個你還能不信？為什麼不用兩顆呢？兩顆會不會比一顆更有說服力？

他可不敢「來函照登」，他還是要動點歪腦筋，他把牛皮紙袋裡的告上海市民書轉手賣給好幾家報紙。他認為這也是完成人家的要求，這甚至是做得更好，不僅滿足，還大大超過人家的要求，這些報紙可比他那家《亞森羅賓》好多啦，名氣也大得多。他當然會收點錢，他本來就幹這行的。他甚至把故事還轉手賣給一家外國報紙，各位同志，難道不想再來點國際影響？租界裡的高等華人只看外國報紙，按月簽支票預定，早上傭人會去後門信箱拿出來，送到客廳裡。要是人家來找他，他還可以告訴他們，租界的外國報紙一旦刊登，那就好像在新聞檢查處的閘門上鬆開一個螺絲，第二天，所有的華文報紙都會轉載。這樣一來，豈不更好？

他沒把這些事都告訴小薛。這事已過去好久啦，該忘記啦。別人也不會再來找他。今天早上在茶樓，過來向他打聽的也就只有小薛。而小薛顯然是對那個女人更感興趣。臨走時，他要李寶義把那幾張有這女人的照片全都送給他，儘管他看不上《時事新報》的照相機。這沒問題，這不再是新聞啦。都拿走吧，全都拿走，整個故事一共賣掉八十多塊錢，夠滿意的啦。這女人的名字想不想知道？

「我知道，她叫冷小曼。」

小薛匆匆走下樓梯。

二

民國二十年五月二十五日
上午十時五十分

小薛一路走，一路還想著那女人。他就是想不起來她像誰。他一部部回想看過的電影，可那些多半都是外國女人。他想一定是因為某個神態，某個場景，某一句對話——可他根本就沒跟人家說過話。報導鋪天蓋地，他快分不清此刻腦中的形象是不是最初船舷旁的那個……

在馬霍路[1]，有人拍他肩膀，重重一記，照相機滑落，他急彎手臂勾住肩帶，是白克。白克是美國人。粗壯的手指上一層層蛻皮，像廣東臘腸，指甲灰暗。

「醋酸。」那天在酒吧，白克告訴他。

白克展開手掌，手背朝天，放在酒吧間小圓桌上，桌布茶漬斑斑，好像剛被這雙手揉搓過。你可以化名，可以蓄起鬍子，但你沒法換掉你的手指頭。他們現在有一種方法，拿你的手指蘸點油墨，印到白紙上，裝成硬冊放進檔案櫃。你這輩子就沒辦法混下去，你跑到哪裡，警察都會找到你。你又不能切掉手指——醋酸是好辦法，不痛，雖然要泡上半個月。白克在酒吧說這些話時，他們剛認識一個月。

小薛是在小賭場輪盤桌上認識他的。公共租界一禁賭，賭場呼啦啦全都轉移到法租界小弄堂。在這種場子裡，一般很少會看到洋人。白克像個螳螂，又高又瘦，在每張賭桌旁叉開手。這很顯眼。租界裡任何顯眼的人，小薛都不會輕易放過。好比說，你自己的地盤上跑來個奇怪的傢伙，難道你不好奇？

白克是橫渡太平洋的美國逃犯。可他在賭場裡的姿勢像是剛來海外就職的外交官，他左手托著右手臂的肘部，右手食指豎在臉頰邊，敲打太陽穴。附庸風雅——就像剛畢業的英國公學生。

在跑馬場門口，白克把他往裡拉。他有小道消息，聽說上午最後一場跳浜賽[2]有暗盤，馬主和騎師對賭。哥薩克騎師打算用兩匹賽馬左右夾住「中國勇士」，牠那眾人皆知的短程衝刺力量毫無機會發揮，而「黑酋長」[3]將會跑出大冷門。人群擠在從鐵門到看臺的空地上，興奮得像群瘋子。像是上帝等不及末日那一天，提前在跑馬總會召集罪人，上天堂還是下地獄，憑馬票決定。

尖嘯聲，安裝在看臺兩側的擴音喇叭裡一陣嘈雜。有人在說話，先是英語，隨後是本地話——「馬賽總會董事決定，下午加賽一場跳浜。」

歡呼。人群湧過去，這是最讓人興奮的時刻，任何響動都會引發漩渦，把人群吞噬到漩渦

1 Mohawk Road，今黃陂北路。
2 跑道中途挖溝壘障，賽馬須跳躍而過的比賽方式。
3 Black Cacique。

的中心。

小薛突然改變主意，他這會又不想擠進這瘋子堆裡。他謝絕白克，掉頭朝愛多亞路方向走，他想去莊園餐廳[4]吃點東西，休息一會。下午，特蕾莎會在禮查飯店等他。四樓的前艙套房，十二塊錢一天。

薛是私生子。父親是法國人，拎著一箱舊衣服從馬賽上船。他坐在西貢和廣州的酒吧間裡，整天向人吹噓他那些花樣，最後終於在上海找到一份工作。那是他一生最得意的日子。薛的廣東母親面色暗淡，穿著她的花紋暗淡的中國大褂，鬢角直插入高聳的硬領裡。認識薛的父親之前，她從未穿過這種式樣的衣服，因此日後她再也不肯在衣服上花樣翻新。她一直在薛的蒼白的肋骨上不停搖晃（就在那個卵形的景泰藍小盒裡），用一根粗壯的銀項鍊掛在薛的脖子上，項鍊已被薛的汗水弄得斑駁烏黑。即使在他最忘乎所以時，即使一串串特蕾莎半懂不懂的中國髒話從他嘴裡冒出來時，他母親仍然在他們的身體之間搖晃。

大戰期間，薛的父親在一種他從未有過的激情驅使下，跑到凡爾登前線法國軍團的戰壕裡，扔下他在上海掙下的全部家當，扔下他的中國情婦，還扔下小薛，他沒有回來。那年小薛才十二歲。不能說那人不愛他們母子倆，他從戰場寫信到上海，跨越千山萬水的郵袋裡常常裝著一小疊照片。有一張照片上，祖魯人軍團正在集體祭祀，他從沒見過那麼多黑人，渾身上下只繫塊兜襠布，舉著木棍，縮肩彎腰神色陶醉。小薛最喜歡抽煙斗那張，鬍子拉碴，襯衫袖子從肩膀上整個撕下來，是夏天的戰壕。有張照片裡站滿脫得精光的男人，軍裝掛在牆上，他父親站在淋浴隔間門口，衝著照相機傻笑，手摸在肚子下那堆毛髮上。這張照片被他母親偷偷藏起來，他是一直等到母親去世之後才看到它的，照片背後寫著一串法國字：Poux—Je n’ai pas des poux![5]他懷疑他母親一直沒改嫁，這張照片幫過不少忙。

那年冬天，他父親身穿大衣肩挎水壺站在成排屍體旁。屍體是最多的，像在殺牛公司，排成一行行，有時候也像垃圾，堆在板車上。說實話傷員比屍體更讓人害怕，有個傢伙全身包裹紗布，單在腦袋上露出三個洞眼。

他父親是個業餘攝影家，他對小薛的影響絕不只這些。可以這樣說，他從戰場上寄回來的照片（作為一份精神遺產）直接影響到小薛的攝影趣味，如今他那樣喜歡給死人拍照，拍搶劫殺人的現場，拍那些被刀子戳、被子彈打穿的傷殘肢體，拍沉迷於賭博的瘋子，拍酒鬼，拍攝那些人類最癲狂失常的狀態，跟他父親寄回來的照片有很大關係。

他母親給他留下一小筆錢。小薛在一個月內就花掉大半部分。他讓黃浦江邊的一家美國洋行幫他從紐約訂購照相機，那是架4×5的Speed Graphic[6]，Compur[7]鏡間快門速度最高可達千分之一秒。這是最好的新聞照相機，可以抓住子彈射入頭顱前那一瞬間的景象。

在認識特蕾莎之前，拍照是他的最大嗜好，賭錢頂多排在第二。特蕾莎差點取代那第一的

---

4 Manor Inn。

5「虱子——我沒有虱子！」

6 快速格拉菲，美國紐約州羅切斯特市Graflex公司生產的大畫幅相機。

7 德國康帕快門。

位置，他試過把特蕾莎跟他最大的愛好結合到一起，那的確相得益彰。
在莉莉酒吧，她迅速吸引住他的目光。
她有點醉：「半杯格瓦斯[8]，再倒滿伏特加。你知道我要什麼，你，公爵。」她在叫嚷。「公爵」是酒吧的白俄侍者，也是酒吧的老闆。
她的嗓音圓潤低沉，適合哼唱那些古老的歌曲。當時吧臺上的唱盤正在溫柔地旋轉，她坐在沿街的窗邊，黑色的雕花鑄鐵，藍色的菱形玻璃，玻璃上有個鉻黃色的裸體女人。外面下著雨，地面油濕，泛著紅光。一曲既罷，她就會瘋狂地晃肩拍掌。
他以為是他在勾引她，讓他吃驚的是，他很快就變成人家的戰利品，連同他的照相機。只用一個禮拜，特蕾莎就把關係整個顛倒過來，這只能怪他自己，他從來就缺乏抵抗別人的意志，一切都隨波逐流，弄到頭來，別人怎樣說他就怎樣做。
今天下午，特蕾莎會在禮查飯店四樓的房間裡等他。在床上——如果她已在浴缸裡泡得夠久，把自己泡得像一杯添加過粉紅色果汁的熱奶油。她跨出浴缸，就像一頭剛從池塘爬上岸的小牝馬，蹦跳著跑到床上。她有一種租界裡那些白俄男人少有的氣度，那些聲稱自己曾是親王公爵或是海軍准將的男人啊，龐大的身軀畏縮在酒吧間陰暗的角落裡，一個被徹底打敗的北方部族。而特蕾莎，她把小薛推倒在床上，幾下弄直他，英武地跨坐在他上面，身體前後擺動，一條手臂騰空揮舞，好像揮舞著哥薩克騎兵的馬刀。
他確信他愛著她，要不然他也不會衝她發脾氣，他也不會追著她，質問她。他想像她在旅途中春心蕩漾——東南亞潮濕溫暖的季風會助長她的欲望，她覺得他還不夠滿足她。她就偷偷從旅館房間裡跑出來，走進別人的房間。他又想像那個躲在房間裡的男人才是她的老朋友，而他自己，則不過是偶爾春風一度的過客。他想像她在別人的身體下高舉雙腿……這類想像折磨著他，讓他羞憤交加。

可漸漸地他又覺得自己並不愛她。他把自己往壞的地方想，把自己想成一個拆白黨。他把事情想像成他在兩下裡都占著便宜，因為她很有錢，她也很慷慨。這麼一想，他又好受許多。

可他還是想弄明白，她偷偷跑出去見面的到底是什麼人。她不告訴他。他一問她，她要嘛就發脾氣，要嘛就撲到他身上，她甚至忽略他的問題，根本不理會他。他開始幻想著自己偷偷做一番調查，可他又不知怎麼弄，他根本就不是這種鬼頭鬼腦的傢伙，他認為李寶義也許是那樣的人，可他自己不擅長。

8 Kvass，一種傳統的俄國發酵軟飲，黑麥或大麥釀製，類似於啤酒。

三

民國二十年五月二十七日
下午一時二十分

起初，引起薩爾禮少校注意的是那個白俄女人。租界警務處——本地人稱為「巡捕房」——追蹤每個進入上海的外國人，為他們建立檔案。「梅葉夫人」，這是個奇怪的叫法，既不代表她的名字，也不能揭示她的來歷。大概只是那些中國人這樣叫她，她總是和中國人打交道。

她是從大連坐船來上海的，那之前，大概是海參崴。作為一個南方人，薩爾禮少校從未踏足過那些北方地區。少校是科西嘉人。而今科西嘉人占據著警務處裡所有的重要辦公室。

警務處檔案裡有一些文件，在一份簽名為「西人探目119」的報告中，記錄著這女人的真名：Irxmayer Therese。報告中說到，這個姓氏來自她已死去的丈夫，顯然，從這個德國名字裡看不出她是個俄國猶太人。

此外還有些字跡模糊的便條。有關這女人的最早紀錄就是這些東西。文件簽署日期大多是在她剛到上海的兩個月裡。其後，她便從警務處那幫下級探員的視線中消失。

一個月前，在薛華立路[1]警務處大樓東側的草坪上，距離那群婦女的藤編茶桌三十多米的地方，馬丁向他提起一件事。馬丁是英國人，在公共租界警務處那邊，幹著一份跟薩爾禮同樣的工作。草地上正在舉辦一場里昂式滾球比賽[2]，警務處中下級警官們特別熱中於這項運動，獎品是一只獎杯和一箱三顆星的白蘭地酒。馬龍督察手掌向下握住鐵球，擺動手臂拋出決定性的一球，有人跑進比賽場地，用一頭固定長繩畫出圓圈，計算贏家的球數，警官家屬紛紛從藤椅上站起來，數到第五個球時，圍觀者歡快地叫嚷起來。

殖民地官員身處異國他鄉，自成一個小圈子。有時候，他們相互之間利益攸關的程度，要大大超過他們與萬里之外的母國的關聯。薩爾禮自己就常常收到一些警告，在茶會上，在一些小型的聯席會議上。一切都建立在那種私下的方式上，那是歷史悠久的傳統。可你不能把大英帝國殖民當局屬下的香港警察部門太當真。甚至連他們自己都不太當真，你怎麼可能完全相信他們，完全相信這些模稜兩可的說法？You may have noticed……[3]或者，It would appear from subsequent investigation……[4]

馬丁打扮得像個遊獵騎士，但他從口袋裡掏出的可不是什麼未知國度的神秘地圖，一張紙而已。那是一封長信的最後一頁。內容是關於某個香港陳姓商人的可疑行跡。他在海灣周圍一

---

1 Route Stanislas Chier，今建國中路。

2 Pétanque à la lyonnaise。

3 一種英國風格的委婉表達方式，意謂「你可能會注意到……」。

4 同上。一種委婉語，意謂「進一步調查後似乎發現……」。

些渺無人煙的背風小漁村裡出沒，鴉片、酒，常規走私貨物的可能性逐項排除之後，事情轉到香港警務處政治部手裡。在結尾處，信件順便提到某個德國女人和她的貿易行（Irxmayer & Co.）。香港那邊的英國人發現，這個女人住在上海法租界。

不久，在河內的殖民地保安局每周例行由郵輪送來的函件裡，對一次不太成功的搜捕行動做出詳盡描述。粗心大意的印度支那激進分子（有時候從事陰謀活動的恐怖分子實在是太疲倦）竟然把一張便條放到旅館房間的枕頭下面。真正的情報，河內保安局沒有絲毫猶豫（assez généreux, nous voudrions dire[5]），把原件轉交給香港的英國同行。沒有意義含混不明的推測，沒有裝腔作勢的客套話。只有一個香港的郵政信箱號，Post Office Box No. 639。

輕而易舉就能查出，郵箱的使用者是個三十出頭的貿易商，陳子密（Zung Ts Mih），香港的同行立即意識到此人早已是監控對象。深入調查後發現，行事穩重的陳先生有著極其複雜的背景，很難真正弄清他的血統。港口的水手酒吧裡有傳聞說，儘管有個華人名字，陳先生頂多只能算半個華人。而他的父親本身也是個「British subject of mixed blood」[6]，文件用紅色原子筆畫出一個巨大的圓圈，圓圈右上角畫著一個巨大的彎曲箭頭（好像馬戲團小丑歪向一邊的帽頂），箭頭指向一個方框，方框裡寫著「Siamese」[7]。

至少有三個河內保安局所關注的對象，與陳先生保持密切的聯繫。英國人聲稱出於某種監控策略（薩爾禮少校認為這不過是英國式的傲慢、姑息和疏忽大意），只是對他們進行跟蹤拍照，並未實施逮捕。明星人物是Alimin（阿利敏）先生（照片模糊不清，戴黑領結的西式上裝，土著人那種寬大的過膝短褲、格子棉布的圍裙、濃眉、巨大的鼻子），就像一匹在東亞大陸上不斷奔跑的孤狼，他的行跡遍布Bankok[8]、Johore[9]、Amoy[10]、Hankow[11]，有消息說，此人還去過Chita[12]和Vladivostok[13]，在Chita受到過某種專業技術的培訓。

有人在打印文件第一頁的頂部醒目地寫道——

—selon la décision de la IIIème Internationale, le quartier général du mouvement communiste vietnamien déménagera dans le sud de la Chine. Ses dirigeants arriveront bientôt dans notre ville (Shanghai), leurs noms sont Moesso et Alimin.[14]

陳子密先生是一家註冊在香港的洋行的中國代理人（中國人把這種職業稱作買辦）。洋行

---

5 作者似乎在此引用信中的原話——「極其慷慨，我們要說……」。

6 「混血的英國公民」。一種當時通行的說法，甚至出現在正式文件檔案中。

7 暹羅人。

8 曼谷。

9 柔佛，在馬來半島南部。

10 廈門。

11 漢口。

12 赤塔。

13 海參崴。

14 根據第三國際決議，越南共產主義運動指揮機構將遷往中國南方，其領導人不日抵達本埠（上海），其人名：莫索、阿利敏。

的所有人是一位德國太太（巡捕房後來查明她其實是個白俄），住在上海法租界的公寓裡。皮恩公寓，霞飛路[15]和呂班路[16]口那幢大廈的三樓。薩爾禮手下一名頗富詩人氣質的馬賽探員曾把它形容為「飄散著梔子花和桂花香味的裝飾盒」。少校讓人把有關皮恩公寓那套房子裡的住戶情況查明匯總。有人找來一份標題為「Personnalites de Shanghai」[17]的卷宗（保甲處負責管理檔案的書記們把這份長達十六頁的表格叫做「上等貨單」），發現這個女人一直就藏身在巡捕房檔案室裡。只是她搖身一變，進入法租界的要人登記冊中，此前沒有任何人願意花點力氣，把她與碼頭關卡上巡捕記錄案卷中的某個不起眼的婦人聯繫到一起。「上等貨單」提供的信息並不多，住址，職業，電話號碼。政治部的警官隨即展開初步調查，寫出報告。現在，這一小疊報告就在他手邊。在桌上，在灑滿陽光的文件籃裡。

薛華立路二十二號這幢紅磚大樓是警務處辦公總部。薩爾禮服務的政治部辦公室分布在北側二樓和三樓。大樓裡老是有股嗆人的松香和石蠟味。薩爾禮少校對付難聞氣味的辦法是成排地消滅桌上的煙斗。碰到如此潮濕的春天，房間裡的氣味更難聞。不過一到下午，陽光可以灑滿整個辦公室。桑樹從園牆裡一直伸到外面，兩個衣著破爛的小孩站在樹本路[18]上，抬頭仰望。上海的下午一般是安靜的，尤其在這塊城南地區。只有隔壁馬思南路[19]捕房監獄裡，幾隻狗不時叫兩聲。

皮恩公寓的住戶是個白俄女人。三十八歲。這位「梅葉夫人」——中國人這樣尊敬地稱呼她——看起來整天忙於她那家珠寶店的生意。店鋪就在皮恩公寓的街對面，懸掛著「ECLAT」

的店名招牌。就在呂班路的轉角上，向著霞飛路的那一側是櫥窗，櫥窗被窗簾遮住，門朝著呂班路。店鋪是沿街的兩層樓房，樓上住著中國人。陽臺上晾著中國人的灰布褂，風吹過時，從還沒擰乾的衣服上，會有水滴落在那塊招牌上（看起來這份報告仍舊是那位馬賽業餘詩人的作品）。少校鼓勵他們在公文報告中嘗試更為風格化的寫作，細節，他常常說，要不斷地描述細節。

珠寶店生意冷淡，自從俄國人大量擁入上海，市面上就出現很多真假難辨的寶石，全都聲稱是來自烏拉爾山的寶石礦。這些俄國珠寶店裡都有一位蓄著大鬍子的猶太人，糾結著食物殘渣和唾液的骯髒鬍子裡，似乎還帶有亞洲中部腹地的氣息，像是那種巨型動物迎風招展的毛髮。本地人不太相信在跋涉千山萬水抵達上海之後，沙皇支系複雜的表親們還會把婚禮首飾藏在箱子裡。因此，馬龍特務班一位把業餘時間消耗在福爾摩斯小說上的分析家說，珠寶店的營業額連房租都付不起，顯然無法讓我們尊貴的夫人維持她奢侈的日常用度。

再到後來，有人把那張名單放到他桌上，還在頂端用別針夾上便條，告訴他這是金利源事

---

15 Avenue Joffre，以法國元帥霞飛（Joseph Joffre）命名，今淮海中路。
16 Avenue Dubail，今重慶南路。
17「上海的重要人士」。
18 Route Albert Jupin，今建德路。
19 Rue Massenet，今思南路。

件中那艘法國郵輪上的乘客。他把名單扔在沙發上，直到馬賽詩人的歌喉走音般地尖叫起來，少校才把眼光放到那張紙上。是她，這不是皮恩公寓的白俄公主麼？主啊，讚美她的屁股（如果看到名單就能想起屁股，那一定是詩人）。

儘管這很可能純屬巧合。以少校的科西嘉想像力而言，如果這個女人突然密集出現，還不能引起你的警惕，他一定會說你對上帝缺乏敬意。你不相信冥冥之中有雙擺布世界的大手。

少校知道，這座大樓裡的所有其他人私下裡都把他叫做「羅圈腿」。像個退役後不再想著保持體重的騎師，他把巡捕房總部大樓的黑漆地板踩得嘎吱作響。少校調來沒多久，政治處的氣象就為之一變。他的前任同本地一些幫會打得火熱。有人繞過殖民地管理當局，直接把事情捅到巴黎的報紙上。此人被調往河內。

相比他的前任，薩爾禮少校有兩樣顯著的愛好，一是喜歡煙斗，從桌子左面的文件籃開始，一直排到那兩架電話機邊上。石楠根，珊瑚，瑪瑙，中國青玉。這純屬個人愛好，對政治處的業務沒有多大影響。但另外一樣卻讓政治部的下屬很頭疼。他喜歡讓各種紙張在處裡各辦公室間傳來遞去。好像事情只有寫到紙上（署上職務姓名），才能讓他理解。

少校溫和地坐在辦公室裡，抽煙斗看文件。政治處的新氣象甚至延伸到圍牆外。一到春天，伸到樹本路上的那十幾株桑樹枝總是引來一幫小赤佬，如果就近摘不到桑葚，他們甚至都敢爬上警務大樓的圍牆。要在從前，樓下捕房裡坐班的下級巡捕肯定偷偷從後門鑽出去，抓幾個進來，一頓耳光，隨後就讓他們擦鞋洗車，掃地揩窗。那天下午，在圍牆背後的夾道裡，他們再次準備動手抓人，卻被站在三樓窗口的少校伸頭喝止。

原本政治處裡分幾個科，科下還有組。處裡的中國人都歸華人督察長管，他手底下還有兩個華人探長。外國人（不管是安南人還是法國人）歸外國人一塊，中國人歸中國人一塊。法國人要找中國人辦事，就先來找華人督察長，然後一級一級往下分派。但少校一來就把規矩打亂。少校用那雙羅圈腿踢開樓裡的每間辦公室，從各個部門抽調人員——全憑他的個人喜好，通通塞在他新成立的馬龍特務班裡。他每天早上召集他們開會，躲在二樓走廊盡頭的會議室裡，處裡其他人把這叫做少校的私生子晨禱會。最讓處裡法國人生氣的是，一大半私生子都是中國人。少校的理論是，政治處不能高高在上，要善於和本地人相融合。這樣才能最大限度地保護法蘭西的殖民地利益。

少校忽然想起什麼來，再次看看那份名單，他注意到白俄女人不是孤身旅行，她有個同伴。薛維世・Weiss・薛。他有些生氣，他明天要在晨會上敲打他們幾下，調查工作做得很不徹底。

種種證據表明，Irxmayer 公司暗中做著一種令人生畏的生意。家用金屬工具及商用機械，官方註冊文件提到它正在從事——或者原本想要從事的貿易業務。不像一種偽裝，倒像是一種富有幽默感的藉口：生意難做啊。我們只是比別人做得更專業一些。

實際上，Irxmayer 公司向亞洲各地裝箱托運的都是槍枝彈藥。堅韌的防雨布和柔軟的乾草，底下是可以用來暗殺、用來玩俄羅斯輪盤賭、用來嚇唬人，用來做隨便什麼你想做的事，甚至用來發動戰爭的殺人武器。

四

民國二十年六月二日
上午九時五十分

特蕾莎的福特汽車剛轉過圍欄門，瑪戈就朝車子跑過去。

這裡是上海獵紙賽馬俱樂部[1]的營地，在小河北岸。這條小河，地圖把它標作羅別根河[2]。遊戲的規則是這樣：比賽前由俱樂部指派專人，背著一只裝滿碎紙的大布袋，把這些花花綠綠的紙撒在路上，騎手必須沿著它們標識的路線跑到終點旗杆。三十年來，俱樂部始終讓阿保去拋撒那些紙屑，從阿保那顆滑稽的中國腦袋裡，時不時會冒出些稀奇古怪的念頭，他把碎紙扔在石頭縫裡，草叢下，還會把它們藏到土溝或是橋洞裡頭，有一次，他用魚線把紙頭吊在河水當中，結果好幾個人掉進河裡。沒人猜得到阿保的鬼主意，每次比賽的行程都是個謎。所以布里南讓瑪戈抽空多看看地圖。

地圖是由俱樂部早年那幫拓荒者們勘測繪製的，他們隨心所欲地命名——「Three Virgins Jump」[3]啦，「Sparkes Water Wade」[4]啦。瑪戈曾經好奇地問過布里南：

「中國人把它們叫成什麼呢？又不是在租界裡……」

在這點上，布里南的說法和她丈夫如出一轍，全都是殖民地的老派冒險家那一套：「我們不去管他們的叫法，我們給它們命名，它們就變成我們的啦。」

她的丈夫，「盧森堡聯合鋼鐵貿易公司」駐上海的總代表弗朗茲・畢杜爾男爵[5]熱衷於土地投機。他正打算買下羅別根河附近的一塊農田。因為他聽說「連瘸腿的維克多爵士都把腳伸過去啦」[6]。工部局正打算把朝租界西部越界築路的範圍延伸到這地方。時機剛剛好，連年長江水災使太湖流域氾濫，此刻這些農田裡長的全都是荒草。

弗朗茲在這塊租界裡如魚得水。潮濕的夜風和蚊子攪得別人整晚不得安寧，對他的影響僅止於不進瑪戈的臥室。可這不代表他不上床。多嘴多舌的利德爾太太告訴她，時間一長，他們都會有個中國情婦。他們會愛上這地方的。愛上那些聚會，愛上呂宋雪茄和撲克，愛上海格路那家提供上等貨色的妓院——她們從不脫光衣服坐在客廳裡，這讓那些見多識廣的商人們覺得更帶勁。他們當然是指弗朗茲很快加入的那個小圈子。

瑪戈只是孤單。他宣稱自己愛上這地方時，瑪戈一點思想準備也沒有，她還打算弗朗茲三年合約期滿就回國呢。愛上一個地方就那樣容易嗎？相比起來，愛上一個人還容易些，像布萊

1 Shanghai Paper Hunt Club。

2 Rubicon Creek，該條小河可能已被填平，今哈密路附近。

3「三處女跳躍之澗」。此處各地名均出自賽馬俱樂部舊地圖。

4「閃爍水光的涉溝」。同上。

5 Baron Pidol。

6 沙遜於一九三一年曾在此購地建造兩幢別墅，其中一幢在今龍柏飯店內。

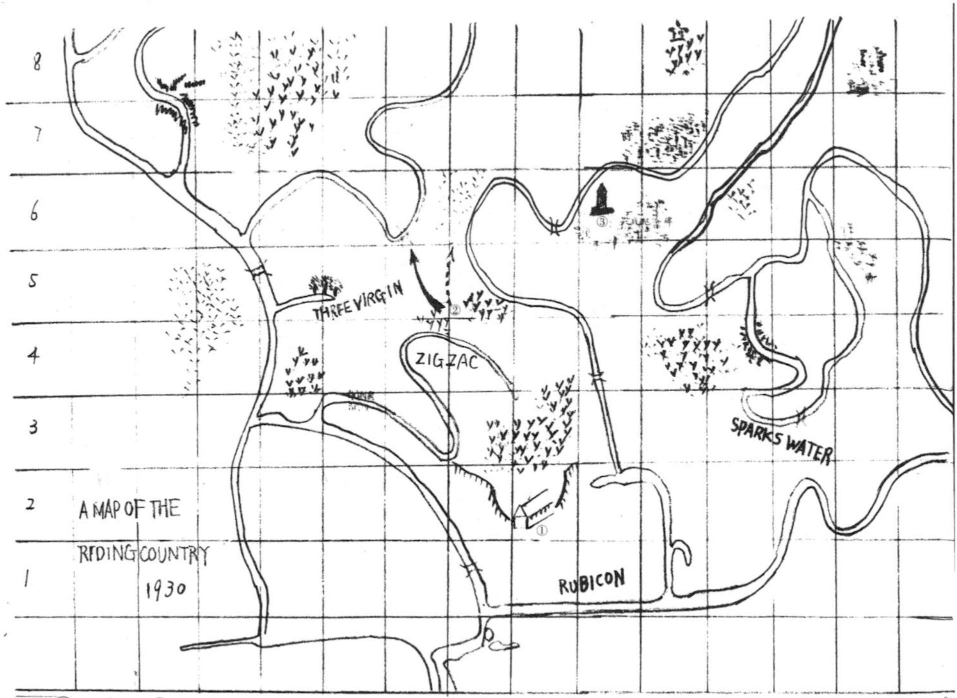

图释 ①：营地 ②：玛戈迷路处 ③：一战纪念碑

獵紙俱樂部賽場地圖局部

爾先生那樣……

布里南・布萊爾對她一見鍾情。瑪戈在上海只有兩個朋友，特蕾莎之外，她能說說心裡話的就只有布里南。在安諾洋行的茶室裡，布里南建議她買那只印有金色暗紋的羊皮紙燈罩，當時她正打算讓臥室裡那盞床頭燈換換樣子。那是她第一次見到布里南。很久以後他才有機會欣賞那燈罩實際使用時的效果，那是在弗朗茲開始常常坐火車往中國內地跑之後。

利德爾太太曾告訴她，布萊爾先生雖然年輕，卻是一匹外交界老馬。聽說他在澳大利亞和印度多次表現出讓人驚訝的處理棘手事務的能力。他此刻的身分是南京政府的政治顧問，實際上，作為英國殖民外交當局和南京政府之間的關係協調人，他有權直接向倫敦外交部陳述其看法，無須通過駐上海的總領事英格拉姆先生，也無須通過駐北京的臨時代辦。

布里南後來建議瑪戈加入上海女子賽馬會。弗朗茲對此倒也很熱心。他們倆陪著瑪戈一起到馬霍路賽馬學校的馬廄裡，挑中一匹灰色帶斑點的小牝馬，弗朗茲並不明白瑪戈為什麼要給馬取那麼個古怪名字，「Dusty Answer」[7]，其實這是布里南想出來的。直到去年夏天去莫干山避暑之前，弗朗茲對布里南一直很親熱。那時弗朗茲剛在莫干山買下一塊地，建起一座度假旅館。從那裡回來後，他一聽說有布萊爾先生出現的場合，就一定找理由推辭。

瑪戈把特蕾莎帶進營地。草地已重新修剪過。俱樂部的中國僕歐[8]凌晨就在忙碌。把庫房

7「淺灰色的答案」。
8 英語「boy」的音譯，指侍者。

裡的藤椅木桌搬出來，又擦拭乾淨。往銀桶裡裝滿用冰糖和杜松子酒調製的甜酒。草叢裡有星星點點的野花，引著蝴蝶和蜜蜂在腿邊轉圈。羅別根河南岸有一頭被太陽光照得烏黑發亮的水牛。從前，俱樂部通常要到十一月底才會舉辦正式比賽。那時候豆莢和棉花都已收摘，冬小麥剛播種，天氣也最宜人。可水災以後，這裡全變成荒地，俱樂部的幹事樂得多辦幾場，被貿易蕭條弄得無精打采的商人們需要多活動活動。

她倆在夾竹桃樹下找到一張藤桌。男人們在馬廄那邊大聲嚷嚷，嗓門最大的馬里奧是個義大利人，插畫家，專門給租界裡的外國報紙畫些有關時事的漫畫。瑪戈聽說他上禮拜在虹口的酒吧間裡被一夥日本浪人毆打。

畫家在跟人吵架。那個英國商人又在發表意見（瑪戈知道他是弗朗茲那一夥的）：

「……是該教訓教訓南京政府啦，就讓那幫日本猴子去幹吧，他們要是樂意來打一仗倒也不錯。只要一打起來，就可以重開合約，重新劃定租界，沿長江兩岸五十公里……」

馬里奧冷冷地說：「那你可就轉運啦，你買的那些地可就值錢啦。你就不會破產啦——」

他越說越激動：「你們這幫老頑固，睜開眼睛吧。那套在東方殖民地冒險發財的故事早就結束啦。這不是戰前，你們那套帝國主義策略早就完蛋啦。那群猴子會把大家一鍋端的。」

布里南身材瘦削，在那堆人裡顯得特別高。他過來陪著她們去看馬。

苦櫧樹巨大的樹冠一直伸到圍欄邊，那匹灰色的小母馬站在樹下的空地上。穿藍布褂的馬夫摸兩下馬頸，抽緊肚帶，掀開馬背上的蓋毯，鬃毛整整齊齊，打成一排辮結。微風傳來一股月桂樹葉的氣味，母馬焦慮不安地噴著響鼻，馬蹄使勁兒刨著地上的泥土。要參加俱樂部，瑪戈必須買一匹馬。俱樂部規定所有參賽馬匹必須真正地——bona fide[9]——屬於俱樂部成員的私人財產。還必須是一匹中國馬，嚴格說起來，應該把牠們稱作蒙古利亞種小型馬，其實這是英國純種馬和蒙古利亞馬雜交的後裔。布里南向她解釋過。是的，牠也屬於混血種。你看牠的臀部——當著馬霍路那位哥薩克販馬商人的面，布里南拍拍小母馬的屁股，把馬的身型特點教給瑪戈聽，純種蒙古馬的臀部比她更向下斜，英國馬的臀部翹得更高。沙皇認為哥薩克馬隊要是都能有英國良種馬的大屁股，就可以打敗拿破崙，於是他從英國買來一群公馬，我們可以認為這匹馬的血統和俄國皇室有關。

「索普維爾女修道院[10]的院長朱莉安娜．伯納斯[11]早在十五世紀就說過，好馬有五種美，驢子的脊背，狐狸的尾巴，兔子的眼睛，男性的骨骼，女性的胸脯和毛髮。一匹優秀的賽馬像美麗的女人那樣驕傲，總是抬著頭向前看。」

此刻布里南把那番話又說一遍，這次他是衝著特蕾莎說的。

一匹棗色的馬從北面疾跑過來。

「AH PAU! AH PAU——」人群亢奮起來。

---

9 賽馬俱樂部規章用語。原出拉丁語，意謂「真實的」。

10 Sopwell nunnery。

11 Dame Juliana Berners。布里南先生這段有關馬的矯揉造作的論述出自三〇年代在上海出版的一部賽馬俱樂部介紹手冊。書名為《Shanghai Paper-Hunters, Past, Present and Future》。

五十多歲的阿保騎在馬上，從山坡上急速衝下來。他雖然是個中國僕人，卻是賽馬俱樂部的靈魂人物，俱樂部的幹事來來去去，有的退休回國，有的在大戰中喪生，只有他兢兢業業，為賽馬俱樂部足足服務三十年。

焦躁不安的賽馬簇擁在草地北邊的圍欄邊，圍欄門已打開。瑪戈跨上鞍，朝草地上的特蕾莎招招手。一陣風吹來，掀開她的帽子，她雙手鬆開韁繩去抓帽子——

灰斑馬猛然向前邁步，布里南一夾馬鞍，坐騎超出灰斑馬半個頭，布里南靈巧地俯身從地上撿起韁繩，交到她手裡。

「Ladies and Gentlemen, time is up, you may go!」[12]

馬群湧出門去，有一匹撞到圍欄上，把木樁擠歪，連草帶泥掀出一個坑來。馬蹄聲隆隆衝下坡去。微風掠過，青草瞬間翻轉成銀色，有人在大叫：「Tally Ho!」

布里南向她詳細介紹比賽規程時曾告訴過她，那是印度人用來叫喚獵狗的，他們只是借用一下。騎手重新找到隱藏在草叢和石塊背後的路標紙屑，要高聲喊叫「Tally Ho」，要讓俱樂部的記錄員聽見。

他們衝下山坡，迎頭有一小塊捲心菜地。瑪戈提起韁繩，驅馬跨進田裡。突然有人從草棚奔跑出來，圍著灰斑馬跳腳，喊叫出一連串瑪戈聽不懂的本地話。灰斑馬受驚，向後退縮，前蹄在泥地裡亂刨。布里南從後面趕上來，掏出一塊銀元扔在地下，土風舞蹈戛然而止。

他們沒能跟上大隊，也沒找到指路的彩紙。他們站立在小河溝折曲包圍的臺地上。瑪戈展開地圖，布里南指指那塊標著「Zigzac Jump」的Z字形小溪。

沿小溪策馬向東，他們走過一座木橋，在壘成金字塔形的黃土臺地前停下來休息，臺地旁有個小樹林。這是俱樂部出資建造的戰爭紀念碑，土坡頂上就是那座碎石塊拼成的方尖碑。

已近中午，太陽照在墨綠的溪水裡，昆蟲在夾竹桃樹有毒的枝葉間穿越而過。瑪戈覺得不能讓布里南碰她，他一碰她，她就腿發軟。她覺得其實是她自己——她才是那個一見鍾情的人吶，她才是那個被花蜜沾住翅膀，一動都不能動的可憐的小蜜蜂吶。

12「女士們先生們，時間到，你們出發吧！」

五

民國二十年六月五日
上午九時五十分

小薛在黑暗中想著特蕾莎，想著她那頭矢車菊般張開的蓬亂短髮。奇怪的是，四周越是黑暗，身上越是疼痛，他就越發能清晰地想起她。這也不奇怪，他給她拍過無數照片。

他不明白人家為什麼找上他。他知道他們把他帶進巡捕房。從他住的福履理路[1]駛出，只要轉兩個彎，車子就開到大門口。他知道這地方，這是薛華立路法租界巡捕房大樓。警車進入鐵門，轉進一條夾道，他被人拉下車，夾道是在大樓的北面，在紅磚樓房和頂上插著碎玻璃的圍牆之間。這裡照不到陽光，涼風習習。

他被推進大樓。走廊裡牆壁暗綠，鑲著黑色護牆板，地板也刷著黑色油漆。他被帶進審訊室（據他猜想）。他被人按在一張四周帶擋板的椅子上，他一坐下，人家就把擋板轉過來，夾在他的脅下。

華人探長坐在桌後，邊向他提問，邊往那張印製好的表格裡一項項填寫。他填完一張，就把表格遞給側面桌上的書記，那書記是個懂法文的中國人，他也不停忙碌，邊翻譯邊打字。

問題漸漸集中到那次旅行上。現在，探長不再填寫表格，他把小薛的回答往一疊印有格子的箋紙上寫。

在香港，你們到過哪些地方？河內呢？海防呢？你只記得起旅館嗎？有沒有去過碼頭？酒吧？餐館？跟什麼人會過面？

可他確實沒什麼好說的。不，他不是不老實。探長給他十分鐘時間考慮，他懷疑探長是自己想上廁所。探長回來時，衣服上有股來蘇水的氣味。他還是說不出什麼來。他忽然想起來（他當然是一直都記得的），她在河內去過旅館另一個房間，那是個男人。看樣子像個中國人，他不認識那個人，他說不出什麼來，但那個人確實很神秘（他多少有些幸災樂禍地說道）。

「好吧，那就只有讓我們的人幫你想想啦。」探長快樂地叫嚷著。

於是，他被拖進一間空蕩蕩的房間。在這裡，他被人推倒在地，他被捆綁起來，他只能蜷縮在冰冷的水門汀上。有人拿來一只洋鐵皮桶，他驚恐地望著這只鐵桶，望著人家舉起桶，扳起他被人按在地上的腦袋，十幾秒鐘後，他的頭被塞進這只鐵桶裡。那一瞬間，他的心臟像是被人用手指緊緊捏住。緊接著，伴隨一陣嘈雜的說話聲，腳步聲，他的腦袋——隔著鐵桶——被突如其來的衝力撞向一邊，他都還不能弄清楚怎麼回事，那股巨大的衝力又從另一個方向撞過來。

疼痛是從一個點漸漸擴展開來的，最早感覺到的是鼻子。他的鼻子正好卡在帶凹稜的鐵桶

1 Route J. Frelupt，今建國西路。

內壁上。那不算什麼，那只是一陣酸楚，頂多像是冬天裡一頭撞到電杆上。隨後是整個面孔都開始火辣辣疼起來，後腦勺像是在被重物不斷敲打，很快也脹痛難忍。不久，疼痛轉到脖子上，因為他的頭別在鐵桶裡，正在被人踢著來回滾動——他這會弄清楚人家是在用腳踢他。最後是整個身體，所有的關節都開始疼痛。他認為自己嘔吐過，他的喉嚨口像是嵌著塊乾辣椒。

他不再疼痛，就像是身體關節因為扭曲到極限，突然崩潰，隨之而來的幾乎是讓人舒適的麻木。最後他甚至不太感覺到疲倦，疲倦的勁頭也早已過去。他只是覺得耳朵轟鳴，好像有無數人在說話，好像有無數人在鐵桶的邊沿向桶裡吼叫。

又過很久，有人搖晃鐵桶，鼻梁上一陣刺痛，他聞到一股金屬生鏽的味道，嘴裡也有。哐噹，鐵桶扔在他背後的地上，陽光從西邊橙色雲團邊緣反射到玻璃上，晃得小薛眼前一陣發黑，像是重回人間，那股像是從地獄裡散發出的鐵鏽腥味完全消失，雖然已是傍晚，雖然被雲彩和玻璃窗反射來反射去，溫暖的陽光味道還是立即充滿鼻腔。

他被帶到另一個房間，發現人家曾細心地脫下他的外衣，把這件Wei Lee洋服店訂做的薄麻外套掛到衣帽架上。他都忘記自己是什麼時候被人脫剩襯衫短褲的，穿褲子的時候，他幾乎憐惜地看著自己瘦骨嶙峋的膝蓋，上面一團烏青，吃不準那是被人踢出來的，還是跪出來的。

有人把他提起來放在椅子上，像是一張浸泡在定影液裡的照片被人拎出來掛到電線繩上，世界先是恢復成直線，又被轉動九十度擺正，最後，被晾乾。視線漸漸清晰，有人在朝他微笑，不是原來的那個華人探長，他被關進鐵桶前，這張陰沉的長臉一直衝著他笑，衝著他尖叫。現在朝他笑的是個法國人。

他向小薛介紹自己。馬龍督察相貌粗壯，顯然他愛吃印度食物，身上有股咖哩味，外套靠近第二粒紐扣的地方還有塊黃黑的斑點。馬龍督察朝他大笑，笑聲在薛華立路這間朝北的三樓房間裡回響。有人拿來一疊文件讓小薛簽字。隨後讓他坐到椅子上。

香煙是硬塞到他嘴裡的，沒人問他要不要。但他的聽覺尚未恢復正常，耳朵裡還是嗡嗡作響。

馬龍督察想要換一個方式和小薛說話，像朋友那樣坐到一起，來討論個小問題。有一些小小的疑惑，希望小薛能幫他解決掉。馬龍督察在小薛開始回答問題前，強調要說清楚細節。

他是從旅途的開銷說起的。一旦聽到小薛告訴他，從上海坐船到香港，再到海防到河內，一路上所有的船票車票，所有的旅館餐廳都由她來付帳，馬龍督察就再次開心地大笑起來。他拍拍小薛的肩膀說，真有一套。

那麼，她又為什麼要替你付帳呢？不單單是因為她有錢吧？她怎麼不替我，不替威風凜凜的馬龍督察付帳呢？你難道比馬龍督察還威風？

因為你是她的情人？情人？情人們不在床上時都在幹什麼？有沒有陪她四處走走？穿著泳裝去海邊？那麼說你們整天都在房間裡，整天都在床上？那麼——說點有趣的吧，在床上你會拿她怎樣？來吧，讓我高興高興，你想不想讓馬龍督察高興高興？

溫暖的東南亞季風好像還吹在小薛的身上，潮濕的床單，吊扇輕輕轉動的聲音——你這個科西嘉肉桶，我被你逼得毫無辦法，因為我想讓你高興高興，因為你有那只洋鐵皮桶。他想起那些照片——

「我們在床上抽煙，讓飯店裡的僕人把食物送到床上。她怎麼也要不夠，如果我覺得累，她就自己爬到我身上來。她最喜歡躺在床邊，她舉起兩條腿——」

就像從戰壕裡高舉伸出的手臂，就像小薛在南京政府新聞電影裡看到過的那些投降的士兵。順著烏青的膝蓋、順著綳緊的腳趾，她的臉上有陰影在晃動，那是天花板吊扇在轉動。

「你繼續說——」馬龍點上香煙，彎起手指輕輕敲打桌面，像是在竭力想像那幅場景，像是他並不認為小薛這會兒全都在胡說八道。

「一到停下來，我們就點上香煙。只點一根，我抽一口，她再抽一口。Garrik，她喜歡這牌子。她喜歡那種一塊大洋一罐裝的，不帶濾嘴，比三五牌粗，也比它短。她把香煙從罐頭裡拿出來，放在一只銀煙盒裡。煙是我點的，她總是讓我點香煙，她說她的手要忙別的事。要是煙盒不在手邊，就讓我到處找，有時候我把臥室翻個遍都找不到。我猜想她是故意的，她說過，喜歡看我光著身子在房間裡走來走去，她說她一看到『中國肋骨』就會興奮，那是她給我起的綽號。後來我就會發現，煙盒捲在床單裡，在她屁股底下。她哈哈大笑，說因為煙盒外面包著柔軟的黑羊皮，還因為她現在渾身皮膚都發麻，所以沒發現。」

小薛不斷地往下說，說出所有細節，馬龍督察強調過。那些景象在他腦中依次閃現，像是從沮喪中爆發的古怪靈感，像是有一種隱秘的快感在提問者和回答者之間悄悄滋生，像是他和這個粗壯的巡捕房警官瞬間形成一種心照不宣的共謀。他的詞句變得越來越順滑，好像風吹開窗簾，好像寫作者整晚絞盡腦汁，突然看到曙光。

「你在她的臥室裡到處翻找，難道從未看到過什麼可疑物品？」

「你是說槍？」他脫口而出。

「她有槍？」

有一兩分鐘的光景，馬龍督察一直在用一種奇怪的神情看著他，看著他薄麻外套上的第一粒扣子，那裡掛著一朵枯萎褪色的梔子花，墨綠色的花托正好嵌在紐扣縫裡，就好像是直接從那縫裡生長出來，而他正在為此驚異萬分。然後他開始說話，好像又從冥想中忽然清醒過來。他又開始說話：

「你究竟知道她多少？有人說她是德國人——」

「她是俄國人。」

馬龍督察厭煩地揮揮手，他不喜歡有人在他說話時插嘴，「你看過她的證件嗎？南森護照[2]還是沙皇政府簽發的身分文件？你對她一無所知，你竟然敢聲稱自己是她的情人——」

他再次停頓，像是要宣布一件重大事項，像是他要對小薛的無知加以宣判：

「這位中國人口中的梅葉夫人，你的特蕾莎，全名叫 Irxmayer Therese，能幹的女大班，擁有一家開設在香港的公司。她可比你想像的要危險得多，實際上，租界警務處正在關心她本

2 Nansen passport，第一次世界大戰後發給歐洲難民和無國籍人士的類似護照的身分證件。國際聯盟於一九二一年任命挪威人弗．南森博士為國聯高級專員處理俄國難民問題。南森倡議召開國際會議，以便有關國家向難民頒發一種代替護照且具有國際旅行效力的身分證件。一九二二年有五十三個國家參加的日內瓦會議通過關於發給俄國難民身分證的協議。該協議後來得到國聯行政院承認。

人——嗯，會不會成為某種不安全的因素。我們相信她交往的都是一些壞朋友，我們相信她正在從事一種危險的生意，如果你因為我們的利益——我們希望你同樣認為那也符合你自己的利益，參與到她的生意當中去，在適當的時候把情況告訴我們，把她那些壞朋友的事情告訴我們，警務處——以及我個人，都會記住這份人情。」

他們兩個人，法國人開車，中國人與小薛一起坐在後排。車子開到禮查飯店，停在門口的大雨篷下。引擎再次發動時，法國人朝他笑笑，左手曲著兩根手指，在帽檐邊上俏皮地行個禮。那帽子是跟身上的雨衣配套的，向後掀在腦袋上。

「Mes couills.」[3]

小薛輕輕咒罵，把早已熄滅的半根香煙扔進雨水裡。

柵欄門關著，電梯井隆隆作響。他繞過電梯間，決定爬幾層樓梯，需要活動活動腿腳。他又累又餓，九點多鐘時他們去八仙橋的廣東飯館。（「你要吃點東西。」）但他沒動幾下筷子。飯館裡全是警察，夜宵時間，這裡全是交班的街頭巡捕。

他給特蕾莎打電話時，那兩個傢伙盯著他，一個站在電話亭裡，倚在門框上，在他後背三尺距離。另一個站在電話亭外，在他眼前，隔著玻璃窗。然後把他送到這裡，客客氣氣，幾乎像是好朋友。

薛的沾著濕泥的皮鞋木底踩在花紋地板上，咯吱咯吱，像是要從鞋底的縫隙間擠出水來。

整整一天，他的耳邊都是說話的聲音，即使現在，那聲音仍然從禮查飯店走廊的護牆木板後面惱人地鑽出來，忽而尖利，忽而譏諷，充滿威脅，也不無誘惑。說服他的是這種聲音本身，而不是那些短暫的恐懼。他的確有過恐懼，今天上午，當他被獨自捆綁在一個空無一人的房間裡，蜷縮著躺在水門汀地上，頭被人塞在一個洋鐵皮桶裡。

3 粗口。

六

民國二十年六月五日
下午一時十五分

特蕾莎並不在乎中國人把她稱作梅葉夫人。可以省掉一半音節呢。再說，那本來就不是她的東西。那是在大連，一個金髮的奧地利商人留給她的。她喜歡這名字，可以幫助她忘掉過去。一個人如果不把過去忘個一乾二淨，她怎麼活得下去？特蕾莎常對她的秘書——Yindee・陳這樣說。陳英弟，買辦陳把她名字的中文寫給特蕾莎看。告訴她，Yindee，在暹羅語裡就是心情快樂的意思。陳是英弟的五哥。那是個分支遍布香港河內西貢的大家族，英弟多次向她解釋，可她從來就沒搞懂過這裡頭的關係。

在香港，陳可以為任何東西找到合適的買家，也可以為任何買家找到想要的東西。他衣冠楚楚走進陰暗的騎樓裡，推開門，爬上狹窄的木梯，伸出細嫩可親的雙手，不管對方是走私商人，是幫會打手，還是激進分子。

從陶而斐司路[1]的維也納香腸店一出門，特蕾莎就覺得不大對勁，她幾次回頭，裝成捋捋頭髮，朝對面街角掃一眼，可又沒看到什麼。可她就是覺得背後有雙眼睛。

上午，她在同孚路[2]的裁縫店。金牙潘是她的老相識，特蕾莎向瑪戈推薦說，哪怕交給他一頁印得灰撲撲的電影畫報，他都能照式照樣裁出來。瑪戈帶來一塊淺藍色的塔夫綢，這讓特蕾莎隱約想起她的童年，十歲生日，寬大的裙襬，裙襬底下縫著銀色的鈴鐺——可是，誰知道呢？也許是哪個電影裡的鏡頭。她為自己的過往編造過太多故事，哪個真哪個假連她自己都記不清。

裙子還未完成最後的縫製，先試試樣子——

「Look-see, Missie?」

嘶嘶的洋涇浜英文單詞從金牙縫隙裡擠出來，好像指甲刮過塔夫綢滑脆的表面。粗針大線連綴在一起的裙片被掛到瑪戈身上，走出更衣室的瑪戈像一朵藍色的雛菊花。布里南看到這個會發瘋的。長裙的後背是鏤空的，布里南抱著她的時候，手可以順著角尖處的開口滑下去，一直滑到放蕩而快樂的夢鄉。瑪戈總是把布萊爾先生做的那些事情原原本本告訴特蕾莎，把那天下午在羅別根河畔迷路的事告訴她，把賽馬俱樂部的歐戰紀念碑下發生的一切都告訴她，把那些場景塞進她腦子裡。布里南的手，瑪戈的那套英國花呢騎師裝，瑪戈倚靠在一棵搖搖晃晃的幼小樹幹上。瑪戈的臉上泛著紅暈，好像那棵樹幹還在摩擦她的臉頰。

這讓她想起小薛。她差不多有一個禮拜沒見過小薛。這個雜種，這個年輕的中國男人，她猜想自己比他大十歲，也許沒那麼多，五、六歲，頂多。但他是中國人，皮膚光滑。她承認自

---

1 Route Dollfus，今位於雁蕩路和重慶南路之間的南昌路東段。

2 Yates Road，舊名亦稱宴芝路，今石門一路。上世紀二〇至三〇年代開有多家高級時裝定製店。

己喜歡他，包括喜歡他那股蘇打粉似的清新氣味。

特蕾莎和歌手上床，和插畫家上床，和莉莉酒吧裡半醉不醉的人上床，陌生而又親切。有個捷克猶太人，靈感勃發時，就在禮查飯店的便箋簿上胡亂畫，裸體女人，還有男人，那玩意兒直挺挺地豎在那裡，堅硬的齒型線條，像是黃浦江裡英國巡洋艦烏黑的稜角分明的煙囪。可在特蕾莎看來，就連漫畫家的鉛筆也比不上小薛的照相機。

小薛，這個業餘攝影家，這個冒牌的花花公子。他樂於在禮查飯店黑暗空曠的房間裡摸索，不開燈（因為他身體裡有一半是中國人），甚至不開窗，不拉開窗簾，不喜歡夜裡從黃浦江上吹來的涼風，像所有的中國人那樣，他怕著涼。即便在黑暗裡，薛的手指也如此靈巧，準確得像是在暗房裡配比顯影藥水。薛為她拍照，在黑夜裡，鎂粉在她身體下面燃燒的瞬間，特蕾莎看到他那張蒼白的面孔。

陶而斐司路很短，呈一段弧形。法租界里弄密布，地產投機商隨意圈地，市政當局的築路計畫也極其混亂，很多馬路都這樣蜿蜒曲折，這給愛好隱秘活動的人帶來很大方便。

在岔路口，特蕾莎改變主意，她轉過弧形街角，走上環龍路[3]。她在俄國書店的鐵欄杆上掐滅香煙，把煙頭扔在書店櫥窗腳下的半地下室窗口。現在別回頭，特蕾莎知道隔壁有一家俄國人開的畫室。ART DECORATION STUDIO, ORDERS TAKEN[4]，那塊玻璃櫥窗上有兩行醜陋的花體字。

她突然停住腳步，白俄藝術家的櫥窗內，貨架上堆著無數五顏六色的盒子。貨架頂上，有大堆鑲上框的油畫，一隻巨大的黑鳥斜著單眼從畫布上向櫥窗外張望，鳥喙像是把彎刀，刀尖指向一具裸體女人的雕像，裸體女人全身雪白，只有鋼盔般的頭髮是黑色的。

在烏喙和那女人的乳房之間有一面邊框花哨的鏡子。這是她在等待的東西……陽光照在街對面凸出的圍牆上，她盯著鏡子看，車夫把黃包車靠在邊上，自己坐在牆根抽煙，梧桐樹下只有他一個人。

特蕾莎用鑰匙打開Eveready牌銅門鎖，英弟站在皮恩公寓起居室的中央，她的「五哥」窩在沙發裡。阿桂把一盆梔子花放在靠窗的小圓桌上，室內縈繞著那股濕漉漉的香氣。

陳從香港來。他把一本電影畫報平端在下巴上，像是要從不同的折射光線裡仔細看看那些照片。他有個尖圓的下巴，像那種中國小妾。

阿桂端著茶盤衝進來，又咯咯笑著跑出去。阿桂也是特蕾莎從香港帶來上海的，陳有時候會給阿桂帶些廣東零食。房間裡香氣氤氳。特蕾莎喜歡中國茉莉茶。陳總是對她開玩笑，說俄國茶有股駱駝尿的味道。那是山西商人過戈壁時駱駝出的汗。俄國人喝慣這種茶，對火車運來的很不滿意，於是狡猾的中國茶商就把茶葉袋放到駱駝尿裡泡幾天。

陳用他那臺恩得伍德[5]牌打字機把清單打在一疊淺藍色的紙上。他每個月都會從香港帶來大筆現金，存進她的私人帳戶。她從不打聽他自己能賺多少。一百年來在中國發財的外國商人

3 Route Vallon，今南昌路西段。
4 裝飾藝術工作室，定製。
5 Underwood。

都不打聽，這種辦法至今都行之有效。

她只負責貨源。在柏林，卡羅維茲公司[6]的海因茲．馬庫斯[7]寫信對她說，作為國家社會黨的贊助人，公司業務有望蒸蒸日上，特蕾莎的公司盡可以放手開闢新業務，他們會給予必要的支持。德國人在大戰期間失去很多亞洲的貿易份額，現在正是重新拓展的時刻。租界的消息靈通人士交頭接耳，傳說國家社會黨不喜歡猶太人，特蕾莎不以為然。這是在亞洲，只要能賺到錢，沒人能把你怎麼樣。

如今她不必再去跟那些船主睡覺。從前她靠這方法讓他們降低運價。他們駕駛著破爛的小貨輪，在印度洋和中國南海上歷盡千辛萬苦，一上岸總是欲火難耐。航線一旦開闢，財源就滾滾而來。現在她已建立起穩定的業務網絡。在香港和上海陳都能找到可以信賴的朋友，甚至在河內。而陳和陳的家族，一百年來都是外國商人最忠誠的夥伴，只要歐洲人能給他們帶來現金和生意。他們善於跟任何人打交道，政府，軍閥，警察，幫會，包括大大小小各種強盜。

陳在漆咸道[8]開設一家五金行，他甚至兼做零售業務。那疊淺藍色的清單裡有一項古怪的交易紀錄——

「為什麼要改裝？如此昂貴？」她問。

陳向她解釋：「有個古怪的印度貿易商，只是想給情婦買一件生日禮物……」珠寶匠人替它鑲上各種寶石，還貼上金箔。根據印度商人的要求，把手槍的後托部分改鑲上一整塊中國古玉，玉石上雕刻著一位肚皮舞女。這個身上一股咖哩味的傢伙強調說，舞女滾圓的肚皮下方，在那層波紋狀的紗衣的掩映之中，要「特別」刻出一道細縫。陳告訴特蕾莎說，那個印度商人完全相信他情婦的母親對他說的話：她女兒直到認識他之前還是處女。

陳告訴特蕾莎，他要在上海安排一次交貨。是個韓國人。他從口袋裡掏出另一張單子，白紙上打著三行字——

Mauser 7.63 Auto Pistol

Spanish type. 32 Auto Pistol

Chinese (Browning). 32 Auto Pistol[9]

「總價是五千七百三十二塊，」陳說，「說到那位莫洛騎士[10]……」

莫洛騎士是特蕾莎私下為那個普魯士商人起的外號，因為他的右手腕上有一道傷疤，當作他年輕時熱衷於擊劍的一項證據，常常故意暴露給人家看。特蕾莎記憶裡有一本供兒童在天氣好的下午閱讀的插圖書，有一幅畫裡，這位莫洛騎士被特里斯坦一劍砍斷右手。她曾向陳提到過這幅畫。

卡羅維茲公司建議特蕾莎找他談談。在漆咸道的酒吧她見到他。

---

6 Carlowitz。

7 Heinz Markus。

8 Chatham Road，香港尖沙咀的一條道路。

9 手槍型號。毛瑟七點六三毫米自動手槍。西班牙型點三二自動手槍。中國型勃朗寧點三二自動手槍。

10 Knight Morolt，歐洲中古傳奇中的騎士。

他說他代表一家德國金屬公司，他在一張便箋上畫草圖，畫給特蕾莎看，他怕她聽不明白。她甚至從未聽說過這東西，他把它的德文名字寫在草圖的角上，臨走時特蕾莎隨手把草圖丟進手袋。他不斷向她提到萊茵河，水面上灰色的霧氣……

陳把一張紙交給她，這次不是在酒吧便箋上隨手畫的草圖，這次是一張規規矩矩的設計藍圖，是從更大張的水洗晒圖紙上小心裁剪下來的。像是一份兒童家庭幾何作業，像是家具公司夾在目錄樣本中的設計圖，圖上分成三個部分。

「那很危險，誰會買這樣的東西呢？」

「是的……危險……」陳有些心不在焉，他掏出銀光閃閃的煙盒。

「這個圈子很小。這東西也太引人注目。會有麻煩的。」

從香港回來後，特蕾莎一直感覺不太好，她老是懷疑背後有人在跟蹤她。

七

民國二十年六月五日晚七時十五分

特蕾莎有一輛八氣缸福特A型轎車。墨綠色的汽車停在珠寶店後院裡。備胎掛在車尾，外覆白色塗膠帆布。暮色籠罩著這條弄堂，有人在唱機上放上一張唱片，聲音從二樓的窗戶飄散在黃昏的街道上，尖利的小女孩嗓音，國語裡帶著些南方口音，湖南或是廣東。聲音甜膩，像是唱針上塗過太多蠟油。

她自己開車，沒帶上那兩個哥薩克保鏢。她要去禮查飯店。今天是禮拜五，她要在禮查飯店度過整個周末，如果覺得餓，她會開車，帶著小薛沿北四川路一路找過去，在莉莉酒吧那一帶找到吃飯的地方。

汽車沿白爾部路[1]向北行駛。沿街弄堂的鐵門洞開，街上散發著菜籽油的氣味，特蕾莎搖上窗。不久她就轉上更寬闊的馬路。燈光把電影海報折射到車窗玻璃上，比電影本身更加如夢

1 Rue Paul Beau，今重慶中路。

如幻——雷電華公司出品，歌舞片《美人玉腿》。《哥薩克》海報上是約翰．吉爾伯特[2]，兩撮八字鬍。接著是西伯利亞皮貨店櫥窗上的燈管廣告，一隻刺眼的北極熊，嘴裡叼著一串花體字母——SIBERIAN FUR。

道路兩側是陰暗的高樓，路越來越窄，房子越來越高，變成巨大的黑影。在夜色中，那些燧石和花崗石的外牆就像是直接在峭壁上開鑿出的。她駛過外白渡橋，右側是蘇聯駐上海領事館，夜色裡，高聳的塔亭像是一頂巨大的頭盔，盔纓處有旗杆和旗幟，在黑暗的天空中隨著江風疾舞。

幾年前，跟隨史塔克海軍上將來到上海的哥薩克士兵向這幢房子發起攻擊。那是一次虎頭蛇尾的狂歡，戴著破爛皮帽的老醉鬼們簇擁在禮查飯店街對面，嘴裡唱著希臘正教的聖歌，用砸碎幾塊領事館玻璃窗的行動來報復他們的工人階級敵人（而他們如今喝的伏特加比工人階級搪瓷杯裡的更加劣質）。婦女們負責圍觀，而特蕾莎甚至連圍觀都懶得加入。她躲在禮查飯店的窗口，手裡端著半杯摻伏特加的格瓦斯，身後的床上是那位赤條條的捷克畫家。

考斯洛夫斯基[3]領事親自率領這場保衛蘇聯領土的作戰，他用排槍打死那個想要扯下鐵門上那面鐮刀斧頭旗的哥薩克軍官（從那以後旗幟被轉移到塔亭頂上），特蕾莎真的很希望由她來裝備那一百多名哥薩克士兵，可他們都是窮光蛋。就在那天，她第一次看到小薛。租界巡捕衝到領事館大門口時，別人都四散奔逃，只有他還站在那具屍體邊上不停拍照，她連忙穿上衣服下樓，想要從他手上弄一套沖洗出來的照片。兩天以後，小薛在莉莉酒吧裡把照片交到她手上。她是一直到後來，到禮查飯店房間床上才把這些照片仔細看過一遍，照片讓她變得更加興奮。

那以後她一直斷斷續續跟小薛上床，幽會的次數越來越多，日期越來越密集。她喜歡看他拍的照片，她還從來不曾用這種方式看過自己，她的身體在照片裡化成無數個局部，變幻莫測，就好像她突然能夠變成無數個女人，有的比她醜，有的甚至比她自己長得還好看些，但每一個她都不認識。看到自己在照片裡像牝馬那樣撅著屁股，她一點都不覺得羞恥，因為在黑暗的背景襯托下，這匹雪白的牝馬顯得如此矯健，如此氣宇軒昂。

她總是約小薛到禮查飯店幽會，住在禮查飯店裡，就像住在船上。她在鑲著栗色護牆板的走廊裡穿行，這些迷宮般的走廊通向一百多間客房。門上的蝕花玻璃像是被雨水打過，鑲嵌在花瓣形狀的鑄鐵窗格中。她常訂的那間，茶房說是在「前艙」。濕潤的風，黃浦江的潮聲。夜裡霧氣升起時，真好像漂浮在海上，她喜歡這種漂浮的感覺。

客廳被弧形的拱梁分成前後兩部分，放著巨大的柚木家具。藤製寬椅圍茶几擺一圈，邊上是紅木架落地檯燈，會客區域背後的雙扇門通向臥室。

古老的亞洲氣味瀰漫在臥室裡，那是黃浦江上濕霧的味道，灰色蚊帳的霉味，中間還夾雜著一些防蛀香木的古怪氣味，那是鑲嵌在柚木家具的抽屜板上的樟木、檀香木，還有肉桂木。她從沉重的五斗櫃抽屜裡拿浴袍和毛巾時，那股怪味頓時充溢在她的身體四周。她走過去打開窗，江面上傳來鷗鳴和汽笛聲。

---

2 John Gilbert。

3 Koslovsky。

浴缸擺在衛生間中央，房間四角放著軟凳、陶瓷洗臉盆和抽水馬桶。飯店僕人把暖氣片的銅欄擦得雪亮。伸縮杆吊燈從回字形梯狀屋頂上懸掛下來，幾乎吊到她頭上，她在浴缸裡昏昏欲睡。

她被電話吵醒，她濕漉漉地奔進臥室。是小薛，他告訴她要晚點來。他的聲音緊張而沙啞。她還來不及追問，他就掛斷電話。

一直等到十點過後，小薛才敲門……

特蕾莎吃驚地看著他，她盤腿坐在床上，薛背著她熟睡，臉上、腿上、腰窩上，到處都是瘀青，唇角破裂。不過，讓她吃驚的倒還不是這個。她在酒吧間裡，花上幾塊錢，買上兩杯酒，用那種辦法勾搭來的男人，身上冒出幾塊瘀青是常有的事。

讓她吃驚的是他在擺弄她，像是出於某種不知名的怨恨。他把她推到床的盡頭，使勁抬起她的兩條腿，把她擠成一團，把她的臉壓進枕頭裡。他想把她翻過來，顛倒過來，把她最隱秘的感覺變成一種可視之物，讓懸掛在天花板上的吊燈照亮它，好像她身體的感覺是一種蹈空起舞的昆蟲，一旦被燈光照射，牠就會停滯下來，就會凝固下來。她雙腿高舉，腳趾緊繃，她看到燈在搖晃，看到燈光照在她的膝蓋上，膝蓋上幾道壓痕。快感像風一般掠過她的小腹，她使勁抓他的手臂，抓他的屁股……

他轉過身來，那段此刻變得綿軟的東西從他左邊的腹股溝掉落到右邊，在燈光下就像一段深褐色的海腸。她伸手過去掐他，在他醒過來之前，那東西已再次堅硬起來。

他的聲音從她身體下方傳來，像是從黃浦江水底傳過來，他的聲音斷斷續續，像是江水底下那些淤泥時不時讓他透不過氣來——

「告訴我……告訴我……你那些壞朋友……也對你這樣嗎？」

她用雙膝去夾他那讓她分心、讓她抓不住感覺的腦袋，用雙腿從兩邊緊緊夾住他那撐開她的臉頰，她用她此刻像塊濕透的抹布一樣的身體去摩擦他的面孔，他的鼻梁。她顧不上去聽他說的話，她猜想他的腦子裡有一團妒火在燃燒，她可不想去澆滅它。

半小時後，她才想起他說的「壞朋友」。他說的是陳？那是個誤會。從開始到現在，她一直在抵禦他，他想攪動她的整個身體，他想攪動她的整個思想，可她越是抵禦，就越是覺得他那唇舌一直攪動到她心裡最深處。她無法給自己對他的喜愛打點折扣，她有些擔心那誤解會讓他失望，她越來越覺得不想讓他過分失望，她最近常常覺得自己心腸變軟，她猜想那是年華老去的緣故。她變得越來越不捨得輕易丟棄掉那些能讓她開心起來的事物，她變得害怕失去，身心愉悅似乎不再是唾手可得的東西。她越來越體會到，快樂其實是心裡那股勁頭。

她想要對他解釋——

「他並不壞，他只是個生意夥伴——」

「是什麼生意？」他跳下床，脊柱下有一塊凹窩在燈光下忽隱忽現，凹窩的四周是一圈瘀青。

「你別多問，」她生起氣來——

「那些事無關緊要。那些事與你無關。你不懂——知道那些對你沒好處。」

「可我想知道，你的事我都想知道。三年來，我們都在這些地方見面。你讓我覺得自己像個男妓。我陪你喝酒，陪你上床，陪你乘船旅行。可我不知道你在幹什麼，不知道旅行途中你一個人出門去哪裡，你總是趁我睡覺悄悄跑出去……」

這時他好像真的生起氣來，越來越大聲：「我甚至都沒去過你住的地方，我甚至不知道你做的究竟是什麼生意。買一塊祖母綠需要帶上槍麼？」

「那不是祖母綠，我告訴過你，那是烏拉爾翠石榴石——」

他到她的手提袋裡去掏煙盒，激動地倒出所有的東西，手槍和煙盒一起落到汗濕的床單上。一張灰藍色的紙片同時飄落，紙上畫的……像是一種新式的晾衣架，你很難相信它是槍，可它的確像是一種機關槍。那是普魯士商人的寶貝，莫洛騎士小心翼翼把它裁剪下來，在某個香港的酒吧裡獻寶一樣把它獻給陳……

她一把抓過那張紙，她把它連手槍一起搶過去，塞進包裡，她怒氣沖沖盯著他看，可後來她又想起在船上踢他的那一腳。她想起自己是如此喜愛他對她做的一切。

「就算是翠石榴石也不用帶上槍。」他點上煙，遞給她。

「也許有一天，我會讓你去見見他。可不是現在——也許過段時間我會讓你看看我到底在幹什麼。讓你看看我的生意。可你最好是乖乖的，別多嘴，也別多問。」

她把手插到他的兩腿中間，用拇指關節從下面彈那團東西。她用帶煙味的嘴唇吻他的鼻子和耳朵。他的鼻子上帶著她的氣息，她自己身體的味道。他氣餒地倒在枕頭上，肩膀上的傷痛讓他嘴角突然咧開，斜歪著抽動一下。她撫摸他身上那些瘀青，撫摸他脖子上的瘢痕。時間還早，現在已是子夜，今天是禮拜六，他倆要在這裡過上整整一天。

「現在，你來告訴我這些傷痕，是誰把你弄成這樣的？」

八

民國二十年六月七日晚七時十五分

餐館名叫「本迪戈」[1]。位於邁爾西愛路[2]和蒲石路[3]交叉的路口上，華懋公寓的底樓。坐在餐廳西北角靠窗的位子，你面前（隔著馬路）就是法國總會和蘭心大戲院。這是上海最好的西人餐廳，業主是一對猶太夫婦。

玻璃門內有向下的臺階，餐廳在半地下室——這可不是想要仿效哪種建築風格，什麼低地國家用來隔絕潮氣的空間，什麼傭人在這種地方幹活可以避免因為窗外的風景分心。據說那只是因為承包商打樁時，故意挑選一種更加便宜的鋼筋，大樓剛造好不久就開始沉降。

餐館的老闆是德裔猶太人。在通向餐廳的臺階旁，牆上掛著他的大照片。一圈神氣的大鬍子，好像幾年前街頭常見的卡爾・馬克思巨幅畫像。實際上你看不到他的鬍子，因為要開餐

1 Bendigo，這個餐館的名字讓人想起澳洲早年的那個在淘金熱中興起的小城。

2 Route Cardinal Mercier，即今天的茂名南路。

3 Rue Bourgeat，今長樂路。

館，他就把鬍子全都剃光。關於他，說法可不少，全都是不折不扣的租界傳奇。比如說，有人斷言他租下這間昂貴店鋪開餐館，本錢來自早年的澳洲淘金（你自己看麼，餐廳名字不就暗示你啦）。

不過租界裡的識途老馬會告訴你另一個版本。老羅曼茲二十多年前還是個猶太癟三，連個破爛皮箱都沒有（有人說從鍋爐聲隆隆的底層大艙上岸的外國窮鬼都提著兩只爛皮箱，哪有這事兒）。他在黃浦江邊走來走去，幾近絕望。命運女神突然想起他來，黃包車上落下一只錢包。機會對於每個遭遇它的人會有不同樣的結果。比方說，如果他把錢包藏進懷裡，這個機會可能會讓他醉上半個月，可他撿起錢包，奮力追趕那輛黃包車，機會可就大大不一樣啦。

丟錢包的是禮查飯店的老船長。羅曼茲是如此誠實，上校因此派給他一個差使，讓他當禮查飯店的管家，專門照看那些銀餐具和法國瓷器。羅曼茲在禮查飯店一幹就是十二年。在第十個年頭上，命運女神第二次眷顧他，送給他一個老婆。羅曼茲太太是個俄國猶太人。在禮查飯店包房間，專門向單身外國商人提供一夜之歡。她發現，羅曼茲能用對待上校的利摩日瓷器那樣的溫柔方式照顧她，便答應嫁給他。他倆決定先秘密結婚（不去猶太會堂），因為只要不當面告訴上帝，羅曼茲太太盡可以繼續她那很來錢的工作。等到攢夠錢，再告訴上帝不遲。他們果然攢夠開餐館的錢，開業當天同時在猶太教堂舉行標準的猶太婚禮。

這是租界的傳奇。租界就像個大染缸，把進入它的人，跟它有關的事通通染上一絲傳奇色彩。那多半是因為，它就像是個飄浮在天上的空虛之城，沒有根，沒有過去（大概也同樣沒有未來），它把所有生活其中的人，或者哪怕僅僅是短暫過客，全都漂洗過一遍，全都變成和它一樣，既沒有過去，也沒有未來，只有傳奇。

陳並不是來聽這些故事的（他既不是記者也不是遊客），況且他早就聽說過這些故事。他只是約人在這裡見面。今天是禮拜天，餐館裡的人並不多。

他住在東方飯店，房間窗外的五馬路對面就是張燈結綵的群玉坊。這家斜橫在虞洽卿路[4]上的飯店，正門朝向西北。就像是建築師硬要把它的腦袋擠到路口，好讓它呼吸幾口賽馬總會的金錢氣息。他在飯店的住客簿上登記的名字是陳古月，櫃檯上提供兩種筆，陳選擇用毛筆。草體字寫得一團糟，這是誠實的另一種心照不宣的方式。他沒有出示身分證件，無論是香港殖民當局頒發給陳吉士先生的居住證明，還是河內保安局簽發給陳保羅先生的旅行文件，他都沒有從皮箱裡拿出來。儘管公共租界巡捕房要求轄下所有旅館飯店按照證件如實登記顧客身分，但沒有一家會不折不扣執行。

今天下午，在樓梯轉角處櫃檯上，河北茶房老錢向他打招呼，讓他從走廊穿到後樓出門。因為飯店的正門前人頭擁擠，上月蘿春閣響檔李伯康跳槽，被東方書場重金挖角，每日一段楊乃武，一時間好像全上海的黃包車全都被拉到這裡。

瓜皮小帽放在櫃檯上，灰布半大褂子剛過膝蓋，露出黑色的紮腿褲，腰上也攔著一條緞帶，活像只兩頭紮口的褡褳掛在椅背上。老錢悄悄告訴他，巡捕房中午來查過旅館登記簿，特別挑出這個陳古月先生來問過他。

4 今西藏中路。

「真的假的啊？」

「老天在上，我錢文忠從不說謊。」

他覺得特蕾莎說得不錯，他得小心點，他最好趕緊換個飯店。在西僑青年會[5]游泳池邊，他把這事告訴特蕾莎。特蕾莎並不太在意，她似乎很疲憊。只要一到周末，特蕾莎就會失蹤，連影子都看不見。英弟告訴他，特蕾莎肯定跟那個黑頭髮的混血攝影師在一起，那是特蕾莎「把所有生意都丟在一邊」的「瑪蘇連尼察[6]周末」，可別想找到她。可他有急事，他剛賣掉一單貨。

今天晚上，他要跟人家敲定提貨的地點和時間。

坐在陳右側的年輕人穿一件黑色皮衣，戴著圓框眼鏡。據陳所知，他有很多名字，朴季醒只是其中的一個。在香港，他代表一家開設在釜山的貿易公司，以前，他在陳那裡訂購過一批貨。他甚至會講廣東話，跟他的中國北方話講得一樣好。

另一個更加年輕些，坐在陳對面，板直著腰。雙手平放在桌沿上，像是正在進行某項童子軍訓練課程，又像是教會學堂的舍監正在檢查手指甲。陳選擇這家昂貴的西人餐館，原本就是希望讓客人稍感拘束。他故意挑一張擺在當中的餐桌，以便鑑賞客人們機警掃視的眼神。

林培文先生，朴季醒介紹說。還是叫我小林吧。他們很少交談，四周很安靜，沒有吧臺，沒有留聲機，也不在牆上裝鏡子，以免影響客人食欲。到處都是鮮花，牆上的畫框裡也是鮮花和水果。上第一道主菜前，羅曼茲都要親自來照看，微笑，鞠躬，擺放刀叉碟子。

朴季醒對待食物並不拘謹，他用手抽掉整條煙熏鮭魚的脊骨，銀光閃爍的刀叉在他手裡，就像可以用來殺人的武器。

五張小桌。內側高起一尺的平臺上還有一張長方形的大餐臺，被鑄鐵圍欄圍起，圍欄下擺放著玫瑰花盆。平臺的左面有條曲廊，似乎通向另一個餐室。

亭牌[7]雪茄的香甜煙霧瀰漫在餐桌上，在冷熱兩道甜點的間歇，陳切開呂宋雪茄，La Flor de la Isabela[8]，他在嘴裡咕噥，把雪茄遞給客人，就好像真的在把西班牙王宮花園裡的花朵獻給尊敬的客人。但年輕的韓國人不要雪茄，布丁把他的嘴塞得滿滿的。雪茄煙霧很嗆人，林培文也不喜歡這味道，他把脊背向後靠，椅背中間鑲嵌著皮質軟墊。

沒有人急於談生意。這是個很小的餐室，鄰桌有人打開胡椒瓶（有人說這瓶子的價錢比一頓飯還貴），你甚至會聞到那股嗆鼻的味道。而你坐在房間正當中。誰會在這種地方談生意呢？那會讓人覺得你像個高談闊論的騙子。如果別人樂意仔細傾聽，那就更加麻煩。

咖啡杯只有半個雞蛋殼大小，六角形——這房間裡所有的物品都是六角形，鹽瓶，小餐桌，這房間本身也是六角形。接著是水果籃，這回是羅曼茲太太出場，鞠躬，微笑，奉上紫竹篾片編製的扁籃，兩顆芒果，兩顆花旗橘，再鞠躬，微笑，好像在慶幸表演圓滿成功。

---

5 在今南京西路。

6 Máсленица，俄羅斯傳統節目，謝肉節。

7 Alhambra。

8「伊莎貝拉之花」，一家雪茄煙草公司。

已是夜裡九點，音樂聲從半空的風中傳來，樂隊在法國總會的屋頂平臺上。陳在等待。他不知道該由誰拿主意。他以為顧先生會來，可他沒來。顧先生覺得哪裡比較方便？蒲石路離顧先生住的地方很近。所以陳把飯局訂在這裡。雪茄煙霧在燈光下變幻莫測，空氣好像隨著查爾斯頓舞曲怪誕地搖擺。陳問客人要不要去舞廳，這就像是一句不合時宜的玩笑話，無人響應。

是朴季醒先離開餐廳。獨自一人。十分鐘後，陳和林一起離開。

走出餐廳，蘭心大戲院還未散場，隔壁馬迪汽車行的車庫裡，福特車排成兩列整齊的隊伍，好像兩隊瞪著巨大複眼的甲殼蟲，在強烈的白光照耀下，一絲都不敢動彈。他倆站在車庫洞穴般的開口旁等待。街對面，華懋公寓三樓只有一扇窗戶亮著燈，乳白色的窗框在黑夜裡泛著幽藍的光輝。窗下掛著一副巨大的眼鏡，兩條眼鏡腿是可伸縮的曲折臂架，現在它完全伸展開來，掛在人行道上的夜空中，好像被人兜頭猛揍一拳。左邊的眼鏡片寫著「梁文道」，另一片上有四個字：「醫學博士」。

陳不知他們要把他帶去哪裡，也許是他的誠懇終於獲得承認，因此得到覲見顧先生的機會，也許只是換個地方繼續等待。他覺得自己差不多應該可以發一個脾氣，但並沒有。汽車沿著邁爾西愛路向南，駛過環龍路口，林讓司機停車。

九

民國二十年六月七日晚九時二十五分

朴季醒藏身在邁爾西愛路高級定製洋裝店的門洞裡，低垂的雨篷把路燈的光暈遮擋在外面。他看著車子駛過，他看到陳先生和林坐在汽車的後排座位上。等汽車開出兩三百米，他才疾步趕上去。九點過後的這半個小時，恰似一段幕間休息時刻，街道空空蕩蕩，稀疏的梧桐樹影間只有夜風穿過，溫暖潮濕，還帶著點腐腥味，像是有頭巨獸藏在夜空的哪個角落，因為吃得太飽，正在不住喘息。整整兩分鐘內，邁爾西愛路上就只有這輛汽車駛過。法國總會圍牆後的樹林裡傳來一兩聲貓叫。

他看到汽車緩緩停到路邊，他又等待一兩分鐘，確定在那輛出租汽車後沒有異常，沒有鬼頭鬼腦的尾巴，這才走過去，鑽進車，坐在前排司機座邊上。汽車再次發動，他解開衣扣，點上香煙，很快吸掉這根煙的三分之一，好像他從未離開過他們，好像他一直就坐在車上。

朴是韓國人，年輕的劇團演員，分配給他的都是些小角色。在上海，他加入一個韓國激進小組。在團體中他卻扮演一個個重要角色。他在中國東南沿海的島嶼間奔波，舟山，香港，有時還會跑到海防和檳榔嶼。起初，他那夥人確實得到莫斯科的財政支持。他自己還曾在伯力接受過三個月的課程訓練。可是不久以後，朴所屬的團體受到另一些韓國人（那幫人在海參崴和伊爾庫茨克活動）的排擠。在莫斯科，突然之間舊的原則受到質疑，當務之急，是要保衛蘇維埃，還是繼續世界革命？結論作出之後，老的機構部門必須重組。朴的小組突然失去來自莫斯科的支持，也不再接到任何指令。他們冒險派人出滿洲里，在莫斯科的會議桌上朝人家抗辯，討論極其激烈，甚至有人在會議現場動拳腳（據說動手打人的正是朴的哥哥）。

後來就有傳言說，公共租界巡捕房正是在接到某個來歷不明的舉報電話之後，才會在那天深夜派出大隊人馬，衝擊呂班路韓國激進分子的開會現場（朴的哥哥當時掏槍反抗拘捕，被當場擊斃）。而這個舉報電話，有人懷疑與海參崴的韓國人有關。老顧卻對朴說，不要太輕信傳言，公共租界的英國巡捕向來很狡猾，也許是故意釋放的煙幕。朴的組織損失慘重，要不是老顧收容，他幾乎走投無路。

車子調頭向東，兩側是法租界高低連綿的磚房，裝著木柵門的弄堂。朴季醒指揮司機不斷在岔路口轉彎，時不時朝後視鏡張望。剛剛在餐廳座位上，他偶然抬起頭，看見臺階上門廳外的黑暗中閃過一個人影，他有些疑心。他不敢大意，他受過嚴格的訓練，懂得所有的盯梢技術。

汽車轉到貝勒路[1]上，停在弄口。街對面有家日用雜貨五金鋪，還沒合上門板。櫃檯內外各站著一個人。裡頭是老闆，正在撥打算盤，頭頂上懸掛著成串的木夾，一排鐵勺，幾只不知用途的鐵絲網框。小夥計站在櫃檯外，才六月份天氣，上半身就赤膊，腰上紮著段黑色布條。

一下車，朴就讓自己消失在沿街房屋的陰影裡。林帶著客人進弄堂，弄內沒有燈光，他們向左轉入橫弄，進門。他聽見兩雙皮鞋踩到樓梯上。他知道那條樓梯很窄，也很陡，樓梯間很黑暗。他躲在過街樓下，牆角。聽到頭頂上房間一側的敲門聲，走路聲，拖拉桌椅的聲音。

又過大約十分鐘，他從角落裡走出來，轉身進那幢房子。房間就在過街樓裡。他推開樓梯口的雙扇合頁門，冷小曼守著房間外的過道，坐在一只小凳上，眼睛盯者小煤爐上那壺快燒開的水。她抬頭看看他，又低下頭想她的心思。

他走進房間，客人坐在桌旁，靠窗。顧福廣在桌子另一側。一襲灰色直貢呢長袍，橡木銅盆帽放在桌上。林培文站在客人身後，站在窗口，掀開一角窗帘向外張望。他坐到桌子正對窗口的那一邊。

老顧的隊伍在擴大。人手越來越多，他從旁觀察，雖覺老顧召集人馬的方法並不十分光明正大，可他也不在乎。他信任老顧，人家在伯力受訓，他也去過伯力，可人家懂的就是比他多得多。

老顧是天生的領袖，他嚴密設計，把人員分成幾個小組。小組間相互隔絕，獨立行動，有時交叉接應，但計畫總是藏在老顧自己的腦子裡。

至關重要的是槍。在老顧所設想的革命方案裡，槍才是所有一切的木錢。槍是能用錢買到的，而他們此刻並不缺錢。金利源那次行動之後，他們又幹過幾票，組織的財務問題，差不多全盤解決。

1 Rue Amiral Bayle，今之黃陂南路。

在伯力城東南郊外的營地，朴也曾學習過說服人的技巧，如何讓對方產生錯覺，如何讓人家相信被說服的是別人而不是他自己。你可以讓別人害怕你，你也可以利誘他，但有時你僅靠說話就能讓他死心塌地跟隨你，或者幫助你，或者把他的命交給你。

客人遞給老顧一張紙，充滿期待地望著老顧，好像照他的想法，老顧就應當跳起來，一把抓過去。但老顧只是平靜地從他手裡接過那張紙。

「現在貨都在香港。按照你要的交貨日期，我們會用藍煙囪公司的怡康號客貨輪裝運來上海。照慣例，我們要求在水面交貨。」

「可以。」老顧說。

「交貨同時付款。我們在香港商定過。」

「可以。」

「五千七百八十塊大洋。」

「沒問題。」

現在，茶水已送進來。房間突然變得沉靜，只有玻璃杯中的茶葉隨著蒸氣盤旋。客人是懂行的，恪守規矩，避免說多餘的話。陳先生不講究排場，沒有帶保鏢，這讓朴更加放心。實際上，也不需要保鏢。最危險的是交貨時刻，可交貨是採用一種不見面的方式——幾乎不用見面。當然，付錢總是需要面對面的，可軍火交易雙方的信任關係是建立在複雜的地下網絡上的，一旦雙方見面，就證明已得到許多重要人物的擔保。

朴自己最喜歡用盒子炮，七點六三毫米毛瑟槍。而這次更好，這次老顧向客人訂購的是新型產品，新近開始生產的速射型號。在城市街道上短促衝擊，把彈匣中的二十發子彈連續射擊出去，威力會更大。這也是幫會分子最喜歡的手槍，聽說前些年有個吃敗仗的北方軍閥，短暫避逃在上海做寓公，委託青幫大人物為其保駕，結果帶來的幾名保鑣身上攜帶的這種手槍全被人家騙走。幫會以租界內不准攜帶無照槍枝為理由，要求保鑣們交出手槍，由幫會暫時保管，到最後還給他們的是幾支破爛貨。

林培文合上窗帘，走出房間，掩上門，站在過道裡與冷小曼說話。不久，說話聲音停下來，林培文打開門走下樓梯。

客人準備離開。他最後提醒老顧，收貨付款之後，雙方就會形同路人。他說，公司的政策是不去過問顧客如何使用這些貨物，你可以拿去屠殺野鴨，消滅奸夫淫婦，哪怕你純粹想排在牆上當擺設。但是——公司不希望顧客將來在哪個多愁善感的日子裡想起他們來。

「陳先生請放心。我們還會再做生意的。貴公司把整批貨賣給我們，豈不就像在你們手裡捏著我們的一份帳本。誰也不會把帳本交出去的。我們懂得哪個手指爛掉就切掉哪個手指的道理。」

實話實說有時是最恰當的回答。客人看來很滿意。林培文已幫客人要來汽車，他是在對面的雜貨五金鋪裡打的電話。這一次，由林培文單獨送客人回駐地。

朴季醒等汽車開出去很久後才掉頭離開。他沒有上樓，他在黑暗的街道上巡視。剛剛送客人上車時，他看到幾十米開外的一條弄堂口，有人影晃動。這是他今天第二次看到那件細條格子的襯衫，這次他看得清楚，這次弄堂的拱梁上掛著一盞昏黃的路燈，他看見風掀開那件單薄的洋服，那件襯衫從衣襬下露出來。等他追過去時，百米長的弄堂裡空無一人。他知道這條弄堂通往另一條馬路。他懷疑這是自己的錯覺，但他不敢大意。貝勒路是重要的聯絡點，是林培文小組使用的安全房。他準備回頭把這情況匯報給老顧。他不打算上樓，在過街樓下的牆角等著。還要等一會，老顧肯定跟他自己一樣，觀察到冷小曼的心不在焉。走神，總是走神——他猜想老顧會找她談話。一個身負重要責任的秘密組織領導人，應該隨時注意成員的思想情況，一個組織，最讓人擔心的是思想渙散。他有點替老顧擔心，冷小曼顯然處於一種連她自己也難以察覺的困惑之中。

十

民國二十年六月八日凌晨三時三十二分

犬吠聲淒厲。冷小曼看看五斗櫥上的檯鐘，才三點半。她再次陷入連日來不斷折磨她的自我拷問之中，無可解脫，無從排遣。

碼頭上被擊斃的曹振武，確實是冷小曼的丈夫，可他也是她的仇人，她的前一個丈夫正是死在他手上。她不知道該怎樣算清這筆帳。

那一次，她從桂林來上海。當時曹振武作為南京政府裡一位大人物的私人代表，在桂系軍隊中活動，計畫是建立某種秘密的聯盟。要不是那次巧遇戈亞民，也許這會她人已在巴黎。她沒有看見他，可他卻看見她。她沿著霞飛路一直走到福開森路[1]，他也跟到福開森路。她住在桂系軍隊充當上海聯絡處的公館裡，門外有佩槍的巡捕站崗，門內有不帶槍的衛隊（租界當局不允許公開佩帶），所以他不敢進門。

1 Route Fergusson，今武康路。

直到她再次出門，在白賽仲路[2]一家沿街的小書店裡，他站到她背後。從前，他們都是俄文補習班的同學。從前，在補習班的教室裡，他們都聽那老布爾什維克講過課。因此她根本不用轉身，就知道背後站著一個人，充滿敵意。

老布爾什維克並不老，說他老，是因為資歷。一肚子都是他自己的故事。都是親身的閱歷。在莫斯科，在彼得堡，在巴黎，他把警察和特務耍得團團轉。他上課用的是俄文，最簡單的那種（參加補習班時間最長的也只有半年），可場景卻栩栩如生。人的表情，樹葉飄落地面的聲音，藥水瓶的顏色。奇怪的是，最日常的事物從他嘴裡講出來，也無不帶上傳奇色彩。

汪洋（她的前夫）也在俄文補習班當教員。他年輕，只比她大幾歲。他去過蘇聯，段祺瑞的軍法處警察闖進北京大學宿舍，幸虧他不在。他只得去蘇聯。他回到上海，在補習班裡給她和戈亞民上課，口若懸河，不時嵌入一兩個俄文或者德文單詞。他用一本油印教材，叫做《馬克思主義入門》，後來她才知道，那講義是直接從俄文翻譯過來的，是布哈林的《馬克思主義ABC》。

戈亞民一直都是他的信徒。那不奇怪，在跟他結婚前，她不也一直是他的信徒麼？他要戈亞民做什麼，戈亞民就做什麼。儘管戈亞民暗地裡瘋狂地愛上她，但一當他明白汪洋也在追求她，就把熱烈的眼神移開。

可是現在，戈亞民也跟別人一樣離她而去。犧牲——也許自殺比被殺更適合犧牲這兩個字。說到底，只有義無反顧地抱有自我毀滅的勇氣，才當得起這兩個字。

應該讓她去執行的。她爭取過。但別人懷疑她究竟有沒有這種勇氣。老顧說，我們相信你有大義滅親的勇氣。天曉得，大義滅親這個詞放在這種情形下，有多不合時宜。可你讓別人說什麼好呢？無論如何曹振武是你現在的丈夫。

其實，她放在心底裡沒說的話是，不如就讓我跟他一起死吧。此刻她坐在過街樓面對貝勒路的窗口，望著黑暗的城市，對自己尚且活著不可置信。

之六：既須殘酷面對別人，也必殘酷面對自己。一應軟化意志之情感，親情、友情、愛情、感激之情，甚至榮譽之心，概必壓制，且必以冷酷專一之革命激情替代。

她覺得老顧草擬的群力社綱領在這一條上還不夠完整。對她來說，迫在眉睫的是要壓制那股自卑情緒，它們時不時從內心深處冒出頭來，但願真如老顧說的，殘酷的暴力是一種淨化力量，它會幫助我們擺脫自憐，擺脫自我厭棄。

戈亞民從頭到尾追問這一句：「他是在什麼時間向你求婚的？」

我不知道，我什麼都不知道。我被關押在龍華警備司令部的軍法處大牢裡。沒有手銬，沒有畫著嫩綠色旗袍女人的月份牌，甚至看不到太陽。有時候，一陣風吹過，牢房外的走廊裡會聞到太陽的味道，青草的味道，油炸臭豆腐的味道……

別人都在沉默，那個頭髮始終不聽話的穿著白色帆布西裝的小男孩是沉默的（後來她才知

2 Route Gustare de Boissenzon，今復興西路。

道他叫林培文），他不斷用手捋他額頭上那一抹頭髮。老顧也在沉默，甚至有些殷勤，給她倒水，要不要茶葉？如果你頭暈，我這裡有萬金油。

我不知道。每天上午，木門打開，走廊裡的微風把牢房整宿的臭味吹散的時候（她從不知道女人的身體也可以散發出那樣濃烈的臭味），就會有拉鐵門的聲音，哐啷哐啷哐啷，即使有陽光和青草的氣息，這聲音還是讓人心驚膽戰。活著，或者死去，如果是提審，那麼你還活著，如果不是提審，那就是提到監牢圍牆後的空地上槍斃。那些日子，幾乎天天有人被槍斃。而我根本什麼都不知道。看守對你很客氣，「你們不是壞人，你們——都是為國家——」她們對那些刑事犯就不這樣客氣，如果不聽話就拖出去打一頓，女人打女人，下手居然會那樣狠毒。但她們什麼都不會跟你說。男監在另外一排牢倉裡，我怎麼會知道？

戈亞民突然憤怒起來，她感覺得到怒火在他的身體裡湧動，他站在她的面前，用牙齒啃著自己的拳頭，好像這是表達愛情的另外一種形式，好像如果不能愛她，就要傷害他自己，如果不能傷害他自己，就要傷害她——

他揮出拳頭，短促（像是在嘗試），快速縮回，好像手臂上裝著一個彈簧，又重重打出一拳。第一拳打在她的額頭，第二拳打在她的顴骨上。林培文衝上來，從背後架住他的手臂，而他暴起眼睛，頭和上身努力向前掙脫，向她撲過來，好像是在表演一具撲向火堆的雕塑。

她只感到屈辱。不是因為他打她，而是因為老顧的沉默。其實那時她並不知道他的名字，我代表組織來向你打聽一些事。他代表組織。而組織在她被打、被傷害、被逮捕的時候都在保持沉默。這讓她感到屈辱，讓她感到自己並不重要，組織不會來營救你的。你要自己救自己。

濟難會那個學法律的大學生模稜兩可地說，不，我不是組織派來的，我是代表一個慈善機構，我是濟難會的。我可以向你提供法律援助。但你也可以把我的話當成組織（你的組織）告訴你的。如果他向你提出要求，你可以答應他，可以虛與委蛇（他把虛與委yí說成虛與委shé）。

於是，她答應他，虛與委蛇，覺得自己的確像一條蛇，一條苟且偷生的自卑的美女蛇。曹振武讓看守把她帶出去，他給她帶來點吃的。他並不是一開始就提出那個要求的，他裝得像個君子。而且他跟她是老相識，老家在同一個省城，他們在同一個師範學校的同一個班裡念書，是同學。他們幾乎同時離開那個令人窒息的內地城市，年輕人像撲火一樣撲向革命，只是一個去南方，一個來上海。去南方的加入國民革命軍，他，曹振武，現在是進占上海的一支軍隊的軍法處主任。而她是他的階下囚。

只是到後來，他才向她暗示。這裡隸屬龍華警備司令部的軍法處，不屬於我的管轄範圍。雖然我跟他們很熟，但楊虎和陳群是兩個瘋子，全中國都知道這是兩個瘋子。我去跟他們商量，一個誤入歧途的女人，政府難道不應該給一個機會？他們卻反問我，她是你的什麼人？

你明白不明白？她是你的什麼人？

他給她泡的咖啡還冒著熱氣，他是很細心的人。只放一塊糖，又在碟子裡另外放上兩塊。天知道這警備司令部的監牢裡哪找出的這堆家什。這是軍法處看守所的所長辦公室。是這幢房子裡最好的一間，窗外陽光明媚，雖然是夏天，但上午這裡很涼快。他穿著夏布軍裝，短褲剛到膝蓋，馬鞭放在桌上，幾乎有些俊俏。他比她大兩三歲（她想，我去年才剛過三十歲麼，他還說，出錢讓我去巴黎念兩年書，就當是送我的生日禮物）。

我當然能明白他的意思。我沒有接口。直到濟難會再一次來人接濟。我諮詢他們的意見。我想——他們一定是組織上派來的。

老顧忽然從沉思中醒來，對她說：「濟難會不能代表組織，他們只是慈善機構，是在組織的引導下為獄中難友提供必要的幫助。他們只是組織的外圍機構。」

原來是這樣。可後來，我就答應他。答應他的求婚。他再一次向我提出——這次不再是暗示。他告訴我，南京又有新的政策，要加大對反動分子的打擊力度，可能最近又要槍斃一批獄中的犯人。你不能再猶豫，答應我，嫁給我。如果我能跟他們說，你是我的家屬——難道進行國民革命，連親情都不要麼？

我只提出一項要求。在放我出來的同時，汪洋也要出獄。但他說，這辦不到，如果你是我的妻子，他又是誰呢？那我不能答應。他遲疑很久，才告訴我，汪洋早一個月就已被槍斃。就在監獄的大院內。我一直在哭，很久很久。

她想，她到底哭過沒有？她以為她後來一定是哭過的。因為軟弱，因為從內心裡湧出的對自己的鄙視。她並不愛汪洋，如果說從前愛過他，那也是因為那時候，她太年輕。

有一次，汪洋對她說，一個職業的革命家，是不需要愛情的。他不可以有愛情，生理上的性是必需的，那是衛生的需要。如果一個職業的革命家感到需要，他應該用最簡單的辦法去解決它，而不應該像小布爾喬亞那樣，扭扭捏捏地調情，從而把大量的時間虛耗在毫無意義的瑣細事情上。

她懷疑過麼？如果不是戈亞民這樣追問，她想過這個有關時間的問題麼？究竟是汪洋被殺害在先，還是曹振武向她求婚在先？這其實不重要，老顧說，曹振武是屠殺革命者的反動軍官。但她不久就完全明白，這是至關重要的。至少對於她個人（也許對戈亞民也是至關重要的）。

似乎戈亞民認為，這件事不僅關係到曹振武的品格。也許更與她冷小曼個人的忠誠有關。現在是老顧在說話：「你再回憶一次，他第一次向你提出這個暗示的時候，你有沒有給他過一個很明確的回答。你上午說你沒有接口，這意思是你沒有說話？時間很緊張，我們要送你回福開森路。好吧，那就是說你沒有說話。這是個很明確的信號麼？表示你不答應他？」他說話的口氣，好像這不過是例行公事，只是要一個回答，以便使審問筆錄完美無缺。

窗外的貝勒路上傳來木板哐噹搖晃的聲音，寂寞的馬蹄聲音……

十一

民國二十年六月八日
凌晨五時十八分

她聽到窗外有人長嘆一聲。她透過窗帘縫隙望出去，凌晨時天空比夜裡更黑。街道好像被露水洗過一遍，車輪像是在濕透的吸墨紙上滾。騾馬拉著沉重的糞車，是車夫在打哈欠……

第二天，上午，繼續提問。還是在這裡，在隔壁。在這間廂房後半部分。與此刻她置身其中的這個過街樓只隔開一道板壁。只是那個房間更隱蔽一些，有隔音的護壁板。窗口朝著天井。不像過街樓上的這一間，一面窗口對著弄堂，另一面窗口一打開就是貝勒路。

戈亞民把她接來（她沒讓副官跟著她一起出來買東西）。她坐在前一輛黃包車上，戈亞民坐後一輛。進門之後，老顧對她說，如果有人闖進來，那麼我就是張東生。從前，我是你父親綢緞庄的掌櫃。我們在路上巧遇。我把你領到這裡來，只是找個安靜的地方敘敘舊。是很奇怪，但也不奇怪，因為我幾乎是看著你長大的，小時候，我還是你家櫃檯上的夥計時，就帶著你出門買炒花生。我把你扛在肩上。這裡不是我住的地方，你不知道我住在哪裡。我把你領到這裡，是因為這裡住著的是我的朋友，那人好像也不在家，只有一個年輕人（他指指戈亞民），聽他們說起來，好像他是那個生意人新找的小跟班。

在俄文補習班的最後一個月，冷小曼聽過那個波蘭人的課程。一個老布爾什維克，他說他去過孟買。他給大家講「秘密工作的技術要點」。課程幾乎是扣人心弦的，因為全都是他自己的故事。她聽得很仔細，她懂老顧的意思，他是在為萬一出現的危險狀況預先串好口供。老顧是老練的，他一定在組織裡身負要職。

他們在前一天對她提出的問題，她仍然無法回答。很難說她的沉默算不算一個明確的謝絕。她猜不出別人會怎樣想。那你有沒有說過，讓我回去想想之類的話？但是，說過又怎樣？難道說，因為曹振武想讓我答應嫁給他，就指使憲兵殺害汪洋？他並沒有指使警備司令部的權力。可你並不知道他有沒有這個權力。而你們，在懷疑我對組織的忠誠，懷疑我對汪洋的忠誠。但你對汪洋是忠誠的麼？在答應他的求婚之後，甚至之前，你，究竟有沒有想到過汪洋？那時你萬分恐懼，每一分鐘死亡的陰影都籠罩在你心裡，緊緊攫住你的心臟。所有的事情都在折磨你，讓你分心，讓你根本想不起汪洋來。天氣炎熱，吃得很壞，每天發一次洗澡水，只夠用涼水擦身的，你甚至連一件乾淨的內衣都沒有。沒有太陽，用剩下的水稍微漂洗一下，就掛在鐵欄杆上陰乾。你只想走出去，走出監獄的大門，大門外充滿陽光，盛夏的烈日比任何時候都更可親。

即使是和曹振武結婚以後，你也從來沒有想過這些事情。或者是，你不敢回想。你不願回想起來。走出監獄，你就像換了一個人似的。要不是有人問你，你究竟記得不記得在那裡發生的事？你猶豫過嗎？你拒絕過嗎？難道事情不就是這樣自然而然地發生？曹振武要救你，就要找一個理由，而最好的理由不就是你是他的老婆？你到底在什麼時候向他打聽汪洋的？有沒有那杯咖啡？那杯在你的記憶裡冒著騰騰熱氣的咖啡？

到最後，組織上突然說（沒有任何徵兆）——其實是老顧打破沉寂，他說，組織上相信你。這讓你如釋重負。不，不光是如釋重負，你簡直是感激涕零。你終於得到結論，你最終被證明是忠誠的。

可是從這一刻起，出獄以後所有的那些安逸生活再一次離你而去。桂林南郊那幢帶花園的公館，花園裡那幾棵紅豆樹，傭人老黃和他的一家人，無疾而終的懷孕計畫，還有巴黎——

突然之間，她好像一下子回到從前的日子，緊張，瘋狂得近乎快樂。不是她再次找到革命，是革命再次找上她。**第十三條：假如他對這世界抱有同情，他必不是革命者。他應毫不猶豫地毀滅這個世界。他應仇視所有，且一視同仁。**

按照老顧的指示，她像群力社其他同志一樣，把這份綱領牢牢記在腦子裡。他們不斷背誦，逐條討論。剛開始，她覺得這事多少有些可笑。可漸漸她就覺得不但不滑稽，而且確實有效果。語言是有力量的，它的確可以淨化你，提升你，讓你越來越堅強。當她軟弱的時候——她不是一回到曹振武的身邊就開始猶豫嗎？在南京，在桂林，她不斷與自己辯論。在香港的碼頭上，她甚至起過阻止他上船的念頭（可她不知如何開口，更不知如何解釋這複雜的局面）。甚至在吳淞口郵輪停泊，等待快艇前來接他們的那一兩個小時裡，她還在懷疑這一切到底對不對，懷疑這一切是不是幻覺。她在船舷邊還哭過，因為她憎恨自己的猶豫不決。陽光照耀她時，她口中喃喃有詞，背誦綱領上的這句話（她記得那個洋場小開好奇地盯著她看）。

天已大亮。

她很少出門，她覺得自己像是個被遺棄的人。別人要求她藏身在貝勒路這間房子裡，盡量少出門，尤其是白天。她想做點什麼，但沒人派事情給她，也很少有人來找她。鄰居們覺得她大概是個棄婦，單身女人，白天窩在家裡不少見，但夜裡也不出門，整天都不出門，別人就會好奇。

他們告訴她，她在曹振武遇刺的同時失蹤，報紙上連篇累牘報導她，到處是她的照片。毫無疑問，她會被當成重要的嫌疑對象。也許此刻她就在警備司令部的通緝名單上，也許連租界巡捕房的黑板上也釘著她的照片。只要稍微調閱一下檔案，人家就會吃定她——龍華監獄一定有她的完整檔案。

承租貝勒路房子的是林培文。冷小曼剛住進來時，他們告訴她這裡是聯絡點，老顧也常來，就在過街樓的窗戶前拉開桌子，骨牌倒在桌上，劈里啪啦，鄰居一聽到打麻將的聲音，對樓梯上的陌生面孔就不太當回事。

林培文一副公子哥兒的派頭，動輒夾著幾本書，好像大學生。他這樣的人，在外面租個房子，房子裡放個漂亮女人，別人也不會奇怪。好吧，就算這女人看起來比他大幾歲，也是個合乎情理的故事。頂多朝他詭秘地笑笑——年輕人，要當心這種女人。

後來就很少有人來找她。日子安靜得幾乎有些古怪，夜裡她不大容易入睡，白天醒得晚。起來以後也不出門，多半時間坐在窗口發愣，恍恍惚惚就是一天。昨天夜裡，他們又開始使用這個聯絡點。不管怎樣，組織上並沒有忘記她，組織上記得她在這幢房子裡。老顧告訴她，前段時間暫停使用這個聯絡點，組織上考慮的是她的安全。

今天早上，她覺得自己又在漸漸活過來。她想還是不能這樣消沉下去。她要再去跟老顧說說，她想要參加工作。她決定出去走走，她猜想要是再不出門，躲在這裡，害怕被人認出來，她就真的會變成膽小鬼。她就會忘記該如何在大街上坦然行走，她就會害怕路上的陌生人，別人看她一眼她就手足無措。那樣她就再也不適應城市地下工作。

她起來梳妝打扮，哪怕去八仙橋菜場買點什麼也好啊。九點時她走出弄口，貝勒路就像往常那樣行人稀少。煙雜店已開門做生意，日用五金雜貨鋪的門板還沒卸下，夥計蹲在馬路沿上漱洗。她站在弄堂口左右看，等著攔下第一輛路過的黃包車。

街上安靜得出奇。陽光冷冷地照在她腳邊，臉盆裡的水潑在柏油路面上，嗤啦作響，好像那水正在急速地滲入地底下。像是所有的眼睛都在看著她，讓她不自在。她安慰自己說，這是多日不出門的緣故。儘管這樣，從旗袍底下，從她的膝蓋往上，還是有一絲絲涼意讓她直冒雞皮疙瘩。

她覺得站在幾十米開外的幾個傢伙，怎麼看都不像好人。不像是尋常人。站在那裡東張西望，一個煞有介事看著弄堂口牆上貼的行醫廣告，一個抄著手吸煙，還往馬路這邊看。

她扭頭向南，決定到貝勒路那頭的路口找車。

可在街角，她看到一個熟人。這人在對面街角，正向東轉去。他忍不住又回頭朝這個方向望一眼，身前掛著一只照相機。她認出他來，可她不能確定對方認出她沒有。她趕緊轉身離開。

十二

民國二十年六月八日上午九時三十分

小薛又在心裡告誡自己，不要盯著她看。他是無師自通的盯梢專家，他一個接一個更換跟蹤目標，現在是船舷旁的那個女主角，可他想不出那到底是哪部電影。

要走在另一邊，絕不能走在與目標同側的馬路上。不要跟在目標背後，那樣，他們反而更容易脫離視線。走到街道對面去，與目標保持平行，可就算這樣也很容易被發現。街上每個人的眼神都在鄙視你。你不由自主就偷偷摸摸起來，你連大大方方點香煙都不敢，好像隨便什麼動作都引起跟蹤目標的警惕。

他完全可以離開，坐火車去南京，坐小火輪去蘇州。南京更好些。他甚至可以在南京找件事做。可他很快打消這個主意。他又能去哪裡？他身上有半個法國人，半個廣東人，還是個私生子。混血的亞洲城市才是他的故鄉，這些城市才是私生子的故鄉，香港、西貢、上海。可去香港和西貢也不解決他的問題，那還是他們的勢力範圍。根本原因在於，他不想動彈，他早已習慣這個城市，好像是它的寄生物。

渾身散發咖哩味的馬龍督察說喜歡他。馬龍督察告訴小薛，說他是新成立的法租界警務處政治部特務班長。他對小薛推心置腹，說他在法租界警務處一幹就是七年，始終不能得到上司和同儕的賞識，這反倒讓他變成警務處最廉潔奉公的西探。他看不起別的警務人員老是往賭場妓院跑，和幫會分子打得火熱，所以別人也不拿他當回事。直到薩爾禮少校升任政治處長。他說少校是個好人，只要小薛做好這件事，少校會照顧他的。

他怎麼可能不害怕？他們說這是一幫軍火販子。他一直想不明白，為什麼就不能狠狠心逃出去。此刻，就在他險些被人家發現的一瞬間（昨天下午到現在這種情況已發生過好幾回），在他趕緊扭頭，轉彎，走進一條弄堂，又轉入弄堂底部的橫弄時，忽然有一句話從他腦子裡蹦出來；生是租界的人，死是租界的鬼。絕妙的格言，可以寫在他自己的墓碑上，最好用一張紙條把這句話寫下來，放在錢包裡，如果他橫死街頭，希望有人會把這句話跟他一起埋到地底下。

昨天下午離開禮查飯店，特蕾莎把車開到西僑青年會門口，他倆一起下車。在那裡分手，她進門，他朝馬路對面走去。

三十秒鐘後，他想起人家要他辦的事。他轉回頭來，悄悄跟在她身後。跟著她走進大樓（虧得西僑青年會從去年起向就華人開放）。

她走進更衣室，他從另一條通道走到游泳池角門邊。剛進六月，氣溫並不十分適合下水。池裡沒幾個人。他看見特蕾莎在水裡忽隱忽現，就像是一條渾身綠白斑紋的魚，泳衣的裙邊在水裡漂浮，就像是一種水生植物。她的腿在水裡蹬踏擠壓，就像是還在禮查飯店的床上。這一瞬間，他實在想像不出她的危險之處。她快活地在水裡戲耍，快活地把自己灌醉。

可那個傢伙突然出現。一看到這個人，他就開始生氣。

毫無疑問，這是個壞朋友。他猜想所有這一切都是這傢伙的主意，他認識這類人，他只消一眼就能識別這種人。一定是他引誘特蕾莎的，要不然，她一定還好好地做著她的珠寶生意呢。他先是引誘她做這種危險的生意，接著又引誘她——他猜想他們一定是上過床的。特蕾莎水淋淋爬上岸，他抓起毛巾幫她擦乾，特蕾莎毫不在乎，提起左腿擱到椅子上，而他居然就拿毛巾去擦她的大腿，就好像他是她的情人，就好像他是在假裝獻殷勤。

這個人站在水池邊，跟特蕾莎說起話來，熟悉得像是認得幾百年的老朋友。從前天晚上到現在，他頭一次覺得馬龍督察讓他幹的事情並不壞，壞的是這個傢伙。他當即作出決定，他要扔開特蕾莎，去跟蹤這個人。

這個人從潘彼得洋服店出來，走進DE LUXE皮鞋店，從皮鞋店出來，又拐進一個專門賣呂宋雪茄的白俄煙酒鋪。他漸漸看出這傢伙的口味，這讓他更氣憤，因為跟他自己的喜好差不多。

人家終於走進餐廳。而他只得在口袋裡插卷報紙，躲進蒲石路上一家賣魔術玩具的店鋪，裝作對那排空盒子感興趣，據說只要你高興，你可以讓一束假花、一輛玩具汽車、一只陶瓷小鳥，或者你想要的隨便什麼東西從這些盒子裡冒出來。

他覺得那天晚上不該要那張牌。他早該發覺那日本人（白克說他是夏威夷人）在搞花樣。Zenko——他想起那個日本名字——他不該再要牌，葡萄牙人也不該跟著要。那樣白克就拿不到那張A。這簡直是在故意跟他作對，他猜想這三個傢伙很有可能是合夥欺騙他。他有時會覺得那局牌才是他眼下這些霉運的根子，要不是那次人家只用一手牌就贏掉他幾百塊錢，他就不會發誓三個月不打牌，要不是他發誓三個月不打牌，他就不會答應陪特蕾莎去河內——他無法按照這邏輯推出他想要的結論，因為他立刻又覺得無論如何他都會跟她去的。

都是些巡捕房密切關注的危險人物，馬龍班長告訴他。他們賣槍，他看到很多死在槍下的人。小腿不斷抽動，像是瀕死的爬行動物。他不太能搞懂自己，他怕死，可有時候膽子卻大得要命。他仔細想想，其實滿世界都是他這樣的人，租界裡全都是他這樣的人，他在哪本雜誌上看到過一句話，說有一種人，天生具有自我毀滅的傾向。這種人總是放著好好的日子不過，明明一個又老實又年輕的學生，卻要去參加革命；明明一個勤懇的小生意人，聽到輪盤上小球一滾就激動；明明一個整天閱讀婦女雜誌（裡頭還登些吹噓無痛分娩法的醫師寫的文章呢）的規矩太太，卻要去跟人私通。

馬龍班長手下有個文質彬彬的馬賽人對他說，我們會保護你的。我們看重你，大大超過看重一個普通的包打聽，你身上有一半是法國人。

他在本迪戈餐廳門口差點被人發現。回想起來，他覺得那個人肯定是看到他的，那穿黑色皮衣的傢伙，從上唇到下巴，那圈鬍渣兒幾乎把嘴整個包圍起來，可那張臉看起來還是很年輕。

人家在高級餐廳吃飯，他卻像傻瓜那樣站在夜風中。他突然覺得憤怒。他簡直是在向人家示威，他在門廳那盯著人家看，他想看清楚這傢伙到底在跟誰一起吃飯。他猜想別人一定是在留心他，搜尋他，他注意到穿黑色皮衣的傢伙背靠牆站在陰影裡，朝路的兩頭觀察好久。

一定是看見他啦，別人現在變得極其小心。他不敢跟蹤那輛車。靠走路是不可能跟上汽車的。至於汽車跟著汽車，那才是電影裡的鬼扯呢。他想出個辦法來——

他跑到蘭心劇院的臺階上，從門廳後望著路口。他看到那輛汽車駛過，他把車牌號記在心裡。汽車一定會開回車行。他一直等到那輛車回來，才跑到櫃檯上開單領牌子。他坐在司機座邊上，他只多付一倍車價，只多付兩塊錢，就讓司機把車開到貝勒路上，上次的乘客下車後走進哪條弄堂，司機記得清清楚楚。

昨天夜裡，小薛躲在弄堂底，一直等到他們全部離開。早上他又來。九點剛過，他站在五金鋪櫃檯外面，店鋪在貝勒路這一側，正對著對面的弄堂口。他裝作打電話，抬頭張望——

不可思議！就像奇蹟突然發生——很久以後他回想起來，仍然覺得那就像是奇蹟。在弄口拱梁上方，在斑駁的紅漆木板牆上方，過街樓窗口的花布窗帘瞬間拉開，一張面孔從暗淡的背景裡浮現，是個女人，她探頭看看窗外，她縮回去，關上木窗，又拉上窗帘。小薛認得她！

那是船舷旁的神奇女主角，他曾沖洗出那張照片，可就算對著照片他也想不出是哪部電影。他很快就明白過來，這就是他想找的地方，就是這窗口，就是這間過街樓。按照他那業餘盯梢專家的想法，毫無疑問，一個軍火販子和一起暗殺事件的女主角，絕不可能僅僅出於某種偶然的原因而走進一條弄堂。

現在，他又要跟蹤這個女人。他看著她走出弄堂，他自己走在貝勒路的這一側，稍後一些，但幾乎與她平行。他看到她在康悌路[1]口朝西邊走，他看到她在街角停下腳步，他只好向

1 Rue Conty，今建國東路。

東邊拐去。

他產生一種奇特的想法，覺得那個「壞朋友」正在試圖侵蝕他生活中所有的美好感覺，而他卻猜不出那傢伙下一次又會出現在哪個地方，哪個他根本意想不到的地方。

十三

民國二十年六月十一日上午十時十五分

多年以後，當薩爾禮故地重遊（此時他早已與小薛情如父子），眼望著昔日的租界飽受戰爭摧殘。而薛因為在戰時與各方都保持著密切聯繫（這多半也與他的天性有關），南京的一些機構竟然對他產生疑慮，對他展開一系列的審查，甚至一度把他秘密關押起來。薛的許多朋友——包括薩爾禮本人，勇敢地站出來，提供各種證據，薩爾禮少校甚至引用法國外交部的一些舊檔案，終於使薛維世先生安然釋放。

薩爾禮為小薛設宴壓驚，他盛情邀請薛去法國——不僅作為他私人的來客，也同樣作為法國政府的客人（因為他多年來對法國海外殖民地事務作出的貢獻）在巴黎定居，當然，你也可以來南方，薩爾禮本人在上海服役期間，累積下來宦囊甚豐，在法國南方買下一幅地。

同時，在酒酣耳熱之後，他們也開始回憶起往昔歲月。據薩爾禮說，剛開始他並未注意到這個年輕人，起初，只是一個白俄女人進入他的視線——他出於偶然的興趣——如今他甚至可以不無自嘲地說，出於某種多多少少算是對美貌婦人的私下興趣，他讓人對這個女人展開調查。

隨後，神奇地——他猜想那與冥冥中某種推動事物的力量有關——從這個白俄女人出發，調查線索突然令人興奮地與金利源碼頭的暗殺事件匯合到一起。

今天早上在晨禱室門口，少校左手半只羊角麵包，右手一杯咖啡，正用膝蓋去頂那扇門。馬龍班長伸手幫他推開，興沖沖地告訴他，我們的小獵犬總算找到洞口啦。

特務班全體在等著他們。而馬龍班長沒在會上宣布那消息。他把一張紙條遞給少校，少校掃視一眼，把它壓在文件夾底下。離開會議室時，他要馬龍把有關這個小薛的所有文件——包括提審他的筆錄、他自己兩天一次交來的那些情況匯報，以及從捕房保甲處找來的有關其他人歷史的所有紀錄——通通拿到他辦公室去。

紙條上寫的是一份情報，使用法語，拼寫和語法幾乎找不到瑕疵，據說是那個姓薛的業餘攝影師的作品。情報揭露一條驚人的消息：攝影師跟蹤白俄女軍火商的一個朋友（馬龍用鉛筆在邊上注明此人就是那個陳姓買辦商人），發現他進入貝勒路的一幢房子。第二天，當他再次前往那幢房子附近仔細觀察時，發現這幢房子裡有個意想不到的客人，攝影師在報紙上看到過她，正是金利源碼頭被暗殺的曹振武的太太，這位太太在刺殺案發生後旋即失蹤。

在這次暗殺事件中，最讓少校覺得有意思的地方是刺客對新聞報導的重視，他們——深入調查後發現那是個組織嚴密的暗殺團夥——事先就把消息透露給記者，隨後又向記者提供一些文件，一份虛張聲勢的聲明，加上一份故事大綱（以使報紙的說法和他們自己的版本保持一致）。這個暗殺組織不僅精心策畫一起暗殺行動，更試圖操縱新聞機構對消息的傳播。這一點，我們甚至可以說少校本人也大受啟發。

後來在一次晨會上，他就對特務班裡幾個親信下屬說，也許從來就沒有真相。也許真相就是這一大堆文件，就是這堆剪報、審訊筆錄，真相就是大街小巷的竊竊私語，就是由便衣包打聽們每天上交的調查報告。簡而言之，真相就是這些檔案。

多年後少校仍記得，那些日子裡，上海風雨飄搖。這可不止是比喻的說法。那年早春雨水特別多，周圍省份頻發水災。直到四月初才放晴。當時，法租界警務處政治部——薩爾禮少校負責的部門——好像一夜之間，突然變成眾人矚目的要害部門。在薩爾禮少校的記憶裡，他從來就沒這麼熱門過。甚至連英國人也向他推心置腹。他的同行，公共租界的馬丁少校邀請他到鄉村俱樂部共進午餐，烤得半熟的牛排和羊腰堆在一個盆子裡，他記得當時還有一名年輕的英國外交官員在座。很少說話，大部分時間都在沉默。當馬丁說到一些重要問題時——比方說雙方共同建立某種情報交換的日常機制，他就變得愈發沉默，凝視他的酒杯和雪茄。很久以後，少校還記得一些租界傳聞（在上海還有誰比他消息更靈通？），這位年輕人後來捲入到一起桃色事件中，在輿論壓力下不得不黯然離開上海。

馬丁那天說，他希望薩爾禮少校把這理解為「達成某種私下方式的共識」。因為——如薩爾禮所知——如今的倫敦被一幫鼠目寸光之輩占據，以麥克唐納[1]為首。首相從前是外交界的圈內人，馬丁轉頭看看那個年輕人，像是略帶歉意。倫敦傳說工黨內閣裡有蘇聯間諜，真是讓人大開眼界。英國政府恢復對蘇聯的外交關係，並且正在從海外殖民地撤軍。這從上海租界也

1 Ramsay MacDonald。

能看出點跡象來，英國人似乎有意讓日本陸戰隊代替自己執勤。所以，馬丁說，莫洛托夫說得一點都不錯，如今法國才是社會主義蘇聯的頭號敵人。

他記得那塊牛排足足有二英寸厚，用銅絲網夾在煤氣爐上烤到三分熟，澆上鮮奶油汁，再澆上一些英國Lea & Perrings公司出產的Worcestershire Sauce（中國人把它叫做辣醬油）。如今回想起來，那段日子他胃口真好，那樣美好的歲月，他再也找不回來。奇怪的是，一旦離開那塊殖民地，他的消化能力就大大退化。當年在上海，似乎人人都那麼好胃口。

「因此，少校，一些老練的倫敦人士希望我們同法租界警務處建立一種更為緊密的聯繫。」

是的，這是所有事情的起點。可這一切薛又怎麼能知道呢？當時，他還是黃浦江邊這塊租界裡的小混混。懵懵懂懂捲入一項對軍火交易集團的調查中，像是誤撞上蛛網的蠅蟲，拚命撲扇翅膀想要脫身。

今年初，外交部通過私下渠道向少校發出一個信息，巴黎的說法是：至少要「策畫一兩次能夠引人注目的行動」，以配合巴黎近來針對莫斯科的貿易禁運政策。和馬丁他們的做法不同，法租界政治警察部門向來的政策是多一事不如少一事，殖民地警察的任務是保證商人們的貿易安全，商人得益，警察也得到自己那份利潤，大家得利。能夠同那些激進組織相安無事是最好的，少校有時候甚至認為，正是那些組織的存在，才讓法蘭西的海外殖民地變得不那麼沉悶，不那麼無趣。法租界從不理會英國人的那一套，公共租界想要抑制幫會勢力的蔓延，清除賭場和妓院，法國人張開懷抱歡迎它們。公共租界和南京政府合作，逮捕共產黨人，法租界則睜一眼閉一眼，故意動作遲緩，走漏風聲，讓他們撤退機關，轉移帳戶。只要這些人不過分搗亂，不添麻煩，法租界警察部門就容忍他們。在殖民地事務上和英國人唱唱對臺戲，刻意表現法國式的開明，這是由來已久的傳統。

一夜之間風向轉變。對外宣稱的理由是法國情報部門獲得可靠證據，證明印度支那激進運動組織的叛亂活動得到共產國際和莫斯科的支持。而對這些叛亂活動提供財務和其他必要支持的領導機構，其隱藏地點正是在上海。海防的郵輪帶來各種文件，從裝訂成厚本的研究報告到搜查現場取得的小紙片。也許他只是想交差，也許他是想要真正做出點成績，在自己的殖民地警察部門工作履歷上好好加上一筆，無論如何少校都必須採取行動，他開始調閱在辦案卷。少校向來都喜歡對手下說，你放一放手，大事化小小事化無，你睜大眼睛盯著，蛛絲馬跡足以挖出大案子。這種事情需要想像力，是的，想像力，而薩爾禮少校並不缺乏想像力。

必要的想像力，再加上對於這座城市的充分理解。少校認為自己是理解這座城市的。法租界大大小小的住宅區，在那些像迷宮一樣的弄堂裡，有多少花樣能逃得過少校的眼睛？我們也有我們的一套，雖然人家說我們法國人天性自由散漫，但我們也同英國人一樣擅長管理城市，甚至比他們更擅長，而我們還會讓殖民地變得更有趣。

政治部的所有在編警員都有自己的「包打聽」小隊，每個「包打聽」手底下又另有幾十條眼線，他們就像毛細血管一樣滲透到這個城市的肌體深處。他們每天都要提交報告，不管寫在什麼紙上，哪怕寫在香煙盒錫箔的背後。如果不會寫字，也可以口述，由他的上級記錄在案。那些字跡歪歪扭扭的紙條最後全都落到文書科手裡，由他們整理翻譯，其中最新奇有趣的記錄文件，則必須直接放到少校本人的桌面上。

小薛手寫的所有那些亂七八糟的大小紙條（有一兩張是禮查飯店為住店客人專門印製的信箋），就是通過這樣的渠道最終堆在少校的辦公桌上的。一小時後，馬龍班長把與小薛有關的整個案卷全部交到少校桌上。少校不僅注意到這個小薛——這個業餘攝影師能夠用法文寫出一份完整的報告，後來，在仔細閱讀從設在霞飛捕房的保甲處取來的戶口檔案紀錄時，他竟然還發現一個熟悉的姓氏，Weiss——Pierre Weiss，多年前居住在上海法租界的一位商人。大戰期間回法國參戰，從此再也沒有回上海。他與他的中國情婦生下一個兒子，而這個兒子，正是薛維世——Weiss Hsueh，警務處政治部特務班手下的一名證人，他此刻正在從事一項重要的調查活動。

馬龍班長告訴少校，根據他的指令，捕房保甲處正準備派出巡捕仔細搜查小薛在福履理路的居所。少校連忙抬起頭，要求馬龍立即阻止這次搜查行動，但馬龍班長說，大概打浦橋華捕隊早已出動。

只有美是完整的
在秋天的後面
風追著這的
一小扇窗
升起了光陰的燈火
羅任玲
羅任玲《初生的白》 聯經出版事業公司

十四

民國二十年六月十一日
下午六時十五分

小薛火冒三丈，他真想對馬龍班長來一次報復。他覺得早上在薛華立路大樓對馬龍沒有說出全部情況是完全正確的。下午他一進家門，就被眼前的景象嚇得愣住。衣櫃門全部開著，抽屜掉落在地上，他的衣服東一件西一件滿地都是，報紙和信件卻都在床上，還有照片。法國軍團在戰壕拐角上槍斃間諜的照片插在吐司爐架上，排槍正衝著那瓶果醬射去，這張照片是他父親跳到戰壕外拍的，站在那個將要被處決的犯人頭頂上。

他清點物品，發現所有重要的信件和照片都被人拿走。包括他父親的照片，母親的照片，還有特蕾莎的照片。他羞愧難當，那是他最隱秘的照片。他一想到馬龍看到這些照片後的面孔就無比憤怒，他想像得出那一臉壞笑。

在別人眼裡，那些照片上的特蕾莎多半不怎麼好看。有時咧著嘴角，拉得老長，連鼻孔都張得很大。由於透視的關係，腿會變得很粗，屁股也繃得又扁又寬。可他自己覺得好看，他覺得那很美麗，他認為拍這樣的照片才算是揭露事物的真相。他記得有一張曝光過度的照片，特蕾莎蜷曲著雙腿，像是只乳白色肉果，被從當中剖開條縫，露出瓤來，照片上的特蕾莎情欲高漲，連毛髮都是濡濕的（客觀地說，小薛知道那一半都是自己的唾液）。

他不知道別人看到這些照片會怎樣想他，那都是他最忘乎所以時刻的見證。他挑出一些稍能準確反映她外貌特徵的、比較不那麼會把她誤以為是另一種奇異物體的照片來送給特蕾莎，剩下的他都自己保存著。可現在它們被巡捕房一鍋端。他知道這一定是巡捕們幹的，他認為這事一定跟馬龍脫不掉干系。

從下午到現在，他被羞愧和怒火攪得一刻不得安寧。幾天來他搜腸刮肚給馬龍編故事，滿足特務班長那永不饜足的好胃口，讓這傢伙像吞食奶酪焗麵那樣吞食他的故事，嘴巴外頭往裡塞，嘴裡還使勁兒吮，故事拖著故事，好像麵條拖著麵條滾到他的胃裡。他把特蕾莎在床上的喜好告訴人家，他替特蕾莎編造一天的日程表，在哪裡吃飯，在哪裡裁剪裙子，在哪裡見到什麼人。有時他為滿足馬龍的胃口，還不得不編些彌天大謊來過關，他把自己說成是特蕾莎最信得過的人，是她那生意中的重要角色。她去所有的場合都帶著他，她不方便去的場合就讓他代表她。因為想要跟馬龍班長套近乎，他還用法文來寫那些報告，免得人家翻譯起來漏掉點什麼關鍵地方。他不得不去書店找素材，去租界裡那些專門賣些探案犯罪書刊的鋪子，從中搜尋一點有關武器的知識。

他當然是有所選擇的，很多事情他都怪在特蕾莎的壞朋友頭上。特蕾莎可能並不知情，特蕾莎對珠寶生意更在行，很多事情她都交給陳去處理（馬龍班長告訴他這個傢伙姓陳）。但他畢竟還是說出很多實話來，今天上午他說的就是實話。他把跟蹤到貝勒路的情況報告給馬龍。因為馬龍班長嫌他總是虛晃一槍，他甚至還提到那個女人，那個金利源碼頭刺殺案中失蹤的女人。當然他有所保留，不知為什麼，話到嘴邊他又覺得不該全部吐露出去，他沒有告訴馬龍那個女人住在那幢過街樓裡。他甚至把那幢房子的位置也隱瞞下來，那是黝黑的夜裡，他記不清到底是哪條弄堂，而她也是在弄口一閃而過，他看到過刊登她照片的報紙，而他是個對人的面孔有著特殊記憶能力的攝影師。

從警務處大樓出來，一路上他都在猶豫不決。他害怕，他不敢做他該做的事。雖然他從薛華立路一拐彎就開始後悔，他想他的密告可能會危及特蕾莎，他尋思該不該把這情況通知特蕾莎，可他害怕馬龍班長，他害怕被人塞在洋鐵皮桶裡，他害怕那種黑暗和氣味。

此刻他不再害怕。他走到樓下，到房東太太的客廳裡借用電話。人家憂心忡忡地望著他，關切地詢問這位老鄰居，下午那幫巡捕究竟是怎麼回事。可他現在並不害怕。

電話一通，他就不知該說什麼好，他只能告訴特蕾莎，他想她啦（房東太太在客廳門外站住腳步）。特蕾莎在電話裡哈哈大笑。他聽到一些零碎雜物掉落的聲音，他猜想電話那頭特蕾莎正用手拉扯著長長的電話線。

他站在交叉路口的街沿，等著馬路中央那個頭頂著紅纓斗笠，像個木偶人似的安南巡捕再次拉扯繩子，繩子的另一頭牽著塊裝在轉軸上的木牌，紅漆牌子朝著哪邊，哪邊的人車就得停下，再轉過去才放行。還沒等牌子轉動，汽車就停在小薛的面前。駕駛座旁的車窗搖開，特蕾莎在座位上向他招手。

「你還活著嗎？」特蕾莎啞著嗓子，紅木的四柱大床上掛著灰紗蚊帳，風吹過時會聞到霉味。還是在禮查飯店。床前的地板仍然有些發燙，夕陽卻只剩下點餘溫。

特蕾莎側身躺在靠窗的那邊床上，腋下是兩只疊在一起的枕頭。她舒適地蜷縮起來，撅起屁股，在他的腹部底下來回摩擦，窗外的江面上有一艘英國軍艦駛過，悠長的汽笛聲飄過，她下意識側側耳朵，傍晚最後一抹陽光忽然從雲邊閃耀起來，在玻璃上形成一大片金光，特蕾莎正躺在那金光的焦點上，她的腰側髖骨部位上茸毛閃爍。

他一開始就想告訴她，可他沒有機會。她三下兩下就脫光他的衣服，用手指撥弄他，弄得它像飽受左右勾拳重擊的沙袋杆那樣，又跳又蹦。

直到這會，他的肋骨兩側仍有點痛，特蕾莎夾得他都快透不過氣來。膝蓋鉗在他的腰窩上，就像受驚的肉蚌。那種時候，她的腿突然會變得那麼堅硬結實，那麼緊緊綳起，在內側形成一條狹長的筋窩——剛剛小薛眼睜睜看著它們擠壓在自己的顴骨上，瞬間發出驚恐的喊叫（其實只是在沉悶地哼哼唔唔）。

她拉過他的手指，讓它們在她的腹股溝那一長條柔軟的凹陷裡摩挲。他又一次覺得自己需要編造故事。需要一個讓人信服的理由……一個說得過去的理由……他想不出辦法，突然間，他像一頭緊追著野兔不放的獵兔犬，再一次迫切地追逐她，驅趕她，讓她抵達那個快樂而盲目信任的彼岸……他的確採用的是獵兔犬的姿勢（這樣至少可以避免面對面看著她）。

他倒在她的背上。同時，一個富有想像力的說法進入他的頭腦。

「陳先生必須立刻離開上海——」

喘息聲陡然停住。他不得不往下說：

「他有危險，還會連帶到你。他正在同一個幫會小組織做生意，做軍火生意，」他勇敢地望著她的肩膀，「事實上，那是幫會中一個野心勃勃的小派別，他們在法租界大搞暗殺活動。」

「這些事你怎麼會知道？」

「我也是他們中的一個，」他覺得別人會相信這種說法，在上海，又有誰不跟幫會有關呢？他大膽地說下去，他為自己的說法感到自豪，他為自己的說法添加上一點驕傲的語氣，「事實上，我認識這個幫派的首領，事實上——嗯，我是他的老朋友。」

他又覺得這種說法是如此不切實際，因此感到氣餒。但他還是堅持著往下說：「我是個攝影師，你知道，他們有時需要攝影師幫他們幹點活兒——我是這樣認識他的，他有時會來要求我幫他做點調查。於是——我對陳先生做過一點調查，我跟蹤他……」

她把手伸向床頭櫃，在手袋裡掏摸，像是要拿打火機，但她掏出的卻是一把精巧的手槍。他甚至連驚慌都來不及，槍管抵在他的下巴後，深深地戳進頜骨和喉結之間那塊柔軟的地方，讓他覺得想要嘔吐。

他驚恐地睜大眼睛，雙臂投降一般舉起，手指在發抖。

「告訴我實話。」

長時間靜默——只有掛鐘的聲音，以及窗外江面上尋找腐爛食物的海鷗的鳴叫，時間長得讓他難以忍受，像是憋尿——他也的確害怕得快要失禁。他親眼看到過子彈是怎樣穿透下巴的，整個下頜骨都掀開——像是打開一個盒蓋。他不敢回答，生怕下頜一動，就會觸發那把手槍上的什麼東西，簡直有些古怪，他不合時宜地在頭腦裡翻檢起那些名詞來，扳機？還是擊錘？就好像這樣一開動腦筋，他自己就能置身事外，就好像想想這些名詞能讓這事變得像哪本小說裡發生的事一樣。

特蕾莎再次大笑起來。她望著他的面孔，伸手從他鼻子上取下一根鬈曲的毛髮，是她的陰毛，他仍然能聞到那股酸味，那股好像是摻有少量蘋果醋的奶酪般的味道。要解脫困境，有時需要一支手槍，有時只需要一根潮濕的毛髮。

「為什麼要跟蹤他，你跟蹤他到哪裡？告訴我時間、地點。為什麼他有危險？」

「禮拜天晚上。我從西僑青年會一直跟蹤他到餐廳。他走進貝勒路一幢房子。那是幫會的房子，是那個懷有野心的小組織的聚會地點。幫會首領已有所察覺，他知道這幫人對他不滿，他知道他們偷偷搞些暗殺活動，他打算讓巡捕房來處理這事，幫會一向與巡捕房合作。那幢房子已被巡捕房監視，陳先生因為出現在那幢房子裡，他一定也已受到監視，搜捕即將開始。我急著想要告訴你……」

他覺得這些說法漏洞百出，他覺得這些說法實在是荒謬。他覺得自己像個白癡。他看著特蕾莎掀起紗帳，打開床頭櫃上的煙盒。他預感到自己大難臨頭，只消一個電話，他的謊言就會被戳穿。

「是那個幫會首領要你監視我嗎？是他要你去跟蹤陳的嗎？」

「是的。」

「告訴我他的名字。」

他的腦子在不停轉動，他試圖找出那張報紙上出現過的姓氏，他看過那張報紙，金利源刺殺案發生後，有家與幫會有關的小報提出一種看法，認為這個暗殺組織的頭目姓顧——他想起來，那個姓氏是顧。

「他姓顧。我們都叫他顧先生。」

「是顧先生讓你跟蹤陳的？」特蕾莎的嗓音變得冷酷起來。小薛還是頭一次把這個姓氏與那天晚上他看到的人作比較，他想起這些人的相貌，雖然是在黑夜裡——他覺得那個神秘的中年人更符合顧先生的身分。他突然意識到自己犯下一個無可挽回的錯誤，如果是顧先生在與特蕾莎的陳做生意，他又為什麼要讓小薛跟蹤陳呢？他想（不無幸災樂禍）——好吧，那樣的話就是陳在欺騙你。

「你竟敢幫著別人偷偷監視我！竟敢偷偷跟在陳背後！」

槍管再次向上戳進來，他覺得自己的處境既悲傷又滑稽，讓他的鼻根一陣陣發酸，簡直有些莫名地為自己可憐的命運感動起來。槍管頂著他，反倒讓他的感官更加敏銳細緻起來，他甚至像是能感覺到淚腺在發癢，緊接著，是瞳仁變得模糊起來，而他的聲音帶著哭腔——他竟然用的是法語，好像這種聲調柔軟的語言可以少一些震動，可以讓他避免觸發槍管那頭的擊錘。連他自己都聽不清說的到底是什麼，但特蕾莎卻像是聽得清清楚楚。

「我跟蹤他，是因為他是你的壞朋友。是因為我喜歡你……我……愛你……」

十五

民國二十年六月十一日
下午六時三十五分

這些日子裡，少校一直在思念法蘭西。他並不把自己看成上海人。這兒有些歐洲人早已忘記自己的故鄉，他們早已歸化上海。無論這些人不久前在哪裡登上船，他們一下船，就加入一個新的族群——白種上海人。這也難怪，他們從前一無所有，在上海發大財，在上海置下產業，結婚生子，難道不該把這裡當成自己的老家？

薩爾禮一度也想在殖民地安個家，可他的科西嘉妻子無法忍受亞洲的潮濕空氣，帶著孩子坐上從西貢回馬賽的郵輪。他沒有去找個中國情婦，他寧可一年一度坐船回國度假。與他不同，巴台士領事卻把整個家都安在上海，雖然領事的職務調動比警察部門更頻繁。

傍晚，少校坐在領事官邸的書房裡。落地窗外是整排的大陽臺，從陽臺雕花的欄杆間可以望見房子背後的大片草地。驚叫聲在梧桐樹梢迴盪。巴台士領事站起身來伸頭張望。在草坪和沿圍牆種植的樹叢之間，小男孩摔倒在腳踏車旁，趴著一動不動。尖叫聲是從站在草坪邊椅子上的女孩嘴裡發出的，她在那把黑漆斑駁的鑄鐵椅上搖搖晃晃，一條腿跨過弧形的椅背。地上的小男孩扭動起來，雙腿艱難地想要從那堆橡膠和鐵管的迷宮中逃出來。

「他們帶來所有的口供。」少校繼續說著。按照慣例，他正在把警務處政治部最近收集到的情報向巴台士領事簡略陳述。

是那個穿中山裝的南京學者（他自稱是教授）帶來的報告。報告分兩個部分，第一部分是口供，然後是其他來源的相關情報匯總分析。在最後一頁文件的底部，署名看起來像是一個研究機構。看起來他們像是一群讀書人，像是那種從中國腹地成百上千擁向沿江沿海口岸城市的年輕人。野心勃勃，接受一位中年教授的領導。南京大量招募這種年輕人。各種研習班，社團、學社。是的，在他們遞給他的名片上，有個古怪的名稱。少校居然想不起那個名字，研究所？調研會？他再次看看桌上那份報告。

「到最後，他總算開口說話。」

穿著中山裝的教授告訴少校。他的眼睛在鏡片背後閃爍不定，像是個羞怯的大學教授。

「中國的事情還是要靠中國人來解決，你們畢竟是客人，客人們總是心慈手軟。說到底，你們總是要回去的嗎。總還是有租約的嗎。」羞怯的大學教授忽然豪放起來，哈哈大笑，以證明他自己的確是三民主義的信徒。

南京的研究小組最終得出結論，這位彼得洛夫．阿歷克賽．阿列克謝耶維奇[1]先生（法租界警務處檔案登記為勃蘭特先生，政治部指紋檔案編號2578），並不是——像他自稱的那樣——一個三十九歲的德國貿易商。他在薛華立路的審訊室裡拒不回答任何問題。南京堅持要

1 Petroff Alexis Alexeievitch。

把他引渡到龍華警備監獄，隨後又轉送往南京軍人監獄。薩爾禮認為領事不想知道勃蘭特先生在那裡的遭遇，他自己也不想知道。聽說那裡有一種巨大的鐵製臺鉗，他們讓你跪在那裡，把腦袋塞到鐵鉗中間，每轉動三次齒輪，鐵鉗就會向內擠壓一公分。

口供一共做過四次。勃蘭特先生相當得體地應付這個局面。他的每一次口供都很完整，而且自成體系。每一次都是全部、完整地推翻上一次的供詞。審訊者很容易產生錯覺，每一份口供筆錄都會被當成真正的突破。薩爾禮相信最後一次口供仍未觸及勃蘭特知識結構的中心地帶。他甚至不敢保證阿歷克賽·阿列克謝耶維奇就是他的真名。但這無關緊要，哪個才是自己的真名，恐怕連他們也搞不清楚。

不管怎樣說，情報本身的價值還是無與倫比。它決定性地證實，上海很快就會變成一個火藥桶。從勃蘭特的公寓裡搜出大量銀行文件和存摺，巡捕房的會計師後來向薩爾禮報告說：「總數相當於七十三萬八千二百塊銀元。」

銀行文件證明勃蘭特帳戶的銀錢往來極其頻繁，但奇怪的是，缺乏相應的貿易文件。對頑固的勃蘭特先生，這是個致命弱點。他既說不清這些錢是從哪裡來的，也說不清它們從勃蘭特帳戶出去之後，又進到誰的腰包。老天知道，這些錢夠買下一整幢大廈。勃蘭特先是聲稱他代表一家註冊在漢堡的德國洋行，打算在香港或上海購買地產，作為該洋行開闢亞洲事業的第一個重大舉措。

在南京，勃蘭特先生不斷改變供詞，起初是鴉片，然後又是軍火。第三次口供時——薩爾禮假定這是審訊者第十次轉動臺鉗的齒輪——勃蘭特供認，他的那家德國洋行本身也是一家莫斯科貿易公司不為人知的子公司。自從列寧同志發現在資本主義的世界經濟體系中，新生的共產主義國家仍需通過國際貿易（這一帝國主義的掠奪方式）來採購到足夠的糧食，莫斯科一夜之間開辦了大量這樣的公司。

南京的研究小組並不接受這個解釋。勃蘭特先生不知道，實際上法租界巡捕房從不貿然逮捕外國商人。從兩個渠道證實了這位德國商人的複雜背景（後來勃蘭特承認他的父親出生於莫斯科，母親才是道道地地的柏林人）。設置在河內的法國殖民地保安局對當地的激進分子突然襲擊，意外獲得勃蘭特在上海的通信地址。租界巡捕房的政治部一開始還以為勃蘭特是泛太平洋工會聯盟的召集人。其後不久，國民黨在江西省某個縣城發動一次不太成功的軍事行動，剛建立的蘇維埃政府還來不及銷毀文件就匆匆轉移。文件中提供的線索使國民黨軍事當局在江西省城展開一連串搜捕，有人在臨刑前終於崩潰，供出一兩個上海的銀行帳戶。

根據南京送來的口供筆錄，在最後一次供述中，勃蘭特承認自己是共產國際在上海新成立的一個機構的負責人。這個機構將會領導整個亞洲地區的共產運動。人員、策略，以及——更重要的，金錢，都會從這個機構散發。薩爾禮少校並不十分信任這份供述。它在行文上過分講究，邏輯相當完美，它更像是一部精心構思之作，或者說，是一份偽裝成素材的精緻作品，它不斷展現出一種貌似草稿的風格，有時語氣遲疑，有時突然推翻之前的敘述，大段的塗抹，另起一行，再塗抹，然而關鍵之處卻言簡意賅。

儘管勃蘭特案卷尚存諸多不確定因素，但在有一點上，參與其事的各方都認為是確鑿無疑的。事實擺在眼前，那是一個共同的敵人，有計畫，有資金，而且組織嚴密。顯然，歐洲（尤其是德國）的運動陷入低潮以後，他們就已調整策略，如今共產國際認為資本主義鏈條最薄弱的一環在東方，而埋下炸藥，引爆，徹底摧毀這一鏈環的最佳位置正是在上海。因為它是全亞洲最複雜、最難以管理的城市。

薩爾禮少校與巴台士領事私下討論時，一致認為也許最好的引爆地點就在法租界。對於租界裡一小部分白人——主要是地產投機商人——的想法，領事先生暫時保持中立。但他認為無論如何這是一個良好的契機。前不久有一封從巴黎外交部的私人信件通過外交郵袋傳遞到他手裡，在信中，有人用清晰的方式告訴他，外交部希望上海租界當局能夠挖掘出一兩件引人注目的重大事實，以配合正在愈演愈烈的法蘇爭端，兩國之間的衝突正在從貿易領域擴展到各個方面。

少校腦子裡有一根想像之線，正在把最近發生的幾起刺殺案件，與一個在亞洲各地販賣軍火的私人公司，以及一位租界裡的業餘攝影師串到一起。有情報表明，暗殺集團的首領顯然具有蘇聯背景。他覺得機遇之神在朝他聳肩擠眼睛。

這機會的絕妙之處在於，這個薛維世——這個攝影師竟然是他的故人之子。大戰期間，薛的父親和薩爾禮少校在海外軍團的同一個連隊裡服役。那年夏天，他們在潮濕泥濘的戰壕裡不斷抽著少校喜歡的煙斗，薛的父親喜歡拍照，少校至今還保存有一兩張他拍的照片。冬天時他朋友的散兵坑被一顆炮彈擊中。他幾乎完全忘記這個朋友，直到巡捕房保甲處送來一堆照片，馬龍班長事先對這些照片做過挑揀，馬龍告訴他這個小薛有一些下流的嗜好。

馬龍班長不可能認得出照片上的人，拍照時少校還很年輕，而且衣衫襤褸。夏季軍服的袖子被他整個撕下來，那時候戰壕裡所有人都這麼幹，因為長期浸泡在汗水裡，腋下的皮膚會腐爛發臭。

他沒有把這些事告訴領事，部分是由於這中間包含一些純粹的私人事務，主要原因在於，此刻他的想法還處在尚未成形的模糊狀態中。

十六

民國二十年六月十四日
上午八時三十五分

冷小曼感覺孤單，沒人給她安排工作。又是接連好幾天沒人來看她。她有種獨守空閨的錯覺，昨天晚上她跑到街對面的五金鋪打電話給老顧，顯然這違反規定。可她實在忍不住，她幾乎是帶著哭腔，老顧在電話裡說。你安心住在那裡。明天林培文會來，她簡直有撥雲見日的感覺。

夜裡也比前幾天睡得好，不能怪她像個怨婦。誰都不能整天獨自守著個空房子發愣，她起床梳妝打扮。挑選那件薄棉布的格子旗袍。找出一雙白色的皮鞋，她打算出門去菜場買條魚，林培文喜歡吃魚。培文是她不可多得的朋友。是她在組織裡唯一能說點知心話的人。

她拉起窗簾。陽光灑在半個桌面上。她推開窗。早晨的涼風讓人清醒。她伸頭朝窗外望，陡然一驚，那個傢伙站在貝勒路對面。他站在五金鋪邊上的弄堂口，朝她的窗口張望。那個她幾天前看到的人，那個其實更早——在法國郵輪船舷旁她遭遇到的怪人。

她鎮定地縮回頭，穿上皮鞋。不要去關窗，不要拉窗簾，她對自己說。她想一想，又把昨晚蓋的那條薄被晾到窗外，警告自己不要轉頭，不要朝那邊看。

她慌慌張張下樓。她不得不從貝勒路的弄堂口出來，只有這一個出路。她無法判斷這傢伙的用意，人家告訴她，她的照片刊登在無數報紙上，所有人都可能認出她來。

但在貝勒路和康悌路的交叉路口，她碰到真正的麻煩。

她一眼就看到林培文。白色的帆布西服，手裡捲著一本雜誌。稍後她才知道同來的有兩個人。這會她還沒注意到有另外一位同志。讓她驚恐的是，林培文跟前站著一個租界巡捕。她立刻就明白，這是抄靶子。動手抄身的是戴笠帽的安南人。他抄得很仔細，像是特別不滿意林的那副小開打扮。他把那本雜誌拿過去，遞給身旁的法國人，但那法國人搖搖頭。快結束時他還伸手拍拍林培文的後腰，他停一停，突然伸手過去拍一下，好像他是故意把這個最重要的部位放在抄身的最後一步。好讓對方猝不及防。

在路障另一頭，華捕翻開黃包車椅墊，起勁地查看那下面的箱子，有人在抱怨。有人在咒罵。他們很快對林培文失去興趣。揮揮手讓他走。

讓冷小曼感到奇怪的是，培文沒有趕緊離開。他猶猶豫豫，低著頭，再次把手裡的雜誌捲成圓筒狀。朝天看看——好像懷疑怎麼這樣早巡捕就來抄靶子。他朝後望一眼，又用那捲雜誌敲敲腦袋，好像想起什麼，扭頭想要往回走——

——她已舉起左手臂，她想朝他揮揮手，但培文根本沒有朝這個方向看——

幾乎在林培文回頭的同時，一聲槍響，震耳欲聾，所有人都朝著槍聲的方向看去，朝林培文身後看去。

只有冷小曼還在注視著他。他回頭——槍聲，慌亂中他腳步一個趔趄（那一瞬間冷小曼以為是他中彈）。

順著貝勒路，有人朝南跑，路人慌張躲避，側過身子朝狂奔者張望。巡捕們已回過神來。警哨和朝天鳴放的槍聲次第響起，幾名便衣華捕奔跑著追過去。

逃跑者在開槍，他邊跑邊扭頭，在跑動中改變姿勢——側過身來，換用蹦跳的步法，好像他正在嘲笑身後追趕者，好像他是個捉弄人的頑童。他把身體奇怪地半扭過來，向身後的半空中開槍，顯然他是想要製造混亂。

冷小曼看見林培文朝康悌路跑，她跟在後面，想追上他，她猜想開槍逃跑的人一定是自己同志。是和林培文一起過來的。街上的人突然多起來，在各處弄堂口簇擁著看熱鬧，沿街二樓也有人伸出頭來，似乎槍聲一點都不值得害怕，似乎這是哪部電影的拍攝現場。

現在，路上沒人奔跑。康悌路還是那條在早晨顯得特別安靜的康悌路。

不知從什麼時候起，林培文已從人群中消失，她只好放慢腳步，腦子裡轉著一千個念頭。她不知道現在她該不該回到那幢房子裡，也不知道她能不能回去。幸虧她看到那個傢伙，幸虧她立即出門，親眼看到這一幕。要不然她還蒙在鼓裡，那幢房子此刻很危險。

她憤怒地想，林培文為什麼不趕緊去那裡，為什麼不趕緊找到她，通知她，告訴她該怎麼辦？

她仍在仔細分辨前方的背影。也許她該找個電話打給老顧。可她不敢借用路邊小店鋪的電話，不能讓人聽見。街道轉角上有一家小客棧。她猶豫半天，覺得旅館前臺上的電話機也不夠安全，多給兩角洋錢也不能保證讓茶房閉嘴，租界裡到處是巡捕房的眼線。

她猜想呂班路上應該有公共電話亭。她穿過一條弄堂。大白天，鐵門都開著，陽光還只照到房子的三樓窗上。夾弄裡涼風習習，氣息潮濕，散發著隔夜的油煙味，還有一股掀開蓋晾晒的馬桶臭味。這些氣味讓盤根錯節的弄堂十足像是這個城市的某一段腸子。

她覺得背後有腳步聲，皮鞋踩在青磚地上。在安寧的弄堂裡，這聲音如此清澈，帶著回聲。轉彎時她朝身後望去，她看到他，又是這傢伙，她注意到今天他沒有肩背那架碩大的照相機。她加快腳步，這傢伙到底是什麼人？為什麼要跟著她？可她確信他認得她。

她懷疑剛剛發生的事與他有關，進而猜想康悌路口的抄靶子絕不是偶然事件，她怨恨林培文為什麼跑得那樣快，如果他在，他們可以伏擊這個傢伙，用磚塊，用棍子，或者用隨便什麼東西把他砸暈。

顯而易見，他是她的敵人。她猜想一定是他把巡捕房的人引來的。他多半是巡捕房的暗探。她搞不懂他怎麼能找到貝勒路聯絡點，她懷疑是她出門時讓他看到的。她想人家說得的確沒錯，她很容易讓人家認出來。她必須盡快與老顧聯繫，眼下的緊急情況，她必須立刻向組織匯報。

橫向的夾弄通向辣斐德路[1]。她走出弄口。焦慮地等在街沿。要等到安南巡捕轉動指示牌，她才能越過呂班路。梧桐樹下是一段刷著黑漆的籬笆圍牆，圍牆裡頭是法國公園[2]的樹

---

1 Route Lafayette，今之復興中路。

2 又名顧家宅公園，即今復興公園。

林。透過米字型格柵的公園大木門，她看到陽光照在草坪上。在大門西側，她找到電話亭。

兩幫洋童正在廝殺，爭搶公共電話亭這塊地盤。彈簧門撞在一顆枯草色頭髮的腦袋上，男孩倒在電話亭門邊。兩個幫派頓時逃散，負責收錢兌換電話銅幣的老頭兒坐在亭子裡，冷漠地望著小孩們。

一直等到冷小曼走到跟前，倒地不起的「戰士」才突然大叫一聲，跳起身來，朝公園大門方向衝去。

街道上安靜下來，只有六月份暖和的微風搖晃著梧桐樹葉。可她沒帶錢，她沒有拿手提袋，她身上連一角銅錢都沒有。

後來小薛告訴她，當時她站在電話亭裡，神情焦慮，好像一隻困在籠中的小鳥。

而那個傢伙，正隔著電話亭的玻璃窗朝這隻慌張的小鳥微笑。如同前不久他在甲板上，迎著吳淞口的江風，迎著早晨的陽光望著她的表情一般無二。

「我在船上見過你。」

他笑嘻嘻拉開彈簧門，伸進腦袋來對她說話。

冷小曼想她自己不該承認，「什麼船上？我不認識你。」

「隨便你。但我可以給你這個。」

他又把頭縮回去，玻璃窗上有一枚電話銅幣，他伸出一根手指把銅幣頂在玻璃上，讓它在玻璃上滑來滑去。

她猛地拉開門，走出電話亭。粗枕木格柵上還沾著昨夜的露水，他在公園大門口攔住她。

「你到底是誰？為什麼要跟著我？」冷小曼大聲說，一對年輕的情侶隔著兩米距離，一前一後走進公園。男的回頭看看她，無動於衷，他有自己的問題要解決（要不然大清早來公園幹什麼呢？），沒空理會別人的閒事。冷小曼的眼角裡有一抹紅纓，安南巡捕站在門亭邊打哈欠。茅草亭蓋濕漉漉泛著金光，門亭採用上諾曼底的古法建造，用粗壯的枕木搭成框架，再用磚塊泥灰填平空隙。巡捕似乎對目前的情況很感興趣，腳步猶猶豫豫，正向這邊移動。

她一陣心慌。不知道該不該叫喊起來。她想到自己的照片刊登在報紙上，夾在巡捕房的檔案中，插在捕房牆上掛的嫌疑犯照片欄裡。她扭頭朝公園裡走去。她責怪別人沒發給她武器，她要是有槍，肯定一槍打死他，她忿忿地想道。

今天是禮拜天。公園裡一大早就有很多人。遊客沒關係，讓她擔心的是那些巡捕。安南巡捕和華捕不時從橫貫南北的公園大道岔路口冒出頭來，小個子的科西嘉騎警全副武裝坐在馬上，視線可以沿著大道從南門一直望到北門口。

而這個傢伙還在跟著她，在她身後，始終與她保持著兩步路的距離。

十七

民國二十年六月十四日
上午十時十二分

小薛從不缺乏想像力。優秀的情報員要依靠想像力，薩爾禮少校對他說。少校沒花多少時間去教他怎麼做。他懷念戰時歲月，懷念泥濘的戰壕，懷念一邊是炮彈把青草燒焦的味道，一邊是平原的下雨天裡才會從地底深處泛起的那種發霉的土壤氣味。他把昨天下午的大部分時間都花在懷舊上，回憶小薛的父親與他的戰場友誼。桌上放著皮埃爾拍的照片，他管小薛的父親叫皮埃爾。他對小薛說，我會給你機會。現在你有一個在租界裡做大人物的機會。無論他為薛做什麼，都是為皮埃爾（上帝保佑他）。租界巡捕房總是需要人才的，何況——少校一向重視父系在遺傳方面的作用——你是法國人。

「要做一個優秀情報員，」少校告訴他，「必須——首先要具有想像力，事情不會清清楚楚擺在你眼前，它只會露出一點點跡象，剩下的就全靠你的想像力。巡捕房裡每個探長手下都有幾十個情報員，到督察這一級就更多。但你和他們不一樣。你直接向我匯報。」

那天特蕾莎用槍指著他，嚇得他魂都快掉了，走投無路，只能靠編瞎話蒙混過關。他靜下心來仔細想想，覺得一個敢把槍枝彈藥賣給共產黨和青幫的女人，怎麼可能被他用這種拙劣的謊話就蒙混過去呢？夜深人靜，他就開始懷疑自己很快會露餡兒，特蕾莎會像質問他那樣當面質問老顧，到最後他們就會把事情弄清楚。真相大白，是他小薛在搗鬼，然後有人就會來找他。找到他的辦法很多，趁他熟睡時闖進門來，在弄堂黑暗的那頭堵他，甚至在澡堂熱霧瀰漫的湯池裡，伸出幾雙手連按帶拖，把他踩在渾濁滾燙的池水底下。

半夜裡他嚇出一身冷汗。他開始盤算還剩下多少時間，他有沒有時間逃出這可怕的漩渦？特蕾莎會把對他的懷疑告訴陳，然後——就像是一只曲折撞擊的臺球——這個有關鬼頭鬼腦的小赤佬的故事會傳遞到那兩個年輕人耳朵裡。然後是老顧。

突然之間形勢逆轉，突然之間，少校讓他變成手握租界隱秘特權的巡捕房密探，這不能不讓他內心深處產生一些感激之情，他急於有所表現。少校讓他尋找貝勒路那條黑黢黢的弄堂，他曾跟蹤某位香港商人至此，幾個人走進弄堂，之後全都消失不見。

他一直在對馬龍班長編故事，他向來是能混就混過去。但少校如此看重那段往昔友情，讓他感動萬分，少校讓他帶人去看看那幢房子，他只能答應。可是一看到馬龍班長調動大量人手，他又猶豫起來。他還在生馬龍的氣呢，他可不想讓他占便宜。他當然記不清那幢房子的具體位置，貝勒路的里弄看起來都差不多，這簡直讓他覺得慶幸。

一大早，他從貝勒路這頭走到那頭，來回好幾次。連一向沉穩的馬龍班長都有些不耐煩，帶幾個人到康悌路口抄靶子。這是巡捕房的老一套，製造緊張空氣，看看有什麼人會驚慌失措。

他看到這個女人突然停住腳步，他發現巡捕房設置的臨時路障邊，有個穿白色帆布洋裝的年輕人正在等候過關。他一眼就認出這個年輕人，是本迪戈餐館裡的老朋友。

現場一片混亂，她卻沒像尋常路人那樣駐足觀望。她扭頭就走，疾步離開，趁亂穿越巡捕房設置的封鎖線。他全看在眼裡，她跟在年輕人背後，她把目標丟失。

他想起少校有關情報員想像力的論斷。他覺得自己單靠想像力就把過街樓窗口的女人與軍火交易聯繫起來，進而猜出過街樓就是那天夜裡他們碰頭的地方，的確夠得上當個合格的情報員。他原本被迫暗中窺度特蕾莎行蹤（目標僅僅是她一個人），其餘的人都伴隨她而來，進入他的視線，是附帶的，是次要人物，是他絞盡腦汁時的應急招數，是故事難以為繼時的替代角色。等到他看見這女人，頃刻之間，所有人物在他的頭腦中全都各自找到恰如其分的位置。

不過這會他把他的想像力用在猜度她驚慌失措的心情上——

趁著巡捕們亂作一團，他獨自一人跟在女人身後。她在紅磚砌牆的陰涼深巷裡疾走。磚牆下半截用水泥塗抹，沾滿褐色的水鏽和墨綠的青苔。陽光下，幾縷飄舞的棉絮掉落在頭髮上——此刻是燙捲短髮。船上那會，她梳著愛司頭。旗袍比薄呢大衣略長出一截來，鵝黃和綠色的格子。轉過夾弄時她的身體向左一側，頭部向前略傾，好像轉彎那頭有一張她熟悉的面孔，值得用這方法來讓人家大吃一驚。等到她手臂一擺，從牆角消失的那一瞬間，米色的大衣下像是有條鯉魚在扭動。

那天早上第二次再來貝勒路，一看到那女人站在窗口，他就猜出故事的一大半。出於某種他自己這會還弄不清楚的原因，他沒有對馬龍說實話。

連脾氣最古怪、從來都是板著臉的安南巡捕也不再讓他害怕，這得感謝少校。他伸手抓住她的手腕，快活地朝安南巡捕叫嚷，用的是法文，沒人聽得清他到底在說什麼，也沒人想搞明白。

她朝他瞪眼，但還是順服地跟著他走。他帶她轉上一條鵝卵石小道，兩旁是齊膝高的圍欄，圈著草坪，小路穿越草坪，通往荷花池。

他不知道自己為什麼要這樣做，也許因為他在船上看到她掉眼淚，也許因為他並不認為一位美貌婦人也有可能是致命的，也許因為他總是隔著鏡頭去看待那些讓人恐懼的危險事物。可少校告訴他，這些人是共產黨，金利源刺殺案是共產黨幹的。

「你倒沒帶著照相機？」她突然回過頭來說，沒意識到這個毫無意義的問題近乎坦白承認。

她茫然注視著池塘邊的水草，注視著灰喜鵲。

「那麼你想起我來啦？」他自己也想起那些海上景色，在陽光下泛著銀光的魚群，用灰綠色帆布遮蓋的救生艇，甲板上的胡桃木小桌。她怏怏不樂，驚訝地看著他的照相機，惱怒地扭頭離去。

此刻她也同樣惱怒。她一言不發，試圖用最冷淡的方式掃視他一眼，轉身便走。

小薛在她身後說：「那是我的職業，我是攝影師，嗯，攝影記者。」

這當然不是說謊。他一直都在把照片賣給報館和通訊社，何況是現在。少校說，你不妨有另外一個職業。我也可以給你一個巡捕房的番號，那你就要從下級探員幹起，按年資提撥。但這裡是政治處。我可以破格錄用情報人員。適當的時候，如果我能夠在你的述職報告下面加上幾條評語，租界警務處可以直接讓你當探長，甚至督察長。所以最好的辦法是你有個公開職業，暗中來幫我做事。

少校打兩個電話，約人家到法國總會喝上幾杯。第二天 *Le Journal Shanghai*[1] 的主編就讓人送信給小薛，他一到報社的寫字間，就有人把聘書交給他，還遞給他一盒燙金的名片。卡片上一面是法文，一面是中文。

她腳步一頓，猶豫片刻，猛然轉頭，眼睛裡閃耀著奇異的光芒。小薛突然意識到，他的輕佻言辭讓自己陷入危險境地。

租界各種小報花掉整整一個星期的版面，把真相告訴給飯桌上亟待獵奇的小市民，她是刺殺案的同謀，她是金利源碼頭槍擊事件的主謀，編輯們還找來她的照片，以證明她的美豔和蛇蠍心腸。

幾家外國報紙和一兩家嚴肅的中文報紙謹慎地（附有確鑿的書面證據）指出，暗殺事件可能跟赤色暗殺組織有關。報紙同時刊發刺客團的正式聲明（提供者身分不詳）。

少校明確對他說，這是一幫共產黨。

這會他倆站在湖邊。實際上，那只是個小水塘。往前走幾步。有個木板搭建的水榭，用木樁支撐，插在水底的淤泥中，夏天在那裡舉辦夜間音樂會，拉赫曼尼諾夫、德布西，還有「美男子」薩蒂——le beau。此刻在陽光下，這兒只有蝴蝶，還有幾種不知其名的小蟲。

他不太害怕共產黨，在他眼裡，他們都是另一個世界裡的人。也許現在正躲在租界外的某個偏僻省份。他們都是些膽大妄為的學生，幾年前他們在上海鬧出很大動靜，租界裡的外國人驚慌失措，他自己還有些幸災樂禍呢，可事情很快就平息下去。儘管如此，他們幹的事情與他一點關係都沒有。在租界裡，他才好算是主人，說不定他能把他們像客人一樣招待呢——

「你放心，我可以做你們的同路人——」漂亮話甫一出口，小薛的心裡便有些發虛，微風蕩漾，身影在湖面上陰險地扭動，像是個告密者。

「我同情你們。」他換一種說法。

「我不懂你在說什麼。」不承認是對的，從頭到底都不要承認。他用一種幾乎是淘氣的眼神望著她。沉默越是延長，情形就越發變得像一場調情。他越覺得自己像是個不可救藥的登徒子，就越感到自信。

她捋捋吹亂的頭髮，四指併攏，曲起拇指，手勢像童子軍敬禮，顯然，她有些氣餒。

「你想要怎樣？」疑問句並不能給人咄咄逼人之感，反而顯得有些無奈。

「我一路跟著你。」

「你一路跟著我，想要怎樣？」

他像是在說服她，說得懇切：「我想要幫你，我不知道你們在幹什麼，你不想讓我知道，我也不想知道。可我有一些你不知道的事，我倒想告訴你。何況你現在又不能回家。」

「為什麼我要相信你？」

「為什麼我不向巡捕報告？為什麼巡捕房會搜查貝勒路？為什麼巡捕房不知道你住在哪幢

1《上海日報》，一份當時在上海發行的法文報紙。

房子裡？為什麼我猜得到你是共產黨？為什麼你不能相信我？」

他覺得這一連串的反問像是段臺詞，他覺得觀眾應該鼓掌，他覺得表演獲得極大成功。

「我知道的事對你們十分重要，你必須讓我告訴你，你必須在這裡等著我。今天是禮拜天，你可以裝成是到公園來讀小說的，我再去貝勒路看看情況。」

他轉身離開，走出幾步又回頭，指指那水榭朝她喊：「別走開，等著我——」

他覺得他就像是個關切的情人在囑咐她，而她仍然神色焦慮。

十八

民國二十年六月十四日
下午一時〇五分

大生有蠟燭店在八里橋路[1]。過寧興街[2]第二爿，占據整個轉角的第一家是安樂浴室。浴室和蠟燭店中間有條叫友益里的弄堂，巷口堆滿浴室燒大爐的煤塊，最怕下雨天。就算今天這樣好的太陽，林培文一個不注意，還是給店裡的青磚地踩回來半隻黑腳印。

「你肯定他們不知道這地方？」

「我從沒對他們說過這裡。」

顧福廣好一會不說話。閣樓上堆滿紙箱，散發著乾燥灰塵和火藥味兒。永和祥白鐵鋪的榔頭敲得有一搭沒一搭。後弄堂深處偶爾飄來一兩聲胡琴，有人咿咿呀呀吊嗓子，想必是碧豔芳戲班的女學生。

「為什麼要帶著槍？他們沒腦子，你也沒有？」老顧的聲音壓得很低，在這午後的安寧

1 Rue Palikao，今日之雲南南路。
2 Rue de Weikwe，今寧海東路。

裡，在偶爾傳來的小花旦尖利的嗓音裡，老顧發作的怒氣就像是一場幻覺，像是假裝的。

顧福廣在等朴季醒打來電話。意外遲早會發生，這些人幾乎都算是小孩。平常人家這樣的年齡還在學堂念書，給師娘提水壺，或者從大街小巷呼嘯而過，打架鬥狠。他仔細想想，有利有弊，壞處不用說，擺在眼前，就是這種意想不到的事情。好處是單純，有熱情，做事有衝勁，不猶豫。幹起危險的活兒來，都好像是在玩什麼遊戲，輕輕鬆鬆就辦成。有時候——他再次這樣想道——受過嚴格訓練的專業人員都不如他們。

他把電話從庫房拉到閣樓上，讓秦佚全管著鋪子。蠟燭店不光賣香燭錫箔，也賣洋火鞭炮煙花。坐在箱子中間，就像坐在炸藥堆上。可他一點都沒感到不自在，照樣用火柴點燃香煙。沒有比他更熟悉炸藥的，他在伯力學習製造過各種爆炸物。

從六格高的木窗望出去，是友益里十號——這幢緊貼蠟燭店後牆的弄堂住宅。南廂房頂上凸出的晒臺圍牆上有一只破爛的鋁質洗臉盆，盆裡種著一大叢小蔥。

顧福廣設計過各種逃脫方案，無論置身何處，他總會把周圍環境所能提供的所有出口都觀察清楚，這習慣一半是天生，一半來自嚴格的訓練。別爾津教官說，優秀的地下工作者要像幽閉恐懼症患者那樣謹慎小心，只是態度要更積極、更主動。

樓下庫房的南面牆上有個窗戶。租下鋪子以後，顧福廣把釘死的木條拿掉（那原本是防賊的），推開窗子就是友益里的弄堂。在安樂浴室那堆煤塊覆蓋的牆角下，有一塊活磚，抽掉磚塊，裡面藏著一只油紙包，紙包裡有一支德國造的魯格手槍。彈倉已裝滿。庫房另有道後門，門外是石庫門房子的天井，穿過天井可以從友益里十號的門出去。朝左拐，是通往寧興街的弄

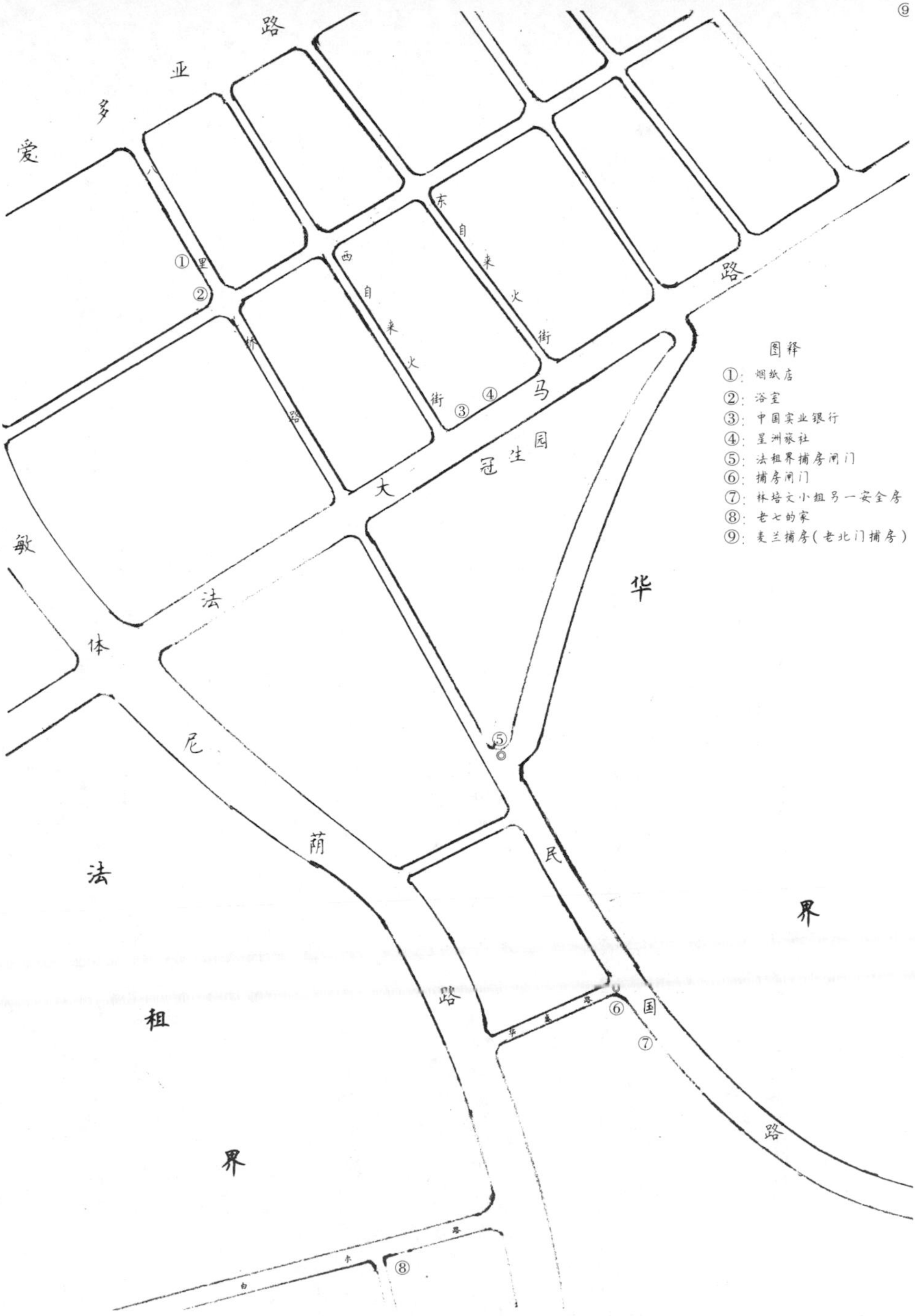

八里橋路、法大馬路周邊環境圖

堂，再轉到敏體尼蔭路[3]，只要走到大世界遊樂場，就可以消失在人群中。在最難辨的情形下，你也可以打開閣樓的西窗，爬到後樓的晒臺，再上房頂，居高臨下伺機脫身。

危險總是會有的。你學習過如何與危險相處，你學過徒手格鬥，學過射擊和化妝易容。你半輩子都在幹冒險的事情，所以你現在要調整呼吸，別發怒，別緊張。退一萬步，即便那傢伙被巡捕抓住，他也不知道八里橋路的聯絡點。再退一萬步，即便他熬不過審訊，把貝勒路的地址交代出來，引領巡捕抓獲冷小曼，那對組織當然算是重大破壞，但也還不算致命的破壞。冷小曼只知道一個電話號碼，通過電話公司查詢號碼地址又需要一天時間，而法租界的巡捕向來以動作遲緩出名。

快到兩點，電話鈴聲終於響起。朴是從公共電話亭打來的。電話裡朴壓著嗓子，線路不好，聲音有些模糊，聽起來像是風颳過來一陣尖叫的回聲，又像是尖叫聲震碎裹挾著電話銅線上的雜質，在顧福廣的耳朵裡沙沙作響。

放下聽筒，顧福廣再次點燃香煙。

林培文期待地看著他，不安地扭動身體，望著火柴棍在他手裡燃盡，變成一根彎曲的白鬚，隨著窗外吹來的風飄散，終於忍不住發問：

「怎樣？」

「朴確認——周立民同志已犧牲，」顧福廣瞇著眼睛，眼瞼顫動，像是被煙熏到，「他怕傳言不實，到河邊親自看過一眼。還在打撈——周同志被巡捕一路追趕到肇家浜，跳進河裡，想游到對岸，巡捕亂槍射擊……」

沉默——

林培文沒有說話，顧福廣觀察著他，他是在驚恐嗎？一場歡快的遊戲，忽然出現意外的死亡事故——或是在憤怒？憤怒是有益的，但要加以控制。行動在即，最需要的是鬥志。

「周同志很英勇，他用犧牲自己來保護其他同志。可以悲傷，但更要努力，要為他報仇。」他懷疑自己的說法夠不夠有力，他把煙含在嗓子裡，讓它隨著聲音一點點在嘴邊散開，聲音有些沙啞，像是被煙熏得更加乾燥。

「現在的問題是，冷小曼突然失蹤。她不在貝勒路的家中。按照約定，她應該在家裡等候你。我擔心她被槍聲嚇壞，逃離那房子。她光天化日獨自在外面，很危險。」

林培文像是突然從夢中醒過來，陡然站起身說：「那我去找她。」話音未落就蹲身去抓那架掛梯。

「你想想，她會去哪裡？」顧福廣在沉吟，隨即又開始說話：「她會打電話來的。五點以前，如果她不來電話，我們要先從這裡撤離。」

林培文不願意坐下來，他想做點兒什麼，不想讓悲傷控制自己。他沒有問自己，聽到有人犧牲心裡可曾感到害怕。他還年輕。剛趕上大革命時代的尾巴，那時候，他還是個學生。全憑一股熱情。他還沒弄清楚自己到底是在做什麼，先就做起來，他暈暈乎乎，沒空去思考。鬥爭的殘酷性突然擺到他面前，就像烈日晴空裡突然烏雲密布，下來一場暴雨。他的同伴中，有人

---

3 Boulevard de Montigny，今之西藏南路。

在遊行示威的隊伍裡被反動軍隊當場開槍打死。忽然之間，他就與組織失去聯繫。他有時暗自想，如果不是失去聯繫，也許他早已犧牲。革命大潮席捲而來，革命的組織根本來不及好好組織，反動派突然反撲，一夜之間，他這樣與組織失去聯繫的人成千上萬。在絕望中發起反擊的同志大批犧牲，當時他並不害怕。他憤懣，他也想參加反擊，他甚至想發動一場個人的自殺性襲擊，幸虧他遇見老顧。老顧是深思熟慮的革命者，有計畫，有進攻和撤退的方案，他有能力領導大家行動，有能力取得勝利，同志們早已完全信任他。

他無限信賴地望著顧福廣，渾身肌肉綳緊，像是等候命令的獵犬，像是個被悲傷壓扁到極限的彈簧，只等老顧鬆開按著他的手指，就會猛烈地跳起來。

顧福廣瞇著眼抽煙，他感受到眼前這個年輕人的亢奮。他為這樣的無窮精力感到詫異。連死亡也不能熄滅這種躍躍欲試的衝動，讓人困惑不解。

他想，是時候宣布下一次行動啦。這樣的精力要是不把它消耗在行動中，就會鬧出亂子。讓這些年輕人閒著，早晚還會出這樣的事情，與其想辦法約束他們，不如讓他們行動起來。

他在構想一次更加醒目的行動，一次讓人震驚的行動。一次標誌性的、讓他的組織贏得尊重的行動。它不能像前幾次那樣，轉瞬就被其他更新奇的事件淹沒，它要長久迴旋——在人們心中，它不是只值兩角錢一份報紙價格的頭版新聞，它將會是一個傳奇。

他通過各種渠道散發消息，讓各種版本互相交織，若隱若現。不光是給記者（他嘗試過記者）。租界裡有各色各樣的勢力，也有為各種勢力服務的業餘情報員，通過這些傢伙，他向大家發出一個信號：他在這裡。

他的信號說簡單也很簡單，讓人家知道上海有他這樣一號人物。不管是幹革命也好，幹別的事也罷，首先要讓別人知道你的存在。他不覺得自己是在欺騙這些年輕人，目標是一回事，具體的做法又是另外一回事。

很久以來，他就想動動幫會的腦筋。再沒有比這更恰當的理由：他們幫助屠殺過革命者。如今他在這裡，而他們卻藐視他的存在。他曾通過老七向他們發出過信號，他是不得已才通過一個女人發出這樣的信號，他本不信她會認識什麼幫會大人物，可他們確實小看他。小看他的群力社。

讓他舉棋不定的是到底要選哪一個目標。是福煦路[4]一八一號？還是戈登路[5]六十五號。兩幢外形幾乎差不多的洋房，草坪、圍牆、車庫、前後門、警衛，結構複雜難以控制的通道走廊。在不到百米的距離內，各有一家捕房。不同點在於，福煦路附近是法租界巡捕房，戈登路是公共租界捕房。

「福煦路。」林培文說。

這純粹出於仇恨，顧福廣心裡這樣想道。就好像仇恨是一種液態的東西，可以放在不同的量杯裡比較。但這也不錯，至少它顯得更加名正言順，福煦路一八一號的老闆是革命的更加明確的目標（他直接參與過大屠殺）。但他還要再好好想想，擺在眼前的問題是，福煦路有裝備

4 Avenue Foch，今之延安中路。
5 Gordon Road，今之江寧路。

更加精良的警衛。

那將是一場小型戰役，對他的隊伍是一場嚴峻的考驗。他們知道怎樣開槍，在浦東的海邊荒灘，一邊吐著蘆黍渣，一邊朝稻草人射擊。或者租船出海，瞄準吳淞口灰暗天際裡幾隻倒楣的海鷗。但真正的戰鬥是恐懼與恐懼的角逐，他的人能不能占上風？與它相比，暗殺行動不過像是一場淘氣的表演，像是在作弄某個受害者：加快腳步走上前去，拔出手槍扣緊扳機，看著他緩緩倒地。就像他當年剛參加工人運動，從廁所斜刺裡穿過院子，把一蒲包糞便砸在那傢伙頭上，前一秒鐘那個幫會工頭還得意揚揚，轉轉手裡的核桃就把遊行罷工的隊伍攔在廠門口，後一秒鐘就屎尿灌頂，顏面盡失，再也抬不起頭來，再也沒人對他害怕，整個有關他心狠手辣的傳奇，一包糞便就輕輕打消。

從本質上來看，暗殺也好，他正在策畫的更大規模的行動也罷，作用大抵相當於那包屎尿。它讓陳舊的權威和陳舊的恐懼感煙消雲散，同時建立一個新的傳奇，新的權勢。在亞塞拜然的勞改營裡，他整天想著過去的事。想來想去，他覺得這件小事的意義不同尋常。它不折不扣地向他證明：摧毀一種權勢和建立一種權勢都是簡單的事，只要你給出足以讓人害怕的證據。等他穿越逃出那個地方，穿越阿拉山口再次回到中國，他就知道自己應該怎麼做。

十九

民國二十年六月十四日下午六時十八分

她差點兒撞到黃包車上。她回過神來。冷小曼不知道為什麼會把打電話的事忘得一乾二淨。今天上午，她本來都已站在電話亭裡。要不是那傢伙……

直到太陽快落山她才想起打電話。

按照顧福廣在電話裡給她的地址，她找到八里橋路的蠟燭店。剛上樓梯，老顧劈頭就問：「為什麼不打電話？」

她能說什麼呢？說自己太緊張，說她想不到在這樣一個數百萬人口的大城市裡，竟然會無巧不巧遇見這個人。這個——攝影記者。她有很多事都無法解釋，雖然她不得不抓緊時間，把最新獲悉的重要情報彙報給組織。

她怎麼解釋得清楚呢？她本來應該立即打電話，告訴老顧上午在貝勒路發生的危險情況。她又怎能解釋清她竟然會在法國公園的水榭裡等候他幾個小時（像是個焦慮的情人），隨後又跟他一起去白俄餐館。這個攝影記者，他在船上想給她拍照片，他對人的面孔有很好的記憶，他好奇心重，他故作瀟灑的可笑作派，她對他的莫名其妙的信任感，這些事情怎麼能一句兩句說清楚。

對她內心裡那種奇怪的麻木，她又能說什麼？連續多日獨自一人守在那間過街樓上，她漸漸產生某種類似置身於午後陽光下的感覺，鬆弛，懶洋洋。以為沒人知道她的存在，沒人曉得她參與那件刺殺案，好像通過某種天曉得的合謀，她已被大家拋棄，既被同志，也被敵人。

她對自己說得過去的解釋是，她應該勇敢地敷衍他，跟他去，去吃飯，去調情，去看看他到底是誰，到底想幹什麼。出於某種奇怪的心理，她沒有把船上的事告訴老顧，只是把他說成一個故人，一個以前就認識的攝影記者。一個——有同情心、正直、願意幫助她的人。

問題在於，這些都不重要，最重要的是情報。這個人，這個自稱名叫薛維世的人，他聲稱自己在法租界巡捕房有關係密切的朋友。他特地來警告她，貝勒路的房子不能再回去。他得到可靠的內線消息，巡捕房懷疑那裡的某幢房屋藏有激進地下活動分子。一旦查清具體地址，搜捕就會展開。幾天前，這消息是作為一件禮物送給他那家報紙的，讓他好捷足先登，率先報導。今天早上，他跟隨巡捕房的大隊人馬跑到貝勒路，一眼就認出她來，他想通知她，可找不到機會。在康悌路口抄靶子，顯然是巡捕房的某項狡猾策略，「敲山震虎」，他使用這個成語。

「為什麼他要把情報透露給你？」

「巡捕房的搜捕對象中有一個女人。他一看到我就猜出一大半。他認識我，從報紙上，他猜到我跟金利源碼頭的行動有關。」

「你承認啦？」

「他不相信我會殺人——不相信我會真的牽扯到暗殺反動軍官這類事情裡去。」奇怪的是，她覺得這話多多少少符合真相。她稍加編造，是想讓事情變得簡單一些，但卻發現這可能更困難。她對自己多少有些詫異，為什麼不告訴老顧她在船上與他遭遇的事實呢？海上邂逅這種說法是不是太離奇？太像那種——編造男歡女愛故事的小說家的想法？

「但他還是懷疑你跟這事畢竟是有關係的，所以他把巡捕房的計畫告訴你？」

「是的。他半信半疑。我對他說，事情並不像他想得那麼簡單，但我不想再提。他說，如果那會勾起我痛苦的記憶，他不想打聽。」

「對你目前的困境，他作為老朋友，有什麼建議？」

「按他的想法，越早離開上海越好。可他不知道我是不是身不由己，所以不想貿然出主意。但他會幫我在巡捕房打聽詳情。」

「身不由己？」

「他的意思是說，萬一我有什麼原因無法脫身。」

「你不能打電話是因為有他在？」

「是的。」

「這就是說——整個下午你都和他在一起。」

「是的。」

「在哪裡？」

「一家俄國餐館，我不認得招牌。在辣斐德路上。」

靠近亞爾培路[1]路口那家餐館，招牌上寫著ODESSA[2]。人行道裡側有兩級臺階，他推開那扇彈簧玻璃門。俄國侍者是老朋友，他歡快地討論著菜單，如同在進行某種重要的儀式。

「在法租界巡捕房，他到底認識誰？什麼職務？」

「他沒告訴我。」

「你必須弄清楚他在法租界巡捕房的關係。這情況對我們很重要。」

她覺得疲倦，但她還是意識到這是組織上在向她分派任務。

「你很沉著。處理得很好。要繼續跟他保持聯繫。他在巡捕房有關係人，這很有利……」

「他不是我們這種人。」

他身上有一種難以名狀的快活勁兒。炫耀他的照相機知識，炫耀他點的那些俄國菜，Barjark是一種煎牛肉片，Shashlyk是切成圓形的羊肉片，串在鐵釬上用火烤。她歷來都結識有志青年，充滿純潔的理想，哪怕是那個死去的曹振武。他很漂亮，簡直算得上英俊。他的聲音有些輕佻，總的來說很溫和。

「你覺得——他對你怎麼看？」老顧吹熄手裡的火柴棒。

從頭到尾他都在望著她。心無旁騖，要來酒卻又不喝，想要好奇地問點什麼，可又不敢問。假裝在口袋裡掏摸，卻掏出一張過期的馬票。你要給我一個聯繫方式，電話，比如說。如果有情況，我可以及時告訴你。他又掏出一支鋼筆，好像那是個魔術師的口袋，他手忙腳亂，這倒不像個魔術師。可那支鋼筆沒墨水，舊馬票上劃出一道道白印。遭到拒絕後，他竭力抗辯。

「他相信巡捕房一定掌握確鑿證據，所以才會來抓捕我。可在他眼裡，我只是個柔弱婦女，他從頭到尾都沒有問過我和金利源碼頭的案件到底有沒有關係。」她竭力讓自己回答得更客觀一些。

「有沒有約定聯繫方式？」

「他有個報社的電話。但他常常不在寫字間。他是攝影記者。整天東奔西跑。他說明天他會給我一些消息，明天中午他會到法國公園門口等我。」

她和他分手時小心翼翼，採用標準的反跟蹤技術，突然停下，或是轉身穿越車來人往的街道。她在一家店面很小的女裝鞋帽店裡盤桓，透過玻璃櫥窗掃視街上的人群。最重要的是警惕三角盯梢，街對面平行的傢伙最容易發現，他往往是三個盯梢者中最大意的，他一直盯視著你，於是他的步伐漸漸與你合拍——

直到確信身後沒有尾巴，她才打這個電話。

樓下有人在打鬧，她分辨得出培文高亢的笑聲。夜裡的八里橋路比白天更熱鬧。她聽見蔬菜倒進油鍋那種爆裂的聲音，鼓風機的聲音，還有奇怪的不知哪裡傳來的汩汩水聲。

老顧微笑起來，是那種缺乏幽默感的人硬要說笑話時的笑容，「他不會是對你一見鍾情吧？」

「我們一早就認識。」

「他冒著危險把巡捕房的情報告訴你，一定是對你有特別的好感。」

---

1 Avenue Albert，今之陝西南路。

2 餐館名可能借用自黑海邊的那座港口城市。

夜裡六、七點鐘的時候，人的反應總是比較遲鈍，她茫然地望著老顧。

他的皮鞋是用白色和棕色兩種顏色的皮拼成的，他一定在穿著上花掉大把時間。他蹲下身，提起褲腿，重新繫好襪口上的鬆緊帶。打一個結，翻下襪邊，讓它遮住那根紫色絨線，單單讓它垂下一綹來。他的確相貌英俊，比船上那會更有吸引力，他也知道自己對別人有這種吸引力。他會讓別人覺得自己很遲鈍，很沉重。他一步跳下臺階，轉身，用胳膊肘抵開彈簧門，倒退著隱身進門，伸出頭來朝她招手。

他對她說：「如果同志都像你這樣美麗，我也巴不得參加革命。」他說話這樣大聲，好像忘記這是個很小的餐館，讓她忍不住伸手按住他揮舞的手，阻止他說下去。

老顧嚴肅起來。「你想想看，有沒有可能讓他為我們所用。當然，一切要看他在法租界巡捕房到底有沒有真正過硬的關係，如果是那樣，對我們工作的開展將會有極大好處。」

離開餐館前，他再次警告她，你絕不能再回貝勒路。如果暫時你找不到住的地方，我來想辦法。「當然啦，」他說，「你們的組織會有更安全的地方。」

樓下店鋪裡一陣響動，拖動椅子的聲音，紙箱翻倒的聲音，林培文咯吱咯吱踩著竹梯，腦袋在樓板上冒出來。

老顧厲聲喝問：「什麼事？」

他嘿嘿笑：「有隻老鼠。」

冷小曼像是對周圍的動靜毫無感應，她愣愣地坐在桌旁，手裡還握著那杯早已冰涼的茶水，那股傷感像是從手心一直蔓延到心裡。

二十

民國二十年六月十四日晚九時整

事實上，特蕾莎並不認為小薛在說謊，她相信他的說法。在上海生活那麼多年，唯一讓她捉摸不透的就是那些幫會。他們無所不在，無孔不入。她想到那天夜裡，在禮查飯店的床上，她看到他滿身瘀傷。她懷疑小薛在說大話，幫會首領怎麼會拿他當朋友。她猜想人家對他拳打腳踢，逼迫他監視她。她再次心軟。

她一直都喜愛他，喜愛這個身上帶著梔子花香的混血私生子。她也喜歡他拍的照片，那些怪異的照片裡充斥著屍體上的傷口、散發著酒臭的嘔吐物、女人的胴體。她覺得那些照片其實包含著一種潔癖，一種無害的快活情緒，一種古怪的安全感。

如今，由於小薛以這種奇怪的方式切入她的生活——她真實的另一面，這段韻事也好像變得更加真實。這個傢伙——這個混血的私生子的形象從那些黑夜裡蒼白赤裸的男性胴體中浮現出來，幾乎是脫穎而出。不再僅僅意味著某個古怪的姿勢、某種讓她興奮也罷討厭也罷的體味，或者某件帶有個人印記的器官——她閱人無數，撫摸過各種長相獨特的玩意兒。有的形狀像鷹喙一樣彎曲，有的可以把包皮無窮無盡地拉長，像是一只長筒襪。

她對自己說，只要一次心軟，就會一直心軟下去。她本可以直接殺掉他。她甚至不用自己開槍，她有忠心耿耿的保鑣，在白俄社區的幫會裡，她有幾個信得過的朋友。

那天她拿槍頂著他，槍管快意地戳進他的下巴，眼看著他都快掉淚，可她還是狠心把槍管朝他頜骨縫裡戳進去。這是必要的懲罰，她手裡使著勁，耳中聽見他又是乾噓又是咕噥，心頭湧起強烈的憐惜之情。她赤條條跪在床上，腰窩裡還是汗津津的，嘴角卻帶著刑訊逼供者那種殘忍的微笑。她還稱職地用另一隻手玩弄他，清晰地感覺到他的驚恐，他的委屈和無奈，他的不肯輕易就範。他忍不住還是硬起來，在特蕾莎看來，這足以證明他的屈服，這就好比他在象徵性地繳槍投降。

那一刻，有股讓她無比陶醉的柔情湧上心頭。她猜想自己是那一瞬間愛上他的。後來她又想，這多半是因為她還從未想過這個問題，直到她把要不要殺掉他這個選擇題放在自己面前。三年多來，他們每個周末都到禮查飯店床上幽會，如果她想多來一次，還可以給他打電話。她很容易就能得到他，再也見不到他的念頭從來沒有在她腦子裡出現過。這對她是一種嶄新的體驗。他從一具能給她帶來簡單歡愉的男性身體轉變成一個複雜的真人，他嫉妒她有別的男人，他卑劣地監視她。他甚至還前所未有地變成一段故事情節：別人把他抓過去，拷打他，讓他來監視她。

不久，她就開始時不時把這個新的情人形象拿出來，在頭腦中審視一番。這樣一來，他就變得越來越可愛。她拿槍捅著他下巴的時候，他不是嚇得都連尿都快憋不住啦？事後她撫摸他的時候他可不就是這樣老實交代的？可就算是這樣，他不還是說他愛上她啦？

她自嘲，覺得自己終究不過是個女人。就像她的朋友瑪戈那樣，愛這個字是她們命中注定的魔星。儘管她曾千辛萬苦，從戰爭、饑荒和革命中倖存下來。她並不那麼容易上當受騙，她見識過虛情假意。她懂得在這塊租界裡，什麼東西都有個價碼——只要你出得起價錢，你可以連真帶假全買下來。正因為這樣，她才接受小薛的說法，就算明知他多多少少在耍滑頭，她也有把握把他買下來。她甚至覺得自己找的情人比瑪戈好得多。她不相信在這個充滿男性冒險家的亞洲城市，這塊滿地都是金礦和陷阱的租界裡，會出現什麼兩相平等的風流韻事。總有一個人要甘拜下風予取予求，不是他就是你。

她要陳立即離開上海。宣稱自己得到可靠情報，陳的這筆軍火交易牽涉到幫會的內訌，事情甚至傳到巡捕房耳朵裡。可她沒把小薛的事告訴陳，那是她的生意夥伴，那是她的高級雇員，她該怎樣向人家解釋她的私生活呢？她難道還能告訴陳，跟她上床的男人恰好就是別人派來監視他們的？

此刻，在上海西區這幢愛德華風格的別墅裡，這群冒充上等人士的亞洲白種商人們正在狂歡。他們當年雖然是窮癟三，倒也野心勃勃（不無可取之處）。如今賺到大錢，變成這塊土地的主人，從歐洲母國買來一錢不值的爵士頭銜，吃三道主菜的宴會，用土地投機賺來的錢為他們的兒女雇用教師和鄉下阿媽，花大價錢買來俄國珠寶送給妻子，再花點小錢讓亞洲情婦用濕潤的嘴唇來提振自己委靡的陽氣，讓自己的混血兒子在朋友的公司上班，在投機失敗時遺棄他們，讓他們自生自滅。

七點剛過，夜晚的露水還未讓草地上的泥土變軟，游泳池水尚在薄暮下閃耀微光，參加化裝舞會的人群就已站滿屋裡屋外。草坪上，大廳裡，擠滿奇形怪狀的人物，二樓走廊欄杆上倚著一排阿拉伯貴族，男的佩彎刀，女的戴頭巾。今天的主題是鐵達尼號沉船事件。

「船長」——美商瑞文集團[1]的大班和這幢房子的主人——宣布舞會開始，阿拉伯男人們在二樓尖嘯，以為自己是站在傍晚的沙丘上。瑪戈精心打扮，穿著世紀初歐洲貴婦的拖地蓬裙，累累綴綴。她向身邊的特蕾莎耳語，說連內衣都是畫成圖樣，讓中國裁縫專門縫製，是那種老古董式樣的絲綢長內褲（如今只有小孩才會穿那種開襠褲）。

「找個沒人的地方，讓布里南先生鑽到裙子底下去。」特蕾莎挖苦她。她的丈夫打扮成一個將軍，天知道他從哪兒搞來的那些勳章。還有綴著金線的綬帶——那絳色的綬帶上有一大塊深色斑痕，像是洗不乾淨的俄國湯漬。畢杜爾男爵顯然已完全融入上海的社交圈子，學會亞洲白人的悠閒生活方式，甚至有耐心去尋找一條真正的古董綬帶。

新近在倫敦贏得聲名的年輕詩人把一塊深紫色棉布盤在頭頂上，棉布的剩餘部分繞過下巴，圍在脖子上，大概想裝扮成柏柏爾族[2]酋長。他來中國探險，上海是第一站。他還沒來得及去內地。上海那些賺到大錢、開始學會附庸風雅的商人們（尤其是他們的妻子）從倫敦寄來的文學雜誌上得知他的成就，早就巴望著一睹劍橋才子的容顏，一家一家排著隊請他赴宴。他的同伴，比他小幾歲，身材也比他更小巧，用油膏把臉塗黑——為方便清洗起見，脖子沒有塗抹。把染成花花綠綠大格子的羊毛氈披肩拉高，好遮蓋他本人的膚色。在草坪那頭，站在圍繞游泳池的鵝卵石小道上的那群人中，有個名叫小馬蒂爾的傢伙用深知內幕的口吻評論說：「他把自己打扮成摩洛哥男妓的樣子，倒也是恰如其分。我的意思是，早些年那些詩人們——好比說紀德，不都喜歡去摩洛哥尋找適合他們口味的那種豔遇嗎？」

詩人和他的同伴當然聽不見這種背後的詆毀之詞。他只顧抱怨著音樂。樂隊正在演奏的是去年最最熱門的曲子，〈Body and Soul〉[3]，適合你摟著舞伴輕輕搖擺。在上海這班商人說來，樂隊當然應該挑選這種曲子，以示即便在這裡他們也能趕上美國和歐洲的時髦。讓詩人詬病的就是這個，它不符合化裝舞會規定的情節，難道在本世紀初就撞上冰山的枉死鬼樂師，居然還能演奏這種時髦的搖擺樂？不過他也不想想，要是事事都按那個年代的來，別人可就不光是在背後議論兩句，說不定就有好事之徒把他和他的夥伴一起送上法庭嘍。

這地方的人就這樣，他們一邊自己放蕩胡來，一邊又瞧不上別人做那些事情，說長道短。如果有人把事情捅到報紙上，那更可以在家裡的晚餐桌上幸災樂禍好幾天。上海的租界就是這樣，你說它時髦吧，它卻也有特別守舊講禮數的一面。就拿站在樂隊旁邊唱歌的女人來說吧，有人就提議將她驅逐出上海租界，說她實在太丟大英帝國的臉面。在放湯商人的私人俱樂部裡，她脫得赤條條跳到桌上，模仿倫敦Tiller[4]舞團的豔舞女郎，把她的腿幾乎踢到枝形吊燈上，讓那些醉醺醺的單身漢們大飽眼福，聽說她喝醉以後做的那些動作比妓女更不要臉，她背

1 Raven Group。
2 Berber。
3〈肉體和靈魂〉。一首當時盛行的爵士歌曲。
4 一種大腿舞。

靠桌面躺在那裡，舉起雙腿又踩又蹬，還當眾往酒杯裡撒尿，她那個地產投機失敗跳樓自殺的英國丈夫如今是管不著她，可租界巡捕房也管不著她麼？

有人在高談闊論，說他的表親寫信告訴他，倫敦目前並不打算撤軍呢。從一九二七年起，南京政府每次叫嚷反對帝國主義，倫敦就會從印度往上海增派一兩個連隊。租界將會繁榮一百年！如今應該不斷買地，從上海往西不斷買進地皮。五年以後這些地皮會上漲一百倍。這說法引起一陣歡呼。

畢杜爾男爵有些醉意，瑪戈在跳舞的人群裡忽隱忽現，在狐步舞裡加上幾個踢腿動作，那是如今最時髦的查爾斯頓舞步，那是她到上海以後才學的，儘管她那條長裙子並不適合這舞步。

我可不喜歡這舞步，畢杜爾男爵對特蕾莎說，上等人家的太太可不跳這種舞，「雙手交叉放在膝蓋上」，就像個四川來的猴子。

他的舞步有些踉蹌，特蕾莎把他拉到舞池外頭。本地僕歐穿著檸檬色的絲綢短褂，手裡端著托盤在人群中穿梭。男爵又拿來一杯摻過蘇打水的杜松子酒。

「這酒我還可以再喝二十杯，再喝上二十杯我就會清醒過來，比清醒的時候還要清醒二十倍。比那個布里南先生更清醒。」

「這會你看起來可沒有布里南先生那麼清醒。」

「是啊，布里南先生很清醒，布里南先生是個清醒的騎士，布里南先生就算雙手交叉放在膝蓋上，還是清醒得像個紳士。她可像個瘋瘋癲癲的蕩婦。」

「她是你的妻子。」

「沒錯。她是我的妻子，有戒指為證，瑪戈小姐，你願意嫁給畢杜爾男爵為妻麼？而我的妻子正在跟別人上床。」

「你可別胡說。」

「我可沒胡說。在莫干山上，她還以為我沒來得及趕上好戲。我就算沒看見他們在幹什麼，事情不也明明白白寫在她臉上麼？她不是還沒來得及洗澡麼？她身上還有那傢伙的味道呢。她以為我聞不出來麼？難道我聞不出精液的味道麼？女人有一千種味道，男人可不就一種麼？可不就那一種像放過夜的杏仁奶茶的味道麼？」

「你什麼都沒看見，這都是你瞎猜疑。」

「我什麼都看見啦。他們竟然連門都不關。他們竟然聽不見我上樓，我可是跑上樓梯的，騰騰騰，騰騰騰。我帶著獵槍出門，可我忘記戴帽子，紳士就算出門打獵，也不能忘記他的帽子，人家不都這樣說麼？事情就那麼簡單。我悄悄走下樓梯，我還給他們五分鐘時間呢。我在院子裡大叫大嚷，裝得好像我什麼都沒看見似的。可我把什麼都看在眼裡啦。然後我就看見她慌慌張張奔下樓梯，我看著她那張臉，那潮濕的眼睛——好像在發高燒。」

狂歡進入高潮。喝醉酒的單身漢們手臂搭著肩膀，排成一列長隊，像青蛙那樣彎著腿，蹦跳著穿過大廳，在草坪上圍繞游泳池轉一圈，又轉回到大廳裡，蹦蹦跳跳上樓，繞過二樓走廊，又順著左邊的樓梯跳下來。不斷有人加入他們的行列。特蕾莎把挫敗的男爵拉到門外，拉到草坪上。夜風清涼，月色在僕人身上的綢褂上泛著銀光，畢杜爾男爵仍然在訴說著，聲音帶著哭腔。

「我要買張船票去，我要回國。我恨透這個地方。」

「紳士從來不逃避。」

「我會捲土重來的。我要回國去告訴他們，告訴董事會，上海遍地是黃金，我要帶著現金回來，等我再回來，就要不停地買進買進買進。」

有人拉響從工部局消防隊借來的警鈴，大廳裡有人高聲說話，聲音斷斷續續，特蕾莎轉頭傾聽，那人正在宣布：輪船撞上冰山，很快將要沉沒。人群尖叫起來……

二十一

民國二十年六月十四日晚九時十五分

馬龍班長一定是在薩爾禮少校面前告過狀，說這個薛在緊要關頭突然失蹤，自己跑到不知什麼地方去。現場確實攪得一團糟，預定的搜捕行動全被打亂。但小薛最後還是出現，並且明確指出那幢房子的位置。沒有抓到人（這是可想而知的），可也搜到一兩樣有價值的證物。幾個華捕在一堆女式襯褲底下發現一份偽造的租界居民證件，馬賽詩人一看到照片就喊叫起來：「這不就是從寶來加號失蹤的那個女人麼？」

另外，還有一支勃朗寧手槍，五發子彈。馬龍班長當著小薛的面對少校說：「如果不是他擅自離開搜捕隊伍，迅速展開行動，一定能夠抓到這個女人。」

少校追問他在行動關鍵時刻私自跑去哪裡，他說他走過貝勒路所有的弄堂，目的是要找到那幢房子。少校對小薛發脾氣，他揉著鼻子保證說，他會把這個女人再找出來。

少校沒問他打算用什麼辦法，倒不是說，他對小薛本人有多大把握。主要原因是，他知道在這塊租界裡，的確有一種超越警務處視野之外的生存法則。那是中國人自己的生存法則。比方說，無論在法租界還是公共租界，有那麼一兩處地方——一條短巷，一個黑漆籬笆圍著的小院，或者是一小片由破爛木棚構成的迷宮。這些地方猶如國中之國，租界中的租界，由幫會勢力或者共產黨控制，甚至有自己的警衛武裝。中國人全都知道這些地方，唯一蒙在鼓裡的是警務處的外國巡捕，不到萬不得已，華捕隊絕不會把這類情報報告上級。很多事情，只有中國人自己才能弄明白，他把這些叫做本地知識。一個白種人，就算在此地生活過三十年，也未必能完全掌握。他願意培養小薛，道理就在這裡。他相信薛的中國面孔能夠讓他理解這些本地知識，而他內在的那顆法國心會讓他把這些知識彙報給少校。

小薛日後回想起來，覺得自己當時隱隱感到手裡有一副好牌——像一個熱衷於賭博的人那樣，他總是誇大自己的預感能力。他不願意承認這裡頭有什麼別的因素，男女之間毫無來由的親密感啦，好像幾百年前就認識這個人啦什麼的，諸如此類。他覺得當時他的想法很簡單，你得到一個內線消息，有人決定讓某匹不起眼的牲畜頭一個衝出底線，你當然要等到賠率最高的時候才出手啦。你總不能……對吧？

他明知道特蕾莎常去那家白俄餐館吃午飯，侍者跟她熟得像是自家人，他還帶著那女人去那裡，這是出於某種炫耀……或者示威……他自己也說不清。萬一正好碰上，那就有好戲看啦。

夜裡，他在煙盒裡裝上半罐茄力克，去找李寶義。拉著他跑到一塊五跳[1]的月宮舞廳，再一次仔細打聽金利源碼頭事件的前因後果。

不聽不知道，一聽嚇一跳。李寶義告訴他，事件絕不是孤立的。租界的地下情報管道盛傳，這是個新興的暗殺組織，背景尚不明朗，但至少有三件刺殺案與他們有關。

「你那報紙不是說他們共產黨麼？還有那聲明⋯⋯」

「行事手法，重要的是行事手法。」李寶義說。就這會兒工夫，他已抽掉小薛的半盒煙。月宮舞廳的陶莉莉最喜歡坐記者的檯子，據說她那個「水蜜桃」的綽號就是李寶義想出來的。「啥叫水蜜桃？」她問過李寶義，他怪模怪樣嗅嗅抽回的手，「你說呢？」她扭身撲向他說，「那你吃呀你吃呀。」並不是所有的舞女都會跟舞客上床，但陶莉莉就是憑這個出名的。她不光敢做，而且敢說，她的恩客之間誰行誰不行，全上海都知道。坊間盛傳，某小開的床上醜態就是一個小報記者躲在女廁所隔間裡偷聽來的。她看看小薛，在李寶義耳朵邊上小聲說一句。

「花癡！」李寶義扭頭罵她一句。

「共產黨很少搞暗殺，他們剷除叛徒，只有對組織造成重大破壞的人，才會惹他們下殺手。再說，共產黨有自己的機關報，何必找上我這種混世界的野雞小報記者？難道最近他們改變策略啦？」

「你怎麼對這種事情感興趣？」李寶義晃晃手裡的酒杯。據說這種大肚子酒杯從前是蘇格蘭海盜船長用的，海上風浪再大，也不會有一滴酒晃出來。這些船長搖身一變，如今都是亞洲的大人物。

他拿出一張報社的名片，遞給李寶義。

---

1 廉價舞廳，一塊錢可以跟舞女跳五次。

「法國人忽然來興趣啦。覺得這裡頭大有文章可做。」

「的確大有文章。確實——」李寶義突然停住嘴，忽有所悟似的看看小薛，不再往下說。小圓桌很低，他越過桌面就能看見李寶義不三不四的手上動作。陶莉莉快速掃視小薛一眼，挪挪屁股，撫平旗袍開衩，絲襪上一段白肉轉瞬即逝。

「這情報是一座金礦，值得挖一挖。」李寶義故作神秘地說。

「你個老鼠修煉成精，別給我裝腔作勢。」即使當著陶莉莉，他也不給李寶義面子，這讓他心裡有一絲快意。

受到某種刺激，李寶義直起身，聳肩撓鼻子，點根煙，扔出價值可達百元面額支票的重要情報：

「找我打聽這事兒的可不止你一個。也不光是巡捕房。你想都想不到。那天在跑馬場邊上的茶樓，連馬立斯新村的小寶都來找過我。不是他要找我，你猜是誰，是大先生要找我問話。」

「這事連青幫都起勁？」

「傳說有人花天大價錢，請大先生出面找出殺手來。三樁案子，一樁無關緊要，另一樁與閩省政變案有關，刺案第三天，福州要塞司令薩福疇就押解到南京。最重要的是第三樁，就是金利源碼頭那樁案子。被殺的曹振武來頭極大，據說與南京某要人有關。曹振武是來安排迎接某人的。刺殺他是為阻止某人南下廣州。其中情形十分複雜，涉及公債行情，詳情連我都不知道。」

他說「連我都不知道」，就好像這事本該向他彙報，說罷得意地繞過手臂，在陶莉莉的腰上摸一把。

這就得怪他不學無術，小薛心裡想，如果跟公債市場有關，那就很容易查清。只須研究那幾天的報紙。小薛當即決定，晚上去報社閱覽室，查看上個月以來所有的西文報紙。

今晚舞廳生意不好，連頭牌水蜜桃都沒人來邀請轉檯。有人在舞池前捏著嗓子唱〈新毛毛雨〉，有人在樂曲的間歇表演吉普賽人吞吐火焰，三支正在燃燒的啤酒瓶在表演者手裡不停翻轉，在空中此起彼伏。李寶義的手在陶莉莉的身上又摸又捏，陶莉莉春心蕩漾的眼睛卻望著小薛，而小薛腦子裡此刻想的是冷小曼。

「這不是——你們所說的化名吧？」他問過她，她對這問題不屑一顧。

他並不十分相信李寶義的說法，你對租界裡傳播的小道消息要打上足夠的折扣。他確信她的組織是在幹革命，她身上有股特別嚴肅的勁頭。只有專注在某個超越她個人之上的目標時，一個人才會這般目不旁視。尋常洋場少年式的調情根本不會打擾她。

可到第二天，他心裡又產生一些疑惑。他在報社查閱舊日報紙，一弄弄到凌晨。和衣睡在寫字間的沙發上，連那個法國佬主編都讚賞他賣力幹活：

「我不知道你在查什麼大新聞，警務處第一，我第二，等到可以曝光時，你得在我這裡發稿。」

他到日新池浴室洗澡，加全套按摩，再睡一覺。順便打聽幫會最近開出的盤口，有哪條消息最值錢。

「當然是新冒頭的那個暗殺團。群什麼社的？」有關青幫的消息，再沒有比這裡更靈通的。這地方連釺腳的小蘇北都拜過師入過門。他們從不隨隨便便放消息，什麼消息要放出來，什麼消息要淹掉它，上頭都有妙用。

所以後來，等到第二天中午跟冷小曼見面，他一有機會就旁敲側擊。

「想不到共產黨裡也有金融行家。」

「什麼意思？」冷小曼不解。

「沒什麼，說著玩的。」冷小曼對他老是這種沒頭沒腦的說話方式也開始習慣。要是多日以後，她真能想得起這段對話，一定會覺得，如果把她和小薛說的每一句話都向顧福廣彙報，事情就會大不一樣啦。

小薛最大的本事是碰到難處就現說現編，現編現演。昨天夜裡他事不宜遲，在北四川路的月宮舞廳找到巡捕房的朋友（這都不算一句謊話啦，他想道）。沒錯，他當然不會表現得太熱心啦，只是隨口問問，裝得像是要在舞女面前扮大人物充大好佬一樣（這說法也不算太離譜）。

「你這位朋友——是法國人？」冷小曼問。

「是的，但他是老上海，說一口上海話。」小薛臉上一陣發熱，連忙彌補漏洞。

「真奇怪，你結交法國人，還能說法國話。」

「我有個法國爸爸。」他實話實說，並不覺得這有啥光彩的。雖然在租界，這身分也不是一點便宜都占不到。

「原來是這樣。」

讓小薛奇怪的是，冷小曼忽然表現出相當的熱忱。她不像昨天那樣寡言少語，也不像昨天那樣緊張，昨天她可是像一碰就炸成毛團的刺蝟。女刺蝟，他心想。

下午巡捕房果真搜捕過貝勒路那幢房子。有一份證件，證件上有你的照片。名字是假的，或者——那個才是你的真名。聽到這個，冷小曼忽然有些惱怒（這群狗，她罵道）。

他們沒有進一步的情報。所以——稍息，全體解散。小薛從額角上甩出手來，自以為那是個瀟灑透頂的萬國軍團式樣的敬禮。

最最讓他疑惑的是冷小曼居然提出看電影。看電影？當然，沒問題，還請你吃烤牛排。

二十二

民國二十年六月十五日
凌晨三時五十五分

沒等顧福廣下手，別人就先對他下手。是他自己大意，還能說什麼？在這種情形下，他本不該回老七那裡。別人既然對他不買帳，當然就會來稱稱他的斤兩。要來對他動手，自然是通過老七。明擺的事，當初他找人家談判，就是通過老七傳話的。

他半夜三更逃回八里橋路，敲開門。他驚魂未定，讓小秦先去睡覺，他要好好想一想。

昨晚在路上，他感覺不好。老七的小房子在白爾路[1]的南益里弄堂內。從八里橋路走過去，顧福廣平時只要十來分鐘，可他花掉半個多小時。他本來可以從法大馬路[2]穿過敏體尼蔭路，那樣他就一直在法租界地盤裡，不必去過鐵閘門。可不知為什麼他要從民國路和八里橋路的閘門進華界（也許是像他常常對林培文他們講的，一有機會你就要訓練如何「調整呼吸」）。這樣一來，他就不得不在華界伸向法租界的西北角上繞一下，再從華盛路[3]和民國路[4]的另一個閘門走出華界老城區。就在第二個閘門口，兩名巡捕上來對他抄身。

這也沒什麼，他連呼吸都是正常的，甚至沒喝過酒。但他就是感覺不好，好像有什麼危險的事正在逼近。或者是因為巡捕抄得太仔細？不像普普通通的抄靶子，不像華捕酒足飯飽突如其來的作弄人的念頭，也不像法捕忽然想傾瀉到中國人頭上的隔夜無名火，甚至也不像是在例行公事。

好在要緊東西他從不隨身攜帶。只是他有些緊張（背都繃得有些痠痛）。也許是因為月光不時被雲遮住，也許是夜裡風涼。他覺得弄堂對面的樹後有黑影，他停住腳步，點煙，側肩歪頭攏起雙手，像是生怕從東面黃浦江吹來的夜風吹熄火柴。月光瞬間籠罩樹冠，宛若銀紗從黢黑虯曲的梧桐枝垂掛下來，照亮歪身靠在樹幹上的那團東西，只是一輛小小的推車而已，月光甚至照亮車身上的油漆大字，**代乳豆漿**，上海特別市政府衛生處為改善市民體質正在大力推廣的健康飲品，營養豐富物美價廉。進到窄弄，身後沙沙一陣響動，他扭頭，只看到房簷上的野貓，隱身之前似乎還轉頭看他一眼，兩點碧綠在黑暗的半空裡閃爍，大約一兩秒鐘之後，才消失。

連老七開門時望著他的表情都讓他心裡一跳，神態舉止說不出是意外還是期盼已久。不是他自己緊張，就是老七緊張——當然是他自己。

等到一進門，眼前的景象就讓他鬆弛下來。桌上是一大盆白粥和兩小碟醬菜，碎花布窗簾

---

1 Bard, Rue Eugine，東段在今之自忠路，西段在今之太倉路。

2 今之金陵東路。

3 Route Voisin，今之會稽路。

4 今之人民路。

擋住從木窗縫隙裡鑽進來的涼氣。老七轉瞬就脫個精光，只剩一條繡花兜，蹲在床後窸窸窣窣，又坐馬桶又洗屁股。

他坐在桌旁抽煙，老七收拾停當，過來幫他解扣子。柳肩上有股梔子花的香氣。

他覺得這一陣驚慌失措毫無來由。

他先抽煙，又喝粥。抽出座下椅墊放到旁邊椅子上，再拍拍，不讓老七上床，要她坐在身邊。誰可曾想到，福致里老七也會這樣乖順聽話。那全都是因為他顧福廣自有一身氣度。「陰森森坐在那裡像個大亨」，老七對顧福廣說過這話。他剛開始笑，她卻又接著說：「後來才曉得你不是大亨，是殺頭胚。」

本埠新聞欄的標題總是讓他產生某種虛幻的安全感：**市府嚴令查禁虬江路酒排間。店夥誘姦老闆娘**——小字標題是「猛不防老闆床底扒出姦夫淫婦並解司法科」。

東升旅館淫窟被罰。

王雲五綁案首犯昨日槍決。

法租界貝勒路持槍歹徒被當場擊斃。

他像是渾然忘記老七的存在。他埋頭喝粥，偶爾掃一眼報紙。她毫不在意，總是如此。她就像他豢養的一條小狗。女人，總是有她的魔星。況且他救過她。她不過是一念之差，在那張支票上添一個「〇」。人家就找上她。要是好聲好氣，說不定她就會把多拿的錢還給人家。但不是這樣，他們恐嚇她，惹得她無名火起，要到小報上曝光，讓那傢伙丟臉。於是一群橫壯男人闖進門來，要不是他正好在那裡，別人就會取她小命。誰知道呢，也許拿石灰水破她的相，也許拿蒲包捲起她，扔進黃浦江。要不是他正好在福致里。（八個多月以來她一直都覺得好奇，為什麼他正好在那裡？）因為有他在，因為他把槍拍在桌上，那幫傢伙只好安靜下來，跟他談判，要不是因為他突然站起身，用腳勾倒椅子，把那個拿著西瓜刀從背後衝向他的傢伙絆得踉蹌幾步，又一個肘錘撞到那傢伙下巴上，讓他滾翻在地，別人哪會這樣輕易離開？哪會扔下一句「井水不犯河水」就揚長而去？

所以他讓她做什麼她就做什麼。他喜歡看她，她就赤身裸體，給他端茶倒水，好像這六月天的夜裡一點都不冷，好像她是洋娼館裡的白俄妓女。他要她幫他藏好一支手槍，她就會把槍壓在床褥底下，如果那是她男人的命根子，那也就是她自己的命根子，如果那可以給她的男人壯膽，那就足以給她自己壯膽。她既可以當他的一日三餐，也可以把自己當作送給他的禮物，如果他一時氣餒，她還會在床上叫得更響，喘得更急，好讓他豪氣頓生。他是她的男人，所以他讓她傳話，她就傳話，儘管她曾告訴他，一看到馬立斯小寶那布滿紅筋的眼睛，心裡就發怵。

顧福廣鑽進被子，隔著棉紗短褂，把肚子貼在老七冰涼的屁股上。他等待老七轉過身來，裝成急不可耐的樣子拽他的褲腰，這是固定的戲碼，證明這回又是她在犯賤，證明自己有理由一邊鄙視她，一邊讓她快活，而且越是鄙視她，她就越快活。

鬆開的繫褲繩像條蟲子在他的肚子上扭動，手在他身下掏摸，人卻有些心不在焉。她在出神，欲言又止，不小心捏得他慘叫一聲。他一把扯住她頭髮，扳過臉來厲聲問道：

「你怎麼回事？」

「他們來這裡找過你。」她忽然吃痛，拔高嗓音尖聲說。

「什麼時候？幾個人？」

「天剛黑。三個人。四處轉一圈，拉開衣櫃，又看床底。」

他猛然坐起身，伸手摸向床鋪裡側，摸到槍，心裡稍感踏實。

「走前放下什麼話？」

「有個精瘦的刀疤臉打我耳光。」她揀她認為最重要的事先說。手在面孔邊上劃過，不知是指那個耳光還是那條刀疤。

「他們說過什麼？」

「說還會再來。」

他覺得背上再次痠痛。身體不適，緊張，再加上怒氣。他轉過身來，一手抓住老七的手腕，一手伸到褥子下按住那塊冷森森的金屬。他覺得脅下在冒汗，順著肋骨淌到腹部，又滴在老七那條捲成一團的肚兜上。他一把扯下它來，好像撕下鯉魚的鱗片，而那條鯉魚翻捲出雪白的魚腹。

手指和手指插在一起，連接手指的筋膜如同已被撕裂，她從擠成一條縫的嗓子眼裡發出一聲悠長婉轉的呻吟，像是黑夜的黃浦江上一隻驚惶的海鷗，掩蓋住撞門聲。

門外的響動已持續很久。樓梯上凌亂沉重的腳步，敲門，撞擊，等到他遲鈍地轉過頭來，人已站在房間中央。三個人，兩個在房間裡，一個站在客堂間和臥房之間的門檻上。兩支槍，房間裡是勃朗寧，房門口一支盒子炮。

「盒子炮」一腳跨進門，一腳站在門檻後。他努努嘴，往橫裡擺一下槍管，顧福廣看見槍側按鈕撥在單發上。

他沒理會那兩個傢伙，眼睛盯著這支毛瑟槍，他想下床。

「你不要動，」盒子炮點點他，又指指老七，「你下來。」

顧福廣心裡一橫，嚥下口吐沫，乾巴巴地笑道：「連活口都不想要啦？」

「還要讓你受兩天活罪。」聲音很平靜，像是在對一個死人說話。

老七伸腿下床，又縮回來。拉過被子要擋——

「別動被子。你們兩個，把他綁在被子裡。」

她只得伸手拿過肚兜，擋在肚子底下，往床沿下站。

顧福廣在她背後攥緊手槍，跟隨她往床沿移動，讓手槍停在更恰當的位置上。他很小心，肩膀一動不動。

現在，老七站在床前的地上，從她的髖骨右側他還能看見那支盒子炮。老七在向右挪動，他覺得這雪白的屁股從未有如此好看，從未有如此寬闊，他看著那塊淡青色的胎記緩緩移動。奇異的是，他現在一點兒都不害怕，他甚至隱隱有一絲衝動，想要伸出手去，插進那雙腿縫，使勁抓住那裡，把她拽回來，再次讓她呻吟，讓她尖叫，像深夜裡黃浦江上一隻孤苦無依的海鷗的鳴叫。

當那支勃朗寧從老七的左面暴露在他眼前時，他射出子彈。右面那個赤手空拳的傢伙他一點都不用擔心，那把斧頭被他扔在門邊的地上，他還以為勝券在握，以為那支盒子炮足以控制大局。

他開槍，一槍就打在「勃朗寧」的咽喉上。從下往上，掀開下頜骨。他使勁兒推開老七，尋找那支盒子炮。老七踉蹌向右，突然轉身，腳步又向左移動，張開雙臂，像是要讓身體變得更加寬大，變成一堵牆。

盒子炮射出一顆子彈，從她尾椎骨的位置射入，穿透她的身體，從她的肚臍眼兒下穿出來。

顧福廣伸手托住她撲倒向床的身軀，左手按動扳機。一發，兩發，移動槍口，再一發。目標緩緩倒地的瞬間，四周一片安寧，甚至能聽到野貓的叫春，甚至能聽到傷口汩汩往外冒出液體的聲音。到這會他才看清，他的右手正按在老七小腹下的毛叢中。她那原本鼓脹得像個小山丘似的恥骨，此刻變得像是無比尖銳，像是塊僵硬的岩石，刺壓在他的手掌上，讓他的手掌向後翻折，讓他的手腕感到無比疼痛。而他的手心裡，還是能感覺那逐漸變涼變硬的腿縫裡那一絲潮濕的暖意。

顧福廣坐在蠟燭店的閣樓上，一根接著一根抽香煙，滿腦子想著要復仇。

二十三

民國二十年六月十七日下午三時

顧福廣站在德興旅館天臺上，用一支賽馬場觀眾使用的千里鏡觀察巨籟達路[1]對面那幢房子。他把旅館的三樓整個包下來。半小時前，他裝扮成安裝燈箱的工人在三樓房間外的陽臺上忙碌。這會他的位置比剛剛更高，對面整個花園盡收眼底。這花園的大門在更北面，在福煦路上。

福煦路一八一號是眾人皆知的福康俱樂部。是賭場，是幫會裡「大先生」頂頂重要的一項財源，也是他結交朋友的地方。確實眾人皆知，但並不是人人都可以進門。想賭錢？法租界有的是地方，公共租界的英國人禁賭之後，賭場紛紛往南搬家。只有闊佬才能進入此地。賭客進場需找人擔保，只要你有資格進門，先領一千大洋籌碼，離開時結帳。

這是一幢三層洋房，紅瓦寬檐，牆面高低錯落，從那些分布各處的窗子和陽臺裡，全副武裝的警衛可以完全控制圍牆內任何一處地方——占地整整六十畝的花園、草坪和建築。裝飾繁

1 Route Ratard，今巨鹿路。

複的牆體（大量的牛角雕花和隅石結構）正好可以掩藏火力。顧福廣看到馬立斯小寶站在門廊上的二樓窗口，這是一間警衛室。昨天晚上他和朴季醒裝成兩個豪賭客人走進那幢樓房。朴季醒從前在劇團幹過，喬裝打扮比他更在行。警衛室的視野極為開闊，從警衛室北側朝向福煦路的三扇豎窗裡，用兩支手提式機關槍就可以封鎖圍牆和大門，南側豎窗的機槍負責草坪花園和後門。

這傢伙正準備離開那裡。他手下有三十名武裝警衛，那地方到處都是現金，全都是毫髮不可受到傷害的大人物。現在是下午三點，他可以離開幾個小時，晚飯過後他必須回到這裡，八點左右，大先生會準時來打牌，他打的是挖花牌九，一邊打一邊唱，「么釘三寸長」，「我（娥）是白癩痢」，足足會唱上四、五個小時，到那時他就寸步不能離開。這情況是林培文從花房工人那裡打聽來的。

他個子不高，壯得像巡捕房鐵甲車上的炮塔。他的毛病是好擠眼睛，越緊張越擠得更厲害。但老顧這會看不到他擠沒擠眼睛。上禮拜天晚上，他派出的三個殺手全部被老顧擊斃，可他看起來一點都不擔心。

這會他離開老顧的視線，想必是在巡視各處房間。小間全是空的，只有大廳輪盤賭和搖缸桌邊坐著三兩個人。在客人休息用餐的酒吧間，他又一次出現在老顧的千里鏡中。他往皮煙盒裡塞雪茄，他跟酒吧間女傭說話，又走過去望望窗外。草坪後，南面圍牆上後門緊閉，門內花房邊坐著警衛，在陽光下打瞌睡。

他朝大鐵門走去，他消失在圍牆背後。顧福廣一點都不擔心，現在，林培文會盯著他。他們已在這地方觀察過好幾天，對他的出行規律極為熟悉。他會斜穿過寬闊的福煦路，好像這條大馬路上就他一個，沒別人，也沒有那些來回疾駛的汽車。他會直接走到大陸租車行的帳臺上，租一輛汽車。開單付錢，等櫃檯裡的職員讓他上車，他就篤篤定定出門（說不定還在門口點根香煙來）。他會拐個彎，轉進隔壁弄堂，朝弄底的車行停車場走過去。

從他站在櫃檯上開單起，一直到他走進停車場，正常大約需要三分鐘。這點時間足以讓林培文那個小組做好一切準備。包括上車（他們早就開好單子，聲稱在停車場等待另一個人到來）、讓司機在大門口調好車頭（大門口正好是司機休息室看不到的死角）、控制住司機（用槍指著他，把他趕下車，迅速把俘虜轉移到門口左側的工具間裡，把他結結實實捆起來，連嘴巴都用吸水性極好的棉布團塞滿）。

林培文這個小組裡沒人會開車，顧福廣讓朴季醒跟隨一起行動。此刻，朴季醒會坐在司機座位上，戴著他那頂古怪的絨線帽。絨線帽的邊向上摺起，一直摺蓋到圓錐頂端，跟那個揚州獅子頭大小的絨球一般高，滑稽得像是過長的包皮。

按照他的要求，每個參與行動的人都必須穿最普通的衣衫。但每個人都要在身上最顯眼的地方佩戴一樣最最古怪可笑的配件。比如說林培文，用白色醫用膠布把那副琥珀色的眼鏡架子全都裹起來，連兩副鏡片中間的橫梁上也包著厚厚的一團橡皮膏。這是個小竅門，你要是身上有一樣讓人一眼就看到的滑稽物事，別人就會忘記你的長相，單單記得那個醜怪的特徵。

此次行動的目標，不僅僅是殺掉這個在租界裡以蠻橫著稱的幫會打手。顧福廣的計畫要比這個多得多。

一旦馬立斯小寶擠眉弄眼走近汽車，朴季醒便要當即推門跳到車外，隔著那輛黑色的捷克車朝他喊道：

「寶爺又是去香一筒？您老請上車。」顧福廣考慮過朴季醒的口音問題，他只能說一口中國北方話。他覺得那不太要緊，大陸租車行雇傭大批山東籍司機。

馬立斯小寶有吸鴉片的習慣。儘管俱樂部本身向客人提供不花錢的大土[2]，他還是不想讓人知道——特別是不想讓大先生知道他的這項小嗜好。他總是讓大陸車行的司機送他去北四川路。

後來，朴季醒向顧福廣彙報情況說，他當時故意把車在門口來回倒幾下，使車身的右後側更加貼近工具間木門，「沒給他再擠下眼的機會」，林培文是從右後車門跳進車座的。朴季醒打開前後排座位的隔窗，命令乘客稍安勿躁。他也不敢焦躁，因為一支二十響毛瑟手槍指著他的腦袋——其實是戳在他眼皮上。這會他就算想擠眉弄眼，也沒法動彈啦。那一定是種奇妙的感覺，眼球上刺痛，眉心卻會發癢，老顧快意地想道。

一到夜裡，福煦路一八一號這幢洋房自己就變成一只大燈籠。大大小小形狀各異的窗口裡通通金光閃耀，好像那是一座鍊金爐。在房子裡頭，金錢也確如溶液般不斷流淌。

如果猜測這次行動意在這幢洋房裡的金錢，那就實在是低估顧福廣的政治頭腦。這是一舉而要實現多項目標的行動。金錢事小，不說別的，如果這次行動圓滿成功，租界裡大大小小的賭場老闆還不乖乖地向群力社送錢納貢？從某種意義上來說，顧福廣認為自己操辦的這項事業的確是一場革命，早晚它將根本改變租界的權力結構。

就眼下來說，復仇是另一個目標。他們不僅藐視他的存在，還殺死他的女人，要不是這女人挺身幫他擋掉一顆子彈，也許他自己的事業也死而後已啦。但復仇只是他個人想要完成的任務，他甚至不想把這事告訴其他同志，那涉及他的個人感情生活。一想到這個，他渾身上下都充滿對老七的思念。

他趁林培文他們不注意，提起膝蓋就撞在這畜生的卵泡[3]上，把他撞倒在地，疼得打滾。幸虧德興旅社是家庭式客棧。他用十塊大洋把這個門洞上上下下的房間全部租下來，一整天。不過樓下的林培文還是聽到倒在地板上的那聲巨響。他們衝進房間，他讓林培文把他帶走。這還剛開場，有他好受的。他開心地望著林培文他們兩個人把這傢伙架下樓梯，到這會他都直不起身來。他的手下無須知道這跟他顧福廣的個人仇恨有關。腐敗的幫會本身就是他們的仇敵，幫會既是反動社會制度的產物，也是它的打手，幫它屠殺過革命。

他站在德興旅社的三樓陽臺上，望著巨籟達路對面那道帶刺的圍牆，望著黑魆魆的草坪。圍成一圈的花叢在背光裡像鬼影一樣貼著地表浮動。花房門口用一根電線吊著個燈泡，昏黃的光線下有人在抽煙。那盞巨大的金色燈籠隔音良好，聽不到一絲聲響，燈光燦爛耀眼，無比詭異。

他看到林培文一行穿過巨籟達路，拖著被捆住手臂的馬立斯小寶。他當年外號「實心粽

2 舊稱，來自孟加拉和馬德拉斯的鴉片為「大土」，成球狀，價格昂貴。
3 男性外生殖器的俗謂。

子」（因為那身鐵塔似的橫肉），這綽號如今聽來特別像個笑話。他注意到夜裡偶然路過的行人並沒有對此大驚小怪，「一八一號」無論發生怎樣的怪事，都不會讓人覺得詫異。行人在幾十米開外駐步觀望，隨即繞開。他擔心巨籟達路上有幫會暗哨，可方圓百米範圍內依然很安靜，路上發生的蹊蹺事並沒引發異動。

他們在敲門。花房邊的人影朝圍牆移動，鐵門上那扇用來遞信（或窺測）的小窗被打開，林培文把那傢伙的腦袋壓下去，抵到洞口。他們的身體都在左側。門右邊還站著一個，槍口對準門縫，另外一個站在街沿，背對著那扇小鐵門。

這幫年輕人完全適合玩這個遊戲。如此輕鬆，如此俐落。這會，來開門的警衛也已受到控制。鐵門虛掩著，洋房東頭的警衛室似乎並沒有注意到這裡的異常情況。

馬立斯小寶被拖到草坪正中。現在他連雙腿都被捆個結實，名副其實像個粽子，滾落在那片黢黑如湖水的草坪上。腦袋、屁股和腳各自成為一個三角形的頂端。

他們在等待。

那個將要被處決的傢伙在等待。

顧福廣也在等待，他看看身邊，在他的身體左側，在陽臺的黑色鑄鐵花欄後放著一堆東西，一頭伸到欄杆上沿，像是深夜裡盛開的巨大食人花的吸盤，掩蓋在那塊藍色印花布下面。那是德興旅館的桌布。他等待著懷錶的時針轉動到約定位置。

八點整。洋房背後突然閃耀起一片紅光。幾乎同時，出現巨大的爆炸聲，又一聲。堅固的金色燈籠像是在搖晃。警衛室的窗口突然伸出幾道光柱，在草坪上逡巡，瞬間定格在草坪中央，定格在那團三角粽子上。

一切都在預計中。爆炸是最初的計畫，開始的設想是兩捆手榴彈。老七的死使得計畫有所擴展，新的部分還包括煙火……

草坪上空升起五彩絢爛的煙火。顧福廣站立的陽臺兩側，少數幾個警醒的住戶打開窗子，有些甚至站到陽臺上。槍聲零星響起，顧福廣掀開藍印花桌布，露出一只巨大的喇叭。他穩穩地攥著話筒，一字一句背誦起準備好的宣言——

「同胞們，市民們，我代表群力社所有同志，我代表……宣布處決反革命分子……」他沒想到喇叭的聲音如此巨大，震動他的耳膜，他幾乎聽不清自己說的話。信號是最重要的，要向所有人發出信號，他反覆朗讀那段宣言。調整呼吸，再念一遍。那是蘇俄的發明，那是鮑羅廷顧問帶到廣州的行之有效的好辦法。

三次，他念到第三次。他看見林培文舉起盒子炮，朝草坪中央射擊。他看到警衛從洋房蜂擁而出，還沒來得及踏上草坪，夜晚的露水讓草地邊緣像湖岸一樣濕滑。警衛室窗口的手提機關槍開始向外傾瀉子彈。在強光照射下，掀開的草皮和泥土像是從湖底汩汩噴射的稠漿。他轉身跑下樓梯，坐到駕駛座上，林培文和他的手下幾乎在後座上撲成一堆，他迅速點火，發動汽車，引擎開始轉動，他知道，此刻在洋房北面正門外的福煦路上，朴季醒也在發動汽車，車頭向東。

二十四

民國二十年六月二十二日
晚九時

冷小曼一時三刻找不到住所。照老顧的安排，她在法大馬路星洲旅館租下房間。就眼下的處境來看，她並不十分適合在這種人多眼雜的地方出入。但這是暫時的，老顧說，你要常常更換旅社，每家住兩三天。漂泊無定的感覺又一次在她心裡滋生，讓她對眼前的任務產生些微抗拒感，她覺得自己缺乏完成工作所需要的熱情。至少是，她覺得照她目前的狀態，怎麼可能有心思陪一個洋場小開看電影坐茶室呢？

老顧說，我們的事業沒有退路，為此付出的所有代價都是值得的。她想她的確沒有退路。從她當初在龍華警備司令部接受曹振武的求婚起，她就無路可走。也許更早些……也許是她命中注定……這樣一想，她倒亢奮起來，倒變得專心起來。別瞎想！做你必須做的事！好像一個絕望的人，忽然專注於瑣碎小事，就像即將沉沒的輪船上的樂師，明知道生命只剩下幾個小時，卻對一小段複雜的和弦百般挑剔。

她挑剔起自己的演技來，就好像她每天晚上都是從攝影棚回到那個旅館房間，精疲力竭。此刻，她坐在梳妝檯前，面對鏡子沉思。她把室內的燈全關掉，打開窗，傾聽騎樓下喧囂吵鬧的聲音。街對面高掛著冠生園的霓虹燈廣告，暗紅色暈光籠罩她。那張臉如今又神秘，又變幻無窮。她總是在這樣的時刻回憶起白天說過的話，做過的表情。她尋思那樣的坦承會不會顯得太迅速，太不假思索？如果讓疑問在熱氣氤氳的餐桌上空懸置半小時，會不會更好些？她在便箋上寫字，列出她想提出的問題，從而能讓自己在第二天更從容，不會一時把話題扯得沒邊，一時又怕時間來不及，慌忙把所有的問題一古腦兒全問出來。倒不是怕人家會起什麼疑心，這些情報對她和她的組織至關重要，這一點人家心知肚明。可她不想讓會面呈現太過功利的氣氛。她譴責自己偶爾的無精打采，鞭策自己緊張起來，把每一個眼神和每一個手勢都當成富有意味而意味含混的信號。

事後的總結使她越發亢奮。有那麼幾個瞬間，天賦優秀的演員才有的激情會短暫從她身體中抽離，像是從腳底下的某個穴道被地底下一股力量吸走，轉瞬滲透進地面，滲透得無影無蹤。那種時候她就突然會感到氣餒，好像從腦袋裡跳出另外一個自己，審視著這個自己，會看出這個自己的形象和表情如此誇張，如此虛弱，如此缺乏說服力。

如果小薛有那麼老練，如果這齣戲能夠用分鏡頭的方式展現在他眼前，也許他的確會覺得她有些誇張。故作矜持瞟他一眼，忘乎所以地握著他的手，忽然像是想起什麼來，又把他的手甩掉。一時間怒氣沖天，再也不想聽見他輕佻的玩笑。離開時扭頭就走，走出十幾步路卻又回過頭來，嫣然一笑。有時她望著天邊冥想，有時撲在他懷裡憂傷地掉眼淚，讓溫暖濕潤的呼吸鑽進他的襯衫紐扣縫裡，鑽進領子裡——她不是從未和男人肌膚相親過，她不是不知道這一招的殺傷力。

她發現不斷連續的表演確實有某種奇妙的作用（也許可以把它叫做催眠作用）。如今似乎連他也誇張起來，像是他已找到她的情緒節奏，像是他要趕上這節奏，配合它，好讓它更完美無缺，讓這齣戲變得更加輝煌。他也開始向她傾訴起來，有時候甚至顯得比她更加嚴肅（好像嚴肅是他新找到的一種惱人的遊戲）。他不是完全忘掉那些可笑的調情技巧，可由於他突然迸發的嚴肅勁，由於他把這些玩笑話說得特別誇張，特別假惺惺，事後趕緊反悔，安慰她，好像自己又一次犯下滔天大罪，反倒讓這些輕佻的片段顯得格外真誠，格外動人。

他們有時的確會拿些電影臺詞來互相逗樂。每當這樣一來，就好像有一種真正的情愫在她心裡滋生，好像這也同樣遵循負負得正的法則，好像在表演上疊加表演，就會變成發自內心的表白。

You want to die so badly?

I'm dead now. Just as surely as though there were a bullet in my heart. You killed me.

No. The brandy.（她俏皮地舉起手裡的咖啡杯。）

No, no. You.

Then why don't you give me up?[1]

這電影，他們都數不清看過幾回。有什麼辦法呢？幾乎所有電影院都在放映它。只要一進到電影院，她就覺得安全、溫暖。那些讓人緊張的感覺，那些隱藏在人群中的眼睛全都消失得無影無蹤。她背誦這些臺詞的時候，覺得自己像電影裡的女間諜一樣美豔，一樣莫測神秘，一樣——自信……

她提出問題，警務處政治部的法國人對福煦路發生的事情有何看法（她現在已知道小薛的朋友在哪個部門）。

「這事兒也跟你們有關？」小薛正在用刀切那塊澆上鮮奶油的牛里脊肉。他們坐在一家名叫「Fiaker」的餐廳裡吃晚飯，在亞爾培路上。這是一家昂貴的、每餐只做兩桌客人生意的小餐館。外面下著大雨，雨水像舌頭舔過整塊玻璃，留下黏糊糊的痕跡。跑堂（他也是廚師，也是店主）把食物端來，關上那扇通向廚房的門，再也不出來，好讓客人把這裡當成自己家中的用餐室。沿街是一整塊玻璃牆，客人要從隔壁弄堂裡繞過廚房才能走進這間狹長的小室。

她沒有回答他的問題。她皺眉，用銀叉撥弄幾下那塊十公分厚的巨人肉塊，「我不能吃牛肉，我一吃牛肉就心跳加快，喘不過氣來，這裡還起很多小疙瘩。」她用手指一指鎖骨下的那個部位。

「啊……真抱歉……」

「不，應該是我抱歉，那麼貴……我該早說……」

---

1 電影《魔女瑪塔》（*Mata Hari*）中的一段臺詞：

你就那麼想死？

我已經死了。死透死透的，就跟心臟裡嵌了顆子彈似的。是你殺了我。

不。殺手是白蘭地。

不，不。是你。

那你為什麼不投降呢？

「這不能怪你，誰讓我要賣這個關子呢？我原本是想讓你大吃一驚，我想看看你突然看到眼前有那樣巨大一塊肉，會做出怎樣的表情。」

「有人想見見你。」她飽含柔情地注視著桌上的一塊污漬，黃褐色暈斑中央有一粒螞蟻大小的肉渣。她忍不住用手去捻，而他伸手握住她的手指，拿起餐巾幫她擦拭。她有些微心動，又覺得這樣子簡直把她當成孩子，真好笑。

她平生從未遭遇過這樣的人，在瑣碎小事上如此消耗心思，如此隨波逐流，如此缺少熱情，又如此——以為自己永不匱乏的正是熱情。

第二天，他告訴她，警務處把福煦路的案子和其他幾件案子合併到一起，統一交由政治部追查。有個綽號「程麻皮」的華人探長到處打聽一個四十歲左右的男子。法租界公董局有幾位華人董事在吵吵嚷嚷，說如果租界巡捕房不能保障市民的安全，為什麼要以增加治安開支為名提高商業稅率？

他向冷小曼透露，法國人為此成立專門偵查租界激進組織暴力活動的特務班。他的熱衷於用詞語來描繪色澤和氣味的馬賽詩人朋友也被分配到這個特務班幹活。他甚至還帶來一張照片，讓她親眼看看這位眉目中微露出一絲厭倦（顯然針對他那有害於人類的職務）的朋友。冷小曼一眼就認出來，背景上的老虎竈就是康悌路口的那一家。小薛還在言辭間隱隱透露，由於此人如此熱衷於文學，竟而至於思想上稍稍有些左傾（這實在太不符合他的身分，對他本人不見得是好事），比如說參加一些同情勞工的歐洲人士的聚會，閱讀一些有關上海工人生活和勞動環境的調查報告。

至於說他倆的關係，小薛告訴她，好到不能再好，好到可以穿同一條褲子。好到他不管有多厭煩，總是被迫聽那些完全不合文法的句子，甚至好到一遍又一遍聽他為什麼會來到中國的故事，那是因為馬賽港的一個姑娘，她的頭髮上有紫茴香和烤鰻魚的氣息——他總是這樣開頭……

今天晚上，他在電影院裡一把抱住她。當時電影正放到半場，當時她剛從洗手間裡出來（他們總是反覆觀看同一部電影），而他就站在鋪著絳紅色地毯的走廊那頭，電影院的白俄導座女郎站在釘著褐色牛皮的門邊望著他。對白和音樂在昏暗的走廊裡迴盪。他平伸開手臂，猶猶豫豫，像個夢遊人。最後終於來到她面前，擁抱她，還親吻她。他多半是聽不見她被堵在嗓子眼的喃喃低語：「我這是怎麼啦？我這是怎麼啦？」

二十五

民國二十年六月二十四日
上午九時三十三分

六月下旬入黃梅。天空一直陰沉著，應該下雨卻沒有下雨，悶熱潮濕。小薛走進薩爾禮少校的辦公室，看見馬龍特務班長也在那裡。空氣裡含有太多水分，胡桃木護壁板變成斑斑點點的黑褐色，還散發著一股霉味，夾雜在少校噴出的嗆人煙霧裡。他不斷地把那種黃綠色的煙草塞進煙斗，碎屑落到檔案袋上。文件散布桌面，有照片，有各種表格、便箋，還有幾份打印得乾乾淨淨的報告。

「你的那個俄國公主——那個特蕾莎，她最近在忙什麼？改邪歸正啦？守著她那些血汗錢光顧著吃喝玩樂啦？」少校顯然在生氣，哪怕是有一點風也好啊，哪怕是裹挾著沙土吹過地中海的撒哈拉熱風也好啊，就是印度支那的雨季也比這裡好得多。

「哇哇，你還在啊，我還以為你被她拌成沙拉全吞進肚子啦。」馬龍哇啦哇啦鬼笑著說。

這些天來，小薛一想到特蕾莎就頭疼。自從那天她拿槍逼著他交代出實情（天知道她為什麼覺得小薛說的是實話），他倆的關係就出現某種意外的變化。那事過後將近一個禮拜，小薛都不敢找她。生怕別人戳穿他的謊言，生怕他在人家不斷逼問下，一個接一個編故事，弄到最後不可收拾。

他以為只要自己主動切斷聯繫，那事就算告一段落。等到少校閱讀他的檔案，發現他是故人之子，讓他覺得巡捕房也並不是那樣讓人害怕時（儘管如此他內心深處對馬龍班長那對死魚眼仍然有些發怵），他更覺得毫無理由去主動接近這個白俄女軍火販子。可是他不想見人家，不代表人家不想見他。人家神通廣大，輕而易舉就連他住的地方都給找出來（租界真小啊）。昨天傍晚在福履理路家裡，他一看到來人，就覺得這下完蛋啦，以為一定是他說的謊話被人發現，以為這次再要對準他腦袋的一定不會是空彈夾。

哥薩克打手把他帶到馬霍路。拐進那排馬廄旁的弄堂裡，把他帶進那扇角門。他一點都沒想到人家把他帶到這地方來，難道是要開什麼公審大會當眾槍決？或者就當著這麼多人把他吊死在中間那座高臺上？

那是個倉庫模樣的地方，從前多半做過馬棚。高臺四角打著樁子，圍著一圈粗繩。有人在臺上叫嚷，他聽不出那人在說什麼。周圍全都是瘋子，伏特加酒在熱騰騰的肚子裡發酵又打嗝冒出來的臭味，汗味，煙草味。他跟在人家身後，穿越空酒瓶、翻倒的條凳和橫七豎八的人腿，跌跌撞撞來到特蕾莎的面前。

他一點都沒想到人家讓他坐下，坐在她身邊，那張藤椅上。到這時他才顧得上抬頭，到這時他才明白過來，這裡是地下拳擊賽場。由哥薩克幫和海參崴的前沙皇水兵們按照協議牽頭創辦，這兩個幫派安排拳手，開出盤口，在巡捕房的默許下保護場地不受其他幫會侵犯。

這是最佳觀眾席位，伸手就能摸到臺角，摸到拳手休息座椅下那圈汗濕的地板。在他右邊，在拳擊臺和觀眾席之間那條狹窄的夾道裡，放著計時員的小桌。桌上有只按鈴，一只圓形的小鐘。

拳頭重擊在肋骨上，汗水如汁液四濺，發出類似屠宰場肉錘砸到肉塊上的聲音。人群瘋狂尖叫，仍有人在下注，朝地上吐唾沫，又高聲咒罵，好像罵聲能夠帶來好運。

觀看皮開肉綻的男性肌肉讓特蕾莎無比興奮，也許用大量現金來下賭注是另一個原因。她渾身顫抖，不斷舔著嘴唇。誰也分不清，嘴角邊那些汗珠是她自己的還是從拳擊臺上濺落的。她直勾勾盯著那兩個拳擊手，盯著那兩條拳擊短褲的褲襠部位，不時皺起鼻子，好像從那鼓鼓囊囊的地方散發出來的味道可以一直飄進她的鼻腔裡。

那天深夜她尖叫著用胯部撞擊他，吮吸他脖子上的汗水，甚至還騎在他身上，在高潮來臨的一瞬間揮拳打在他的肩胛骨上。

那天晚上，她不僅破例讓小薛和她一起回皮恩公寓，還破天荒地在床上消磨掉第二天一整個上午。她還要求小薛陪她去ODESSA餐館，在午飯時滿意地發表聲明，宣布下一次你那老闆要是再想買點小玩意兒，不妨交給你來辦。

他發現自己無法擺脫特蕾莎。他覺得這裡頭有一層誤解，他確信一切都是因為特蕾莎舉起那把槍。可特蕾莎大概認為，正是由於有那把槍做見證，表白才更加可信。他甚至覺得這誤解出於某種職業觀點，像是說，你既然敬畏一個主婦做出的菜餚，她就拿得準你愛上她；你敬畏繡花女工手裡那塊桌布，她也會認為你愛上她；你敬畏特蕾莎的槍，她就能確信你愛上她。

可他認為，要是說他真對她有點情意的話，那倒是切斷他倆所有關係的最好理由。他是注定要出賣她的，如果她是巡捕房密切關注的軍火商人，如果她與冷小曼那個組織做過一些危險的生意——想到這裡，他不得不又一次發現自己的矛盾之處。如此一來，他內心深處最近突然迸發的那股想要接近冷小曼，想要揭開她那層嚴肅的表情下隱藏的東西，想要探究她，分析她，把她分成碎片，再重新組合成另一個冷小曼的那種野心，到底又是出於怎樣的理由呢？

「你寫的這些報告是一根線，它能把所有這些事情都串起來。從女軍火商到貝勒路那幢可疑的房子，從那房子到金利源碼頭槍殺案，然後是白爾路那場夜間混戰，最後是福煦路的煙火狂歡會。我希望你是一根真正的好針，能夠刺破那個神秘組織，穿透它……」

「針尖上戳著個四十歲男人，他是老闆，總是藏在幕後，他露過頭，有人看見過他。你的特蕾莎是找到他的唯一線索。」馬龍班長斷然補充道。

「他們從不見面，他們通過中間人，通過買辦做生意。」小薛抗辯道，他不願意少校在特蕾莎身上打主意，最主要是不願意他們通過他打特蕾莎的主意。他都不想再看到她。雖說這會他想見她就能見到，不用偷偷摸摸在人群裡跟蹤（他至今都很難說清當初天天在她背後盯梢，究竟是因為馬龍班長的逼迫還是有別的緣故）。如今她甚至樂意交給他一把皮恩公寓的鑰匙，她甚至樂意讓他使用家裡的浴缸。她告訴他，他不在的時候她可是天天都在想著他，「像個熟破皮的水果那樣往外冒」，這是她的原話。

「也許我會放過這個俄國女人。也許我會對她睜一眼閉一眼，對她網開一面，不去追究她買賣無照槍枝的責任，不去追究她把殺人武器賣給危險分子的責任。在適當時候，我會考慮放過她。」薩爾禮少校把煙灰敲在銅煙缸裡，體諒地告訴小薛，「租界當局總是會照顧商人的利益。」

「他們不是共產黨，從幫會裡傳出來一些聲音，說他們絕對不是共產黨。行事手法也不像，更像是剛剛冒頭就想要出人頭地的新幫會。」馬龍班長沉思著說道，儘管天氣悶熱潮濕，他還是緊扣著那套警察制服最上面的兩粒扣子。他沒去理會那隻在他耳朵邊探頭探腦的蒼蠅。

小薛想著冷小曼那張嚴肅的面孔。他們有一個意義十分重大的目標，她告訴他。

「我相信他們就是共產黨。」少校堅持說。馬龍班長只是搖搖頭，打個哈欠。

「他們的活動與共產國際最新的亞洲綱領是有關係的，與印度支那共產黨突然之間對殖民當局發起密集進攻是有關係的。總領事告訴我，有關這組案子的破獲審理，所有案卷都要轉交副本到巴黎。所有這些情報，對法國政府未來將對上海採取的外交立場有十分重大的意義。

「我希望他們不是共產黨，那樣對我們容易得多。共產黨是難以戰勝的，巡捕房人手不多，共產黨還是讓南京政府去管吧。

「我們將同南京政府合作。但首先我們要——嗯，掌握全部情報。我們要搶先一步，這樣對我們——對租界當局更有利。」薩爾禮少校緩慢地斟酌言辭，好像在考慮該不該向著兩個手下講出所有真實情況。

「我聽說，」小薛覺得在這點上他可以有所表現，「金利源的刺客和金融投機集團有關。我聽說在刺殺案發生後的那半個月裡，公債再次暴漲。而在那之前的一個月裡，公債每天都在跌。我查過那些天的報紙，有傳聞說，南京政府的某個要人那些天裡都在大叫大嚷，要南下廣州成立新政府，要和南京分裂，廣州的軍閥支持他。他還說一旦新政府成立，就要把粵海關收歸新政府管理。根據我查閱的公債發行報告書，那些公債是用廣東海關的關餘收入來抵押的。報紙上說，死掉的曹振武是那要人的前衛，是他派出的敲門人，是他扔到井裡的一塊磚。他在碼頭上被刺殺，就把其他人都給嚇壞啦。沒人敢再挪動半步，別說去廣州，連上海都不敢來。有人說刺客是南京政府的特務，可南京派出自己的研究小組，發誓要追查到底。」

小薛很少做這樣的長篇大論，在他平素說過的話裡，很少有這樣多的公報詞彙。他覺得這種詞彙會讓人越說越激昂，中氣十足。他覺得這跟他身上新近出現的變化有關，覺得這跟冷小曼總是在耳鬢廝磨的中途跟他討論看似生死攸關的重大問題有關。

薩爾禮少校讚賞地望著他，只要這個年輕人願意，他有足夠的洞察力。

「很聰明。機敏的調查，」他判斷道，「但並不能就此得出另一種結論——雖然這是南京研究小組的結論。那些專家全都是共產黨的叛徒，他們的話不可不信，也不可全信。共產黨裡也有優秀的金融家。馬克思本人就是。」

二十六

民國二十年六月二十四日
上午十時十五分

對於小薛新近在政治處獲得的超乎尋常的地位，馬龍班長心裡有些不是滋味。就好像，你隨手抓隻野貓回來，原本是想讓牠捉老鼠的。你給牠餵食，打牠，訓練牠。可轉眼之間牠就變成你頂頭上司的寵物，你心裡會有什麼感覺？馬龍班長那點不自在，小薛能看出來，他從不覺得小薛是法國人（這點小薛自己也同意），他不想讓整個特務班都來配合小薛的行動——雖然少校很明顯就是這樣想的。

在這種情況下，少校又把小薛叫住，不讓他和馬龍班長一起離開辦公室，好像有什麼話要私下裡向他交代，連小薛都有些不自在，他朝馬龍班長看看，正好遇上他回頭掃向他的眼神。

少校從抽屜裡取出一張照片遞給小薛，照片是兩排人合影的集體照，背景曝光過度，看不清建築物的樣式。

「這是駐印度的英國安全機構弄來的照片，馬丁拿它換走我整整一箱文件。」

照片上的圓頂讓人想起東正教堂，復活節彩蛋，也許俄國洋蔥？有幾個笑得不太自然，其餘都陰沉著臉，原因可能是天氣太冷，伙食不好，或是括約肌麻痹。

「看看後排左起第三個人，」少校指導他用一種無關藝術的方式來觀看，「面孔看不清楚，光線全讓帽檐給擋住啦。」

陰影一直掠過鼻子的下方，只有下巴的輪廓是清晰的，面孔的其餘部分藏在黑暗深處，而眼睛更是在深處的最深處，像是黑夜裡的洞穴。

「問題是什麼？想一想，你要問我什麼？」少校的音調像是歡快的歌聲，在濕度極高的空氣中飄浮。

「他是誰？」小薛從來都是一個懂得湊趣的人。

「對啊，對啊，他是誰，他是誰呢？」

薩爾禮少校迅速展開手裡的紙條，用歌唱似的聲音朗讀起來。像是知道聽眾期待已久，像是迫不及待要揭開謎底，像是在宣讀熱心於租界公共慈善事業人士的年度名單，或者是介紹哪個大善人的振奮人心的事蹟——

「一九二五年，在上海工運中突然冒出頭來，工友當中有人誇他聰明果斷，有人說他心狠手辣，但不管怎樣，很快他就從眾人的眼睛裡消失。半年以後，有人看見他在蘇聯駐滬總領事館裡開車子，穿著司機制服，後排上坐著武官先生，有時候連總領事先生也來坐他的車子，他開一手好車。這不奇怪，大家都說他學什麼都很快。沒有人告訴我們，為什麼他的職業生涯如此短暫？我說的是這份司機的職業。也沒有人知道後來那段時間他又去幹什麼。只是到一九二七年十一月份，在忠於沙皇的白俄流浪漢向黃浦路十號蘇聯領事館的玻璃窗扔石塊時，有人看到他擁擠在人群裡。他謊稱自己是被喝醉酒的前哥薩克騎兵毆打的好市民，向公共租界的巡捕報案。那以後他又是跑到哪裡去鬼混的呢？有人說他在伯力，有人說他曾到過廣州。

「……直到那一天，他突然出現在這張照片上。他們不是同班同學。他們中有些人是去莫斯科學習革命理論的，有些人學習電子通信技術，另外一些人的必修課程是把汽油、橡膠和鎂粉裝在伏特加酒瓶裡。關鍵是不能放太多汽油，汽油過多會澆滅引信。不久以後，他們就各奔前程，沒人知道他去哪裡，英國人在孟買闖進一家當地報社，抓住幾個傢伙，有人藏著這張照片。天知道他為什麼把照片藏得這樣好，在皮箱的夾層裡，和那些備用的假護照放在一起。要不是他把照片藏得這樣嚴密，沒人會注意一張照片的。那樣一來，別人就拿照片上的這些人來玩有獎問答遊戲，答對有獎，答錯者接受懲罰。到最後，所有的答案都按照標準格式打印出來，複製成許多份傳遍亞洲各地。有人被捕，有人至今不知去向，還有一個人被發現早在兩年前就死在漢口的監獄裡。直到最近我們才對照片上這個人——對這個因為帽子遮擋看不清面孔的人產生極大的興趣，部分是因為南京幾名專家的研究。我相信他是個自大狂，他不斷地更改名字，顧三，顧廷龍，顧福廣，但總是不願意改姓，因此我認為他是個不折不扣的自大狂。」

少校滿意地長吁一口氣，往椅背上一靠，手在那排煙斗前舉棋不定。

「那麼——他就是那個四十歲左右的男子？」那麼他就是她的上級？有人想跟你見一面，那是不是他呢？小薛有些驚慌，他懷疑自己會不會讓人一眼就看穿。

「恭喜你又答對啦！」少校再一次找回歌唱般的歡快節奏。忽然之間，他又變得沉默，若有所思。準備出發上崗的巡捕們在窗外樓下某處空地上列隊集合，口令在沉悶的空氣裡嗡嗡作響。不太整齊的跑步聲，尖銳的哨音，裝甲巡邏車的司機試著拉響車載警笛，讓它發出兩聲短暫的刺耳尖嘯，撕破籠罩在薛華立路這幢大樓周圍的潮濕氣幕。不一會，四周又安靜下來。

「我要的，不僅是找到他，抓住他，讓他交代出組織裡的其他人。不光是這個，甚至根本不是這個。我要你去熟悉他，開動腦筋研究他，摸清他的行動規律，看看他到底能做出怎樣驚天動地的事來，讓他變成大明星……」

少校突然停頓下來，他望望小薛，似乎有些疲倦，像是長篇大論已讓他耗盡氣力，他喃喃地說：

「我們需要一個大明星。」

小薛以為他完全明白薩爾禮少校的意思。少校一定是覺得該到他顯顯能耐的時候啦，同時，順便——也該到讓他小薛（老友的這個孤苦伶仃的兒子）顯顯能耐的時候啦。

他從來不會讓自己想得太多，做法對不對啦，後果啦，甚至——意義啦。他從來只管眼下——未來這兩個字在他看來就等於明天，頂多是下一個禮拜三。他常常誤以為自己是賭徒，結果要不就贏要不就輸，千萬不要去想別的東西。在事情變得越來越複雜時，他就變得越來越聽天由命。但是，事實上，他總是由著自己的處境引導他去做某件事，而不是讓他不去做那事。他不懂得停下來，想一想能不能回頭，他一直看著眼前唯一的這條路，往前走。

他走在法大馬路的騎樓下，在中國實業銀行的門口停住腳。至少，巡捕房的這份活讓他手頭突然變得很寬裕。出門前，少校讓他到特務班的馬賽詩人那邊轉一圈，人家遞給他一張支票。這不是巡捕房的薪水，帳戶以註冊在福煦路的某家娛樂公司的名義開立，在一定限額內支取，對馬龍特務班正在進行的一項特別調查活動給予必要的贊助。「青幫的紅包」，馬賽詩人說。他在銀行裡把支票兌換成現金，到水果行提上一籃花旗橘子，沿著被一家小鞋帽店和寶芳唱片行夾在中間的樓梯往上走。

樓梯通向星洲旅館，招牌在二樓窗外的騎樓上高掛，櫃檯就在二樓樓梯口。打開門，冷小曼站在門背後。他剛想伸手去抓她旗袍袖子下露出的那段胳臂，她就側身避開。而等到他撓著鼻子（用那隻剛縮回的手），剛堆起訕訕的笑容時，她又突然撲上來摟住他。

她喝過一點酒，桌上有酒杯，有酒瓶，她的嘴裡有酒味，而她不太喜歡喝酒（很少去碰餐桌上的酒杯）。他假裝不知道這意味著什麼，他假裝完全被動地親吻。她的動作裡有太多的興奮，像是因為刻意而顯得過火的表演，他假裝自己的手是完全自然地滑落，從她的後頸一直滑落到她的腰下。

幸虧他假裝，幸虧他裝得不明就裡，反應遲鈍，要不然他對她的舉動所產生的誤解就會讓他錯失一些東西，錯失聆聽她的故事的難得機會。她很快就從他懷裡退身（幸虧他沒有使勁兒抱她）。

窗外飄蕩著從留聲機喇叭裡傳出的高亢戲白。間或有琴弦撥動，咿咿呀呀，還有響板，與無休無止的牌九劈啪聲混雜在一起，難以分辨。因為走過許多路，也因為剛剛那短暫而激動的擁抱，小薛的襯衫下全是汗，而她的旗袍腋下也有一小塊深色斑漬。

她告訴他的故事可謂悲歡離合，他從前以為只有小說裡才會有這樣的人物，這樣難以抉擇的處境。他很難相信判決愛情有時候就是判決生死，他也很難相信一個人可以被自己的處境逼迫著走出那樣許多路（往深裡想，他看到自己的影子）。有一刻他覺得自己錯失良機，有一刻他覺得自己不該聽她述說，他可以簡簡單單，做一點更加輕鬆的事，然後離開這裡，再也不回來。他怕自己落到陷阱裡，再也不能回頭，他覺得自己離開那個陷阱只有一步之遙。

二十七

民國二十年六月二十四日
中午十二時十五分

冷小曼找不到別的辦法。還有更好的辦法麼？要說服他與老顧見面，組織上出面找他來談談。「要爭取讓他成為我們的同路人」。還要確保安全（對他的身分我們至今沒有把握）。

況且她還有一件為難的事，她對老顧說了謊。寶來加號船舷旁他們偶然遭遇，此前她並不認得小薛。他倆並不是舊相識，她對組織撒謊。她當然不是要他來幫忙圓謊……

也許她可以再主動些。她還是有點把握的，多多少少……

她感到驚奇，如果說開始時她還是在扮演某個受難聖女的角色，懷疑自己的激情，乞求觀眾的尊重……可她自己卻越來越深入情境，如同一場戲劇性衝突在內心展開。最終演變成一場無休無止的辯論，一方是她自己，另一方也是她自己。她想感動別人，卻先把自己給感動，她想讓事實變得更有說服力，結果卻是逼迫自己越來越誠實。

她說到她對汪洋的崇拜，他的敏捷，他的熱情，他的才華洋溢的演講。她也談到他的霸道，以及他在監獄裡表現出的勇氣。她愛他麼？她問自己（目光同時掃向她的聽眾），並給予肯定的回答。但是後來——但是後來，她斟酌著詞句，因為這是困難的段落，因為她從未對別人說過這些，甚至包括組織。後來她才發現，汪洋的工作是如此重要，以致他身邊的一切都成為他的工作的一部分，都是次要的附屬物。他對所有人都同樣熱情，對許多女同志都充滿熱情，但同樣，所有其餘的熱情都是次要的，唯一要緊的是工作。

她失望過麼？她在內心裡問自己（就好像小薛的沉默本身就是一種探究）。然後斷然回答，她根本就來不及失望。她和汪洋同時被捕，她告訴小薛，大逮捕，組織被整個破獲。剛進監獄吃的那些苦頭，她不想說太多，不知為什麼，她認為說出那些事來，會讓她在小薛面前丟臉。就好像那些事實在太醜陋，以致任何人只要稍稍沾上它，都會覺得丟臉。

她已完全入戲，暗自祈求觀眾的響應。她希望小薛適時提出問題，好讓她有機會再次審視自己，好讓她有機會辯白。她告訴他曹振武提出的條件，她告訴小薛：「他說以當時的形勢，以他當時的身分地位，要把她從那裡撈出來，唯一說得過去的理由是自家人，只要她是他的太太，他就有理由說服人家釋放。」她希望小薛支持她，或是反駁她，嘲笑她的軟弱，但他只是沉默。像是個預先已對表演者充滿崇拜之情的好觀眾。

這一次，她希望由薛來提出那個問題，那麼——曹振武提出這條件（或者說她一開始的拒絕），到底與汪洋的死有沒有關係呢？那樣她就可以辯解說，曹振武絕對不是這樣的人，這擔保她不敢對組織說，但她希望能告訴小薛。她有過懷疑，戈亞民問她那個關於時間的問題時，她曾細細思量，她詢問別人汪洋犧牲的具體日期，回想天氣，雲彩和風，回想士兵的軍裝，掰著指頭排算，努力想要確定汪洋的犧牲，是不是正在她先是拒絕繼而接受的那段日子裡，或者能夠排除也好。她懷疑是因為她自責，在她已變得十分模糊的記憶裡，她最後接受曹振武的求婚，是因為他告訴她汪洋早已犧牲。她恍恍惚惚——不是思緒而是一種純粹的感覺——回到過去，好像再次置身於那間軍法處辦公室裡，好像再次體驗（也許只是她的想像）那種如釋重負的感覺，為此她鄙視自己。

在她的預計裡，小薛一定會說——按照他的性格，那不是你的錯。他會安慰她，對她說，你是毫不知情的，汪洋的死和你一點關係也沒有。她希望他能這樣來寬解她，雖然她會討厭這種置身事外的態度。

他嘆一口氣，噴出一團白煙（她覺得他輕佻的毛病是怎麼也改不掉啦），如雲霧般散開，懸掛半空中，距離他的臉大約十公分左右。他沉默良久，像是在尋找一句恰當的評論，像在擔心自己不是個夠格的聽眾，他忽然感慨道：「偏偏是個電影，偏偏是你來演。」

她以為自己完全能夠理解他的意思。她想他是在感慨她的命運，命運好像存心賦予她比別人多得多的戲劇性衝突。好像存心讓她變成這樣一種悲劇角色無論她怎樣選擇，最後的結果都是錯的。

她沒想到他會說出這話來，鼻子一酸，淚水滑落。她想他懂得她，於是她也覺得自己完全能夠懂得他。她覺得他倆是同一種人，都是在隨波逐流，都是在任憑別人為自己的人生編寫情節。她想她對自己也說過很多（坐在貝勒路那間過街樓的窗前），可哪一句都不如這句好。

她覺得這話裡還帶著點悲天憫人的諷刺意味（也許說話者本意並不如此）。仔細想想，這話算是說到點子上的。她不知道問題出在哪裡，可她確實隱隱有種感覺，像是說，她的生活裡有某種不太真實的成分。她也有些分不太清楚，這虛假的感覺究竟是因為激情的消散還是有什麼別的緣故，還是因為老顧交給她的工作讓她不得不變成另外一個人。

旗袍下黏著汗水，從脅下還在不斷往外冒。她覺得自己像是浸泡在黏糊糊的汗水裡，浸泡在一種不真實的狀態中。周圍的聲音變得滯澀，變得遙不可及，只有那兩張牌九還在某人的手指間碰擊，劈啪聲越發清脆。

警笛聲像從水底旋轉上升，緩慢而又執著地浮現。伴隨輪胎摩擦地面的尖嘯。起初是樓梯上凌亂的腳步，然後是敲門聲。

開門。旅館茶房站在外面，身後走廊裡站著幾名巡捕。

「怎麼回事？」小薛拉開木製百葉窗，朝街上看。

「老北門捕房。不要走出房間。準備好證件，等候檢查。」

有人在嚷叫——

骨牌聲戛然而止。有人拉動桌子，茶杯蓋掉在地上，沒有跌成碎片，卻在木地板上歡快地旋轉起來。隔壁傳來兒童哭鬧的聲音，有人當著巡捕的面辱罵他的妻子。茶房尖細的嗓音竭力想要變成這失控的合唱團的主導聲部：

「巡捕通知各房間，誰都不許離開。」

華探一九八號走進房間，法籍探長站在更通風些的房門口。他早早穿上夏季制服，顯然是還未適應上海炎熱潮濕的天氣。汗水從他的膝蓋往下淌，把他的小腿浸泡得腐肉般蒼白，把他的汗毛黏在皮膚上。他不停踢動兩條腿，以免蚊蟲叮咬，他沒有繫綁腿，這種天氣誰會穿那個？租界裡的外國人喜歡拿醫用紗布做一副腿籠，罩在長襪外面（在這塊鬼地方，那是預防瘧疾的唯一辦法）。可帶班執勤時，哪個探長肯把自己弄成那副滑稽相啊？

她臉色煞白，眼神茫然，一副聽天由命的樣子。「番號一九八」好像是在表演滑稽戲，好像是在模仿一位街頭肖像畫家。他低頭看看那張證件，抬頭看看冷小曼，再低頭看照片，然後他轉到她的右面，再次研究起她的右側臉頰，像是從百葉窗縫隙間透進的光線可以讓他獲得更好的觀察角度。

「我看到過這張臉。」他向探長解釋，語氣客觀得好像是在評論一幅照片。

他們在巡捕的簇擁下走出騎樓，他們被人用囚車帶往老北門捕房。坐在那只鐵皮悶罐裡只十分鐘不到，小薛已滿臉汗水。他用手絹不斷擦拭眼眶周圍。警車提供給犯人的座位又窄又低，幾乎只能讓你蹲在那裡。她覺得這姿勢比坐在馬桶上更讓人不堪。她不得不把手放在旗袍的開衩兩側，以免讓小薛看到她的腿。因為出汗，腿上的毛孔變得很粗大，她越來越覺得這很難看。就像一位被歹徒綁架的大明星，從聚光燈圈裡被人拖出來，不知如何自處。

他們被人關進木籠。沒有人向他們提出問題。她曉得這次是在劫難逃。所有人都看到過她的照片，還有那張妝化得都不像她自己的結婚照。那是曹振武堅持要拍的——我都不敢相信你竟答應嫁給我。我要在房子裡到處掛上結婚照，照片可以證明你是我老婆。果然如此，一張照片就足以證明她確實是曹振武的老婆。

汗水一定在刺激小薛的眼瞼，可他似乎陷入某種沉思狀態。他沒有注意到她腿上的瑕疵，也沒有看到她絕望憤怒的眼神。

忽然，他大聲叫喊起來，一九八號衝到木籠邊。

「我是法國人！我父親是法國人！我要找探長說話！我有話要說！」

一九八號用鑰匙開鎖。他已解開腰帶，把鑰匙、警棍、警哨和手電筒全都扔到桌上，他已準備好好收拾一下這膽敢在巡捕房鬧事的傢伙。

愁眉苦臉的探長走進來。他讓一九八號把小薛帶去他的辦公室。他渾身是汗，恨不得趕緊下班，找個酒吧喝兩杯冰涼的啤酒，他對這地方憤憤不平，他對這份工作憤憤不平，他也對在這種天氣裡還讓他執行任務的上級憤憤不平。

二十八

民國二十年六月二十四日
下午四時十八分

小薛被帶到探長辦公室。桌上，在木製的盆帽邊，他的身分證翻在最後一頁。一本洋行印製的家具目錄，一盒用來驅趕蚊蟲的薄荷油。靠門這邊牆上掛著一塊漆成墨綠色的寫字板，用白色粉筆開列著探長今日必須完成的事項。一個巨大的箭頭斜斜插入下午三點至五點那兩行中，把左下角圓圈內的臨時任務插入那條本該坐在清涼通風的辦公室裡喝茶抽煙的縫隙間，圓圈裡寫著星洲旅館。

綠色寫字板的右側牆上掛著電話機。

「你有話要對我說？」探長說。

「我想打個電話。給政治處的薩爾禮少校。你來撥通，你告訴他是薛要與他通話。」

「認識幾個大人物，是吧？」探長盡量伸開腿，好讓門外的涼風一直吹進褲襠裡。

少校在電話那頭，聲音有些不耐煩，間或傳來沙沙聲，少校在翻閱文件，也可能是電話線的雜音。

「你在星洲旅館幹什麼？」

「一個朋友住在這裡……」他對說出口的詞句總覺得沒把握，哪怕說的是實情，聽起來都像是一派胡言。

「一個朋友……」電話裡的聲音讓人捉摸不定，「是個女人？」

他不知道該把真實情況透露到何種程度，他必須做出選擇。聽筒裡噼啪作響，他必須在十幾秒鐘之內把邏輯理清。最重要的是，她並不是什麼關鍵人物，冷小曼不是最關鍵的人物。少校志不在此。那麼——

「假如你信得過我……我會讓你得到最好的。」

「假如我能信任你……到目前為止，你認為我還能信任你麼？」電話裡的雜音忽然消失，像是突然騰出一片空間來。少校的聲音變得單薄，變得像一根隨風飄動的細線，像是深邃走廊裡的回聲。

小薛覺得越來越虛弱，他沒有察覺到自己幾乎在大喊大叫：「這很重要！如果……也許你一覺醒來，就會看到我的報告放在辦公桌上。」

他放下電話，他在等待裁決。他心裡有一絲惋惜，他想起她竭盡全力的表演，她裝出來的老練，他也想起他對她和她的組織的「利用價值」。後來他又想起她的哭泣，在船舷旁，他驚動她，她回過頭來，茫然的眼神。即使在最驚恐的狀態下，她都無法忘記自己是個女人，她用手壓住旗袍的開衩，好像那是把她從超現實的恐懼感中拉回到日常生活中來的唯一辦法。他這樣想著，那點惋惜之情竟而擴大成一種焦慮。有一瞬間，他覺得只要能把她救離眼下的困境，拿什麼來換都是值得的，不管是薩爾禮少校的信任，父輩友誼，還是別的什麼東西。

一小時後，他看到馬賽詩人。

一個半小時後，他和冷小曼走出老北門巡捕房。馬賽詩人陪他到木籠旁，他注意到冷小曼一眼就認出這位老朋友。

馬賽詩人告訴他，對星洲旅館的搜捕行動純粹出於意外。今天上午，星洲旅館茶房打掃房間時，在三樓二號房間的梳妝檯下發現有一枚手榴彈，該旅館帳房稽查龔善亭打電話報告老北門巡捕房。

平心而論，在政治處所有的警官當中，小薛唯獨對這位馬賽詩人頗具好感（正因如此少校指派他負責聯絡小薛）。他靦腆，頭髮和乾草的色澤差不多。他對馬拉美和魏爾倫情有獨鍾，他在上車離開前，偷偷向小薛贊許道：她惶恐的姿態猶如一隻天鵝。

而這隻天鵝，此刻站在小薛住處這間空蕩蕩的客廳中央，像是在漂泊途中短暫棲息，神情裡充滿淒涼。他們婉言謝絕馬賽詩人的好意，沒讓他開車送他們。一旦確定身後無人跟蹤，冷小曼走進敏體尼蔭路一間公用電話亭。隔著玻璃窗，小薛看到她用手捂著話筒，竭力解釋。他覺得她楚楚動人，他懷疑，這感覺多半是因為自己剛把她救出牢籠。無論如何，他覺得這想法甘甜無比，他頭一次體驗到被別人當作保護者時的自我感受。

問題在於——走出電話亭，她告訴他——問題在於她這會無處可去。出於安全考慮，她必須暫時和小薛在一起。她把話說得如此公事公辦，幾乎令他有些失望。

他收拾桌子，需要收拾的也只有這張桌子（客廳裡只有一張桌子和兩把椅子）。半杯咖啡要倒掉。剛回到桌邊，又趕緊奔去廚房燒水。舊照片和舊報紙捲成一團扔到牆角，與沖洗照片用的藥水瓶為伍。他站在客廳通向裡間的門口，把椅子上的衣服朝臥室扔。他剛讓她坐下，就聽見廚房裡水壺蓋在跳動，節奏類似於一種瘋瘋癲癲的愛爾蘭舞。

他想他應當對她有所解釋。直到這會他才意識到這點。他們如此輕易地從老北門捕房脫身，人家會不會懷疑？他把手榴彈的事告訴她，覺得這句實話聽起來比假話還假。他還顧不上想想日後如何向少校交代。他也還來不及去想想，說到底，他早晚要把冷小曼連同她的組織一起出賣給巡捕房。他這個人，腦子裡成天千頭萬緒旋轉，轉的可都是眼下的難題。

眼下，他急於檢查凌亂的房間。他想不出有什麼東西會讓人家起疑心。他是攝影記者，他從來就不是什麼巡捕房的密探。他這裡有成堆的舊報紙、舊照片，各種底片和藥水。他忽然想起什麼來，衝進臥室，把她丟在客廳裡。

自從上次特蕾莎讓哥薩克保鏢找到這裡，她自己又來過一兩趟。她是那種所到之處總要丟下一堆痕跡的女人，酒杯和煙蒂上的口紅印漬、枕頭上（甚至牆縫裡）的香水味、忘記帶走的那些髒短褲（勃發的情欲殘存在絲綢上）。

他無法想像，要是特蕾莎這會走進門，撞見他跟另一個女人在一起，會鬧出怎樣的結果？最好是主動去和特蕾莎會面，免得她自說自話闖到這裡。剛剛他決定把冷小曼帶來時，可沒想到過這些。

他想不通少校為什麼對他如此信任。下午在警車上那會，他一度懷疑是少校派人跟蹤他，找到星洲旅館（這是他唯一能夠想像得出的偵探技術）。他沒有再往深裡想，他有些分心，他注意到冷小曼沒有穿絲襪。天氣又熱又潮濕，那條腿上汗津津。

可這會他又開始相信，那不過是場偶然的搜捕行動。少校對他的信任無可置疑。他猜想，坐在同一條戰壕裡，合用同一副防毒面具，的的確確能讓人產生巨大的友愛。

天色早早變暗，雨還是不肯下來。這是福履理路的弄堂房子。他們幾乎斜穿整個法租界。面對面坐在桌邊，彼此都能聞到對方的汗味。

「那麼——這就是那個馬賽詩人。你告訴他我是誰？」不是從空洞的語氣、從冷靜的詞句，而是從她遲緩的身體動作上、從她疲倦的神態裡，小薛察覺到那個勉強撐起的表演者形象早已被砸得粉碎。就像一度光滑而如今早已破碎的瓷器。

他注視著她，她的臉頰，她的手臂，她的因為出汗而毛孔變得清晰可見的皮膚。

「戀人。」他說。

她微張著嘴，像是剛被迫吞下一顆苦果。她輕輕地歎息一聲（在他的想像中）。在她鼻翼上，有一小塊汙漬，用髒手指抹去汗水的印記。那張面孔上，最動人的地方是下眼瞼的睫毛，給她的瞳仁投下一抹陰影。

「為什麼要救我？」

沉默是要讓即將說出的話更有說服力。

「因為我愛你。」他脫口而出，像是話到嘴邊不得不說，又像是答案早就準備好。總是不合時宜，總是在這種無奈的情況下向她們訴說愛意。可一旦說出口，聽起來倒也挺自然。

她在哭泣，悄無聲息。涼風掀起窗簾，她打個寒戰，站起身。她盯著他看，腿一跌，撲到他懷裡。她死死抓住他的襯衫領子，又鬆開手，沒頭沒腦打他的頭、他的肩膀。

「為什麼要愛我？為什麼要愛我？愛我的人從來都沒有好結果！」

讓他感到吃驚的是，所有的女人在這三個字面前都不堪一擊，如同中蠱一般，如同甘心喝下的一匙毒藥，如同按照劇情所定下的鐵的邏輯，扮演起同樣的角色。

二十九

民國二十年六月二十四日
晚七時三十分

冷小曼覺得自己像一團可憐巴巴的誘餌。孤零零吊在魚竿上，扔在湖岸邊。魚竿的主人早已不知去向，而她卻對那條魚動起真感情。她用電話向老顧彙報，三言兩語。他倆被帶去老北門捕房這事，到最後她也沒告訴老顧。她擔心老顧會立即掐斷她與組織的聯繫（她下意識地覺得，那是她與這個現實世界的唯一聯繫）。

她說，幸虧有小薛在，要不然——事實已證明，小薛（或者說他的朋友）在巡捕房有很大影響力。老顧對此表現出極大興趣，電話中反覆詢問：

「政治處為何派人參加老北門捕房的搜查行動？」

「不……只有老北門捕房。茶房發現手榴彈，向捕房報案。」

「你剛剛說……」

「巡捕要闖進房間檢查證件，小薛在房門口大鬧起來。提到他政治處朋友的名字……」

「看來這個會寫詩的警察朋友，的確是個重要人物——你說你今天下午與他會過面？」

「他們用旅館的電話向政治處查問。證實小薛是法文報紙的攝影記者。那朋友趕來時，巡捕已離開旅館。」

她覺得這些說法破綻百出。她為毫無緣由向老顧說謊而感到羞愧，覺得自己就像個弄亂戲碼的蹩腳演員。

「巡捕始終沒有進房間？沒有看到你？他那個政治處朋友也沒有認出你來？」

她說這都因為有小薛在。她可不敢跟人家說，這是因為她運氣好（這說法連她自己都不會相信）。還不如說是因為她的新髮型，或者她憔悴的面孔呢（她有時對鏡顧盼，深覺憂傷會將一個人的相貌改變至斯）。

最後，老顧說：「你要在小薛身上多下功夫。組織上希望把他爭取過來，讓他變成我們的人。他在巡捕房的關係，對我們下一步的工作相當有利。」

「我應該怎麼做？」

「你就住在他那吧。要牢記使命，理解組織的意圖。你和他在一起，觀察他，掌握他的關係，這是組織上交給你的重要工作！」

如今，她幾乎有些怨恨別人讓她扮演的角色。顧福廣話裡的暗示，她怎麼可能裝得一句都聽不懂？在電影中，賣弄風情的女間諜甚至可以是個正面角色，只要她相信自己站在正義這邊。她甚至可以朝誘惑對象動真感情，也只需她自己相信而已。可真到讓她來扮演這角色，卻發現掉下陷阱的通常是自己。最先迷失其中的往往是她自己。

她隱約覺得，在她和小薛之間，有層難言的隔膜。一片若有若無的薄紗，一張玻璃紙似的東西。她認為造成這種狀態的原因在她自己——她不得不去扮演某個角色。同時她也認為，捅破它完全是她的責任。可她不知道該如何做。她告訴自己，愛情不是我們想要的東西，我們想要的是穿透這個租界浪子的外表，穿透他的偽裝，觸及他的內心深處，抓住他最純粹的東西，從而控制他（讓他為我們所用）。她相信，在這個被繁華糜爛的城市生活塑造出來的形象下面，一定還有一個最本質的東西。就好像，一旦你除掉他的那些輕佻言辭，那些浮誇姿態，那些虛榮心，那些算計，你就會得到一個除不盡的餘數，那是如同嬰兒一般赤裸裸，一般純潔無瑕，一般脆弱。那個去除掉雜質的薛會相信正義，相信理想，相信她（和她的組織）所要完成的事業。她沒有意識到的是，她想要做的事情，與一個真正的情人想要在對方身上做到的事幾乎一模一樣。

她是懷抱著這樣一種近乎自我犧牲的精神來誘惑他的。因而她的舉動如此莊嚴，幾乎有些滑稽。她幫他煮麥片粥，從一個原本可能是金色的大鐵罐倒進奶鍋裡，加上水，加上奶精。他們一起尋找糖罐，可最後還是找不到，倒是在咖啡罐的蓋子上，看到幾塊方糖。

他們在喝粥，沒有說話。他心不在焉。而她呢，看起來又疲倦又絕望，用小匙一下一下往嘴裡送，皺著眉，好像那是可以用來麻醉自己的一種苦藥。

她嘗試著對他說點什麼。她想，當初她參加革命前，別人是怎樣引導她的呢？她試著從下午剛發生的事情入手，假裝到現在還在對巡捕房蠻不講理橫行霸道生氣，兀自憤憤不平（其實那在租界裡實在是太常見啦）。她想，那足以激發他對帝國主義的樸素仇恨。但後來她覺得這憤怒難以感染到他，說到底，最後讓他倆離開老北門捕房的也還是一個帝國主義分子。她覺得要把抽象的真理轉變成一種具體切身的感受，實在是太難啦。她希望他來與她辯論，她希望他對她說巡捕房裡也有好人之類的話。甚至到後來，她自己對他說：「你不要以為你的朋友就是好人，也許他確實是好人，問題在於他從事的職業本身就代表著一種壓迫人的制度。」可他卻苦笑著回答說，他覺得連他自己都不是個好人。

「你當然是好人！要不然你為什麼要救我呢？」她差不多是大叫著說出這句話來，沒有察覺到這說法的前提稍稍有些可疑。可是如此一來，她倒變得專注起來，不再疑心自己這樣做到底對不對，不再需要不斷用意志來強迫自己。一心一意只是想去說服他。

而他呢，好像一旦別人進入到他自己的房間裡，進入到他最真實的生活空間裡，他就有責任向別人證明自己的職業，有責任證明自己並不是個整天無所事事、只知道拈花惹草的租界小開。他開始擺弄起他那堆東西，藥水啊底片啊，窗簾拉起還不夠，還用圖釘在窗子四周釘上一大塊厚布，又打開一只紅色燈泡。

她覺得時間在白白流逝。她開始感到，單單靠言語無法讓他們各自的思想合而為一。她上前幾步，從背後抱住他，抓他的手腕，迫使他放下手中的小鐵盒，膠捲盒在桌上滾幾圈，停下來。

她覺得這太像個嚴肅的命令，因此在說出口之前，刻意想讓它帶上點乞求的味道，可實際上在別人聽來（如果真有別人的話），聲音卻像是帶著哭腔：

「我要熱水，我要洗澡。」

她懷著一種純潔的使命感去洗澡。所以她只要一壺熱水（等待一壺熱水是莊嚴，等待第二壺熱水就近乎滑稽）。可是，也正因為這種使命感，她並不覺得冷，儘管此刻夜涼如水。

她確實洗得很莊嚴。如果那是一幕電影場景，如果一定要配上音樂，她覺得應該是〈國際歌〉。尷尬的感覺……在她洗完之後悄悄浮現，像是一絲不和諧的音調……到這時她才發現自己找不到一件袍子。哪怕是一塊床單。她無法想像自己就這樣赤裸裸走出浴室。她在那件雖然汗水已乾，但摸上去仍舊有些發黏的旗袍前猶豫半天，一狠心，轉身打開門，勇敢地走出浴室。

她看到小薛差點連人帶椅翻倒在地。他坐著，面朝浴室的門，腿擱在另一張椅子上，兩條椅腿支撐著座椅，前後搖擺。她看到他睜大眼睛，突然——向後倒去，不是使勁兒向後尋找支撐的臂肘，而是椅背撞到桌上才讓他重新坐穩。她本以為自己會英武地走到他面前，抓住他的衣領（她忘記他脫沒脫下領帶），然後一步步把他倒推進臥室，倒推至床邊。天知道她的這番想像是從哪裡來的。她多半還想過應該由她來給他脫下衣服——當然不能真的全由她來脫，她只需解開他的扣子，其餘步驟也許當兩人身體攪到一起時，就會自動完成，褪落在地。

突然發生的變故完全是個意外，完全打破預定的進程。她像個忘記臺詞的笨蛋——她看到過她們慌慌張張捂著臉奔下臺去的樣子，她差不多也就那樣，捂著臉自顧自跑進臥室。

其實，直到這會之前，她從未認真想過這件事——如果你一心想要完成一個重要目標，某些具體的步驟多半就會隱藏在哪個暗淡的角落，你很難會想起它們。也不能說她完全懵懵懂懂，像隻小鳥一頭撞上捕網，她結過兩次婚，要不是曹振武那上頭時不時有些小問題，她連孩子都早該有啦。

頭腦中仍舊一片空白，平躺在枕頭上，她慢慢平復呼吸。聞到嘴唇邊一絲奶精的甜香氣味，視力恢復的瞬間，她看到左下方乳暈上黏著一粒桂格麥片的殘渣。她命令自己不要說出那句讓她感到特別庸俗的話來，可最最讓她感到庸俗無比的是此刻她覺得這句話萬分真切，她還是忍不住說出來：「我覺得——從來沒有那樣好過……」

三十

民國二十年六月二十五日
上午九時四十五分

在皮恩公寓特蕾莎的客廳裡，小薛一眼看到那個他跟蹤過的人。陳子密，現在薛知道他的名字。熱愛檔案文件的薩爾禮少校曾讓他在薛華立路警務處政治部秘書科的小房間裡閱讀過一些東西。他貿然——一大早就跑來這裡，原因是他擔心，特蕾莎會一頭闖進福履理路他自己家中。不用說，特蕾莎報復心很重，容不得有人一邊對她說他愛她，一邊在家裡藏著另一個女人。

冷小曼那頭也沒好多少。這兩個女人，背景都那樣複雜。他覺得自己就像夾在兩臺精密殺人機器的齒輪當中，稍一不慎就萬劫不復。他的生活變得像一盤驚險的牌局，他都不知道什麼時候摸到這副牌的，也不知道他怎麼就被繞進去，不得不押上全副身家作賭注。他以為自己是個賭徒，可這一局玩的是他的命。

房間裡還有另外一個女人。陳英弟，檔案上說她和這位陳先生是親戚。此刻，陳氏家族這對兄妹用奇異的眼神望著他。他本該先打個電話……他想。特蕾莎讓阿桂把他帶進另一間陽光明媚的小小起居室，臥室套房的附間，當著客人的面，她讓他進臥室！就好像他是個供她在工作之餘玩樂的男妓。

黃梅天難得如此好太陽，小房間晒得暖洋洋。浴室飄來殘餘水氣，加上窗臺上的茉莉花香，他覺得頭暈。可這會隔壁房間的談話讓他焦慮。他們會提到他麼？會不會在議論他？只要一句話，只要特蕾莎問一句，比方說，你在那個顧先生那裡看到過他麼？然後陳會在另一個時間向另一些人閒閒提到他，然後——他就玩完啦，他所有的一切也就輸光啦。

從前，他可沒想到過陽光也會讓人絕望。他在絕望中陷入沉思。

特蕾莎的手按在他頭上。銀色絲綢在陽光下熠熠發光，好像神話中一襲長袍的女英雄。他睜開眼，光線刺得鼻子發酸。客人早已離開，這睡裙剛剛好像還捲在臥室床上。不知從哪裡傳來擾人的隆隆振動聲。

他脫口而出，好像控制說話的大腦中樞還在延續方才昏昏欲睡前的思路，「我見過他。」

「誰？」

「你的陳先生。我前天又見過他。」

他信口胡說，好像不受他自己控制。他把檔案裡看來的，他透過人叢、越過黑夜的街角、在路燈樹影的明暗之間看到的，把它們與他自己的想像，他自己靈光一現編造的東西混合在一起，一古腦堆到特蕾莎面前，好像他是那種把所有鈔票推到當中，孤注一擲想要嚇阻對手的賭徒。

他看到特蕾莎越來越驚訝的眼神。他看到她拿下放在他滾燙頭髮上的手，退回到牆角那兩扇窗戶間，她慢慢坐到那張躺椅上，她問小薛：

「你說他還在跟你老闆做生意？」

他猛然發覺自己說得太多。他已進入到一個每句話都可能是個陷阱的荒野。而他所知的如此之少。他搜腸刮肚，在頭腦中尋找那些曾漂浮過他眼前的細微跡象，為特蕾莎的下一個問題做準備。

「前天夜裡……顧先生安排過一次會面。」

「前天夜裡？」特蕾莎點起香煙，阿桂在廚房裡打翻一只鍋蓋，她歪歪頭，皺皺眉，在陽光下，她的頭髮更接近深褐色。

他原本毫無襲擊對手的意圖。他純粹是在編瞎話，純粹是想說出那一大堆話，讓它們變成一片天曉得能遮蓋住什麼的詞句迷霧，拖得一時是一時。直到特蕾莎向他提出一個問題——

「他們在做什麼生意？」

頓時，他意識到自己犯下嚴重錯誤。他意識到那顧先生，冷小曼的那位上級領導，巡捕房檔案室裡的那位明星，此刻並未在同特蕾莎做生意。生意早已結束，圓滿完成，合作愉快，下次再見。而他卻不得不打開房門，再次把陳子密迎進來，讓他和那位傳奇人物坐在一起，熱烈討論一盤誰都不知道是什麼的新生意。他驚人的想像能力已在他自己的頭腦中製造出這樣一幅場景：昏黃的吊燈，八仙桌，熱氣騰騰的茶杯。有人在房間的陰暗角落裡（也許就是他自己），在燈光照不到的地方。有人坐在光圈裡，桌子的兩邊。樓下弄堂的陰暗角落裡還有另外一些人，誰都不知道他們藏身在哪裡。

問題在於，他坐得那樣近。距離那張桌子只有一步之遙，可他卻聽不見他們在說什麼。他需要一個跡象，一個哪怕與實實在在的證據僅有一絲牽連的記憶印痕，一張紙片——

他確實想起一張紙片。幾個他不認識的德國字。他用手比畫著，告訴特蕾莎。

「有一張圖紙。橫剖面。像一支步槍。有三角支架，又像一挺機關槍。他們說，這東西是最新研製的，這東西威力巨大。」他努力回想那幅草圖，可他能想起來的東西那樣少，而他的思緒還不時被記憶中禮查飯店潮濕的樟木味、被幾塊發霉的斑點、被黃浦江上海鷗鳴叫的聲音打亂。特蕾莎呢，她這會在想什麼？她在記憶中尋找什麼？

現在，輪到特蕾莎陷入沉思。輪到她來回憶。她偶爾會喃喃對自己說：「真有那件東西？真有那件東西？」好像在吟誦某種古代歌謠。

「據說很昂貴。」自信心逐漸在恢復，「要很大一筆錢，顧先生有些犯愁。」他補充道。

「他一定要得到它不可麼？他要拿它幹什麼？」

這不算是個必須要回答的問題。對於虛構者來說，這並不需要由他來告訴聽眾。可對於一個虛構故事的講述者來說，事無巨細，他自己都必須有一個答案，雖然他不必說出來。而此時此刻，他還無法想像，究竟可以拿這東西去幹什麼？

他漸漸明白，剛剛他無意之間，正在朝特蕾莎的側翼發動一場襲擊。打擊對象是她的親密助手，她的買辦，她與危險顧客打交道的聯繫人。他向她投訴此人的背叛。指證他，告訴她，有人在背著她做生意，也許用的還是她的資金。這與商業道德無關，這直接觸及在這險象環生的租界中生存的基本規則。

短促襲擊業已結束。他覺得應該由他來打掃戰場，尤其是及時照看受傷者，以防對手反噬。

「為什麼你老問我這些事，你讓我覺得自己像個叛徒。」

他想讓自己的音調更輕鬆一些，帶點輕佻的喉音，像那些電影裡的公子哥兒。他把視線稍稍壓低，望向她緞袍在腹下的皺褶，在大腿以上緊緊綳起的地方。她的軟緞拖鞋踢在腳邊。她赤腳踏在地毯上，腳趾甲上塗抹著與嘴唇同樣鮮豔的顏色。直到這會他才看出，臥室牆上掛的油畫裡，那被濃烈斑斕的點彩包圍著的，那一團雪白的，被幾根似乎仍然在向外膨脹的弧線勾勒出來的巨大肉身就是她本人。是她情欲迸發時候的樣子。他不由自主地想起那兩條分界出上下兩半截肉身的弧線，像是在無止境地向中心延伸。她與畫上那團肉身的區別僅僅在於頭髮，畫裡的頭髮像一頂黑色的皮製頭盔，在耳朵邊的臉頰上形成兩個卷翹的岬角。而她的頭髮看起來更蓬亂狂野。他看到她腳跟邊的繭皮，他想，大概那也是一處被畫家重新美化修飾過的地方。

他內心隱隱有一絲歉意，尤其是——他想，冷小曼還在家裡等著他。可他轉而又想，難道不是你們——你們倆，你們和其他所有人把我逼到這個境地的麼？你們逼著我成為你們的自己人，要不然就殺掉我（他覺得在那種情形下殺掉他的可能性是最大的）。

他看到她從沉思中被喚醒的驚奇眼神。她張開嘴，還沒來得及吐出的煙霧正在嘴角邊冉冉上升。他恍惚覺得冷小曼在背後望著他，在他背後某個被陽光照射成透明狀的地方，冷小曼正望著他。這既讓他羞愧，又讓他亢奮。

他的耳朵被她腳底的繭皮摩擦著，她的衣服現在一直捲到下巴底下，被她的手臂擋住，把她的脖子、腋下塞得滿滿的，好像她已被淹沒在一團融化的白銀泡沫中。她的兩隻手彆扭地壓在屁股下面，好像那是兩只墊腳，好像她自己是一隻剛畫到一半的彩蛋，沒有那兩只墊腳就會滾到不知哪裡去。而她的頭確實在靠墊上左右滾動，好像一隻做成鐘擺的女神頭顱。

「這會我就像——」她睜開眼睛，吃力地尋找合適的比喻，「就像一只從裡面被刺穿的熱水袋。」

「內膽。」小薛說，「那叫內膽。」特蕾莎又學到一個中國詞。

他們各自陷入一種半思考半做夢的狀態。而他還在摸她，那個仍舊是水汪汪的地方。霞飛路傳來有軌電車的鈴鐺聲，對他此刻十分敏感的聽覺是一種折磨，刺激他的耳膜，讓他不時打一個寒戰。他覺得她下面的毛髮反倒比頭髮更脆，質地更硬，會沙沙作響，猶如在咀嚼一種酥皮點心上捲曲的糖絲。

「唔唔，很好……我要兩根手指，兩根，多一根也不要。從兩邊夾住它……你告訴我，如果我讓你來做那筆生意，由你……很好。就這樣……跟你的老闆做成這筆生意。由你代表我，你行不行？」

三十一

民國二十年六月二十六日
上午七時四十五分

特蕾莎相信這說法，但不是因為小薛提到那張圖紙，那確實很有說服力。可主要的原因是，小薛說他前天夜裡看到陳和顧先生會面。此前，陳從香港發來電報，說他將在前天上午再次回到上海。直到今天上午他才出現在皮恩公寓，還向她胡說什麼，船在舟山附近遇到今年第一場颱風，在吳淞口擱淺，陷入泥沙，凌晨漲潮才被領航員引入航道。

這件事——加上陳總是解釋不清銀行帳目中的差錯（儘管英弟對此常有些補充說明），她突然意識在她背後，陳正在從事純屬他個人的貿易活動。她不能把陳趕走，她的生意需要中間人。中國買辦向來背著大班搞花樣，天下烏鴉一般黑。可總得給他點警告。把這單生意奪過來，似乎是合適的辦法。她甚至不用對他挑明，只要讓他交出貨單。

要是你想更深入，更徹底刺探她的內心。她如此相信小薛，他說什麼她就信什麼，歸根結柢是因為在她的內心世界裡，正發生一場所未有過的紊亂。

前天下午，就在陳（按照他自己的說法）漂浮於舟山洋面嘔吐不止——或是在吳淞口之類的鬼地方進退兩難的當口，她收到信差送來的一張便條。落款是畢杜爾男爵。消息讓她大吃一驚：她的朋友瑪戈，畢杜爾男爵夫人，此刻正在金神父路[1]廣慈醫院裡，由腸道科專家施行搶救，她在休克前曾乞求別人讓她見特蕾莎一面。她來不及打電話叫車，衝出皮恩公寓的電梯口，攔住一輛黃包車，直奔廣慈醫院。

等她趕到醫院，瑪戈已瞳孔放大，停止呼吸。死亡原因是急性巴比妥酸鹽類中毒。瑪戈臉上還殘存著冷濕的汗水（她想她為什麼還會出汗呢？），皮膚已變成一種黯淡的青白色，面孔好像整個縮起一圈，人中部位的凹陷顯得格外深刻。

畢杜爾男爵從遮蓋瑪戈身體的床單下取出一疊文件，緞帶紮成一捆。

「我沒看。是她的私人信件，寫給你的。她說過，不想對著空洞窗口寫日記，寫給你的信，對她來說就是日記。她說要是她活著，絕不會讓你看這些信的，她會羞愧難當。」男爵的聲音中充滿疲倦，並不十分悲傷。就像是那番決鬥已比出結果，一死一傷，活著的再也沒力氣走下拳臺。

讀那些信，她用掉整整一個夜晚。第二天上午又重新開始閱讀。瑪戈寫起信來，像小學生完成法語寫作練習。使用幾種過去時態，有一種僅用於書面文體。特蕾莎想，那一定是很久以後補記的事件，她仔細地區分出昨天發生的事和一小時前剛剛發生的事。

開頭幾封信並不那樣直白。充斥著諸如「布里南先生一定能巧妙地處理這些事務」，「他果然是一位極其高貴慷慨的（或者體貼的）朋友」這類客套話。寫到後來，寫作者越來越激情

1 Route Père Robert，今之瑞金二路。

四溢，越來越沉醉其中，似乎變得更加迷戀於直接描述這種手法。

你嘗試過閱讀由你的女友親筆寫給你的——而她本人業已死去——有關她背著丈夫偷偷與別的男人私通的最最詳盡的報告麼？

「有時候，我覺得女人就像鎖孔，男人就像鑰匙，總有一把——只有一把是對的，是完完全全與這個鎖孔合為一體的，每一條槽，每一個齒口。不僅僅是感覺、思想，是似曾相識的容顏。更是身體，是擁抱，是我們所謂『下面』那個地方。只有他的才合適，剛剛好，一放進去我們就感覺到無比快樂。你知道，那天下午，賽馬俱樂部的那天下午，那是第一次，他甚至是站著的——我是說，我倆都站著，他甚至沒有進入到最深處，而我卻覺得從來沒有那樣好過……」

有些話，就連特蕾莎都看得面紅耳赤——儘管寫出這些句子的人早已死去，身體冰涼——「我們又在進行一種新的冒險。我們（女人們）骨子裡都想把自己變成某個人的奴隸，跪在他腳下，乞求他給予幸福。我覺得——精液（請容許我，醫生們不都那樣叫它麼？）的味道很好聞。有些像新鮮的麥粉，或者杏仁粉……但也許，要看它是從誰的身體裡冒出來的……」

「長崎果然如他說的，奇妙的港灣城市。侍女端來一種有毒的魚，她告訴我們這叫『fugu』[2]，是『歡樂的魚』，吃完盤裡的魚，我覺得暈乎乎，像是條在水裡旋轉的魚。夜裡，透過旅館的窗縫，木屐聲讓人焦慮不安……那都是些藝妓。你想像不出來，長崎簡直就是一座十七世紀的荷蘭城市，用割成長條的青石鋪成街道……」

想不到僅僅三個月，她的女友就變得如此瘋狂。也許在去長崎之前，瑪戈早已發瘋。信中隱約提到過精神科醫師。她很少提到她丈夫，一次是在莫干山的度假旅館（男爵的一項投資）。另外一次，她丈夫和客人們（殖民地的那幫老派冒險家）坐在客廳裡，抽著呂宋島雪茄煙，討論著什麼界外築路，什麼「大上海計畫」和「自由市計畫」，像是在研究兩種象棋布局。那跟土地投機有關麼？瑪戈在信中問道，可難道金錢會帶來自由麼？只有愛才能讓人感到無限的自由。

但她的情夫布里南先生是個有為青年。趁著男爵短期回歐洲半個月與她偷偷私奔去長崎，已是他最大的冒險，租界報紙的本埠新聞欄對他們的日本之行饒有興趣，有人查到他們下榻的旅館。而他重責在身，必須回到正常的軌道上來，畢杜爾男爵新近加入的那個小圈子對他的行為頗有微詞，他們說在上海這種地方，一個像布里南先生這樣的年輕人很容易忘記自己的責任感。這些人以前在上海掙下大筆財富，如今影響力直達母國政府各部門，對於租界的任何事務，他們的言論舉足輕重。而瑪戈進退兩難，就像擱淺在吳淞口黑暗幽深的水底泥沙中，沒有領航員。

特蕾莎相信瑪戈死於精神錯亂。讓她震驚的是那些信件的字裡行間，洋溢著一種狂歡的氣氛。瑪戈好像置身於一種無休無止的節日之中。特蕾莎想像她的朋友在歡樂時光的間歇裡寫出這些文字。陰雨天的上午，她丈夫外出赴宴的夜晚——她自己聲稱頭痛，坐在臥室的梳妝檯前對白天銷魂時光重新回味。晚風吹來一絲肉桂樹的氣息，讓她感覺好像是在一種東方式的意亂

---

2 河豚，ふぐ，在日語裡，它的讀音「fugu」諧近「幸福」。

情迷中漂浮。

我們要是說特蕾莎會拿小薛與布里南先生作比較，那是有點過頭。影響她的主要是那種歡快的情緒。我們甚至可以說，那是一種類似於好奇的心理，是什麼東西讓瑪戈那樣輕鬆地做出去死的決定呢？就好像那不過是一種假裝的大發雷霆，一種……嬌嗔：如果你讓我難過悲傷，那我就不理你啦，我去睡覺啦。

她望著鏡子裡的面孔，輪廓有些變硬，頰骨顯得特別大，她不得不用顏色更深的腮影來遮蓋它。她不喜歡乳頭的顏色，順手用小毛刷蘸點腮紅塗上，讓它的色澤變得淺一些，接近於一種半透明的粉紅。她甚至異想天開，在下面也塗上一點顏色，但這次她換用唇膏，那動作讓她的背上起一陣雞皮疙瘩。她想到，我們女人總喜歡研究自己的身體，我們總是在身體上塗塗抹抹，藉以表達此刻的心情，就好像印第安族人的戰士。

她是個能夠瞬間做出決定，並且立即付諸實施的女人。昨天下午，小薛剛一離開，她就打電話把陳家那對寶貝兄妹叫來。她簡單地把自己想要做的事告訴陳，她要他回香港準備裝運貨物。顧先生那邊有人找到她，要訂購那種特別裝備。她連看都不看陳一眼，讓煙霧擋在她的眼前，她覺得陳不愧是她自己挑中的好手，眉目間只露出一絲旁人難以察覺的驚訝。同時她確認，英弟對此一無所知。她警告陳，不要再去管買家那一頭的事，這由她自己負責，以免引起對方在判斷上的混亂。

她要求陳即刻著手，當晚就去公和祥碼頭買票上船。

「你直接與這幫傢伙打交道麼？」陳當時問她。

她懷著一種勝利者的炫耀，懷著一種莫名的快感告訴他：「這裡的事我會交給另一個人處理。我要培養一兩個新手，這對拓展業務有好處。」

「哦……」在她聽來，陳的語氣裡充滿無奈和失望。

今天她起床很早，又是一個潮濕的陰天。她坐在這裡差不多整整兩小時。今天是禮拜五，要在平時，她又該打電話到禮查飯店預訂房間。她先是發愣，又忍不住想打開那疊信，最後又決定不去重新閱讀。她不想花工夫洗掉她剛剛塗在身上的那些顏色，她覺得就這樣去參加她朋友的葬禮，也很合適。她想她畢竟又變成租界裡的一個孤魂野鬼，沒有朋友。她在上海這些年裡，唯一真正結交的朋友也就只有瑪戈。一種無來由的寂寞感差點吞沒她，驅使她去做一個貿然的決定，改變長久以來的生活作息習慣，要求小薛搬到皮恩公寓來住。她最終又打消這個主意。

三十二

民國二十年六月二十七日
凌晨四時

昨天，整整一個白天，小薛幾乎把冷小曼忘個一乾二淨。他把她扔在家裡，就好像她是與小說中另一條線索相關的人物，可以暫時丟在一邊。或者簡直就算是另一部小說的人物，盡可扔在枕頭下，改天再看。等他凌晨回到家中，看到她眼角邊的淚漬，頗有幾分內疚。

下午他離開皮恩公寓，隨即跑到薛華立路警務處大樓。他當天必須認真應付的第二件事。他在老北門捕房貿然給薩爾禮少校打電話，這舉動不能算衝動，那是情急無奈。可事過之後，髒屁股就有得他好擦的啦。

少校答應得如此爽快，讓他心神不定。他覺得這簡直像是個險詐的陰謀。你可別高估他的勇氣，猜想他此來是想探測虛實，聽聽少校的口風，他所有的不過是那點從來都不大可靠的直覺。

少校果然在向他怒吼，拋出一連串問題。

「……你告訴我，為什麼你要跑到那個旅館去？那麼多重要的事情要辦，你去星洲旅館幹什麼？幽會？那女人是誰？為什麼我們的探長要懷疑她？為什麼要把她帶去巡捕房？這女人與你目前的工作有什麼關係？為什麼有那麼多神秘的女人？那個白俄，那個貝勒路的女人，還有現在這個……上帝，難道上海快要變成一個雌性的世界？」

他覺得少校的怒火裡有一絲虛假的成分，但他不敢確定。

「你讓我大丟臉面——」少校繼續衝著他大喊大叫：「讓政治處為一對野鴛鴦作擔保！巡捕房覺得這個女人很可疑，她的證件很可能是偽造的！她到底是誰？」

「我現在還不能告訴你。」小薛覺得自己無法控制住膝蓋的顫抖，他垂眼望著地板，好像他認為不是他的腿，而是那一條條柚木地板在做波浪式的起伏運動。他幾乎有一種和盤托出的願望，他覺得那樣他還容易些。他現在一絲一毫都沒在為冷小曼的命運擔心，他只是全心全意想要讓少校安靜下來。

「為什麼？為什麼不能告訴我？你的良心被野狗吃啦？」少校使用的是菜場裡本地女傭的咒罵方法。

「因為我是在跟這女人接頭！」他孤注一擲，好像報館裡那些平時吊兒郎當，卻有幾分急才的撰稿人，事到臨頭，到快要排版前的一分鐘，他忽然就靈感迸發，滔滔不絕：

「……到目前為止這是最大的進展！我剛剛取得她的信任，那個白俄女人，梅葉夫人，那個女軍火商。她要我代表她和某個地下組織派來的人接頭，我想那就是你正在尋找的赤色暗殺組織！沒錯，星洲旅館的女人和貝勒路逃跑的女人就是同一個人！沒錯，我在船上看到過她，絕對不會認錯，萬無一失。可你現在不能逮捕她，這是在上海，你必須懂得本地人的行事方法，要像中國人那樣有耐心！藏在她背後的人才是你真正要找的。」

「那你為什麼不先告訴我呢？」少校的聲音忽然緩和下來，好像他的怒氣突然失去動力，脫離向上升起的弧形軌道，垂直掉落到地板上。他的臉部顏色突然變淺，表情突然有些模糊不清，好像電影裡漸漸淡去的特寫。他從逆光的陰影裡凝視著小薛，幾乎變得像在自說自話，像是在對小薛耳語，既像是在講道理，又像是在刻意表現一種陰險的想法：

「也許我可以換用另一種辦法。也許我可以直接逮捕她，審問她，把她交給特務班，交給馬龍班長。他們那兒有一些好辦法，總是能夠讓人開口說話。」

「可是那場大行動就戛然而止啦，吧嗒一聲，計時器停止轉動。」小薛覺得這種時候採用這些文學技巧簡直是發癡，不過靈感來時你有什麼辦法？他聽任自己往下說，聽任思緒在記憶和想像的流域交界處旋轉，攪動，混合：

「……我想你要的是大明星，不是只會小打小鬧的跑龍套角色。那是一次大行動，整個上海都會為之震動。我還沒查清那到底是什麼行動，可我相信那會驚天動地……」

他小心翼翼地選擇記憶中聽到過的詞彙，「這我能猜到，他們在採購一種威力巨大的新武器……」

「武器？是什麼？」

「我不知道，有一張圖紙，有支架，像是一種機關槍。」

「機關槍？他們要拿它來做什麼？」

「我還沒查清。我會把一切都告訴你的。我有把握，如果你信任我……」小薛覺得自己暫時已能控制局面。他這會已能稍稍分出點心思，想想別的事，想想冷小曼。他天生的樂觀勁頭再次占據上風，讓他迅速扔掉這些讓人不愉快的念頭。他想，總會有辦法的，如果薩爾禮少校真的很信任他，到時候他也可以求少校放過冷小曼，放過特蕾莎，至於別人，他可管不到那樣多。

「那張圖紙你還記得多少？」

他還記得不少。他是個攝影師，在尚未分辨出到底是什麼東西來之前，形狀、體積和線條早已進入他的記憶中。他在少校扔到桌面的那疊紙上試著畫兩次。問題在於，那本來就是一張草圖，那副支架被他畫得過分誇張，他覺得他畫的東西更像照相機的三腳架。一旦畫出來，他確定那就是一支機關槍。

他說，有一些德文單詞……在那張紙上，有幾個德文單詞。少校同意他的看法，那確實是機關槍。他恍惚記得草圖中還有另外一個單獨的部分，是個圓柱體，前後分為兩截……但他錯誤地把它畫在便箋紙下方，因為他正在畫的這張紙，寬度要稍窄一些。他把記憶中的圖形畫在支架下面，他覺得這無關緊要，因為他記得那本來是完全分離的兩個部分。

少校說，他會請武器專家來看看。但這並不重要，重要的是他們要拿它幹什麼。少校問她在哪裡？這個女人目前藏在哪裡？

「她會跟我聯繫的。我不能問她地址，不能問她聯繫方式。」他再次說謊。因為這謊言，他從少校那裡出來後，就不敢直接回家。好像只要他不回家，福履理路的那幢房子就根本不存在，別人就不會獲悉冷小曼藏在他家。當然，有一小部分原因是他自己不想回家，這會，他怕見到冷小曼。他是個喜歡跟生活討價還價的人，能少付點就少付點，能拖延支付就拖延支付。

他跑到亞爾培路的回力球場。「Haialai」[1]新近增加比賽場次，現在每天都在開賭。但這會，下午的比賽已結束。他坐在球場對面的「Domino Cafe」[2]，望著那堆壯漢——那堆「Juan」[3]和「Osa」[4]在洋蔥和煙熏火腿的刺鼻氣味裡叫嚷。老虎機的手柄在陰暗處哐啷扳動，偶爾會有一兩下硬幣跌落的清脆響聲。球勺堆在牆角那張桌上，像一堆從被獵殺的龐大怪鳥身上切割下來的巨喙。

他剛坐下就看到美國佬白克。跟那幫回力球員一樣，穿著白色短袖襯衫，白色長褲，白皮鞋。可他的汗好像更多些，腋下兩大塊黃黑的污漬。他正混在那堆傢伙的桌上，叫喊著要請人喝酒（要不是他嗓門大，小薛也不會一眼看到他）。在他左邊，是個半禿頂，右邊的又毛髮太旺，早上到現在才不過半天就長出一臉鬍渣。

白克一看到他，就開始挪動屁股，甩開那幫傢伙，衝到小薛跟前，重重跌坐到椅子上，差點把褲縫都綳裂。

「好久……」「你最近……」白克依舊這樣吵吵鬧鬧，好像他不是個漂洋過海跑到東方的罪犯，好像那幾年美國政府的大獄全都是白蹲的，沒讓他學會安靜。好像他只是在黃浦江邊的哪座洋行大樓門口跟人寒暄。

要不是玻璃門外有輛塗著紅色油漆的裝甲車呼嘯而過，要不是架在炮塔上的那挺機關槍指向熙攘的人群——像波塞冬的三叉戟或摩西的權杖指向大海，分出通道，要不是那尖利的警笛聲刺透玻璃、刺透所有人的耳膜，白克又怎麼會想起來對小薛講那個故事？

裝甲車運載著宋子文的銀元[5]從上海造幣廠駛向中央銀行金庫。這會它出現在亞爾培路，既不是規定行駛線路，也不是通常出行時間。就是因為這個，白克朝咖啡館的木質地板上啐一口唾沫，咒罵道：「要是迪林格先生[6]在此……」

那以後，迪林格先生突然跳進茶室，在桌上，在火腿盤和咖啡杯之間為非作歹。白克說，迪林格老兄是他在印第安納州立監獄服刑時的同倉哥們（這多半是在吹大牛）。他說那時他根本看不出迪林格先生的厲害，那傢伙好嘮叨。（難道比他自己還嘮叨？）他說，迪林格那會老在設想搶銀行的事。如何闖進門，怎樣嚇唬住警衛，驚恐的顧客會亂作一堆，有人會朝警察局打電話。在接到報警電話和緊急出動抵達銀行之間，有一小段歡樂時光。要改裝車輛引擎，讓它比警察局的車子跑得更快。配備的火力要比警察更猛，哪怕在大街上發動戰爭，都要把那幫渾蛋警察打得抬不起頭來。白克說他根本想不到，到頭來迪林格老兄還真的能幹成。他也沒想到迪林格居然能成功越獄，而他白克自己，也居然跟著迪林格先生瞎起鬨，一窩蜂衝出監獄大門。

1 回力球場的名稱，其名可能與西班牙詞彙「回力球戲」（jaialai）有關。
2 多明諾餐館，似乎是西班牙風格的小餐館。
3 西班牙人名：胡安。
4 西班牙人名：奧薩。
5 一九三〇年代初世界白銀價格大幅波動。其時財政部長宋子文宣布停止使用銀兩，發行一種新的全國通用銀元。
6 John Dillinger，一九三〇年代初美國的一名專事持槍搶劫銀行的大盜。

他提到「娃娃臉」尼爾森，他還說起那對雌雄大盜[7]。就好像說的都是他自家人，他足以為他們自豪。一直到坐在回力球館那道鐵絲網背後，他還在說。穿藍色褂子的服務生跑來收錢，他都沒顧上看那傢伙身上掛的號牌。

昨天晚上，小薛贏到一局連位[8]配彩。凌晨回到家裡，望著枕頭上冷小曼臉頰上的淚漬，他懷疑自己到底算不算情場得意。

7 都是些一九三〇年代初的美國持槍大盜。

8 必須同時猜中第一、第二兩名的賭票。

三十三

民國二十年六月二十七日上午七時三十五分

星洲旅館事件發生後的第二天夜裡，冷小曼忽然開始覺得毫無把握。對小薛，對她自己操控小薛的能力，對所有這一切她都覺得沒把握。事情的起因是她躲在福履理路的房子裡無所事事，是從一大早小薛就不在家。還因為太陽終於從一整個上午的陰雲裡冒出頭來，因為她自己內心那股無以名狀的柔情。

或者說，直接的起因是她發現一條髒襯褲。當時，她在替小薛打掃房間。那條短褲就捲在床腳下，廣東縐紗，鑲花邊，在陽光下散發著殘餘的香水味，發潮的灰塵味，以及隨風揚起的一絲陳舊的騷味。

隨後，接二連三的跡象相繼出現。長柄簸箕底下一只有口紅印漬的煙蒂，那件用倫敦「Fintex」[1]公司羊毛薄花呢裁製的套裝背心口袋裡有塊黏作一團的粉撲。她在西裝口袋裡找到一個小記事本，封面皮套下夾著一張照片，煙霧從那女人的眼角邊飄散。照片背後有一組五位

1 當時一個著名的英國毛紡織品牌。

數字。她忽然感到對這個洋場小開一無所知。她告訴自己，讓她氣惱的不是另有一個女人，而是她如此快就信任他。

她被一種突如其來的孤獨占據，無法遵守對自己的命令，儘管她是直到夜裡，直到睡在枕頭上才哭出來的。深夜，她倒在那張床上，疲倦已完全戰勝那副床枕在她心裡造成的不潔感。

可第二天早上她醒過來，看見穿過窗簾的陽光照在小薛的臉頰上，呼吸到驟然變得清新深邃的空氣，內心又湧起一股鬥志來（後來才確定那天正是今年的出梅日）。她想，這其實是件好事，會讓事情變得更單純。會讓責任如山岩一般從陰暗背景中突然呈現，壓到她眼前，再也不會被愁雲慘霧遮蔽。

她想她完全能夠戰勝那條襯褲的女主人。她沒有當即去質問他（直到兩天以後）。她現在把他看成一個敵人，一個需要她去征服控制的對象。她想，也許突然與他拉開距離是個好辦法。挑逗他，迫使他自己前來追逐她。可惜的是她沒法離開這裡，她沒別的地方可去。在某種程度上，她想要的效果的確已實現，她的那種突然變得冷冰冰的態度，多少讓他有些疑惑不解。

他常常外出，她不去過問，望著他的背影冷笑。可兩天後的早上，他忽然在廚房裡問她：

「你不是說——你們領導想要見我？」

她覺得他眼神閃爍，不敢望她，她想那是內疚。這些天來，她故意對他冷淡，他總是欲言又止，躲躲閃閃。也許他察覺到一些變化，也許他有些慚愧，也許潛意識中，他想幫她做點事，獻獻殷勤。

「不急。沒到時間。組織上會通知我們的。」

他在磨製咖啡豆，而她在煮麥片，廚房裡充滿食物的香味。溫暖，好似一對各自忙碌的情人。

「他是怎樣的一個人——」她回頭看看他，他的後半截襯衫下襬露在褲腰外面。

「——我是說你那個領導。顧先生。」

「看見他你就知道啦。」她看出他是想找話搭訕。她覺得這些天來的做法很有效。

「可他怎樣跟我們聯繫呢？電話？他又不知道這裡的號碼。你沒把房東的電話號碼給他吧？再說，那裡打電話也不方便。」他兀自在嘮叨，咖啡豆在磨臼裡嘎吱作響。

「我給他打電話。」

「可也沒見你打電話啊，昨天打過麼？」

她突然厭煩起來。她突然憤怒起來。她覺得他就像一大早就開始嘮嘮叨叨的男人，擾亂清晨的安寧，擾亂別人的心神。

「你怎麼知道我沒打過？」她把勺子扔進麥片鍋裡，一聲聲尖叫，一聲比一聲更響，「你不是不在家麼？你不是整天出門？為什麼你現在急著想見他？你是不是……」她突然煞車，嚥下嘴邊上那半句話。

他突然驚慌起來，她依稀察覺到，他的肩膀在往下沉。她望著他，直到他緩緩轉過頭來。她想他的眼神裡分明有種絕望。他的樣子分明像是做壞事被當場抓住的笨蛋。她想現在是最好的時機，氣勢上她完全占據上風。她反倒沉靜下來，聲音陡然下降八度，她斜著眼睨視他，一字一句：

「你是不是覺得自己做過什麼對不起我的事？」她覺得他已話到嘴邊，她已把他逼到不得不向她有所交代，不得不替自己解釋的地步，但她可不想讓他編瞎話，她要攔腰斬斷他說謊的念頭，她說：

「為什麼幾天來你都要外出？為什麼你把我扔在家裡自己跑出去一整天？你是不是另外有個女人？」

她看到他手臂往下一垂。她聽到他長吁一口氣，就像一頭剛剛聳起肩，擺出一副決鬥架勢，卻又突然鬆勁的狡猾的大花貓，她想他已明白自己無從躲閃。她等著他開口說話。她等著他真正的、不帶一句假話的解釋。

這頭大花貓顯然還想做最後掙扎，她望著他轉頭衝出廚房。衝進臥室。大概是想最後確認敗露的罪證，她並不著急。勝券在握。她步伐堅定地走向臥室，她看到他撅著屁股鑽在床底下。心裡想：你真傻，你實在是個大傻瓜。你就這樣往床底下一扔，然後自己就把它給忘掉啦？

她從衣櫥和牆壁的夾縫裡掏出一包東西。那是一張舊的《大公報》，她當時正在讀這報紙，裡頭有一條江西紅軍打勝仗的消息，紅軍戰士只是把那個大官的腦袋放在竹筏上漂過縣城，就讓那些雜牌軍丟魂散魄，再也不敢進剿。她把紙包放在圓桌上，展開，皺成一團的縐紗陡然散開，就像是枯萎敗落的肥膩花瓣。它的邊上是塊被黃梅天的潮氣弄得一團糟的粉撲，發霉的斑點在陽光下顫抖。她覺得這報紙也恰好象徵著她的勝利。

她坐下來，傾聽他的認罪，傾聽他的自白。

你見到過她。在那條船上……他是這樣開頭的。她是一個白俄，一個女珠寶商人。可後來他發現，她還兼做一些別的生意，你想都想不到，他說，她偶爾會做一些軍火買賣。我愛過她，但現在已不愛啦，船上那會我已不愛她啦。他好像是故意使用這種平淡詳實的語調。實際上，在船上你很可能看到過我們爭吵。她相信這句話，她聽到他的低聲咒罵，在船首的欄杆旁。在香港，她跟別人上床，一個在安南出生的中國人，她的生意夥伴。我是那樣喜歡她……可她太不檢點。我不過是提早一天從廣州回來，我只是用鑰匙打開門，可我親眼看到那一幕。我看到他們把榻椅拉到窗邊，我看到她的兩條腿擱在窗臺上。我看到那人抬起頭，眼神裡充滿嘲笑。那眼神讓我痛苦萬分，比親眼見到她赤身裸體躺在別人的身下更讓人痛苦。

你會不會認為，我跟你搭訕就是因為這個？我不敢說沒有，也許部分因為這個。可我希望你別這麼想。你跟她完全不是一類人。那天晚上——老北門捕房出來的那天晚上，我想我已痊癒。但不全是因為你，那些事情早已過去……我覺得事情已過去好久好久，我想你是一個象徵，在那些痛苦麻木終於過去之後，老天終於給我一個啟示，給我一件意義重大的禮物。因此我昨天去見她，像個普通朋友那樣去看她。我想見一見對我有好處……我甚至想……我說不好，我潛意識裡覺得這會對你——對你們有幫助。

她想他指的是軍火。她想這對他來說是個勇敢的想法。如果他果真有這樣的想法，也許能證明他的確相當喜歡她。這不符合他的天性，他膽小，他平庸，她猜想是那些痛苦將他改變。也許他只是想要一種不同尋常的刺激，就像人家去喝酒，去吸鴉片。但那樣也沒什麼要緊，她想，就算那樣，對她來說也沒什麼不好，沒什麼兩樣。

她想該是讓他見見老顧的時候啦。她想，無論是出於何種契機，一旦投身到革命隊伍中來，組織上會教育他，培養他，把他改造成一名貨真價實的戰士。要是那樣的話，她就接受他又何妨？她就愛上他又何妨？哪怕他此刻僅僅是把她當作一劑治癒失戀痛苦的麻醉藥，將來事情會有所改變的。最重要的是，他在巡捕房的關係，會給工作帶來巨大的便利。

她走過去擁抱他，伸手到背後幫他掖好衣服，她把手插進他的褲腰，幫他捋平襯衫的下襬，她讓手掌在他的後腰上停下來片刻，若有所思地刮他幾下，她現在不想做愛，她覺得現在還不需要這個，沒必要……也許到夜裡再說……

她想，更好的做法是多聽聽他講他那些痛苦，她沒有意識到，這一大半是由於最近她自己也常常被痛苦所折磨。

三十四

民國二十年六月二十七日下午四時二十五分

南京研究小組得出的結論是：這是一群普通罪犯。他們說，事關風格。共產黨的地下行動組織絕不會如此行事。在這上頭，他們認為自己很有發言權。在共產黨的問題上他們自認為是專家。研究小組裡幾位主要的分析人員，大都對此有親身體驗。他們中有好多人都是從那所學校畢業的，簡單說，他們曾是共產黨分子，現在則是共產黨的叛徒。

這一點，恰恰成為少校抨擊南京小組的理由。此刻他置身於一個小型的多方會議中。開會地點在公董局官邸，坐落於法租界西部樹蔭如穹的畢勳路[1]上。會議之所以在這所名義屬於私人的宅邸舉行，純粹是想讓它在形式上顯得更加不拘一格。會議是以巴台士領事的名義召集的（雖然他沒有坐在會議桌上），他本人也是公董局總董。自從一八六五年聖馬塞蘭的白來尼子爵[2]在巡捕房領導權問題上與公董局發生衝突以來，這兩個職位一向由同一個人擔任。當時白

1 Route Pichon，今之汾陽路。

2 M. Brenier de Montmorant，曾任法國駐滬總領事。

蘭尼子爵宣布停止現任包括總董在內的五位公董職務，並派巡捕包圍公董局。事情一直鬧到巴黎的外交部，那幾名被關押的董事是在付出十萬法郎保金之後才被釋放的，那是在三天以後。外交部後來還專門成立善後委員會，以幫助上海租界恢復正常管理。從那以後，薛華立路總捕房就被置於駐上海總領事的牢牢控制之下，它的幾位主要負責長官向來都必須是領事本人最信得過的人。

「也許諸位是不想讓人把共產黨組織想得太壞吧，總不能像個犯罪團夥吧？畢竟，那像是青春歲月的激情……哈哈……」少校當然是在挖苦這些前共產黨的反共專家們。他對這小組的成員做過一番調查。租界外國商團的總司令畢沙上校也跟著大笑起來，在目前的討論中，他——還有同樣出席會議的馬丁，全都無條件支持薩爾禮少校的觀點。多年以來，租界裡大部分白人（尤其是有權有勢的商人們）對國共兩黨的爭鬥嘖有煩言。遊行示威和罷工早已讓市面混亂不堪，要是再加上這種準軍事行動，城市游擊戰，繁榮的租界早晚會被炸成一堆爛磚塊。也許解決這樣的問題只有通過讓上海變成一個……

窗外院子裡響起汽車喇叭聲。領事夫人正準備外出。心情好時，巴台士領事會告訴少校，這座房子裡有三位美女。前兩位——當然是他的妻子和女兒啦。最後一位少校差點猜錯，幸虧他不至於湊趣到（或者掃興到）要讓自己搶先說出來。不是，不是水池裡那尊半裸的大理石雕像，領事說的是花園裡那個折成一道彎的小水池。水池的兩端比較窄，中間彎折的地方很寬，像是她的美麗臀部。薩爾禮認為領事欣賞女人的口味更傾向於傳統。這樣說來，那個在岬角岸邊上垂向池水中央的巨大樟樹，豈不就像個老色鬼？有一根樹枝恰好指向雕像的乳房部位呢。

「上海的幫會裡傳來好幾份情報……」南京研究小組的曾先生還在堅持他的觀點。

「青幫和你們一樣，從來都是共產黨的敵人。」

「你們也是！」南京專家反駁道。

「的確如此——也許在上海的防止赤化問題上，我們該多負點責任。不能太依賴國民政府。」少校應當感謝科西嘉人善於狡辯的天性，他讓南京的這幫學者暫居下風。

「你們思想陳舊，太相信武力，完全不懂得管理城市。把國家政策當作黨派政治的報復工具。我聽說江西的共產黨武裝把你們一個師長的頭顱放在竹筏上，順著贛江漂進縣城，你們就在南京和上海的監獄裡槍斃一批共產黨……」薩爾禮少校閱讀中文報紙。租界裡很少有像他那樣的歐洲人，對中國人的想法有真正興趣。他記得那篇報導的標題是——〈江聲無語載元歸〉。

「……上海可以成為你們國家的模範，現代城市的模範，法治社會的模範。」對少校這番哲學思考，只有代表英國政府的外交政策觀察家布里南先生表示讚賞。他的眼神倦怠而又悲傷，但他還是在負責任地傾聽。

「上海的混亂形勢完全是你們的短視、你們的姑息造成的，你們只曉得賺中國人的錢。所有這些混亂都是因為你們在租界裡限制中國政府的行動。共產黨把它的中央局都設在上海，就是因為你們保護他們！」這是南京小組成員裡一個憤憤不平的年輕人。

「……國父的三民主義是現階段中國所有問題的最好答案！現在正是要求國民黨實施鐵腕的訓政時期。早晚有一天……我們會管好這座城市的……也許要等到大上海計畫成功的那天……」他有些氣餒。

這些討論是偏離會議主題的，這些問題應該交給倫敦或巴黎——甚至南京的政客，馬丁少校認為大家應當圍繞具體事務展開討論。南京研究小組的曾先生提出，他們的人員假如能在租界裡獲得更多行動自由，將給目前的情報交換機制帶來更多效益。

馬丁和薩爾禮代表兩個租界的管理當局，對南京研究小組在持有槍枝、無線電頻率、特殊汽車牌照以及行動機構場所等問題上作出恰當的承諾。但你們無權在租界範圍內對任何人實施抓捕，薩爾禮少校強調說。

正是在這點上，會議的氣氛開始有所改變。抽象的哲學辯論很容易演變成互相指責抱怨，就事論事的討價還價卻往往可以成為真正的合作起點。南京小組的首席發言人曾先生認為，原先那種提出名單由巡捕房實施逮捕的設計常常導致錯失最好的審問時機，他提出一種事後報備的妥協方案。當然，最終獲得的情報將由各方共享。但薩爾禮少校說，絕不允許破壞租界既有的司法管轄制度，一旦南京方面擅自行動，他無法保證法租界巡捕不會把該類活動視為形同綁架。

在陷入一陣沉默之後，馬丁少校出來打圓場。他首先承認在處理中國人自己的問題上，南京小組有他們的長處。他狡猾地說，我們不妨對這類行動換一種定義，它既不是逮捕，也不是綁架。在某種情況下，南京研究小組和善地約請一兩個當事人到駐地商討一些問題。假如現場目擊者一致認為其中並無脅迫強制，假如事先——或者事後租界警務處對事情的前因後果得到一些合理的解釋，假如討論的結果將會完全以書面形式提供給警務處，假如在一定時限內（比如四十八小時內），這個被請到南京小組駐地的當事人會被轉交給巡捕房加以看管，以後也會循由合法的提審、審判或引渡程序來處理，那也並無不可。

薩爾禮少校堅持所有的審問都必須在巡捕房派出的觀察人員監視之下。再次妥協的結論是，一旦南京小組把行動完全告知巡捕房，巡捕房就將派出觀察人員，而清晰的告知必須最遲在事發二十四小時內用書面形式交到租界警務處的政治部辦公室裡。也就是說，在那二十四小時內，南京小組可以盡情與當事人就某些共同關注的問題進行和善的商討。

「那麼——此刻你最熱切想要約會的對象是誰呢？」薩爾禮少校用這句話來結束上述討論，語帶玩笑，意在撫慰對方。

曾先生顯然同其他中國人不一樣，他確實有幽默感，不像別的中國人，在外國人面前常常顯得太過嚴肅。他的回答是：「根據之前的討論，我們將會在邀請之後的二十四小時內告訴他們的家長。」

「那都夠得上懷孕的時間啦。」畢沙司令歡樂地叫起來。

等到南京研究小組成員列隊魚貫走出臨時會議室（這是二樓大客廳旁邊的一間側室），等到這五個相貌頗有幾分學者風度的中國人穿過露臺，從直通草坪的室外樓梯走下去，等到那輛黑色的大轎車開出大門，馬丁少校高聲喊道：「上帝，難道開個會他們也得派出那麼多人麼？難道中國真有那麼多人？」

中國人離開之後，巴台士領事才出現在會議室裡。在這一小塊準殖民地裡，他的地位相當於總督。這項職務要求他必須超脫於具體事務之外。他把一份剛剛由秘書撰寫完成的備忘錄遞給布里南先生，請他轉交給英國駐上海總領事先生。備忘錄是根據薩爾禮少校的建議寫成的。

「我們得到一些可靠情報，證實各位之前討論中的這個地下組織，目前正在採購一種殺傷力更大的軍火。我們對他們的行動尚未完全掌握。顯然它是一個確鑿的證據，證實此前我們的猜想是正確的：上海正在日益變成國共兩黨互相報復爭鬥的戰場。這不符合所有人的利益。法國政府根據現有政策，正在著手準備從河內增調軍隊來上海，以應付此地的複雜形勢。我們也希望其他與上海租界有重大利害關係的歐洲政府作出同樣決定。」少校的這番話主要是說給座中那位情欲旺盛的布里南小子聽的。他是英國外交部的官方觀察員，如果他可以讓租界商人的老婆欲仙欲死，他也不妨替先生們賣點力氣呀。

「還有那個大上海計畫……」畢沙司令喃喃說道。租界裡很多白人認為，這一計畫會嚴重損害各國在上海的利益。實際上，少校心裡明白，大上海計畫真正損害的將會是外國地產商的利益。長久以來，歐洲投機商（近來美國財團也參與其中）總是向上海的西面和南面購買地皮。他們不斷買入，等待時機炒高價格，出售。然後再去買入更西面更南面的地皮。南京政府宣布的大上海計畫卻把市政中心設計在上海的東北部。按照藍圖，他們將在閘北和江灣建造政府大樓、大學、實驗小學，甚至體育場。開闢道路，配造公共設施，讓城市商業活動在荒地中繁榮起來，未來的居民將會去那購置住宅。到時候，租界地產商斥鉅資囤積的西南部地皮會無人問津，連本錢都收不回。不光是投機商，也不光是銀行，整個利益鏈將會斷裂。

「東京不斷增派海軍陸戰隊到上海。他們一直都想擴大在本地的勢力範圍。公共租界的日本商人越來越不安分，這半年裡，巡捕房老是在處理中日居民當街鬥毆事件。」馬丁少校提出新說法。

「他們要是有辦法，我不反對多看到幾個日本兵，你說這幫傢伙腦袋後面那塊破布是幹什麼用的？」畢沙司令轉頭問馬丁。

「只是怕被人砍脖子，只是怕被人砍脖子。他們喜歡砍脖子。」馬丁豎著手掌，往半空中一揮。

「那是明治軍隊跟我們北非軍團學的。我聽說天皇找人拿來各國軍帽，一眼就相中這個。他可不管日本有沒有沙漠，有沒有能把人皮膚烤裂開的太陽。他覺得這種帽子跟早些年武士斗笠後掛的簾子差不多。而且那不是一塊，那是兩塊，那是兩塊護身符。」薩爾禮少校喜歡閱讀文件，手裡掌握著各式各樣的情報。

「我看這些本州島農民還算老實。」畢沙司令評論道，「也許讓上海變成一個自由市，是個明智的選擇。」薩爾禮少校覺得他的說法很粗魯，很像那幫正在大肆收購租界四周農地的投機商人。在他看來，制定政策需要有一個循序漸進的過程，此刻不妨先向上海增派駐軍。夕陽照在窗外的水池上，水面微微顫動，如同全身塗抹金粉的肚皮舞女。

三十五

民國二十年六月二十九日
中午十二時三十分

一開始，林培文並沒有起疑心。他只是在殘酷鬥爭中變得越來越仔細。他學得很快，主要是通過觀察朴季醒的做法。他發現朴有個好習慣，大大小小不管什麼行動，事後他都會再去一趟現場，向那些光著脊梁，紮著褲帶，站在煙雜店門口的夥計打聽。

他沒跟老顧交代，一個人跑到星洲旅館。從八里橋蠟燭店走過去。沒花多少時間。一路上他都在琢磨，想找到一種跟人家搭話的好辦法。裝扮成一個打算開房賭錢的白相人？他覺得自己又不太像。

他站在法大馬路街對面，冠生園的門口。直到有人踏上那條通往旅館的窄梯。才快步穿過街道。他覺得，櫃檯上有別的客人，會讓他比較安心。樓梯口櫃檯上，帳房在說話，他從客人身後走過，背靠在那面牆上，跟條凳上坐的茶房搭訕。他壓著嗓音，打聽這地方的花樣，他擠弄眼睛，暗示他此刻的興趣與女人有關。

可他聽說這裡常常不太平。巡捕常來查房。法租界巡捕房明令禁止暗娼。

「我住在對面弄堂裡。」他不合時宜地補充一句，按理說，幹這種事的人是不會告訴人家自己住哪裡的。

「是啊，上禮拜就來過，你害怕？」

他搖搖頭，縮縮脖子，又聳聳肩，又動動手，口袋裡幾塊銀元晃蕩晃蕩。

「巡捕房查的是赤黨。」

「誰說的，不是說他們盯著一個女人？」

那茶房年紀不大，閱歷頗豐，見過各種各樣的人。他抬起頭來，盯林培文一眼，態度大有深意。他也搖搖頭，說：

「是個單身女人。他們把她帶去巡捕房啦。還有個男的。」這就是剛剛所說的，你總能在事後，在現場聽到一兩句有用的話。

他的離開方式很笨拙，扭頭就走，就好像打聽這些事讓他羞愧難當。其可疑程度足以讓茶房警惕，足以讓他在空閒時向帳房報告。他急匆匆離開騎樓，試圖避開那些乞丐的目光。乞丐三三兩兩，背靠廊柱坐在地上，享受這巡捕午休的難得好時光。

冷小曼在說謊！那天她給老顧打電話，他就在邊上，是他先伸手抓向話筒。他想，必須趕緊向老顧彙報。如果冷小曼被帶去過老北門捕房，這意味著什麼？這問題他還沒來得及好好想一想。可老顧已離開蠟燭店，正準備與冷小曼碰頭。按照約定，老顧今天要去見冷小曼的那個新朋友，那個攝影記者。那人在法租界巡捕房的政治處有很過硬的私人關係。他在八里橋路的拐角上停住腳步。

他不知道那個約會地點。他很快就想到問題的嚴重性。關鍵在於，實際上冷小曼完全是一個已暴露的人員。她的照片公開登在租界的各種報紙上，巡捕房的牆上一定會掛著她的照片，供那些包打聽每天出崗前加深印象。假如她被帶去巡捕房，她一定會被人認出來，可巡捕房卻像瞎子一樣，把她給釋放。視而不見從來不是看不見，而是裝作看不見。

他覺得腦子裡很亂。老顧找不到，朴季醒也找不到，他向來是有疑問就去找這兩個人。可他這會誰都找不到，他的小組已全體出動，近來，老顧很少拋頭露面，基於安全考慮，約會必須採取嚴格的保護措施。

他想他最好去法華民國路的安全房好好想想。那是貝勒路出事後新租的房子，在皮少耐路[1]和華成路之間。民國路是法租界和華界的分界道路，門牌號屬於法租界管轄，因為那條直貫東西的大弄堂往西通向敏體尼蔭路。而房子的東面窗戶對著民國路，穿過馬路就是華界地盤。房子由他出面租，主意是老顧的。老顧說，有天夜裡他在民國路閘門被法租界巡捕抄靶子，他正好抬頭看見二樓突然亮燈。他靈機一動，覺得要是在東頭窗下放一捆麻繩，遇到緊急情況就好辦得多。林培文對當時的情形記得很清楚，他記得老顧說話時眼神有些淒涼，這很少見。

可他沒有來得及回到那幢房子裡。後來他覺得正是因為當時他滿腦子都想著冷小曼的謊話，才掉到那個陰險的陷阱裡。

他剛拐過街角（後來他怎麼也想不起來這是哪個路口）。只記得從手指的縫隙間，他依稀看見許多水果，堆在篾筐裡。他看見各種各樣的桃子，粉紅色的水蜜桃，扁形的綠色桃子。他的上半截面孔被一雙粗糙的大手捂住，手指嵌進他的眼窩裡，讓他的太陽穴一陣刺痛。

那雙手是從他背後伸過來的，聲音也是從背後過來的，飄忽不定，像是從身後半空中的某個地方傳過來：

「猜猜我是誰？猜猜我是誰？」聲音高亢尖利，像是在唱一種歡快的童謠，伴隨著許多人的笑聲。笑聲被四周的嘈雜淹沒，他的兩隻耳朵也被那雙手扭成一團，他想，怪不得所有這些聲音都像是從水底下傳過來的。

他隱約聽到急速的煞車聲。有人站在他面前，推他，又像是在他身體的側面拽他。現在，他的眼睛沒有剛剛那麼疼痛，在一陣五顏六色的光線照耀過之後，眼前突然變得更加黑暗。他聽到很多人的急促呼吸，他猜想這會他是被人圍上啦。

兩條手臂不知從什麼時候起就被人架住。他恍惚覺得被人拉到街沿，他的腳一下踩空。隨後是一陣劇烈的疼痛，他想那該是沉重的一拳。他這樣想著，肚子上就更痛，膝蓋發軟，他彎下腰，一頭栽倒在地……

可那不是堅硬的地面。他撞在一種柔軟的富有彈性的東西上。他聞到一股新鮮皮革的味道，他還沒回過神來，車門就被關上。現在，他知道這是在車裡，他的褲腳被車門夾過一下。

汽車急速駛離現場。他的頭被先前那雙手按在車座上，背上被壓得透不過氣來。他覺得有一千個人坐在他身上。他的鼻子嵌在椅背的夾縫裡，嘴裡有一股金屬的鏽味，他估計是嘴唇或者牙齦在出血。

1 Buissonnet Rue，今之壽寧路。

有人把一隻布袋套到他頭上。用繩子在套子的下方緊緊勒住，正好卡在嘴巴那個位置上，把他嘴角勒得快要綳裂。他想那是要防止他叫喊，其實他根本沒想到叫喊，他根本叫不出聲來。

他被許多雙手拖下車，他看不見這是在哪裡。他也沒有時間概念，不知道車子到底開過多久。這方面他從來沒有受過訓練。要記數——他隱約想起朴季醒向他說過，在遭遇到類似的情況下，可以在腦子裡數數。按照某種有規律的身體節奏，心跳或者呼吸，記住汽車轉彎的次數（朴說無論如何你的身體會感受到離心力）。你還可以記住地面的變化，是上升還是下降，是堅硬乾燥的還是柔軟潮濕。如果你保持冷靜，你的腳底甚至能感覺到磚塊的拼縫。可他從未受過真正的訓練，他根本來不及數數。他只聽到鳥叫，樹葉被風吹動的聲音，聞到引擎排放最後一縷尾氣的味道。他甚至都沒顧得上記下樓梯的階數，他只記得他被人扔在一間三樓的空房間裡，聞到四周那股陰冷的石灰水味。

現在，周圍一片寂靜。聽不到急促嘈雜的呼吸聲，沒有人走動。他覺得自己好像被人遺棄在這個空房間裡，他覺得自己好像被人遺棄在這幢空房子裡。可他不久就聽到有人在小聲說話，聲音像是從他左前方的天花板透進來。他的聽力在漸漸恢復。這會，他甚至能聽見從暖瓶往茶杯倒水的聲音。他猜想這不是巡捕房，他聽不到鐵器碰撞的聲音，沒有手銬，也沒有鐵門和金屬門閂在撞擊。況且，他想，巡捕房完全可以公開逮捕他。他懷疑這夥人是青幫派來的。一開始，他設想會不會是星洲旅館茶房搗的鬼。但很快這想法就被他完全推翻。當務之急是要讓自己平靜下來。他回憶起朴對他說過的那些事，釋放你的聽覺、嗅覺、觸覺，釋放你的皮膚，讓它們去感受周圍的溫度、濕度，讓它們去吸收所有的聲音和氣息。

不久以後，他就想起星洲旅館的事，他想到自己還沒來得及把情況報告給老顧，他覺得他們整個組織正危在旦夕，而他此刻卻無能為力，他開始焦慮起來。

三十六

民國二十年六月二十九日
下午二時三十分

小薛覺得那些名詞虛無縹緲，與他一點關係也沒有。那些名詞純屬舶來品，都是從歐洲從蘇俄運來的，也許大部分還是從日本轉運的。

這一、二十年裡，這些名詞如潮水般湧進來，讓人目不暇接，囫圇吞下，顧不上消化。他覺得這些名詞來得比洋貨還快，來得比輪船汽車還快，一時間所有人都學會這些詞彙，一時間連小報記者茶房跑堂都會說幾句「左翼運動」或者「帝國主義」，好像誰不能用這些詞來說話，誰就落伍，誰就變成鄉下人。當然他覺得有些說法還是不錯的，比如跟堂子裡的姑娘睡覺，如今大家說成是發生「關係」。比如男人要是對女人有意思，他可以說他對她有「愛情」。這很管用，這可以用最簡單的辦法把事情挑明，如果大家都學會用這些詞，那它們就會變成一種符咒，一說出口就讓人著魔。他覺得在愛情這件事上，那些小說的作用至大，尤其那些電影的作用至大。他覺得不用多久全上海的鄉下女傭都會像那些女主角一樣，一聽到愛情這兩個字就渾身發抖，腦子一片空白。

顧先生——也就是冷小曼的那位領導同志在向他說話。這些符咒在他身上絲毫不起作用，可他仍然饒有興致。讓他覺得有趣的是顧先生的排場。他們約好在法國公園的大門外頭見面，可到規定時間顧先生並沒出現，五分鐘後有兩個年輕人在他和冷小曼的背後低聲說：「跟我們走。」

他倆就跟著他們穿過公園那條貫通南北的大道。在公園西北角的另一處門口，那兩個學生裝放慢腳步，對小薛說（沒有朝他看）：「在這裡等著。」隨後就加快腳步離開他倆。

兩分鐘後，有人朝他們走過來，穿著黑色帆布西裝。小薛覺得自己看到過這個人，他記得那一次他穿著黑色的皮衣，他想他一定是很喜歡穿黑色衣服。那人把他和冷小曼帶到一輛「配極」車旁，讓他們上車，他自己開車。車窗遮著簾子，他們看不到沿路情形，小薛認為，汽車在沿著霞飛路向西行駛。

車停在空曠的院子裡，四周被大廈包圍。樓房很高，陽光只能照到西北角上很小一塊地方。院子裡有草坪，有仔細剪裁過的花圃，有很多樟樹。櫻花樹盛開，地面上全是花瓣。他們被人帶進大廈，穿過一道玻璃門，不設門房，向左轉是電梯間。電梯升到五樓，顧先生在房間裡等著他倆。

顧先生坐在馬蹄形桌子的凹口中間。小薛和冷小曼坐桌子兩側帶軟墊的椅子。朴（他現在知道他姓朴）在小薛的背後，橫在那張單人座沙發上，雙腿越過沙發扶手，擱在一張折疊椅上不斷搖晃。

顧先生談到他的理想，他和他組織目前的任務。氣氛有些冷場，她在桌子那邊撥弄一枝鉛筆，朴的沙發扶手更加劇烈地晃動。

休息片刻。顧先生說，抽根煙，去天臺上吹吹風。他們穿過廚房，從窄門外的鑄鐵梯子爬到天臺上，螺旋形鐵梯掛在大廈的牆體外面。

在天臺的圍欄邊，他背著風為顧先生劃著火柴，再給自己點一根。他倆沉默地抽著香煙。水泥圍欄牆角下爬滿苔蘚，凹凸不平的地面上有很多積水。小薛在風中打個激靈，他豎起衣領，豎起手，讓風吹走那截煙灰。

「告訴我，為什麼你要幫助我們？給我一個理由。」顧先生忽然說，他在微笑，又像是在對自己說話。

小薛看看他，搖搖頭，他無言以對。他覺得這理由甚至連自己也不相信，他竭力讓自己苦笑。

「因為她？」顧先生嘴角的笑意變得更濃厚，像是在說一個只有他自己知道好笑之處的笑話，像是他並不常常說這種笑話，以至於有些不習慣。

「因為愛情，這理由你們接受麼？」

他望著腳邊那一小塊積水，解釋說：「我是說，對於參加革命來說，愛上一個女人是不是個好理由？」

「唔唔，參加——革命——」顧先生深吸一口香煙，扔掉煙蒂，「這樣說來，你告訴自己說這是在參加革命？」小薛覺得他的眼神裡有一絲陰翳，像是一種悲傷，像是一種寂寞。

「沒錯。是的，愛情——它常常讓我們想要改變一下自己，甚至改變一下生活本身。」他覺得顧先生比看上去要有學問得多，他覺得顧先生懂得讓對話沿著恰當的方向進展。

「我們接受任何一種理由，但必須告訴我們那是什麼。哪怕是因為——錢。」他揮揮手，似乎從內心裡不屑這種說法，似乎他也認為這確實是一種低級趣味，似乎他只是在提出一種最低限度的可能，好讓小薛安下心來。

「對幫助我們的人，我們的確會給予適當的報酬。不……」他又揮手，阻止剛想開口說話的小薛，「我不是說你。我們有時會付錢給情報人員，假如他的確需要。假如他——比方說你那個在法租界警務處的朋友。他需要錢麼？他來中國不就想要賺錢麼？如果他同情我們，那當然好，如果他只是為錢，那也不錯……」他快速地說完這些話，逐漸減弱音量，直到聲音悄悄地消失在風裡。好像想要把隱藏其中的傷害減少到最小，好像他很不願意傷害小薛的自尊心。

他們再次回到房間裡。幕間休息已結束，接下來是第二場。冷小曼已不知去向，此刻這更像是一場審訊。顧先生再次藏身到那個馬蹄形凹口裡，窗簾已拉上。他自己的椅子挪動到弧形桌子的對面，正對著顧先生。朴依然坐在他的身後，但這次他沒有讓自己橫在沙發上。

「我們要問你一些問題。這是必要程序。別緊張——」聲音既柔和，又明快簡潔。

「告訴我你的姓名……」他並沒有做紀錄，這毫無必要。而小薛認為，連這些問題都毫無必要。

但它們充滿暗示，具有一種類似於催眠的特殊效力。從漫長的問答中形成條件反射，這種模式會固定下來，回答問題的那一方會漸漸去討好、去迎合提問者。

「你是在哪裡認識她的？」這一組問題全是關於冷小曼的。

「在船上。」

「在船上？」聲音突然嚴厲起來。他也頓時警覺——他完全忘記冷小曼告訴他的話。他被這種催眠術弄得有些迷糊。他現在想起冷小曼隱隱約約告誡過他的話。可她沒說清楚，她不想讓小薛認為她喜歡說謊。她說，如果他問起你，你就說我們以前就認識。這不重要，她說，但你就這樣說吧，她說。小薛以為她只是不想讓人家覺得她輕佻，讓人家覺得她很容易就讓他勾搭上。此刻，他覺得冷小曼很可能沒有對組織上講實話。

「……在船上。你怎麼跟她認識的？」聲音又平靜下來，讓小薛覺得先前可能是錯覺。

「我沒有……這說法不確切……她走向船首甲板，一個人。那裡風很大，很冷。我看到她，僅僅是看到而已……」而她像個悲傷的女戰士，陽光讓她的臉頰變成一種半透明的金色。

「我覺得很臉熟，我覺得她像是以前見過的某個人。我這樣告訴她。我後來說給她聽，她也覺得……我想——男女之間有時候就是會這樣。我想，如果她告訴別人，我們早就認識，這一點也不奇怪。你明白？」

「我懂。一見鍾情——聰明的說法，對吧？」提問者又一次笑起來，「這說法讓人不覺得輕佻。命中注定，對吧？」

「可能就是這樣。」小薛模稜兩可地回答道。

「聰明的說法，你也很聰明，可你也很誠實。」顧先生寬容地說。

但這是極其短暫的片刻鬆弛，聲音又嚴肅起來，「那以後——接下來你見到她是哪一次？」

「我想是在那些報紙上。那些天報紙上天天能看到她的照片。」

「因此——你在船上第一次看到她，一見鍾情。隨後你常常在報紙上看到她，你那會雖然沒有機會再次見到她本人，可那些照片給你更多遐想的空間。我們知道你是個攝影記者。於是，你不可救藥地愛上她，以至於你一聽說巡捕房要去貝勒路找她，就連忙搶先找到她，把消息告訴她？」

他覺得這些話裡充滿諷刺挖苦的意味，他想他應該氣憤，跳起來，把一連串話拋到提問者的臉上。但他無力那樣做。他知道在這些問題上他無法向人解釋，在這上頭他甚至無法向冷小曼解釋。

他只是說：「實際情況——就是那樣。」

「很好。實際情況就是那樣。我們相信你。我們相信你是因為這說法缺少加工，令人難以置信。我們相信你可能就是那樣一個浪漫的人。你身上不是有一半法國血統麼？」

小薛覺得如果這種說法能成立，那將又一次驗證他先前關於詞語符咒的想法。一個**中法混血兒**，不就應該做這類奇怪的事情麼？

「我不相信報紙上的說法。我跟她說過話，我看到過她的眼睛，我想我是懂得她的。」他勉強給出一種說法。

提問者暫時拋開這些關於愛情產生方式的研究，離開這些富有詩意的對話。當革命與愛情發生衝突時，人們不妨允許一兩句小小的謊言。

話題轉向小薛在法租界的朋友。他的職務，姓名。他屬於馬龍特務班這個特別部門的新情報讓顧先生很感興趣。實際上，在他先前交給顧先生的那份書面報告當中，他已對此情況作出詳盡說明。昨天夜裡，根據冷小曼從電話裡獲得的指示，他獨自坐在福履理路客廳那張工作檯上，絞盡腦汁炮製出那份大雜燴。他想，顧先生和少校一樣，都喜歡閱讀文件。雖然都只是些片言隻語構成的零星碎片（那與情報本身來自道聽塗說的特徵相吻合），可其中確實包含大量重要情報。有些是警務處對顧先生本人身分背景的猜測判斷，包括他從馬賽詩人那裡聽來的一些觀點，那些觀點缺乏邏輯上的一致性，顯示其來源相當複雜。

小薛把這些道聽塗說寫在報告中，可他自己並不明白這些情報的價值。（比方說，他並不知道警務處情報中關於金利源碼頭刺殺案的分析，那些對實施過程的模擬構想，馬賽詩人對他簡述的消息大部分出自南京小組的研究結論。他也不知道警務處對福煦路俱樂部事件純屬一種報復行為的判斷，事實上與幫會的說法有關。他也無從知曉，顧先生對他當面交付這份文件，而不是一見到朴季醒就拿出來，感到相當慶幸。他告訴顧先生這份文件冷小曼並未閱讀過，純粹是根據事實來回答，而不是有意為誰掩飾。）

三十七

民國二十年六月二十九日晚六時五十分

朴季醒陪著客人吃晚飯。在那半小時內，顧福廣把小薛的報告仔細閱讀一遍。霞飛路西段這整個地區全都是高級洋房，沿街只有幾家花店和定製服飾店，朴一直把車開到亞爾培路，才找到一家野味香飯館，他用菜盒把食物提回大廈。

顧福廣再次閱讀，抽煙，思考。隨後把它們全都扔進壁爐，燒掉。重要情報由他獨自掌握，這既是出於保護情報來源的考慮，也是讓手下這支隊伍保持單純，不致引起思想混亂的必要組織紀律。此外，他當然不想讓別人知道福煦路行動與老七的死多少有些關係。

報告文字在陳述方式和語法上稍嫌混亂，缺少統一的風格。有時是直接引用馬賽詩人的原話，有時則採用間接方式來轉述。有幾段欲言又止，不斷重新塗改，顯得謹慎小心。隨後又過分大膽，超越情報書寫的文體規則自行加以分析判斷。格外引起他注意的是那些邏輯混亂之處，比如，何以前段剛說馬賽詩人認為那是一次與私人恩怨有關的報復，下一段卻又明確引用同一個人的話說：「警務處認為這些人確鑿無疑是赤色地下行動組織。」難道馬賽詩人和他的上司持有不同觀點？

顧福廣認為，恰恰是這一點，才證實文件的可靠性。它來自朋友間的閒言碎語，它通過多次口耳相遞，又由小薛用相當拙劣的文字拼湊，難免失去原貌。顧福廣甚至認為，矛盾所在之處正是它最有價值的地方，因為它證明法租界警務處已完全被他搞暈頭，處於一種眾說紛紜的狀態中。

晚飯前他曾單獨把冷小曼叫來，狠狠批評她一通。責備她違反組織紀律，在行動的關鍵時刻擅自與完全不相干的陌生人接觸。最最危險的是，她竟然對組織上不說實話，明明剛認識不久，卻告訴組織說什麼，他們是老相識。千萬不要被這些布爾喬亞式的小情小調衝昏大腦，他告誡她，更不要想欺騙組織！直到冷小曼被他批評得掉下眼淚，他才轉而用一種寬厚的語氣表揚她，無論如何，在小薛這件事上，她立下大功。

他對她說，越是在激烈的生與死的鬥爭中，愛情越是會意外地出現，他一點都不覺得奇怪。他還舉過一些例子，革命同志甚至在刑場上舉行婚禮。他還半開玩笑地對冷小曼說，也許將來你們還可以孕育一對革命的小寶寶呢。將來——在完成組織上交給的各項任務之後，你們可以轉移去蘇區，甚至可以去香港，去法國，他不是半個法國人麼？他說得有些忘乎所以，直到冷小曼抬起頭來，瞪大驚訝的眼睛。他補充說，這也沒什麼好奇怪的，革命在一個國家成功之後，革命隊伍也不能就此休息，它要向仍然處於階級壓迫中的其他國家輸出革命，也許將來你們還可以在法國的共產主義革命中貢獻一份力量呢。

冷小曼離開後，他陷入沉思。他覺得長此以往，難以維持隊伍的穩定。在剛開始一兩次行動時，他一個人完全可以控制得住。這是一幫年輕人，活潑好動，思想單純。但他覺得未來局面搞得更大之後，很難保證他們中的一些人不會在思想上有所波動。他想他必須讓組織不停運轉，不斷發起新的攻擊。此刻他有些氣餒，也許是煙抽得太多，他有些頭暈。他近來常常覺得自己有時會變得過分消沉，他想那一定跟老七的死有關。

他朝民國路的安全房打電話。林培文小組大部分成員在他這裡，他帶出來執行任務。林培文本人，按照指示應當等候在那幢房子裡，可電話沒人接。他想，是到策畫新的行動的時候啦。

組織的發展勢頭很不錯。他手裡已有三個行動小組，全員裝備。還有一輛法國製造的八缸汽車。如果有需要，他還能再買，不斷的行動帶來充裕資金。新的有利條件是，如今他還有可靠的警務處情報來源。他已在租界這塊地盤上站穩腳跟。

福煦路那次行動後，有人給他帶話（他另有幾個在上海人頭很熟、身分複雜的關係人）。幫會大先生有意求和，開出條件是十萬大洋，只要他保證不對青幫發動新的攻擊。人家放出試探風向的氣球，而他卻保持沉默。他想人家還是在把他當成未成氣候的一股勢力，因為急著想出頭，所以打打殺殺，可他想要的比這多得多。他想他還是革命的，只不過是革命的另一種形式。它終將改變這塊租界的權力結構。

玻璃窗外，對面大廈的棕色牆磚反射著落日的光輝。深褐色頭髮的外國女人推開窗子。金光晃耀中，琴聲似有若無。速度怪異的音樂，像是唱盤在胡亂轉動。他覺得嘴裡發苦，煙抽得太多，有點餓。他走向客廳，準備吃晚飯。

「報紙上說他是公眾之敵……」

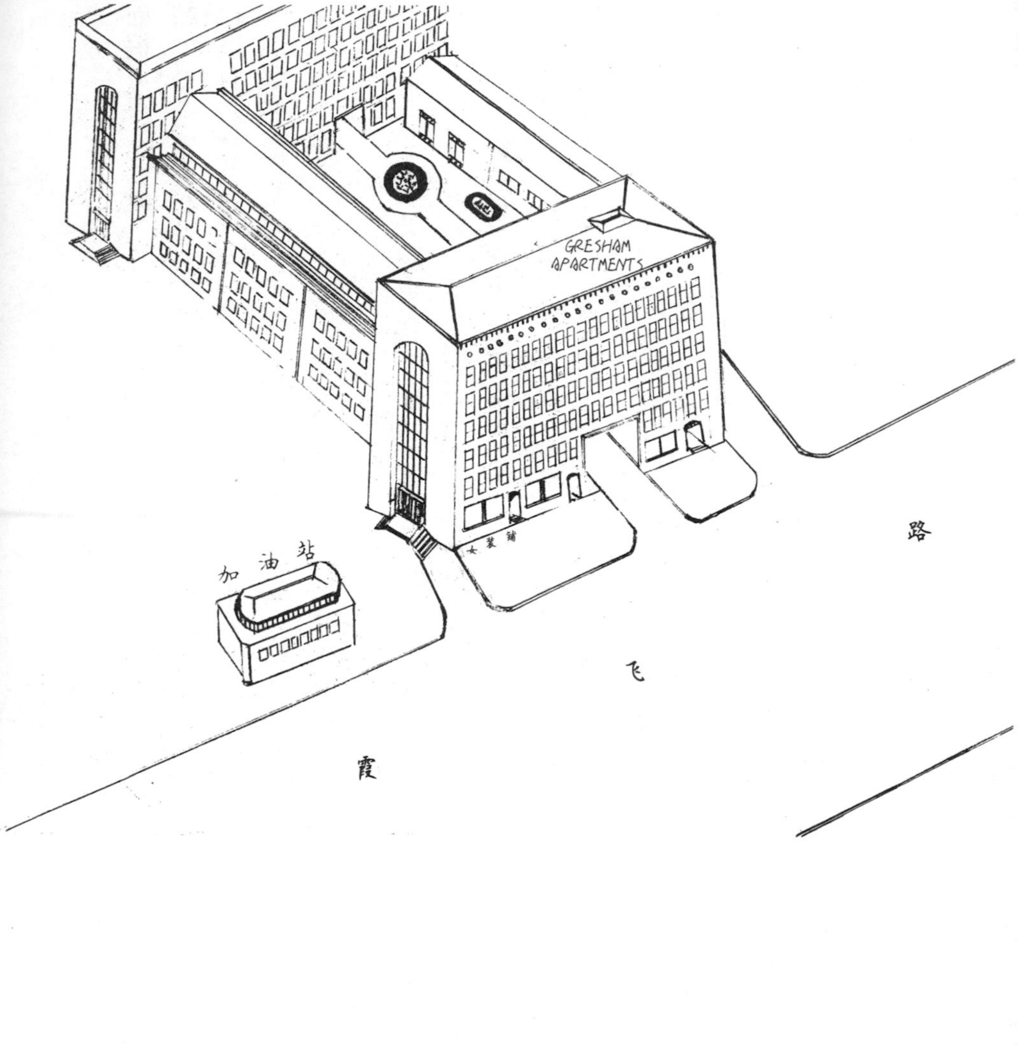

顧福廣的一處安全房。小薛被人帶到這兒與顧會面

客廳裡，小薛在講故事，冷小曼神情茫然地撥弄筷子，朴季醒試圖抓住小薛的漏洞。

「這不可能，這辦不到——你沒有打過仗……美國人就喜歡吹牛，你不可能開車衝過包圍圈，衝過交叉火力封鎖的大街。」

「為什麼不行？只要引擎轉得夠快，只要火力夠猛。」

他一進來小薛就停住。小薛在講美國大盜搶劫銀行的事，朴說。而他只想吃飯。

「真的，美國總統給他起個外號，叫全民公敵。想想看，銀行，資本主義的命脈。」小薛很好笑。小薛在竭力模仿一種獨特的說話方式。可他越是努力，詞句在他嘴裡就越顯得彆扭。

他想到過銀行。可如此規模的行動，他還沒有把握。此刻他的組織有沒有這種能力？不是那種小型營業所。也不能尋找太大的目標。大銀行警衛森嚴，電話直達巡捕房，多數位於人煙密集的租界中心地段，幾分鐘內裝甲警車就可以趕到。就像朴說的，你沒法在大街上衝出包圍圈。

他不想聽這類子虛烏有的故事。他要的是情報，真正的情報。他想應當再和小薛詳談一次。他要拿一張紙，把他想要知道的情況開列出來，給他一些提示，一些方向。好讓他在下一次與那個馬賽詩人喝酒時，恰當地提出問題，得到正確的答案。

他隨便想想就有很多問題。法租界六個巡捕房的人員配置。關於這個正在追查他本人的馬龍特務班，也有許多情況要弄清。他還想讓小薛打聽裝甲警車的火力配備（他從小薛的故事裡得到啟發）。

他站到小薛的立場，揣摩馬賽詩人的警覺程度。一個普普通通的法文報紙攝影記者會想打聽哪些有關警察的事情呢？怎樣能既提出問題又不讓人起疑心呢？他要告誡小薛，絕對不能把問題一古腦兒拋出去。要在兩次乾杯的間歇隨口說出來。如果別人沉默，如果別人顧左右而言他，如果別人把話題岔開，好像根本就沒人問過，好像他剛剛是在自言自語，好像他剛剛問的是一個不需要答案的問題，那就再也不要重新提出來，永不追問第二遍。

後來，他把小薛請進原先那個房間。並肩坐在馬蹄形桌子的圓弧這一邊，拿出鋼筆和紙，像個家庭輔導教師在對學生說話。這時他又想出更多問題。小薛向他提到那位警務處政治部少校，那位負責長官。馬賽詩人曾說過——根據小薛的轉述，少校認為他顧福廣的這個組織不足為慮，少校認為他顧福廣不過是個惱人的「赤色小跳蚤」（小薛猶豫片刻說出這個詞），幹不出什麼驚天動地的大事。他並不生氣，他只是隨即列出更多與少校有關的問題。

「不過警務處的人說你們當中很可能有金融專家。」

「這話是什麼意思？」

「我也聽不懂。金融——他是這樣說的，我猜他說的是銀行，所以剛剛——」小薛狡黠地朝他笑。

他寬容地拍拍小薛的肩膀。他認為他自己明白這話的意思。他也是後來看到報紙才想到的，他也是事後重新回顧整件事情，重新分析之後得出的結論。他的聯繫人事先並未告訴他實情（也許那傢伙自己也不知道），開始時，他並不知道有人為什麼要開出二萬大洋的價格找人刺殺曹振武。後來他才發現，有一根隱秘的線索能夠把所有的事情聯繫到一起。曹振武來上海的任務，那個南京要人（後來他看報紙才曉得曹振武來上海是作為這位要人的私人代表）的公開叫囂，廣東海關和投機公債的關係。可他知道以後也不懊惱。那是成功的第一步。那是一舉多得的一次行動，既打出牌子又鍛鍊隊伍。況且曹振武確實是革命的敵人，況且他剛剛建立組織，迫切需要資金。

那天夜裡，回到民國路安全房的人焦急地打電話告訴他，林培文突然失蹤。林培文應該守在那幢房子裡等候消息，可他不在那，夜裡十點多還沒回來。他頓時覺得怒氣上升，所有事情裡最讓他擔心的是隊伍紀律渙散。這是個危險的信號，他早就意識到，年輕人的特點是在執行任務時把事辦成的能力超出你想像。可閒下來時他們把事情毀掉的方式也多得你數不過來。他越想越生氣，他又想到政治處那個不知天高地厚的少校說的話。

三十八

民國二十年六月二十九日
晚七時三十五分

有人解開勒住他嘴角的繩子，取下兜頭蓋臉罩著他的套子。即便如此，林培文也要過好久才終於看清四周這個狹窄黑暗的空間。他被綁在一張椅子上，霉濕氣味讓他的鼻子發癢。他雖然看不見，也分明能感覺到周圍到處是灰塵和蜘蛛網。他的左前方隱約有些光線，一塊小小的灰白色區域。他猜想那是一扇百葉門，葉片已被人合上。於是他獲得一個有益的訊息，這多半是一幢民居，這間狹窄的暗室多半是附屬於某個房間的儲藏室，或者一間改作他用的臥室附帶的衣帽間。

他知道時間已過去很久。但還不到半天。因為他被人捂住眼睛帶上車前剛上過廁所，而此刻他雖然覺得憋尿，卻還沒憋到難以忍受。他身體正常，此前一直在外走路沒喝多少水，所以他猜想從被綁架到現在大約在三小時左右，天應該還沒黑。

關於憋尿，他記得朴有些說法。首先，它是你在缺乏別種手段情況下的計時工具，對此他正在加以實踐。其次，如果你被黑暗和孤寂造成的恐懼折磨得無法忍受，你可以靠它來嘗試與外界溝通，沒有人會真的因為你想撒尿而懲罰你。萬一人家果真不讓你撒尿，那就是在測試你的身體極限，測試你的忍耐力。那樣的話，你就有兩種選項。原則是始終與你自己的直覺背道而馳。如果你心裡不肯認輸，想忍下去，那就趕緊用你能叫出的最大音量狂叫。一旦你忍不住想喊，最好的辦法是索性把它尿在你的褲子上，因為對你身體承受痛苦能力的最大考驗不是此刻，而是以後的幾小時——幾天內。你越是讓對手產生錯覺，就越是會減輕未來的負擔。他想這會他應該喊叫。綁在身上的繩子讓他很難最大限度釋放音量，但他已盡最大努力。沒有人開門，沒有腳步聲，叫聲沒有驚動任何人。他開始猜想喊叫的時間夠不夠長，能不能算是別人想要測試他的證據？可自尊心不允許他輕易得出結論。他實在不想把尿撒在褲子裡。他停下來盡量調整呼吸，盡量讓自己平靜。

他在灰塵中喘息。突然門被打開，他被人連椅子一塊拖到外面。空蕩蕩的房間，四壁刷白，窗外天色已黑。他被人解開繩，被人按在地上，水門汀在他臉頰上來回摩擦。現在，他人撲在地上，他的手臂被人從背後往上拽，在他腦袋背後朝頭頂方向推，好像在扳動一把鍘刀。他肩胛部位的韌帶撕裂般疼痛。他覺得無法呼吸。臉上的凸起部分——他的鼻子，他的嘴唇——全都在水門汀上摩擦。他覺得肋骨像弓弦一樣被拉開，繃緊，像是要把他所有的內臟射出來。然後，鬆開，再往前推。他甚至無法叫出聲來。他覺得自己在嗚咽，聲音像是哭泣，他鄙視自己的軟弱。

最後，人家鬆開他。有人扒光他的衣服，他現在赤身裸體。他被重新架到椅子上，重新綁起來。他被用一種古怪的方法重新綁起來，他的兩隻腳——在腳背和小腿交界處——被繩子向後勒緊，勒在那張沉重木椅的兩條後腿上，使他不得不分開腿。左前方的聚光燈被人打開，強烈的光線從地面向上照在他臉上，照在他陰囊上，讓他氣憤，也讓他羞愧。他越是覺得憤怒，就越是羞愧得無地自容，好像這會他變成一盞化學反應器皿，好像這兩種情緒是按某種比例注入他體內。好像那是因為他不知該對誰發火。他看不清周圍的人，在強光下那只是一些移動著的凌亂陰影。

但別人再次離開他。離開他之前，有人用一盆水把他弄濕，有人不知從哪裡搬來一臺電扇，朝他身上吹。

他覺得冷，他的牙齒忍不住打戰，齒縫間有一股生鏽金屬的味道。他又覺得繩子勒住他身體的地方在發燙。他覺得膀胱快要炸開，小腹上那條繩子嵌在他皮膚下面，讓他脹痛難當。關門前，有人告訴他，想撒尿？撒在地上吧。

沒多久他就不再疼痛，再過一會酸脹難忍的感覺也漸漸消失。他覺得一陣讓他舒適的麻木忽然貫穿他全身。他昏昏沉沉想睡覺，可他剛一進入睡意的邊緣就痛醒。

……繩子一旦鬆開，他懷疑自己剛剛真的已睡著。繩子一旦鬆開，他覺得渾身上下好像有千萬根針在扎他刺他。好像空氣裡有無數針尖，好像空氣被壓縮，通過一種極細極密的篩網刺向他。

有人在他背後按住他，手抓在他肩胛上。另外有幾個人在忙碌，他們搬來更多的燈，搬來更多桌椅。他們不想移動他，他想，他們想要把他凍結在這裡。你要爭取移動，爭取轉換環境。他記得朴說過，環境的任何變化都會讓你清醒過來，讓你覺得自己還是個活生生的人，而不是什麼任人宰割的腐肉。他想，其實他根本無法移動，其實根本不用按住他。他渾身刺痛，肌肉像被針扎得潰爛開來，靡軟無力，他連好好坐在椅子上的力氣都沒有。

人們開始提問，他覺得那都是些毫無意義的問題。姓名啊，籍貫啊，他覺得他們提出這些問題來，純粹是想要冒充哪個官方機構。

他仍然置身在強烈的光線中央。他仍然赤身裸體，像是一頭驚恐的獵物。他覺得刺痛在減輕，力氣在一點點恢復。他打算等到力氣再積聚多點就開始反擊。他想燈光右側桌後的那個黑影應該是這夥人的頭，他很少提問，他在傾聽，在抽煙，紅光忽隱忽現。他想他應該把憤怒表達出來，可他覺得此刻他的氣力聚集得還不夠充分，那段距離他還不能一擊而中。

他拒絕回答那個問題。他沉默，拒絕回答他們，下午他在民國路想去哪裡？哪幢房子？站在他身後的傢伙朝他後腦勺上重擊一拳。他突然覺得再也不能等待，他跳起來，向那個黑影衝去，他像隻青蛙那樣蹬腿跳過去，捏緊拳頭——

可他被絆倒在地。有人從側面伸出一條腿，把他絆倒在地。那條腿使勁兒踢他腰部。踩在他腋窩裡。那個黑影忽然開口說話，聲音柔和而沉靜：

「放開他，讓他坐起來。」

「好吧，你不想回答這個問題。那麼——我可以先告訴你一些事情。我可以告訴你，有人對我們說，福煦路俱樂部爆炸案和金利源碼頭刺殺案發生時，你就在現場，你是個罪犯，有人把你給認出來啦。」

這是吹牛，他當時並不在金利源碼頭上。當時他還未受到嚴酷鬥爭的考驗，當時他只是個觀察員。

「我是個學生，剛從南洋公學肄業，我正在找工作。」

「不要心存幻想……」他又在點煙，「不要以為可以用一些說法把我們糊弄過去。現在跟你說話的都是一群專家。抓住你的人是誰？你一定在心裡問自己。你以為這是綁架麼？是幫會分子幹的麼？我可以告訴你，這是一次正式的逮捕，跟你說話的是一群專業調查人員。我們能讓最頑固的人開口說話。連受過蘇聯訓練的共產黨都會開口說話，何況是你們。你們不過是一幫普通的殺人放火的罪犯。」

他年輕，他太容易被激怒。他感覺受到侮辱。他衝口叫喊：「我們不是罪犯。你們才是罪犯。總有一天我們要——」

他來不及煞車，他從香煙上閃爍的紅光裡看到那張嘲笑他的臉，「總有一天我們要推翻你們，把你們通通掃清！」

「那麼說你認為你們確實是共產黨？」黑影回到黑暗裡，繼續嘲弄他，「你們在上海胡亂暗殺，爆炸放火。只是一幫罪犯——一群罪犯而已。你們靠這個嚇唬人，靠這個賺錢。而你完全想錯啦，我們不是罪犯。我們代表政府。我們——我可以告訴你，正式的說法叫中央組織部黨務調查科。我們常常跟真正的共產黨打交道，他們也不得不向我們開口說話。」

他故意顯得很囉嗦，他不斷重複，像是想要把它當作某種蠱惑人的魔法，讓人家頭暈。

「你們殺死曹振武，是想阻止他去廣州。實際上，我們不妨說，是想要阻止曹振武的老闆去廣州，南京的那棵牆頭草，著名的黨國要人。他們想到廣州去另立中央。那是想搞分裂呢，他們確實有人撐腰，我們聽說西南有些軍閥很想破壞統一，破壞好不容易建立起來的國家統一局面呢。他們還想拿走粵海關，這下就把這裡的一幫投機商人急壞啦，我們聽說公債就是拿那些海關的關餘來擔保的。他們開出賞金，找人刺殺曹振武。他們找到你們那位顧福廣，他是不是叫顧福廣？你看——我們確實知道一些真實情況吧？」

「你在胡說，你胡說八道！」

「不要激動。我欣賞你，我們欣賞純潔的年輕人。」可正是他在激怒林培文。他的微笑，他點煙的手勢，他讓一根火柴燃燒，可又不用它點燃香煙，讓它在手裡慢慢燃燒，看著它。

「至於福煦路的案子。我們相信它更像一起普通犯罪。它更單純，它就是一次單純的報復行動。事關一個女人，一個妓女。我們聽說青幫大老闆讓人去殺死顧先生，他們也是受到委託，另一方的委託。你知道——投機市場總是會有對手的，有人做空頭，有人做多頭。可這次他們沒能成功。他們不是專業人士，缺少計畫，他們只是槍殺掉一個妓女。我們聽說這位妓女是顧福廣先生的女人，他的情婦，他的姘頭。」

林培文再次撲向那團黑影。他已忘記羞愧，忘記自己是赤身裸體。但這一次，他還是摔倒在地。

三十九

民國二十年六月二十九日
晚九時五十五分

曾南譜完全懂得如何突破一個人的心理防線。這些事情他很熟悉。他在很多方面都算得上是位專家。他是共產黨的叛徒，他學習過蘇聯人教的審訊和反審訊手法。他選擇這種單刀直入的手法，是因為根據他的判斷，審問對象是個自以為充滿信仰的單純年輕人。他要摧毀這個人的信念基石，激怒他，攪亂他，讓他懷疑自己。

他慶幸自己迷途知返。他知道自己是在被人破格重用，他也知道那並不是因為別人信任他，而是因為別人不得不需要他。他覺得法租界警務處的薩爾禮少校在文件裡把他們這夥人稱為「南京研究小組」是完全恰當的（調查科在巡捕房政治處的秘書科裡有自己的情報來源）。他不喜歡採用暴力手法。肉體痛苦是有極限的，用刑是最快捷的手段，很多審訊對象會就此敗下陣來，屈服，開口說話。可人對肉體痛楚的承受能力並不完全相同，你不知道那條線在哪裡，一旦你輕易讓審訊對象越過那道界線，他就會變得麻木，他不再感到痛苦。到那時候你再用刑也都是在給他撓癢癢。甚至他聽說——那還會讓人覺得快活咧。

問題在於，肉體痛苦會讓人體內循環加快，更快地分泌出一種叫做腎上腺素的東西。它是身體反抗力量的源泉，它會讓人憤怒、好鬥，它會讓人家產生仇恨。如果人家有足夠的冷靜，那種仇恨會讓人家在心理上建立起一道又一道的防線。到那時候你就再也無法知曉，人家開口告訴你的事情到底有幾分真幾分假啦。要是人家夠聰明，還能讓你上當，讓你產生錯覺，犯下不可饒恕的重大錯誤。

他允許他們在開始時，對這個年輕人稍稍做點粗暴的事。純粹是讓審訊對象在肉體上產生疲倦。有時候暴力純粹是一種熱身運動，好讓獵物的神經繃得像條快斷的鋼絲，繃得像彈簧，一觸即發。在這些事情上，他的確是個不折不扣的專家。這正是南京需要他的地方。他懂行，他有頭腦。他明白，審訊中適度的暴力是需要的，但要恰如其分，暴行是一種表演，它的目的是讓人驚恐，而不是單純的肉體痛苦。

有他（和他這樣的人）在——他謙遜地想，共產黨在上海的好日子就一去不返啦。所有那些異見分子、反動分子在租界裡的好日子就一去不復返啦。他們那種兒戲般的遊行暴動，他們那種開開會寫寫文章式的革命再也行不通啦。他們從前堂而皇之在大街上走來走去，開完會到飯店茶館裡繼續高談闊論。如今調查科在上海建立起深入底層的情報網絡，所有已暴露赤色分子的照片都被大量翻印，被很多人牢牢記在腦子裡。

南京在推廣大上海計畫，他還聽說，高層在研究開展一次大規模國民教育運動的可能性。有人在制定計畫，調查科的分析情報也提供給計畫的起草小組。這些計畫一旦實施，赤色分子的日子將會更加難過。他相信這個顧福廣和他所謂的群力社與共產黨無關，連外圍組織也不算。這是他和鄭雲端的一致看法。鄭是調查科派來的書記，名義上是他的副手，實則負監督之責。他對兩個租界的警務處也這樣說，可人家不相信。

他在扔出那兩顆重磅炸彈之後，立即宣布審訊暫停。他要讓這個年輕人好好想一想。他還叫手下人讓他吃飯。

這完全是個意外收穫，抓獲林培文純粹出於偶然。幫會有傳言說，襲擊福煦路的那幫傢伙可能在法華民國路附近租下一幢房子，有人在街上看見過他們。他讓人追根溯源，發現福煦路俱樂部的某個花房工人涉及其中。襲擊賭場的那天夜裡，他剛巧蹲在圍牆邊拉屎，在樹後的陰影裡。當時他嚇得不敢動彈，對火光掩映中的幾張面孔印象極其深刻。他記得其中有張面孔前幾天曾來向他打聽過一些跟賭場有關的事。因此後來那張臉再次出現在他眼前時，他一下就能回想起來。那張臉在公用電話亭裡，在敏體尼蔭路上，他不敢盯梢，望著那背影朝民國路方向走去。消息傳開之後，幫會高層派出爪牙在附近地面上打聽，跡象陸續出現，皮少耐路有家煙雜店的夥計說，最近常有個陌生面孔來買煙，一買就是五、六包，兩三種牌子。華成路浦泉澡堂裡，也有人聽到隔壁包間客人可疑的談話。他讓人帶著那花房工人，開著車在民國路附近到處轉，沒想到還真撞上這個年輕人，證件上的職業欄填著學生。

這件案子讓他極感興趣。他認為自己喜歡這個人，這個顧福廣。他把多種來源的幾份情報相互比較之後，確信這個人的真名就是顧福廣。前工會活動家。根據聲稱在那些日子裡與他接觸過的人的說法，他練過硬功，能夠拳穿門板掌劈磚瓦。傳說他機警過人，行事極為大膽。在混亂的局勢中善於迅速判斷，並付諸行動。在曾南譜看來，有件軼事頗能反映他的為人，他把一包屎尿淋在青幫工頭的腦袋上，讓那傢伙在幾百人面前大丟顏面，而他自己就憑這簡簡單單的一招，從泯然眾人中一躍成為工運領袖。他曾短暫參加過蘇聯大使館的保衛工作，隨後漸漸從公眾視線中消失。

有一種得到驗證的說法是他在伯力接受培訓。證據是英國政治警察機構從印度得到的一張畢業聚會照片。基於情報交換機制，黨務調查科拿到複製件。有人認出照片上的另一個人正在南京軍事法庭模範監獄服刑，當即提審此人。得到的口供是，顧福廣一度曾以貿易商身分在南亞活動，後被捲入一起蘇聯情報機構的肅反案件中。據他所知，顧已被槍決。

曾南譜不知道他是如何逃回上海的，可他完全清楚顧福廣和他自己一樣，已徹底拋棄以往的信仰（他覺得這種說法多少顯得有些虛榮，也許他從來就沒有過什麼信仰）。

門輕輕打開，小鄭抓著一顆咬過幾口的蘋果走進房間。剛剛他站在審訊對象的背後，進行到一半時他悄悄離開。他沒有攔住他，他猜想那是要去向南京發通報。

「看過筆錄啦？」他問。

「剛看完。看起來我們猜得不錯，他們都被蒙在鼓裡。」

鄭雲端雖然是調查科安插在小組裡的專職監察人員，可他倆相處得很好。那是因為他曾南譜很坦率。他懂得如何與年輕人打交道，他從前確實在大學裡當教授。

「沉重的一擊——」小鄭站在桌邊發表評論，語氣像是學生演劇的旁白員，「他正受到信念動搖的煎熬。假如他感到迷茫，我們就應當乘勝追擊。不給他重新建立防線的機會。」

「再等等，我們要讓他好好想想那些證據。你可以拿幾份報紙給他看看。」

「時間很緊，明天要通知法租界警務處。最遲後天上午，我們要把他交給巡捕房。」

「暫時不交。我希望案子在我們手裡水落石出。」他此刻還想不通巡捕房為什麼不相信他的觀點，巡捕房為什麼要堅持認為這是共產黨的行動組織。他懷疑其中另有意圖。

「他們為何如此確信這是共產黨？」他輕聲說，並不是因為他覺得小鄭那裡有答案。

小鄭把蘋果咬得嘎吱響，還剩下很大一塊就扔進紙簍。他私下認為年輕人對待食物的這種作風缺乏教養，可他又把這看作一種小小的、也許還讓別人鬆弛的壞習慣。

「很簡單——」小鄭說，「那可以證實他們一貫以來的觀點。是國民黨和共產黨的不斷相互爭鬥、相互報復才把租界搞亂的。也許那位少校還想立一件大功，也許他想把案子留在政治部手裡，也許破獲一個赤色恐怖團夥可以讓他的殖民地服務履歷變得更好看些。聽說法蘇兩國最近關係很緊張。關閉貿易代表團，驅逐外交官，禁運。我聽說如今蘇聯的頭號敵人從倫敦換到巴黎。」

「這是個很好的說法。你可以就此寫一份分析報告。因此絕不能輕易把他交給租界巡捕房。這是個陰謀。」

「這是帝國主義的陰謀。」小鄭替他加上一個修飾詞，讓句子顯得更加義正詞嚴，讓假想中的那份報告更符合南京政客們的閱讀習慣。

「你可以去找他談談，你們都是年輕人，容易溝通。事實擺在那裡，他受人蠱惑。只要他開口，我們也可以幫他說話。我們可以在筆錄上稍稍做些改動，有些事可以算在別人頭上。我們甚至可以教他一些說法，好讓他在巡捕房眼裡變成一個受人蒙蔽的迷途羔羊。如果他果真願意替我們做事，我們還可以不把他交給巡捕房。他可以去參加訓練班，他甚至不用去感化院。

我相信年輕時思想左傾的人，將來都是可造之才。如果二十歲時他看不見社會不公，那他一定是個麻木不仁的小渾蛋。」

他並不擔心鄭雲端會拿這些話給南京打小報告，黨務調查科的人都是革命理論的行家，從科長到打字員個個都學習共產黨的會議報告，他敢說，南京那間檔案室裡收藏的共黨理論文件比他們中央局自己的還多，他們自己那些早就為預防搜捕而燒得七零八落。

四十

民國二十年七月一日
晚八時十五分

小薛越來越覺得自己想不出什麼好辦法來收場。他自己攪成的這一團亂麻，都怪他總是不想讓任何人失望。可難就難在，這裡頭有一兩個人他實在不想讓他們受傷害。而他此刻覺得這傷害越來越逼近，他都無法向人家發出警告。他沿著薛華立路警務處大樓那條緊鄰圍牆的窄巷朝樓梯門走。

他在皮恩公寓吃過午飯才出來。他明顯感覺到特蕾莎越來越愛他——其進展的速度和節奏竟與冷小曼暗合。她現在並不急於和他做愛（他覺得這說法既頑皮又自相矛盾），反倒是喜歡跟他說話。可他害怕的就是說話，他覺得一切都是亂說話造成的，今天上午他們就幾乎什麼都沒做。幾乎——的意思是說，她只讓他放進去一半，而另外那一半——她從兩人緊貼的腹部間隙伸進去一根手指頭，繞著圈刮弄。當時她正追著他問，要他答應帶她去廣東鄉下，去他老家看看。因為先前他在給她說鄉下那種用竹子做的床榻，睡醒之後面孔會像剛蒸熟的花糕，刻著一格一格的印子。她則把她自己記憶中的農莊告訴他，奶牛，騾馬，乾草倉庫，整整半年都是個大冰塊的沼澤池塘。

他有好一陣都神思恍惚，太陽一直照到他的腋窩裡，照在特蕾莎的肩膀上。他覺得輕鬆自在，渾然忘卻所有煩惱。可到吃飯時她又說起那樁生意。他只得對她說，顧先生對這東西很感興趣，那正是他想要的東西，他要做這筆生意。他不在乎價錢，只關心它的威力到底是不是像特蕾莎說的那樣大。

「真有那樣厲害麼？」

她呢，趁著阿桂去廚房，從那條繡著捲曲花瓣的桌布底下伸出手來，一直伸到他的褲襠那裡，握住他，說：

「就跟你一樣。」

特蕾莎說他辦事效率不高，既然想要貨，就得趕緊定下交付時間。她自己不用跟買家會面，一切由小薛操辦。但要明確交貨時間，交貨數量，她好讓人裝運。

他此刻已知道那是怎樣的一種殺人武器，他知道它叫做「Schiess-becher」，他知道它由一家名叫萊茵金屬公司的德國工廠研製生產。他不知道怎樣用中國話來形容它，或者給它起個中國名。他知道它威力堪比大炮，能夠炸穿裝甲車的鋼板。他知道這很危險，他覺得甚至獲悉這武器這件事本身就是十分危險的。這種對於危險事物的直覺讓他下意識想要逃避，以致他不想把他剛剛獲得的知識告訴少校，他想他反正是不知道。他現在已得到一張詳細的圖紙，附帶著產品說明。他想最多就是他直接把圖紙交給少校。

他從走廊另一頭的樓梯去少校辦公室，他穿過走廊，看到特務班的辦公室房門開著。馬龍班長不在，馬賽詩人坐在靠牆的桌上。他忽然想起一件事——

他用手指關節叩叩門板，不等他抬頭就走進房間。他找不到任何能說服自己的理由來直接提問。尤其是在他已獲悉那種武器的效用之後。他在馬賽詩人桌對面的折疊椅上蹺著腿坐一會，抽根煙，最後決定不去打聽。至於晚上將要在冷小曼的監督下撰寫，明天將要交給老顧的情報，他想最好還是由自己胡編亂造一番。反正那些裝甲警車整天在大街上開來開去，炮塔上的機關槍誰都能看見，他自己估計這些年裡他看到這些警車在他眼前駛過的次數大概有十多二十次。他自己決定，法租界警務處配備的裝甲警車數量一共有二十二輛。他喜歡雙數，可不喜歡整數，那看起來有些假。

他從外套衣襟內側的口袋裡掏出圖紙遞給少校，這會使他上次畫的那個草圖看起來像個醉漢畫的東西。或者像是臨到交功課前五分鐘草草完成的小學生作業。

少校想弄清楚交易到底將會在何時進行。這點他當然還不知道。他怎麼可能知道？——他只是個聯繫人，只是個滑稽的情人，從枕席間獲得一項超出他能力範圍之外的任命。天曉得，他相信少校多多少少也曉得，他是誤打誤撞捲進這堆危險又麻煩的爛事中來的。

有時候，他會突然被這種讓人焦慮的小心謹慎綳得斷裂，他會突然胡言亂語，不再拿捏分寸，仔細斟酌詞句。這會又出現類似情形。他問少校：

「為什麼不逮捕他們？把他們當成未遂罪犯抓起來？這些人很危險——他們殺人，爆炸，這個姓顧的，這個顧先生，我看到他啦，他看上去很危險。應該先把他抓起來，他鼓動別人為他賣命，為他殺人放火。其中有些人一定是好人。應該在他還沒做出其他事情來之前就抓住他。他還打算搶劫銀行……」

他忽然發覺自己這段話真要命，他忽然發覺這段話再次透露一個真相，又再次撒出個天大謊言。真相是他已見過顧先生。謊言是銀行……

引起少校注意的首先是那個真相：「你見過他？」

沒等他回答，少校又提出第二個問題：「你說他要搶銀行？」剛剛那前一個真相讓他沉思，所以他要延遲幾秒鐘後才反應過來。

「是的——」他接著說，沒有讓它停頓太久，「不久就會交易。他發出召喚，是想跟我商定交貨時間，可對此我無權決定，我只是個聯繫人。那個女人——冷小曼，她有些害怕。覺得事情與她想像中完全不一樣。她說這回他們最想幹的事情是搶銀行。」

「為什麼他們要對銀行下手？什麼時候共產黨對銀行感興趣啦？」

「這很有可能。你說過他們當中有懂銀行那些事的專家。」他覺得語氣可以更加堅定，他覺得要是讓他再說一次，他可以更流利，「我想那很自然。對他們來說，這樣想是自然而然，銀行是資本主義的心臟，是造血機器，是一個……堡壘……」

他懷疑這些詞用得算不算恰當。他想別人之所以會創造出這些詞來，就是想替那些不可思議的事找個說法，那些離奇的、很難講清楚的事情。如此一來，你就很容易被說服，如此一來，你就會相信他說的一切。你會跟他走，做他要你做的，想他要你想的。

少校也不認得圖紙上那件東西。他覺得少校多半是從未聽說過這種武器。它沒有引起少校的格外注意，他只是一邊用釬子清理煙斗，一邊往那張紙上掃兩眼。他用手指翻開摺角，想要撫平那條小小的摺痕。然後他就把它塞進文件夾裡，讓它和那堆照片啦，表格啦，用合乎禮儀的格式打印成的報告啦——擠在一起。

他在剛剛說的那堆話裡混進好些訊息，那全都不是出自深思熟慮，那全靠他天生那種擅長把事情攪拌成一套說法的才能，或者說——全是由他一向與人為善的性格決定的。比方說，他告訴少校冷小曼很害怕。他覺得這麼說很合理，而且等於是預先埋下個伏筆。他覺得少校好像是他的吉祥物，人對自己的吉祥物總是可以提出要求的。將來有一天，也許他會向少校求情，他覺得他有把握讓少校放過冷小曼，放過特蕾莎。這又讓人看出他天性中樂觀的那一面來。可他覺得她們和他自己一樣，都是誤入歧途的好人。」

懷著這樣一種樂觀情緒，這天晚上他又在報告裡對顧先生大肆編造一番。在他的想像中（實則這多多少少與少校對他的暗示有關），顧福廣是一個將要幹出一件驚天動地的大事，將要讓世界為之震動的人。他誇大其詞，說警務處政治部如今把顧福廣當作頭等大案，幾乎所有的人手都撲在對他的調查當中。他一時興起，就著那個有關裝甲警車的問題，把他那些模糊的印象，那些不知什麼時候進到他腦子裡的並不十分準確的知識加在一起，寫出一段他事後覺得亂七八糟的東西。說什麼因為顧福廣引起的恐慌，法租界和公共租界的兩個巡捕房正準備聯合向勞斯萊斯公司訂購一批新型的裝甲警車。不僅用於街頭巡邏，還準備配備必要的火力和駕駛人員，向一些公共和私人單位提供服務。出租給——比如銀行，他補充道——那些需要用到它的機構。他靈機一動，把最新獲得的武器知識附帶進這段文字裡，說什麼現有裝甲警車上裝的鋼板雖然可以抵擋普通子彈，但無法擋住一種特殊的穿甲炸彈，那種炸彈可以通過一種外形類似於機關槍的裝置向外發射，一旦購置裝備完成，大概連那種炸彈也可以照擋不誤。

有那麼一瞬間，他為自己的想像力而恐慌。他恍惚有種幻覺，好像是他，而不是顧福廣本人在策畫一起極其驚人的街頭暴力事件。他的手心裡全是冷汗，讓在一旁握著他手的冷小曼覺得詫異。

四十一

民國二十年七月一日
晚九時三十五分

冷小曼有些後悔把小薛與那個女人的事告訴老顧，那個賣珠寶首飾也賣軍火的白俄女人。當時老顧在指責她欺騙組織，她明明才剛認識小薛，卻告訴老顧說他們早就認識。她很羞愧，她大概覺得把這事告訴老顧算是一種彌補，或者也算是一種附加的解釋，可以讓她心裡好過些。可後來她又覺得，這裡頭多多少少也有些猜疑心在作怪，她覺得自己笨，沒把握判斷小薛對自己到底有幾分真心。也許把事情交給組織就會水落石出，如果她果真賣軍火，那確實是對組織有用的，如果老顧決定從她那裡採購點什麼，那她倒還可以看看這到底是怎樣的一個女人。

可她這會有點後悔，就現在，她抓著小薛的手，手心又冷又潮濕，她覺得這些日子以來，她實在是讓他太緊張啦。她本不該把他拉進來的。她站在他身後，椅背後，看著他那些略帶點鬈曲的頭髮，一時間心裡有股柔情打轉，找不到去處，像是堵在她橫膈之間的哪個地方。

她把左腳從拖鞋裡抽出來，腳趾頭輕輕點在另一隻腳的腳背上，這動作讓她的身體更靠近他的後腦勺。可惜他這會看不到她腳下的樣子，她覺得這姿態多半還算不上風騷。她又試著用腳趾頭去勾住那只拖鞋，但那樣她就站不住，搖搖晃晃。

其實，她是想戰勝他心裡那另一個女人，戰勝他那顆見多識廣的心。這是從一開頭就定下的遊戲規則。她要勾引他，占據他整個的心靈，她要變成他所有的女人，各種各樣的女人。從而去做她想讓他做的事。只不過當時她並不明確知道他有別的女人，只不過當時她確信自己是在完成組織交給她的任務，而現在她不敢那樣自信。

她嘗試過那些她想像中更風騷的姿勢，那些她以為一個白俄女人會做的姿勢。比如在床上突然翻過身來，爬到他身上。可她一坐到他肚子上就不知接下來該幹什麼，那姿態要多尷尬有多尷尬，就好像她正坐在一張高高聳立的祭臺上，周圍簇擁著無數觀眾。她不知道該不該用手臂支撐自己搖搖欲墜的身體，也不知道眼睛該往哪看。她不敢看他的眼睛，因為她覺得他在嘲笑她。

她把這些視作她不得不做的苦差，因為在她的想像裡，他們只會對那樣的女人感興趣，只會對那樣的女人執迷不悟。一切都維繫於那種看不見摸不著的微妙心理優勢，如果她不能用自己的魅力把他的目光束縛在自己身上，他很快就會掉頭旁顧。像他這樣的人，別的還有什麼力量能驅使他去做那種危險的事情呢？

他每天都要出門，而她呢，幾乎總是趁他外出時給老顧打電話。不斷有消息和指令傳遞給她，從那天小薛去見過老顧以後，電話變成一天兩次。她覺得正是以這種方式，她才得以每天有機會提醒自己，這是一項任務，而不是別的什麼東西。一旦他出門，她就開始懷疑，他是不是去見那個白俄女人呢？她先是越想越氣，直到怒火中燒。然後又對自己說，無論如何，她自己也並不對他就是實實在在的，她自己也可以說是在利用他。這樣一想，她就覺得釋然。

等到他晚上回家（有時是下午），她會越來越忘記白天的那種堅定信念。他們在一種鵝卵石鋪成的小巷裡散步（她忘記這習慣是從何時開始的）。晚風溫暖而輕柔，他們向南一直走到肇家浜，繞個圈從另一條路回來。這種時候，她往往對生活產生錯覺。那些她在別的時候以為是演戲的部分變得像是事實，而白天她清晰看到的那些殘酷的真實，現在倒變得虛假，變得像一場夢幻。她覺得她的世界被分成白天和黑夜兩個部分，讓她感到羞愧的是，她似乎更喜歡屬於黑夜的那一部分。

回到家裡，他們就開始更換白天的衣服。她不想在他面前換衣服，而他根本不在乎她在不在跟前。現在是她在漸漸填滿他的空間，她的衣服，她的擺放東西的習慣，她買來的花、食物，她從他桌角那堆灰撲撲的東西裡挑出來的書放在床頭櫃上。她來的時候兩手空空，很快就把這裡變成她的世界。

夜裡基本上就是說話和休息。有時也會做愛。可說實話，多數時候她並不真想做這件事，因為每當這種時候，她常常發覺自己又回到那種表演的狀態中，努力把自己裝扮成那種更風騷的女人。往往是，好一陣沉默，她覺得他有些心不在焉，用手勢或者親吻把他拉回來，事情便會朝那個方向發展。她既怕他過分緊張，又怕他過分鬆弛，她一發現他有些不對勁，便會聽任自己去勾引他，聽任自己去扮演一個本不屬於她性格一部分的角色。

事後，她常常會有一種古怪的感覺，她常常發現每當她覺得自己表演過火近乎滑稽的時候，小薛卻總是表現出更加心滿意足的樣子。似乎真實和假裝是灌在環型玻璃管中的兩種液體，一旦你誇張過頭，反倒進入一片真實的水域。

小薛把他剛寫完的那張紙摺疊兩次，遞給她。明天她會用電話與老顧聯繫，老顧會讓她把這張紙送過去。如果嚴格按照規定方法來處理這類報告，它本應該用密寫，用化學藥水，裝在不相干的容器裡，或者夾在書裡。可那種事對小薛會有多麼不可思議啊，會讓他覺得有多可笑啊。

他突然從椅子裡站起身，轉頭用雙手抓住她的肩膀——

「這種事情實在太危險，你應該離開這裡。你不應該再幹下去！」

她望著他，默然。

「你根本不適合他們！你應該跟組織脫離關係！他們有太多仇恨！這些全都與你不相干，讓他們去！」

她有些感動，雖然她覺得他的思想在根本上是庸俗的。但她覺得他純粹是為她考慮。光這一點就足以讓她感動。她現在覺得，他之所以肯替老顧打聽那些事情，純粹是想幫她完成任務，純粹是想找機會帶她離開，那樣的話，她就更應該感激他。

「我不能離開。我無法脫離……這是我的工作……這是一種事業。我和你不一樣……不一樣的，我相信革命。」

她有些口不擇言。她無法找到一種合理的表達方式。她腦子裡充斥著許許多多的詞句，可她覺得那些話都太理論化，不適合用在目前這種情形下。

「我無法離開。我是刺殺案的重要嫌疑對象，巡捕房在通緝我。」

她試圖用一種他能夠理解的方式來表達。她沒有意識到，這倒很有可能把她自己的辯白引入歧途。

「我可以想辦法。我有朋友，我在法租界警務處有認識的人。關係很好。是政治部的警察。他是法國人，很有地位，我們可以一起想辦法把你弄出這個圈子。」

「那是不行的……你辦不到，連他也辦不到。」她想她這是潰敗，是在從整個防線上後退。她應該跟他談談帝國主義的犯罪性質，她應該跟他談談階級壓迫的真相。她應該告訴他，她鄙視這種逃跑的想法，她完全不屑於巡捕房裡一兩個殖民主義分子的偽善，不屑於他們的幫助。可她卻覺得這些話對小薛將會完全不起作用。她不願意說他聽不懂的話，她不是一直都在捕捉他的思想麼？她不是一直都在尋找一種適合他自己的——又能真正開導他的方法麼？

「辦得到的。你願意我就能辦到。我們可以一起離開這裡……」他忽然停住嘴，而她並未察覺到他在說大話，她並未發現他在說他辦不到的事。她只是突然覺得憎恨，憎恨自己的軟弱。她覺得自己在一瞬間裡有些動搖。她想起從前在監獄裡發生過的事，她想起她以前曾做出過的選擇。

她衝著他叫嚷起來，內心洋溢著對自己的憎恨，洋溢著對他的憤怒，洋溢著一種想要藉以淨化自己的憤怒：

「你滾！你別想來勸誘我！你別想來侮辱我！我不愛你！我一點都不愛你！我是在利用你！我是在完成任務！」

她看到小薛驚恐的眼睛，她在心裡狂笑。她要戰勝他。她一定要戰勝他。她懷著一種殘忍的快意把這些話通通傾倒出來，她不想煞車，她不想話到半句就停住。

她撲到他面前——只是她自己的想像，因為他就站在她面前，與她相距頂多十公分——攥緊拳頭向他捶去，她又覺得這樣還不過癮，她又拿手打他耳光，但他們靠得太近，她沒法退回一步打他耳光，他伸手摟住她的腰，她只能在他的背上使勁拍。

他在吻她，她覺得憤怒的力量在一點一點消失。她想，完蛋啦，她想，他又要把她弄到床上去啦。讓她羞愧的是她不想抗拒，她只是有些討厭自己。

四十二

民國二十年七月二日
下午三時三十五分

顧福廣最擔心的是人心渙散，這會他明顯感覺到這種跡象正在出現。林培文已失蹤三天。剛開始顧福廣懷疑他被人抓捕，可從冷小曼那裡傳來的消息說，林培文並不在租界巡捕房。他透過一些關係打聽幫會的動向，同樣一無所獲。他讓人守在法華民國路那幢房子周圍觀察動靜，既沒有搜捕行動，也沒發現周圍有其他異常情況。漸漸他覺得有可能是林培文自行脫離組織。但他沒有向其他人透露這種想法，公開場合他堅持認為林培文已被逮捕。

按理說，如果有人被逮捕，就應當認定與他相關的所有活動地點均已暴露，人員應當立即撤離。林培文是小組負責人，重要聯絡點他幾乎全知道。小組裡有人來問顧福廣，要不要撤離民國路？可他想行動在即，沒工夫再做這些事。他告訴人家，根據可靠消息，林培文此刻羈押在法租界巡捕房。表現極其英勇，一個字都不說，民國路那房子暫時看來還是安全的。他只是在八里橋路蠟燭店周圍增加幾名暗哨。

在他看來，這是所有可能性中最壞的一個——林培文已擅自離開。他總是往最壞的方向判斷，這是他在危險處境中一般都能作出正確選擇的秘訣。

冷小曼的謊話也讓他有所警惕。在組織最深層的部分，在它的思想控制，它的行動策畫上，他是在孤軍奮戰，沒有第二個人能幫他。孤獨感像毒蛇一樣吞噬著他的心，有時這讓他絕望，讓他消沉。如今他自己對付這種不良心態的方法只能是立刻回到行動上來，一旦回到具體事務上，心裡就會好過些。從前，每當這種時候他就去找老七。

老七一死，他身邊就沒有女人，他也不想去另找一個。老七在的時候他就常常提醒自己，這是他的弱點，他的安全隱患，可他那時很難讓自己不去想她。就現在，他也很難讓自己不去想她。他怎麼能不想她？英雄難過美人關，從前他用這話來自嘲，來寬解自己，現在他一想到這句話，心裡就有些難受。

最最讓他難受的是他怎麼也想不起老七的長相，圓臉盤，他記得，長長的劉海從額頭垂下兩綹，遮擋住眼角和臉頰，把整個臉勾勒得更像一片瓜子，一隻鴨蛋，他也記得。可眉眼嘴唇鼻子他就怎麼也想不出來。

夜深人靜他竭力回想時，每每跳進他腦子裡頭的卻是她的屁股。他想到高興的事情時，這屁股衝著他咧嘴笑，他替老七難過時，這屁股又像是在朝他哭。他嚴肅地猜想道：這大概是因為那是她活到最後在他眼裡的樣子。他現在覺得老七身體上最美的部分就是屁股。在他的想像中，它變得更圓潤，更寬廣，足以擋住射向他的子彈，足以擋住朝他襲來的危險，足以承受他的每一次勝利和失敗。

他從黃浦灘路拐彎，走進英大馬路。他身著煙灰色派力司長袍，月白色小紡褲褂，翻一道袖口，深灰色絲絨禮帽壓得很低，看起來像是位剛走出寫字間，眼睛被陽光刺得發酸的錢莊業高級人士。他貌似閒逛，東張西望，可看法與眾不同。他以工部局規劃設計師般的精確眼光來研究道路建築。計算距離、時間，格外注意那些巡捕崗哨駐紮地點，那些路口聳立的兩人多高的交通崗亭，重要大廈的門口兩側，區域交界處用沙包壘起的工事、鐵閘。他關心他們的服色，佩槍或不佩槍。

他一路看到大量銀行、錢莊，以及許多儲蓄業信託業的公司。他不喜歡外國銀行，它們大多集中在外灘四周，崗哨林立，而且都是一些大樓。他尤其不喜歡大樓，現場難以控制。可他也不喜歡那些排場太小的營業所，就像伯力的格鬥課程原則，總是要攻擊要害，那才會完全牽動對手，讓他只顧保護自己，無暇反擊。

他傾向於一間中等銀行，位置在兩個租界的交界地段。他轉到虞洽卿路。白天這裡擁擠著成千上萬人，跑馬總會那一側人更多。有人坐在樹蔭下的長椅上閱讀馬報，一陣亂翻之後又冥思苦想，用一枝兩頭削尖的雙色鉛筆不斷在紙上敲擊，以此來平息內心的興奮。他沿著賽馬場的圍牆向南走，喧鬧聲如潮水從西面的看臺陣陣湧來，那是一種瘋狂，他想，而他是另一種瘋狂。他比這些人賭得更大。

那沒有什麼，這地方人人都在賭一把。他相信自己早晚有一天會輸個精光，可不會是這一次，他想。這反倒讓他興奮，偶爾猜想一下他會在哪趟把自己給輸光，這會讓他更加興奮。他意識到自己是在發瘋，可他早就在發瘋，自從他被蘇聯人關進那黑房間，他就開始瘋狂。他當時不知道那是肅反委員會關押人犯的地方，他現在只記得那扇厚得像岩壁一般的橡木大門。沒有立刻槍斃他，是他運氣好，他猜想那多半因為他是外國人。把他送到亞塞拜然的集中營，是他變得瘋狂之後的第二次好運氣。後來發生的事情證明，他的瘋狂是正確的，如果不是那種瘋狂，他怎麼會從那裡逃出來呢？

人只有讓自己更瘋狂，才能無往而不利。一個瘋子是可怕的，一個瘋子般的賭徒更可怕，如果一個瘋子般的賭徒，他還有異常清醒的頭腦，有極其精確的計算能力，那他將會讓整個世界為之恐懼。恐懼是權力的來源，恐懼是權力的本質。一種新的讓人恐懼的力量會改變舊有的權力結構。人家會把地盤分一部分出來，讓給他，既有的權力是腐敗懦弱的，它們對新生力量只會妥協。如果那股新生的力量製造出足夠的恐懼，它們就不敢放手一搏。它們會向那股力量求饒，它們會來買通他——

他想，早晚有一天它們會來買通他的，就像青幫的大先生那樣。可他沒那麼容易被買通，他要的可不止這些。這是他跟別人不同的地方，因為這，他又覺得自己畢竟是在發動一場另一種形式的革命。

他橫穿過馬路，在一品香大旅社門口跨上街沿。這一邊全是百貨公司和綢布莊，他走過聖太樂舞廳，走過大世界遊樂場。在敏體尼蔭路他轉進法大馬路，他覺得他更喜歡法租界。這裡街巷穿插得更無規則，馬路更亂，人群有時會占據半條車道。他在想像一條行駛線路，怎樣才能快速穿越——離開租界的管轄範圍？他站在協大祥綢緞莊門口，望著寧興街對面的金城銀行營業所，不大不小，正適合他的口味，銀行誠然是資本主義的心臟，可往往壁壘森嚴。此刻他覺得自己的眼光好像正透過重重疊疊的肋骨，看到那顆心臟在跳動。

他在陸稿薦門口停下腳步，拉開棉簾走進去，讓夥計給他稱出一斤醬肉。這會他還不想去蠟燭店，他召集小組的負責人在那裡碰頭，在這之前，他要找地方好好想想。走進安樂浴室時，他想還是不行，選擇那裡還是不太完美，離八里橋路太近，寧興街太短，他覺得自己跑那麼一大圈，結果還是看中蠟燭店家門口這間，簡直有些好笑。

他泡在燙人的大池裡，汗水和渾濁的湯水滿頭滿臉往下淌，他覺得鬆弛。大口大口吸進滾熱的蒸汽之後，他的頭有點暈。灰白色的肉體在霧氣裡如鬼影緩緩移動，有人在水下踩到他腳趾頭，但他不覺得疼痛，熱水讓人麻木。他看到在他眼前——一條手臂伸出的距離——有一團黑魆魆的睪丸漂浮在水面上，四周圍著一圈乳白色的泥垢，一塊載沉載浮，如同江水把油膩膩的垃圾驅趕到浮屍邊。忽然之間，他內心深處某個地方隱隱覺得有些不安……像是偶爾閃爍的暗淡燈光，像是上方拱頂中央那只裹在綿白蒸汽裡的昏黃燈泡。

他想不出來，他知道那是危險的信號。他常常會莫名其妙感覺不適，如同關節疼痛一般隱約出現，如同那天他去老七那裡的路上感覺到的一股刺骨寒意。如同此刻他泡在滾燙的水裡卻感受到的一絲涼氣。

可他想不出來那是什麼。

他再次放鬆四肢，讓背部緊貼在瓷磚臺上，讓池水一直浸到脖子上。他打消念頭，不去想它。他想，有時也會證明那往往是精神緊張，是過敏。他該多想想好的一面。他想，現在來說，最有利的是那種新型武器。他認識那圖紙，在伯力。槍械技術課程要求學員認識各種武器，甚至包括那些還在紅軍工廠實驗室裡研製的產品。他一眼就認出那是什麼東西。未來，在將要展開的與帝國主義的決戰中，這種武器將會發揮其無與倫比的威力。不管帝國主義分子縮在怎樣堅硬的烏龜殼裡，炸彈會像毒刺一樣穿透它，在它的心臟裡爆炸。

他已通知小薛，要那個白俄女人發貨。無論多少錢，他都要得到它。他想，他要搞點創新，讓這原本是為防守戰線反擊戰車衝鋒使用的武器派點新用場，他將用實踐證明，這種單兵裝備可以在城市游擊戰中發揮其更具威力、更絕妙的用途。如何訓練他的手下使用這種武器是他目前要考慮的要緊問題。最好的辦法是雇船出吳淞口，浦東的那個小組裡有些人會駕船，其中有個傢伙相當熟悉長江口複雜的水域情形。他還需要再訂購一輛八缸汽車，它的引擎動力要更強勁，要跑得比巡捕房的警車還快。

四十三

民國二十年七月十二日
下午一時三十五分

已是七月。陽光灼熱，草坪上方十公分處的空氣變得好像能被肉眼看見，變成一種晃動的液體似的東西。有人還在打網球，在太陽底下吃力地揮動球拍。薩爾禮少校讓司機直接把車停到門廊下。門廊柱的砂漿表面像是比平常更加粗糲，好像它的汗水也已出得一乾二淨，只剩下一層乾裂的皮膚。

玻璃門像條分割開兩種氣候的緯線，門內安靜陰涼，僕歐還穿著長袖制服。他穿過金色的前廳，幾十名裸體女人在半空中望著他，有些裝成害羞樣側著頭，可眼角還是向他瞟過來。在她們圓潤的乳白色大腿頂上，飽滿的陰阜像花球一樣盛開。只是想要做到名副其實而已，他想，這幫法國商人在他們的房子裡弄這麼一大堆裸體女人雕像，只是想要滿足別人對法國的想像。

他摸摸雕花黃銅扶手，上面一塵不染，樓梯臺階上，拼成玫瑰圖案的絳紅色瓷磚如同鏡面一般光滑。他在二樓看到整排大廳門都開著，僕歐趴在地上，使勁兒擦著地板，膝蓋把那些底下裝彈簧的柚木地板撞得咚咚響。另一個站在人字形木梯上，負責清洗金色的馬賽克牆壁，小心謹慎的樣子，就好像在擦拭什麼名貴的珠寶。看起來要不是他忙不過來，都恨不得張開嘴朝每塊瓷磚上哈口水氣，以免水桶裡的雜質會造成某種無可挽回的損壞。後天是法蘭西國慶日，這裡——法國總會——將舉行盛大舞會來慶祝。

走廊裡回響著木球在球道上隆隆滾動的聲音。他在俱樂部酒吧的陽臺上找到那幫傢伙。一束夜來香倚在花瓶口上昏昏欲睡。涼風習習，吹散雪茄煙霧。他在緊靠愛奧尼亞圓柱的椅子上坐下來。

「我聽說從海防調來的兩個連隊明天就會靠岸？」信孚洋行的小馬蒂爾[1]先生問道。他的哥哥大馬蒂爾目前在巴黎開設總行，負責將弟弟從中國內地採購裝運到里昂的生絲銷售出去。他們兩兄弟在上海從事這項貿易已將近十五年，是租界裡那幫老殖民地商人中的頭面人物。

「沒錯，趕上國慶閱兵啦。」畢沙司令仍舊直著嗓子大喊大叫，好像氣溫對他沒有任何影響。

是他們請他來的，請他參加這個小圈子的周末晚宴，可現在時間還早。這個小圈子裡有英國人、美國人、法國人，偶爾也有一兩個日本人。德國人從未有幸受邀參加聚會，那是大戰以來的遺恨。畢杜爾男爵是新人，但卻很受歡迎，他在幾次投機事業中表現大膽，做派與老一代的東方冒險家頗為神似，所以在極短的時間裡就得到這幫老頑固的讚賞。

薩爾禮知道這幫傢伙滿腦子想的不過是錢，如果說他們想要保住租界，那不過是想保住他

1 J. Madier。

們自己吃獨食的權利。他們歧視剛踏上這塊地方的外來人，就好像如今只有他們自己才算得上是十九世紀老一代帝國冒險家的嫡系傳人，碩果僅存——在這塊小小的租界裡。就好像這裡是資本主義在整個世界範圍內全面潰敗之後的小小方舟。為保住這塊地盤，他們甚至想去攛掇日本海軍陸戰隊。如果南京政府堅持要讓十九路軍駐紮上海的話，堅持那什麼「大上海計畫」的話，他們甚至會容忍日本軍隊去策畫一次攻擊行動。可少校認為，那實在是愚蠢，那是自殺。

可眼下他站在他們這邊。共謀關係的基礎並不牢固，他們的眼睛只看著腳底下，而他所想的卻深刻而又廣闊。

起初，這計畫是由一幫美國地產投機商人想出來的。正如大家常說的，他們既粗魯又富有想像力。他們晚來一步，等他們攜帶大量金錢踏上這塊土地的時候，最好的地皮早已被人家全都買光，牢牢地攥在手裡。人家結成同盟，哪怕你想在這裡找半寸地方嵌根釘子也辦不到。哪怕人家破產，哪怕人家死掉，也沒你的份，你沒有購買的優先權，你有錢也不行，人家早在雪茄室就說妥價格啦。

他們只好去買上海周邊的土地。有個在公共租界工部局註冊的瑞文集團賭注下得最大，連長江口的荒灘沙地都成片購買，他們幻想這是第二個阿拉斯加。等他們把最後一分錢全搭進去之後，才發現事情不是他們想像的那樣簡單。這裡是上海，這裡的人有自己的玩法。他們有自己的一套權力結構，人家控制著租界，控制著唯一能夠制定市政築路計畫的工部局和公董局。你買下的荒地，一百年都是荒地。現在，還有這個朝東北方向開發的大上海計畫。

唯一的辦法是在外國政府中挑起一個廣泛的干涉主義計畫。**把上海變成另一個但澤**[2]**，把**

上海變成一個自由市。一個從拿破崙的腦袋裡冒出來的鬼主意，一個準獨立國家。一個中世紀式的想法，一個資本賭博的天堂。它將不受南京中華民國政府的管轄，它將是從整個中國大陸小腹上切下的一塊最肥厚的脂肪。到時候全世界的資本都會流向這裡，人量的金錢會積聚到這塊土地上，所有的地皮都會變得十分昂貴，哪怕它現在只是一塊荒地。有人擬定出一份綱要送到日內瓦，送到國際聯盟，消息很快被捅到報紙上。

這實在是個激動人心的想法，連上海租界裡那幫老頑固也怦然心跳起來。眼明手快的傢伙立刻行動起來，請那幫他們原先瞧不上的美國佬吃飯，請他們到家裡來，給大家談談這個——嗯，這個饒有興趣的想法。他們很快組成一個小集團，有銀行洋行的大班，有政客，有記者，有法律顧問，還有專事在各列強政府首都活動的院外遊說小組。想法最荒誕的人甚至提出，這個計畫還可以再擴大，從上海沿長江到武漢，兩岸五十公里的地方都可以劃入這個自由市裡。他們說，這對中國是一件好事，它將建立起一道屏障，再也不會有軍閥混戰。上海將會繁榮昌盛，整個長江將會日復一日向全世界輸出財富，而他們也將會再次發大財。

薩爾禮少校從這個計畫中看到一種更偉大的思路。他覺得這就好像是從一堆爛狗屎中看到熠熠發光的鑽石。這的確是一種機緣，上海將拯救全世界，因為共產國際正把它當作資本主義世界中最薄弱的一個環節，他們要在這裡發動下一次進攻。只要在計畫的目的上稍作改變，它就會變得更合理，更符合法國政府，甚至歐洲各國政府的全體利益。**一個自由市**，它將引起全

2 Danzig，在拿破崙時代和第一次世界大戰以後，兩度被劃為自由市。

世界的關注，所有的政府都將保衛它，不給共產主義一丁點染指的機會。

他想，顧福廣和他的那個城市恐怖活動小組將會是導火索。顧福廣的暴力行動將會是共產黨殘忍的、不顧一切的進攻的預兆。他會讓巴黎醒過來的。他會讓歐洲那幫政客全醒過來的。他容忍他們在這城市裡活動，不去逮捕他們（上帝知道那有多容易），就是想讓他們把動靜鬧得更大一些。這不是個道德問題，他認為，偉大事業總是要在事先付出一點小小的代價。他偶爾會覺得這種想法多少有些瘋狂，但這是個瘋狂的時代，他寬慰自己，這是個火山即將爆發的時代。

陽臺上的草坪上有人尖叫，是網球場上的女人。球還未落地她就揮拍去接，急速衝來的小球砸在網球拍上，把球拍打落在五英尺外的草地上。顯然她的右手臂——那塊與肩膀連接的肌肉已受到某種程度的撕裂性損傷。她伸手揉著那地方，曲腿坐在地上。她的腿上全是汗水，膝蓋上黏著幾片殘缺的草葉。薩爾禮認出她來，她是那個美國女作家，聽說她跟一個中國詩人住在一起，還有兩隻猴子和一頭鸚鵡。

少校這才看清楚球場這邊的男子。他正朝攔網這邊走來。他是英國外交部的布里南先生。座中一位少校不太熟悉的美國商人說，「聽說他很快就要調回倫敦。」

馬丁少校有些尷尬。他悄悄看一眼畢杜爾男爵，男爵驕傲地保持沉默。布里南先生是自動退出這個小圈子的，沒有任何人對他提出這個要求，他很快發現自己已觸犯眾怒，偶爾偷情是被大家允許的。偶爾跟人家的老婆上床，大多數租界裡的商人都會裝作不知道。但事情一鬧到報紙上就有所不同。鬧到這步田地，事情的性質就發生變化，它變成一種挑釁，一種對租界男性白人舊有權力結構的挑釁。況且那個女人後來自殺，所以連商人的太太們也不同情這個傢伙。

「如今只有這位女作家跟他來往——」小馬蒂爾先生評論道，「女作家就像中國蛾子，一看到火光就渾身發熱，一看到危險就撲扇翅膀。」

「她只是想把他寫到她的文章裡去。」先前那位美國商人解釋說，顯然他喜歡她寫的文章，「她會把他寫到《紐約客》上去的，這下他可就出大名啦。」

畢杜爾男爵試圖把大家拉回到嚴肅的話題上來，「單單從海防向上海增兵是不夠的，法國外交部最好快點向南京提交正式的備忘錄。」

「最好是各國政府聯合提交照會。」畢沙司令心急如焚。就好像一旦上海變成自由市，他的那個萬國軍團司令部就會變成一個獨立的國防部。

四十四

民國二十年七月十二日
下午一時三十五分

林培文奇怪他們為什麼不來提審他。連續兩三天，那個自稱是南京中央黨部調查科特派員的傢伙再也不來找他。他不知這算不算自己的勝利，這是不是敵人在碰壁之後，想要改變一下審訊策略。

他感到他們逐漸放鬆對他的管制。他們不再綁著他，他們也讓他穿上衣服，可仍舊把他扔在那個黑漆漆的儲物間裡。有個三十歲左右的傢伙（他自己說姓鄭）常來找他說話。總是拿來一大堆報紙，《申報》，《大公報》，特別指給他看幾篇文章。他不相信他們告訴他的話，他覺得他們用一條虛假的線索把報紙上的文章串起來，用一種陰險的、令人憤慨的、完全是子虛烏有的推理把那些不盡不實的報導連到一起，企圖讓他上當。

他怎會去聽信敵人的謊言？一向以來，他們都在誣陷革命者。可他忍不住要去看。這正是他們的陰險之處，他認為。假如說刺殺曹振武果真會引起公債投機市場價格波動，那正好可以說明他們做得對，那恰恰說明他們打在統治階級的要害部位。他不相信白爾路那件所謂的槍擊命案會跟老顧有關，他不相信老顧會和一個妓女交往。他當然也不相信老顧會領取什麼暗殺賞金，有些投機集團因此得利，那純粹是巧合。他們只是暫時占到點便宜，不用多久我們就會跟他們算帳的。

白天很熱，坐在那個小黑間裡尤其熱。蜘蛛網和灰塵的味道讓他不時打噴嚏。他想這次他大概會犧牲，即使他什麼都不承認，光福煦路那件案子就足以讓租界會審法院判他死刑。也許還會把他交給南京，因為他是共產黨，那樣的話，結果也不會差太多。可他並不害怕。他擔心的是敵人會把他描繪成一個恐怖分子。敵人甚至會誣陷他，偽造一些文件，編造幾份口供，把他們的行動小組描繪成犯罪幫派。他已覺察到這種跡象，他為此焦慮，他要想出辦法來反擊這樣的陰謀。

他又被叫出儲物間。外面陽光明媚。那天提審以後，陳設又做過調整。聚光燈已搬走，桌子也換成一張方的，他提審時坐的椅子放在桌邊。那臺電扇倒還留著，放在靠窗的牆角地上，正在轉動。

姓鄭的傢伙讓別人給他端來一杯茶，茶葉在玻璃杯裡旋轉。那些小特務已離開房間。他坐在椅子上，端起杯子，透過玻璃和鵝黃色的茶水望著他的對手。他再沒別的辦法，也可以跟敵人調皮搗蛋。

關門，轉上保險，又關窗，拉窗簾。他笑著說：

「林同志，我要跟你談點革命理論問題。」

「我們不是同志，從民國十六年春天你們背叛革命起，我們就不再是同志，你們甘心做帝國主義和買辦資本家的走狗，我們之間，注定是你死我活。」林培文希望自己的聲音裡有足夠的冷淡，足夠的平靜。

「相信我……早晚有一天，你我會成為同志……」他的聲音和茶杯上方的熱氣一樣縹緲，「等到你把一切都弄清楚那一天，等到水落石出那一刻……」

他輕輕地咳嗽，像是一種頓號，像是換行空格，像是要換種語氣，「我年輕的時候跟你一樣，思想也是左傾的。我對共產黨的事情，比你知道的多得多。」

「知道和信仰完全不同，而你不過知道點皮毛。」

「革命家可不光靠信仰，革命家要有頭腦，要善於分析。你現在是個受到蒙蔽的青年，我們希望你迷途知返。」

林培文從牙齒縫裡嗤一聲，他不屑於跟這種冒充成半吊子黨務理論家的特務討論什麼問題，他更不想讓他們那些散發著毒藥氣息的想法滲透進他的頭腦裡。

「我給你的報紙你看過麼？」

林培文決定不再回應他的話，有毒的想法會不知不覺傷害人的心靈。

「其實——對於你那個上級，那個顧福廣，我們對他知道的很多，超出你的想像，比你知道的要多得多，我們掌握他的歷史。我們知道他出生在浦東爛泥渡，早年在祥泰木棧做過工，我們知道他年輕時加入過碼頭上的幫會。你不相信他跟白爾路那個被槍殺的妓女發生過關係。可我們有確鑿的證據……」

他從上衣口袋裡掏出兩張照片，放在桌上，用手指尖把它們推到林培文的茶杯旁，讓它們拱衛在茶杯兩側。照片拍得模糊不清，是兩份文件，其中一份寫在紅色的豎排格裡，用毛筆。

另一份是印製的表格，用墨水鋼筆。

他指著茶杯左邊的那張，向林培文解釋說：「這是一份房屋租賃鋪保書。白爾路南益里一幢石庫門房子的二樓西廂房前後兩間。承租人是個女人，房東要求她在簽名的旁邊添加上老七兩個字，因為大家平時都那樣叫她。她的職業身分有些可疑，房東懷疑她是妓女，因此要求她提供鋪保。在擔保人那一行裡，蓋著一家蠟燭店的圖章。我們按照地址去找過那家店鋪，早已遷址，很神秘，不知去向。擔保人還簽上自己的名字，這個名字也許你很熟悉，也許你從未看到過，可你至少熟悉他的姓，他叫顧廷龍。我們讓拍照的人特地把鏡頭對準這個名字，照片上只有這一小塊地方相當清晰。」

他又開始介紹第二張照片：「這是念慈婦科醫院出具的手術通知書。醫院的地址在安納金路[1]和奧利和路[2]交叉街口轉角上。是離白爾路最近的一家醫院，私人小醫院，一整幢石庫門房子。只有一位主治大夫，陳小村醫生是從日本回國的，我們認為他的名字很可能是去日本之後改的。病人在流產，情況很緊急。在家屬一欄裡，我們再次看到顧廷龍的名字。」

林培文感到憤怒像熔漿一樣湧到喉嚨口，他想嘔吐，他抓起茶杯朝地上砸去。一陣腳步聲，通芯門鎖在轉動，打不開，開始撞擊。有人在喊叫，聽不太清，門很厚，隔音很好。

林培文雙臂撐在桌上，瞪著他。他望著林培文，又轉頭朝門外大聲喊：「不用進來，不要

1 Rue Hennequin，今之東台路。
2 Rue Oriou，今之瀏河路。

緊。林同志有些激動。」

撞門聲止住，沉默，腳步聲離去。

「不要激動。你不喜歡聽這些——我們可以說點別的。」他把那只口袋當成魔鬼的道具，他演戲似的又掏出一件東西。

「我這裡有一份你們那個群力社的行動綱領——」他翻開那本油印的小冊子，逐條朗讀起來。剛開始，他就像在朗讀一份冗長的菜單，像是在朗讀一份蹩腳的學生劇腳本，但後來他的神態變得嚴肅起來。他沒有把它全部讀完，他把它扔在桌上，好像那紙上沾染著毒藥。

「說說你對它的看法吧，他怎麼對你們說的？你的上級，你的那個——顧福廣？這是共產黨最新的中央文件？」

「我們從你們對革命者的大屠殺中吸取教訓，我們要以牙還牙。」

他冷冷地望著他，用兩隻手拍自己的口袋，可他找不到香煙。他不抽煙。

「一個真正的共產黨人是絕不會寫出這種東西來的！」林培文覺得他的語氣像是在憤怒，像是他需要找到另一個立場來指責這份文件，像是他覺得，只有那樣才能說服林培文。

「這是顧福廣捏造的文件！純粹是他的粗製濫造，甚至不是他自己發明的，是抄襲來的！你是在『五卅』運動中開始參加學生罷課的吧？你應該多學習理論！一個真正的革命者應該常常學習理論！這徹頭徹尾是一堆抄來的垃圾！原始版本出自一個俄羅斯恐怖分子之手！他叫涅恰也夫[3]，馬克思早就批判過這種無政府主義活動！他們把革命當成一場他們個人的政治表演！一場暴力濫殺的遊戲！我來告訴你這個涅恰也夫是個什麼東西。他是個謊言家！他靠吹牛說大話發家，他捏造一個革命者同盟組織，純粹是要嚇唬別人！他和你那個顧福廣完全一樣，是一個徹頭徹尾的陰謀家！」

音調又漸漸緩和下來，他勉強在嘴角邊擠出一個笑容，「我給你講個故事，也許你可以從中認清顧福廣這類人的本質。涅恰也夫覺得自己沒沒無聞，他想出個可笑的辦法來。他把一封匿名信寄給女同學，說信是一個學生寫的。信上說，此人在散步時碰到一輛警察的馬車，從車上扔下一張小紙條。據說紙條是被捕的涅恰也夫從馬車上扔下來的，涅恰也夫在紙條裡呼籲同學們把運動繼續下去，說他自己不怕犧牲。然後他自己跑到瑞士，對人家說什麼他是從警察手裡逃出來的。這一來，他就變成英雄啦，變成一個革命的傳奇人物啦。他們就是用這種辦法來矇騙革命同志的，他們就是用這種辦法來篡奪領導權力的！」

風從電扇吹過來，把林培文身上的汗水吹得冰涼，他的襯衫髒得不成樣子。他的心裡也在一陣陣發冷。

3 Сергей Геннадиевич Нечаев，俄羅斯無政府主義恐怖分子。

四十五

民國二十年七月十二日
下午五時十五分

汽車是下午五點從銅人碼頭[1]輪渡過江的，那是當天最後一班渡船。小薛身穿米白色薄帆布短袖獵裝，收腰，後襟開衩。他是照著周末去浦東打野兔黃鼠狼的外國商人模樣來裝扮的。後座下的行李箱內有一桿單筒獵槍，一只野餐籃。朴季醒也差不多，只是他一身黑。另外兩個他不認識。其中有個朴向他介紹說：小秦。

他們順著沿江各碼頭旁的大路向東行駛，在英美煙草公司和日商岩崎堆棧之間的荒草地休息片刻。已近黃昏，越過把公路和倉棧分開的鐵絲網，從連排船塢的空隙間一直可以看到江面。船塢停靠著一艘日本軍艦，多半是在檢修。軍官早已登陸休假，艦尾甲板上有人在摔跤打鬥，圍觀者不時喧譁，聲音在空曠的江岸邊回響。

他們在三井碼頭旁離開公路，轉入浦東鄉下的黃泥小道。他們在一座小石橋上耽擱一會，橋體太窄，小薛站在橋對面指揮，朴小心翼翼把車開過石板橋，兩邊的輪子各有一半懸空在橋外。他們在橋對面停下來吃東西。

此時天已全黑。油菜地早就花謝結籽，可一整天烈日暴晒，殘餘的花香似乎還在從泥土裡不斷往外冒。駛過那片小樹林，黃土路突然消失。車燈照射著前方那片崎嶇荒地，他們要過好久才明白過來，眼前那簇簇土堆其實是一座座墳頭。夜空無雲，星點如圖，月色下樹影浮游，樹枝間似有鬼火不時閃現。小薛覺得心臟像是被一只類似唧筒[2]那樣的東西不斷往外抽吸，一陣比一陣發緊。

一小時後，他們又回到大路上，在民生路旁車子拐進一個小村莊。這是高昌鄉二十六保中的俞家行。根據預定計畫，他們要在這裡跟小秦的表親碰頭。那人是船老大，替俞家掌舵，駕駛一艘五十噸重的機帆船，沿蘇州河停靠各地鄉下。俞家的族長是當地鄉紳，地租收入日漸不敷支絀，幾年前他在鄉裡開辦堆棧，專事收購豬鬃牛骨，再轉手倒賣給洋行。

他們其實是想要利用俞家的那條船。

他們走進一個散發濃烈腐臭的小堆場。船老大在棚屋外昏黃的燈泡下等他們。他們圍坐在一張小桌周圍，船老大在喝酒，小秦陪他喝，滿桌都是花生殼。朴季醒用手指撿起花生殼，又一只只捏碎。他們坐在讓人煩躁不安的蛙聲裡，到處是潮濕腐爛的豬鬃毛，一團團攪在爛泥地裡，踩在腳上噗噗擠出水泡，像是踩在動物的腐屍上。

半夜過後，他們被帶上船。小薛搖搖晃晃走過棧板，他覺得自己像在做夢。他覺得像是置身在一個讓他恐懼的夢魘裡，無法醒來。

1 原北京路到南京路之間的外灘輪渡碼頭，一九一〇年正式開辦，與浦東東溝的對江碼頭對開輪渡。

2 指水泵。

機帆船很快離開河岸，順著洋涇港朝黃浦江駛去。兩岸蛙聲不絕。每個人都在抽煙，涼風不斷，可還是掩不住船身上那股臭味。小薛渾身都在冒汗，他無法克制自己的焦灼情緒。到處是那股腥臭的氣味，河水在月光下油膩膩地晃動。

洋涇港連接黃浦江，河口左側那裡一大片江岸，地產全都屬於藍煙囪碼頭公司的名下。他們要接的貨物就在那條八千噸重的英國貨輪上。輪船停靠在江河交匯岬角頂端的浮碼頭邊。幾乎每天都會有英商藍煙囪公司的輪船從港九尖沙咀訊號山南側的香港太古碼頭駛向上海（小薛去香港的郵輪也多半停靠這個碼頭）。

中下級船員裡常會有些人覺得錢不夠花，私下幫人搭運貨物。多年來，特蕾莎悄悄建立起這條運輸通道。儘管江海關檢查站就在黃浦江對岸，與藍煙囪公司隔江相望，她的違禁貨物卻總是能安全卸裝。

小火輪悄悄靠近大船。小薛覺得腋下全都是冷汗，他的手在發抖。朴站在船頭低聲向他喝道：「快發信號！」

他身體一震，手電筒差點掉進水裡。他連按兩次才打開手電筒，按照約定朝貨輪尾部左舷發出信號。如果船上的白俄水手看到信號，他將回以同樣的燈光。巨大的貨輪遮蔽住半邊天空，星光從上方船甲板處透出一線，隱約勾勒出船體的形狀。

沉寂。只有潮水拍打江岸浮碼頭的聲音，偶爾有一兩聲淒婉的鷗鳴。岸上一片黑暗，百米外的聯排倉棧間有一兩處暗淡的燈光。沒有工人，也沒有巡夜的守衛。

沒有巡捕。昨天他就把碼頭位置和船名全都向薩爾禮少校報告過。下午臨出發前他藉買香煙的機會，在一家煙雜店裡給薩爾禮少校打過電話，這次報告的是具體的接貨方式。他不敢有絲毫隱瞞，他不是想像不出這種告密行為會給特蕾莎和冷小曼帶來多大傷害，他只是來不及去想那些。很多事——他只能走一步看一步，他是這樣對自己說的。

船舷上燈光閃爍。重新發出詢問信號，燈光再次給予回答。又回到黑暗裡，幾分鐘後，船體邊緣有重物緩緩垂落。

兩個油布包裹的沉重物體準確地吊降到小火輪上方，左右搖晃幾下，又往下降，重重落到艙前的船板上。朴和另外兩個人上前解開吊索，把東西抬進船艙。

然後，又是兩包……

小火輪輕輕啟動。馬達聲極其微弱，震動聲消失在水面上方幾米的地方。小薛再次朝岸上望去，沒有任何動靜。

他想不出少校為何不採取任何行動。他又一次在心裡感激少校。在他的想像裡，少校一定是因為想要保護他，才沒有當場實施抓捕。如果從岸上進攻，小薛就得冒被子彈打中的危險。他一直站在船艙門內側，連發出燈光信號也只跨出半步來，就是害怕這個。他以為好心腸的少校一定也是在擔心那個。

實際上，他報告的訊息實在有限，他只知道水面交貨，但無從得知老顧這頭的具體安排，他甚至無法計算出到達藍煙囪碼頭的準確時間。況且時間緊迫，巡捕房根本來不及調集圍捕船隻。少校在電話那頭沉默好久，時間之長讓他覺得朴就在身後看著他，讓他覺得他已被老顧的手下發現，讓他覺得自己一走出煙雜店就會被人用亂槍打死。

少校後來只說出一句，他說，你要小心。少校沒有告訴小薛他會採取什麼行動，沒有建議他拖延接頭時間，沒有要求他在接貨時做出擾亂動作——那麼，那一刻少校已決定不採取任何行動。

他認為，少校一定是出於某種他還不能理解的父輩友誼才做出如此決定的。他想少校一定是對他極其信任，少校寧可等候他再一次的情報，好在更加穩妥的情形下實施抓捕。那一瞬間，他內心充溢著對少校的感激之情，一時間是這種感情在占據上風，超過他對特蕾莎的關心，超過他對冷小曼的關心。

他在長時間的緊張、體力消耗、出汗，以及難以忍受的氣味的壓迫下疲倦萬分。坐上「配極」車時，覺得渾身上下每塊肌肉都滲透進一種欣快麻痹的感覺。他打算，明早他一離開老顧這幫人，就去薛華立路警務處。在此之前，他最好弄清楚貨物藏在何處。他想要報答少校。

貨物就在車上。後座下。他們沒有解開油布。他幫他們抬那堆東西時用手使勁兒摸過。隔著油布，隔著油布內又一層油紙，他仍能感覺到手指上一陣冰涼（那當然是他的錯覺）。貨物散發著嗆人的機油味。謹慎的朴季醒從棚屋裡找來很多散發著動物屍骨腐臭氣味的破布，用它們遮蓋那堆貨物，塞滿那幾包東西周圍所有的空隙。

他們離開俞家行時，吳淞口方向的天際已微露白光。汽車在荒郊野地裡疾駛。他們開著車窗，讓凌晨的涼風吹進車廂，腐臭氣息像是牢牢沾在皮座椅上，久久不散。他們個個都渾身是汗，只想找個地方好好睡上一覺。只有那個韓國人依然精力十足，他在開車。

他們還不能過江。頭班輪渡要到七點以後開船。他們在一個小樹林邊停車。從野餐籃裡拿出食物。小薛一點胃口也沒有。他抓著一瓶荷蘭水[3]往嘴裡倒。

朴用雙手抓住一棵瓶口粗的小樹，他使勁兒向上拔那棵樹，藉以舒展緊張的肩膀肌肉。他放開樹，轉過身來伸個懶腰，他問小薛：「過江以後你去哪裡？要不要我送你？」

小薛口袋裡放著那張七千塊大洋的莊票。那是特蕾莎的錢。他要給她送過去。他是這樣的人，人家不信他，他就要跟人家說說謊吹吹牛，人家信任他，他就覺得應該知恩圖報。昨天下午特蕾莎對他說，她不打算讓哥薩克保鑣參與此事，她決定讓小薛獨立完成這件交易，連貨款都由小薛去收。當時他心裡也是一陣感動，就像他剛剛突然對少校產生的那股感激之情一樣。可他昨天夜裡最害怕時，比方當他在墳地裡向車子後窗外張望時，他腦子裡也閃過一陣想要逃跑的念頭。有那麼一兩分鐘裡，他不斷對自己說，拿著這七千塊大洋，他就可以和冷小曼想去哪裡就去哪裡——

「我要把錢給人送過去。」讓他覺得奇怪的是，他居然一點都不擔心眼前這幾個人。他們甚至膽敢在大街上開槍殺人。他覺得自己就像一個突然從日常生活走進危險舞臺的演員，從來就不曾把自己調整到準確的心理位置上。他難道一點都沒想到人家有可能黑吃黑？可租界小報上常常刊登那些故事啊。他覺得自己真的很疲憊，滿腦子都是胡思亂想。

3 汽水。

四十六

民國二十年七月十三日
上午八時四十五分

特蕾莎光著身子站在梳妝檯鏡子前，拿一根編成馬鞭式樣的腰鏈在肚子上比畫，左輪手槍形的墜子一直垂到肚臍下，在毛叢中金光閃耀。她用眉鉗拔掉幾根，讓它變成規整的三角形狀。這些天來，她對鏡子裡那具肉身突然重新產生濃厚興趣。

過會她要去見小薛。在禮查飯店。她穿上衣服，走出臥房。阿桂還在菜場。她穿過起居室，剛準備出門，電話鈴響起來。

「你找哪位？」

好一陣——電話那頭沉默不語，只有沙沙的雜音，還有呼吸聲。她不耐煩——

電話那頭仍舊不說話。

「你是誰？」她換用本地話再次詢問。

「……我是小薛的朋友……」她在聽，電話那頭是個女人。聲音斷斷續續，像是在猶豫，像是受到某種干擾。

「……很危險……」她聽不清楚，危險那兩個字倒明明白白跳進她耳朵裡。

對方又重新說一遍。聲音短促，間隔漫長，但並未抬高音量，「你不要去見小薛……有人要殺你……那裡很危險！」

「我不懂你的意思。」

「我在衣服口袋裡找到電話號碼……我猜那一定是你的號碼，寫在一張照片背後。」她從這段思路混亂的話裡尋找到一點確鑿的東西，那張照片，她記得。

「你是誰？」她再問一次。

「我是小薛的朋友。」聲音比剛才堅定一些。

「為什麼要殺我？」她覺得這問題很奇怪，好像她自己是個局外人，好像在問——為什麼要殺她？

「交易完成之後……是知情者，你懂麼？他們人手不夠，把你關押起來太麻煩……」電話那頭解釋道，說法很滑稽，好像在說一盤隔夜的剩菜，存著明天再吃？太麻煩啦。

「可他呢？小薛呢？他有沒有危險？為什麼你不通知他？」

「我不知道他在哪裡。他去提貨，你知道他在做這個……他一定會來見你的。可他這會還不要緊。他們不想殺掉他。他還有用。他們會看住他……」

說話聲戛然而止。回到綿延不斷的雜音裡。又過一會，電話那頭輕輕掛斷。

她沿牆滑落，跪坐在門廳的地上。瓷磚冰涼，貼著她的膝蓋。她的光腳邊盤繞著十幾米長的電話線。她急速思考著——

她要把小薛救出來。她猜想小薛已在去禮查飯店的路上。她覺得自己來不及搶先一步。她抓起電話打給珠寶店。

她匆匆出門，進電梯，下樓，衝出門廳跑到霞飛路上，她不等車輛駛空就穿越馬路。珠寶店裡，那兩個哥薩克人已做好準備。福特汽車停在珠寶店後門橫弄裡。

汽車向北行駛，在馬霍路遭遇剛從馬房出來的一隊賽馬。短暫受阻之後，汽車又開始加速。他們沿著蘇州河南岸向東行駛。特蕾莎坐在前排副駕駛座上，從手袋裡摸出香煙，順手扳一下那支手槍槍身右側上的按鈕。她的哥薩克勇士早已子彈上膛。

她點上煙，心思稍定。忽然，那個問題又再次浮上心頭，那個女人是誰？那個女人知道所有的事情，她是誰？她也是那個顧先生的手下？她從沒問過小薛，他的老闆是怎樣一個人，那是怎樣的一個幫派。租界裡有無數小型團體，向她買過武器的幫派小組織數都數不過來。

汽車在外白渡橋再次受阻。三輛空駛的日本軍用卡車從橋上過，把南行的小汽車和黃包車趕到橋的左側，迎頭堵住北行的車輛，一群衣衫破爛的孩童乘機圍上前來乞討。

將近十點，太陽開始灼熱，從橋下的蘇州河蒸上來一股腥氣。特蕾莎心裡焦急，在座椅上不斷挪動屁股，她感覺到小腹上被什麼東西輕輕叮一下，這才想起忘記解開那條金鏈子。

她再次點上香煙，打開車窗放掉車內的煙霧，她側頭向外張望——她看見小薛坐在右前方的法國廠牌汽車上。似乎是有意和日本軍車過不去，他們向北行駛，卻直接開到右側的南行車道上，大模大樣把車子夾在頭兩輛卡車當中，把由北向南的車道也給堵上。卡車已卸光裝運的給養，防雨帆布篷一直掀開到裝載車斗的前半部，捲在駕駛室後面。車斗兩側站著幾個日本兵，神情漠然，注視著那輛法國小車，好像後頸上那兩塊豬耳朵似的垂布不光遮擋陽光，還遮擋住橋上的喧鬧聲。

她看見那輛車裡人影晃動，她看見小薛把後腦勺靠在椅背上，夾著香煙的手伸在車窗外。她搖下車窗，指給她那兩個哥薩克勇士看。那兩支最新式可以連發的盒子炮擱在他倆的膝蓋上。她的腦子在急速轉動——

她想像把車開到小薛那輛車的左側，朝他擺手，晃腦袋，擠眼睛，可她想不出怎樣把消息告訴小薛。她擔心照小薛的脾氣，說不定會大叫大嚷。最好的辦法是等他們下車，她突如其來把車停在他們面前。她的那兩個哥薩克保鏢和那兩支毛瑟手槍足以控制局勢，這幫傢伙會嚇得不敢動彈，她就可以順順當當把事情告訴給小薛，他們可以揚長而去。

她讓汽車跟在後面，她的福特車仍舊行駛在左側車道上，法國車上的動靜，她盡收眼底。她關著窗，玻璃反射著陽光，對方肯定看不到她。她注視著小薛的側面臉頰，覺得他俊俏無比。

車流漸漸找到疏通的辦法。幾輛黃包車上的客人跨下車。車夫把空車拉到橋邊的人行道上，一輛往北的小車率先駛下鐵橋，接著又是一輛。法國車轉回到左側道上，駛過第三輛卡車時大按喇叭，像是在向日本海軍陸戰隊示威。特蕾莎讓汽車緩緩跟上。

那輛車已離開北蘇州路，越過熙華德路[1]，朝黃浦路方向拐去。特蕾莎要司機沿黃浦路向

1 Seward Road，今之長治路。

東，在禮查路[2]口U字形掉頭。她要從黃浦路的另一端衝向禮查飯店的大門，她要從另一頭撲向他們。在黃浦路和禮查路的轉角上，她讓司機盡量降低車速。太陽照在百老匯大廈黃褐色的光滑牆面上，她看見那輛車停向街沿，在她視野的背景上，有無數玻璃，金光閃耀。

「衝過去！」她在悶熱的車廂內尖叫。

司機猛烈踩動油門，汽車以六十碼的速度衝向禮查飯店，急煞車——汽車幾乎橫側過來，衝向人行道。小薛蹦跳閃避，躲到禮查飯店門廊下。另外兩個也剛下車，迎面撞來的汽車把他們逼到牆邊，司機愣在車門旁。

哥薩克人動作勇猛，跳下車，大步跨到那兩個年輕人跟前，沒去管小薛，那是自己人。哥薩克人平端盒子炮，用蹩腳的上海話尖叫：「通通勿許動！」

通通沒有動——年輕人背靠牆壁，大睜雙眼，手伸在衣服底下，來不及掏槍。

哥薩克人誤判形勢。他們下意識沿用自己的情形來臆想對方。沒有想到，對方的司機手裡也有槍。此刻，最危險的對手在他們身側，在眼角視野外——

致命槍響。擊中兩個哥薩克保鑣，子彈衝力把他們推倒在門廊臺階下。一顆位置偏高，瞬間擊碎靠左邊那個哥薩克人的太陽穴。另一顆子彈從下往上，穿透右側哥薩克保鑣的左脅（他當時左手正高高舉著那支毛瑟槍）。子彈多半是直接打進他的心臟。他的頭顱重重砸在臺階上，如同瘋狂的畫家抽搐般在畫布上揮灑顏色（特蕾莎曾在一個從巴黎學過最新畫法的白俄畫

---

2 Astor Road，今之金山路。

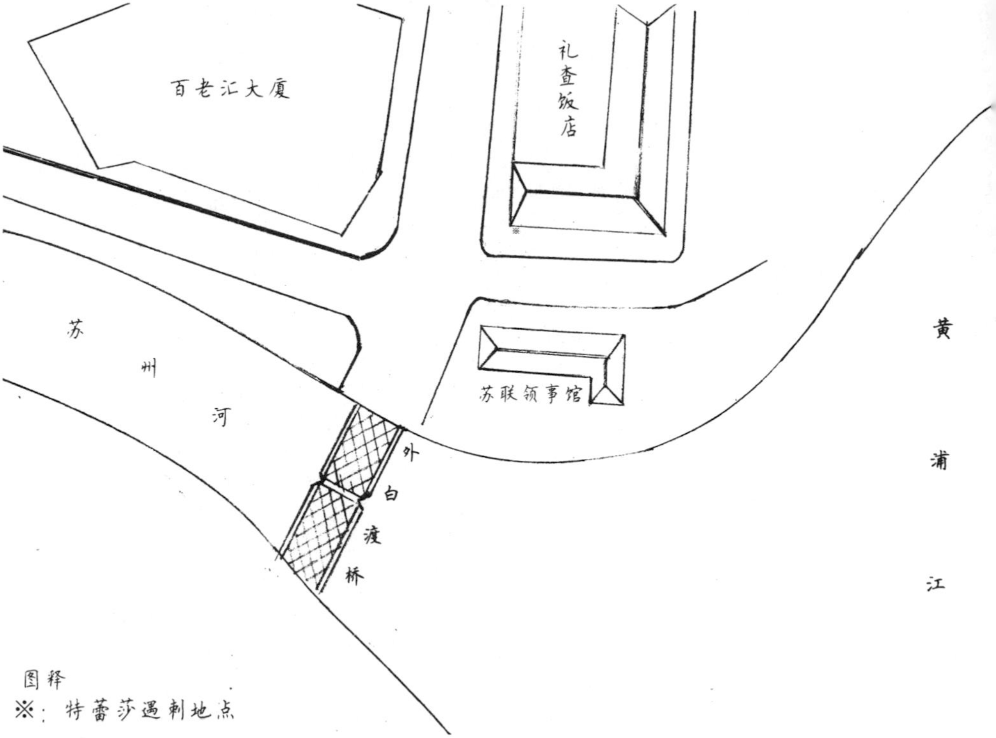

禮查飯店周邊環境示意圖

家工作室裡看到過這個），白色大理石表面迅速濺上大塊血跡，遮蓋住白底上芝麻粒狀的灰黑色斑點。但這不是從槍口冒出的，這是從那哥薩克勇士碎裂的眼角上迸出的血。

特蕾莎熱血上湧。她剛剛把腿跨出車座，她剛想落地，剛想開口朝小薛叫喊。她向車內仰去。她的右手臂伸向放在車座上的手提包，她在香煙盒下摸到那支勃朗寧。她的上半身又開始向前折。她的腦袋撞到車門框上，但她一點都不覺得疼痛。她的右手向車外揮出，她扣動扳機——

子彈沒有射出，扳機只壓到一半。擊錘只有受到足夠壓力，才會碰擊撞針，擊發底火。事實上，即便子彈射出也不會擊中對方。她來不及瞄準，茫然揮動手臂。對方早就跳到人行道上，從福特車的右後側向她開槍。子彈正中她的小腹部，她還坐在車座上，車門半開，子彈穿透重重絲綢，鑽進她的身體。

失去知覺前，她看到小薛撲向那支手槍，死死抱住那條手臂。她看到先前背靠牆壁的那對年輕人衝向小薛，把他拽向另一輛汽車。她昏昏然，有一陣卻突然清醒，一個念頭跳出來。難道倒是小薛反過來救她一命？

四十七
民國二十年七月十三日上午十時三十五分

如果不是開車的朴季醒看到日本兵就來氣，汽車會早幾分鐘停到禮查飯店門口（可誰讓他是韓國人呢）。如果是那樣，門口那場火併也許就不會發生。小薛不知道，那樣的話，特蕾莎會不會被子彈擊中。

如果不是早上，在駛入浦東渡口前又繞道爛泥渡，往那間比公路路面低五公尺左右的田間草棚裡卸下幾包東西，他們甚至可能會早到一兩個小時。如果不是他滿腦子想拒絕朴季醒送他，想找機會給薩爾禮少校打電話，可能還會更早。在昏迷之前，小薛曾這樣想過，他還想到，他畢竟還沒來得及把情況報告給少校。他被一件鐵器砸到後腦勺上，一秒鐘之前他判斷那是手槍柄，一秒鐘後他就失去知覺。

醒來之後，他發現自己躺在床上。他看見老顧坐在床邊的方凳上，正朝他笑。

「醒啦？沒想到你這樣衝動……」

衝動？他睜大眼睛，可說不出口，他的腦袋一陣陣疼痛，像是有錘子在敲擊太陽穴。

「今天上午冷小曼同志失蹤。我們懷疑她已被害。你這個——嗯，梅葉夫人闖到你家，發現她住在你家裡。小曼今天一大早讓人送信，發出警告。我們的同志直到剛剛才看到那紙條。我們確信白俄女人到禮查飯店是想加害你。他們一下車就掏出槍來……」

他覺得腦子裡一片昏亂，他無法理清頭緒，他想分析這些詞句，可他甚至連把話聽清楚都很吃力。

「你放心——我們知道你對冷小曼同志的感情。我們的同志正在拚命尋找她。會找到她的。你好好休息一下。這裡的同志都會幫你的，你想要什麼就跟他們要。小秦你認識。」

他不懂特蕾莎為什麼要殺掉冷小曼。他想不通她殺人的理由。雖然他親眼看到她拔出槍來。可他不相信她真的會開槍。

顧福廣匆匆離開房間。樓梯上一陣雜亂的腳步聲，他肯定帶走一大幫人。他環顧四周，是個帶護壁板的房間。小秦把頭伸出窗外，有人在樓下朝他喊叫，窗外一定是天井。他看看天空，猜想這是間東廂房。他聽到隔壁正房的客堂間裡有人在走動。

他想坐起身，但手臂上一點力氣也沒有。小秦回頭看見，走過來扶起他，把他身後的枕頭豎起來靠在床架上，讓他背靠枕頭坐在床上。他覺得口乾舌燥，他要喝水。

喝完水，他又覺得疲憊不堪。他確實很累，昨晚他一宿沒睡。他用力回想那間路邊的草棚。他記得自己幫忙抬那幾包東西，從公路邊的碎石坡往下走——其實是往下滑，他想。那是一個田坑，草棚就在坑底下，路面比坑底高出五、六公尺的樣子，比茅草屋頂還高出一截。從公路往兩邊走十幾米路，你就會看不見那屋頂。

太陽照在床前的木地板上。他覺得熱，他掀掉蓋在身上的外套，那是他自己的衣服。他在想特蕾莎，想她吃的那一槍，想那射向她腹部的子彈。他覺得自己肚子上也一陣刺痛。

可他還是想不明白特蕾莎為什麼要殺冷小曼。這會他又在想冷小曼。難道一個女人的嫉妒心會那樣重，會那樣殘酷麼？可他又覺得老顧說的也許沒錯。這個白俄女人，她的手提包裡時時刻刻藏著一支手槍。

可這是在上海啊，這是座幾百萬人在其中忙碌的城市啊，有誰會隨隨便便掏出槍來把人打死？對他來說，那些殺人放火都是租界報紙上的故事。儘管他親眼看見過當街殺人——幾年前這種事更多，可這些事從未在他身邊發生過。發生在具體的、活生生的，與他有著密切關係的人身上過。他覺得那些事近乎舞臺上的劇情，他看到過，為之緊張過，為之恐懼過，可轉眼間就會拋在腦後。

他覺得自己好像已被人催眠。被特蕾莎和冷小曼催眠，被少校和馬龍班長催眠，被顧福廣催眠。他在做一個夢。在他這會做的夢裡，拔槍殺人是常有的事，是一件隨隨便便就會發生的事。他毫不懷疑這是一種幻覺，他只是懷疑自己還有沒有機會從夢中醒過來。他懷疑所有人都在發瘋，他忽然想起少校的話，少校把此刻的上海比作一座隨時就會爆發的火山。

但他又懷疑自己究竟想不想醒過來，這種與他從前的生活全然不同的狀態，對人有種奇妙吸引力。就好像——他覺得這比方不準確，不是很恰當——不過他想，那種讓他心裡怦怦亂跳的感覺是差不多的，在讓他產生一種忘卻所有煩惱的麻痹感上是一樣的，他覺得這像一局無休無止驚心動魄的賭局，像是人人都覺得自己手裡有一副好牌。他再次認定，人家說的身體會分泌激素那回事，確實是有的。他又接連想出幾個比方，就像人站在幾十米高的大廈樓頂邊緣朝下看啦（那種身體不由自主向前傾斜的錯覺可能跟在空中飄浮的輕快感差不多），或者就像他穿越馬路時，總喜歡讓汽車緊貼著他的外套後襟疾駛而過，總是抓著那半秒鐘的機會搶在前頭竄過去那樣。

他很想把這種近乎哲學的思考跟人說說，可他覺得老顧留下來的這兩個人——這個小秦，和那個在連接廂房和客堂的門邊不時走過的傢伙，都沒有資格跟他討論這些。

小秦趴在窗口望著天井，太陽一定會把他的頭髮晒得滾燙的，小薛還在這麼想著，突然就睡著了。

他睜開眼睛，天色已近黃昏。小秦還趴在窗口朝外頭望。他突然回過頭，神色驚訝，他張嘴想叫喊，又忍回去。他拿下跨在椅子上的右腿，伸頭朝客堂輕輕喊：「你知道是誰——」

他還沒把話說完，人已在客堂外敲門。打開，一聲驚呼。

廂房門口人頭晃動，小薛認出其中一個。他認得這人，他跟在這個人身後盯梢過。當時這個人正和特蕾莎的那個陳買辦一塊吃飯，桌上還有朴季醒。他知道他姓林，冷小曼向他說過這個人，是她在組織裡最信賴的一個人。

他聽見有人說：「我去看著外面。」接著是一陣腳踩樓梯的咚咚聲。

新來的人站在門口望著他。這會，他迎著窗外即將暗淡的光線。這會他站著不動。臉頰上有大塊擦傷，下巴和脖子上有很多瘀青。沿鼻梁是個長形的傷疤，結成的痂像是一種故意的偽裝。可小薛還是憑側面就一眼認出這人，他有一副受過長期訓練的眼睛，他是攝影師。

「他是被我們的人救回來的，有人想要殺他。」小秦向林解釋說，「你去哪裡啦？這幾天跑到哪裡去啦？老顧說你被巡捕房抓去啦。說實話——我還擔心你死掉呢。」小秦拽著他的手臂，拽著他的袖子，好像是他的一個小弟弟。

林突然沉默下來，半天沒有說話。

「顧福廣在哪裡？」他突然發問。

「他們擺渡過江去爛泥渡。你不知道……」小秦轉頭望望薛，忽然明白過來他是知情者。接著說：「你不知道，這些天我們幹過很多事，老顧在計畫做一件大事。我們買到一種厲害的槍，老顧正帶著行動小組在吳淞口外的船上練習打這種槍呢。」

「……還有，冷小曼今早失蹤，老顧說她很可能犧牲……」小秦還在一口氣往下說。邊上的聆聽者在沉思。他問道：「行動預定在……」林轉頭望望小薛，把秦拉到廂房外的客堂間裡。

他們在外間小聲說話，他豎起耳朵聽，可什麼都聽不見。小林突然拔高聲音，連聲叫喊，這不可能！這不可能！這不可能！聲音一下下高起來，好像是一種激昂的副歌。

聲音又低下去，有人從椅子上站起身，來回走動。他忽然想到，特蕾莎為什麼一大早要去福履理路呢？她不是約好跟他在禮查飯店碰頭麼？特蕾莎為什麼要帶著人——帶著槍去禮查飯店呢？為什麼一見面就拿槍指著他們呢？

他越想越頭痛，他聞到一股嗆人的油煙味。樓下天井裡有人在用鐵鍋炒菜，鍋鏟翻動摩擦的聲音無休無止。現在，隔壁客堂裡的響動他一點都聽不見。他聽見鋼針突然被人提起來，沙陀國李克用的笑聲戛然而止，像是突然被人捂住嘴。他聽見小孩的哭鬧聲，有人在指責對方，聽起來卻像是在讚美他。

他想再次睡去，他覺得自己實在太累太累。但小秦走進來叫他：「一塊來吃點東西？」他不想吃東西，可人家把他扶下床。客堂間裡擺著飯桌，桌上坐著他以前看見過的林。

四十八

民國二十年七月十三日
上午十一時十五分

一打完電話，冷小曼就不知道接下來該幹什麼。她是偷偷跑出來的。早上她一直在等待機會，老顧剛一離開，她就偷偷跑出霞飛路西段的這套公寓。她想到樓下的花園裡散散步，她告訴人家。

她站在花壇邊，望著一簇白色的茶花。它開得太晚，葉子的邊緣已被七月的陽光晒得枯焦。她覺得樓上的窗口旁有人頭晃動，嚇得不敢動彈。她覺得自己在毫無意義地拖延時間。

她轉頭盯著玻璃門邊那塊銅牌看，Gresham Apartments[1]，1230。她只能辨認出這兩行較大的蝕刻字。玻璃門後沒有人，門房設在她身後車道的那一頭，穿過另一幢大廈底層樓道，在沿霞飛路的公寓大門口。她沿著花壇的弧形水泥砌欄緩緩移動腳步，裝得若無其事，裝得像是對一隻蝴蝶感興趣，她覺得背後有人盯著她看。只要站在窗口裡側，根本不用伸頭，整個院子一覽無遺。

1 格雷夏公寓。

她在公寓大門邊的考夫斯格女裝鋪裡站幾分鐘，這是一間俄國人開的高級服飾店。她感到羞愧，既因為這種無謂的遷延，又因為自己將要做的事。

她認為這幾乎算是一種背叛。可她覺得自己要是什麼都不去做，那也是一種背叛。昨天下午，老顧向朴季醒布置任務時，她在場。朴正準備開車去銅人碼頭，小薛會在碼頭售票處等他。

老顧說：「後天就要行動。不允許任何疏忽大意。提貨以後，你要把小薛控制起來，以防萬一。」

說這話時，他沒有迴避她。這是必要的預防措施，她應該理解組織的用意。

朴提出新問題：「那麼這個白俄女人呢？她也知道很多事。」

「也關起來。」

「那樣——人手會不夠用的。控制一個人，要派兩個同志。同時控制兩個人，至少要派三個，三個也很勉強，無法做到萬無一失。」

老顧在沉吟。他劃根火柴，點燃香煙，掃她一眼。

「小薛很要緊。他對組織很重要，我們要保護他。我們要把他當成自己人。至於那個白俄女軍火商……她知道的確實太多……即使行動勝利完成之後，她也知道得太多。」

她沒能掩飾住，她完全聽得懂這暗示。她心裡一緊，而她的眼睛一定睜得很大。

……當同志遭受不幸，要決定是否搭救他的問題時，革命者不應該考慮什麼私人感情，而只應該考慮革命事業的利益。因此，他一方面應該估計這位同志所能帶來的好處，另一方面也

應該估計由於搭救這位同志需要損失多少革命力量，權衡輕重再行決定……在擬定處決名單和確定次序時，絕不應該以一個人的個人惡行，甚至不應該以他在人民中所激起的公憤為標準……應該以處死某一個人能夠給革命事業帶來的好處的大小為標準。所以，首先應該消滅對革命組織特別有害的人……

再一次，那些以前她曾反覆背誦過的句子在她頭腦中浮現，如同無聲電影的一幕，如同以黑體字方式顯現的旁白。她覺得一陣耳鳴，像是從淹沒她頭頂的水中傳來的說話聲：

「……處決她？」是朴在說話。

……婦女，應該分為三種，一種是內心空虛、思想愚鈍、麻木不仁的人，她們可以像第三類和第四類男子一樣加以利用；另一種是熱情、忠誠、能幹的人，但不是我們的人，因為她們還沒有鍛鍊到具有真正的、毫無空話的、實際的革命認識的程度，她們可以像第五類男人一樣加以使用；最後一種婦女是完全是我們的人，即完全親信者、完全接受了我們綱領的人，我們應該把她們看作是我們的無價之寶，我們沒有她們的幫助是不行的……

那些句子還在頑固地浮現，一行接著一行。這是組織的綱領，這是老顧親手撰寫的文件，這是參加群力社的所有同志必須背誦、必須牢記心頭的誓言。

「我們找不到她……」她聽到朴在說話。

「你把這張支票交給小薛。這是一筆鉅款，他一定想要馬上交到她手裡。你開車送他……」她的耳朵裡嗡嗡直響。

「……無論他去哪裡，你必須堅持用車送他。從今晚開始，你要讓人始終看著他，寸步不離，一直到行動結束。」

她突然說起話來，她以前從未在這樣的時刻發表個人意見，「但當著他的面——要是當著小薛的面處決她，一定會嚇到他的。那是他的朋友，他從前的……情人。」她在「從前」這裡停頓片刻。

「……會嚇到他的，」她幾乎是在喃喃自語，「他一直都願意幫助我們。你無法對他解釋……」

「他還要什麼？他會被嚇到的，可除此之外他還能怎樣？他早已在幫我們做事。他只能繼續做下去。他還要什麼？他有你。現在，他還有這筆錢——這筆鉅款。我們會向他解釋的，你也有理由向他作出解釋。也許你自己就是一個很好的理由……」老顧順著自己的思路往下說，好像全是因為某種跟他無關的邏輯，跟他無關的事實，而不是他自己在這樣想。

昨天晚上，老顧一直沒有離開公寓。他躲在小屋裡抽煙，冥思苦想。她進去給他送茶，滿腦子想要再次提出不同意見。但她看到老顧坐在檯燈光圈外的陰影裡，看到他一動不動的樣子，她沒敢說出口。朴已帶著指令離開，齒輪已開始轉動，沒有人能夠阻止它繼續轉下去。

她睡不著。她不認識那個白俄女人，她甚至想不起來她的長相。她只看到過一張照片，面孔有些變形，角度不對。煙霧和鼻線呈七十度夾角，眼睛在向右側瞟過來。她認為這是在看著照相機。她還認為照片上的人是躺在床上，因為煙霧總是垂直向上的。特蕾莎對她完全是個陌生人，名字是小薛告訴她的。她甚至在自己心裡也不想叫出這個名字，她又有什麼理由要用這種親切的方式來叫喚這個女人呢？

這個女人是以一種古怪的方式進入她的認識領域的，通過她自己的一條短褲，通過——某種肉欲的殘餘物，它一度給她一種骯髒的形象，一種散發著隔夜的身體氣味，一種灰撲撲的陳舊騷味……可這會她一想起她來，就想到這條短襯褲。那些口紅啊，照片啊，都不能向她證明什麼，可這條短褲——柔軟的絲綢因為床底的灰塵和潮氣變得有些脆硬——卻在向她證實一個活生生的肉體。

她覺得那個令她感到恐懼的夢魘，那個很久以來折磨著她的夢魘又再次籠罩過來。她不敢入睡。她在一個決定與另一個決定之間來來回回，好像這是一個她總也走不出去的迷宮。

她打算按照早上睜開眼後的頭一個念頭來做決定，可她根本就沒睡著。她也分不清到底哪個才是睜開眼的頭一個念頭，她覺得自己根本就沒閉上過眼睛。她試著再閉一次，可睜開眼之後的念頭跟先前那個完全相反。

最後她作出決定，幫助她的是那種觀點：她認為小薛必須得到組織更真誠的對待。他的工作的重要性，他的工作所需要的自覺性，都不允許在其中摻雜一絲懷疑之心。

但是當她走到公寓門外，她又不知道該怎麼辦。她不知道如何找到小薛，她更不知道怎樣找到那個白俄女人。後來她才想起那個電話號碼，那個寫在照片背後的電話號碼。

她站在永安果品行邊上，等待從亞細亞火油公司的殼牌[2]加油站裡駛出的第一輛出租車。司機說他不能在這裡載客，要她去車行櫃檯叫車。她不知說什麼好，只能憂傷地望著司機，一

2 Shell。

直等到他答應讓她上車。

她站在福履理路小薛的房間中央。她知道那張照片在哪裡。那是她放的，在那張舊報紙包裡，與那條絲綢襯褲躺在一起。這兩樣東西擺在一起，向她勾畫出那個她從未真正結識過的女人的輪廓。而她現在決定去救她一命，去向她發出警告。她要勸說這個白俄女人別跟小薛見面。別去見他。她想她早就在希望他們不要見面。她早就希望把這女人用報紙包起來，塞進牆角，塞進衣櫃後的夾縫裡。可她在電話裡剛一開口，就覺得自己好像一個嫉妒的妻子，勸說那個狐狸精不要再來跟丈夫幽會。你不要去見他，不要去見小薛……

可這會她又不知道接下來該幹什麼，該往哪裡去。此刻多半已有人向老顧發出警報，行動即將開始的關鍵時刻，她擅自離開隊伍。別人一定會猜出她的想法，別人一定會把這種行為認定為背叛，可她沒別的地方可去。她找不到小薛，她是巡捕房通緝的要犯。她一個人離開公寓這行為本身就很危險。她可能會在街上被人認出來，可能會是巡捕，可能會是另一個對她有興趣、可並不太喜歡她的記者。

最後，她決定還是回到那公寓去，她沒有家，沒有朋友，組織就是她的家，她的朋友。

四十九

民國二十年七月十三日晚六時四十五分

林培文帶來一個人，他在門外。坐在法華民國路對面的茶館裡，望著這邊的窗戶。窗戶是朝東的，就在東廂房，在床邊，那個姓薛的傢伙躺在床上。

剛入夏，快到七點，天還亮著一大半。林培文坐在客堂間，覺得想要一句兩句就把話說明白，實在是太難啦。情勢變幻莫測，他都顧不上喘口氣。

他怎麼也想不到，鄭雲端竟然是潛伏在南京國民黨中央黨部調查科裡的共產黨員，一個真正的共產黨員！他在來這的路上思前想後，把鄭雲端和他說過的話全都回想一遍，這才發現人家早就給他足夠的暗示啦。相信我，早晚有一天，你我會成為同志。他當時怎麼就明白不過來呢？他當時怎麼就捉不住那話音裡的一絲暖意呢？

昨天晚上，趁著特務們飯後暈頭暈腦的機會，鄭雲端打開那扇儲藏間的百葉門，他沒有像往常那樣大聲喝令林培文。他用飽含同志友誼的眼神望著他（他當時還以為這又是什麼假惺惺的花樣呢）。他還彎著腰，把上半身鑽到這到處是灰的小黑間裡，把手伸向林培文。

他當時根本反應不過來，他以為這又是特務在搞什麼名堂。他後來才想明白，人家這一伸手，冒著極大的危險，付出極大的代價。等到他後來真的相信這一切，真的相信他已得救時，他忽然就明白過來，在敵人的隱秘機關裡要埋伏一名革命同志有多不容易，人家來救他，得冒著暴露的危險。召喚幾個迷途青年的事，可不像看起來那樣輕易。

他當時拒絕那雙伸向他的手。他冷淡地望著鄭雲端，鑽出小黑間。

鄭同志也沒工夫多解釋，湊在他耳朵邊說：

「明天一早要把你送到法租界巡捕房。」

「為什麼？你們不是還沒拿到我的口供麼？」他冷淡地問。

「黨組織通過巡捕房的內線關係，把你被南京特派小組秘密抓捕的消息透露過去。今天上午巡捕房政治處打電話來要人。」

「黨組織？」

「來不及給你解釋。以後你會明白的。你要做好準備。組織上要營救你。」

他覺得自己真的好像在雲端，暈暈乎乎……

「你要小心。別緊張，也別太放鬆。今晚還會有一次審訊。曾南譜在南京來不及趕回。由我負責主審。你照平時的做法就行。明天一早巡捕房要派車來運送你。黨組織的內線關係已在那邊花過很多錢，車子會在路上多耽擱半小時。另一輛黑色的汽車會來把你接走。那是組織上派來的營救小組。萬一被敵人發現，萬一發生戰鬥……你要記住，一旦有任何意外情況發生，你要死死咬住，對敵人說營救你的是顧福廣派來的人。」

昨天夜裡的提審場面具有一種奇異的雙重特點。從它的形式上來看，它比以前的審訊更激烈，鄭雲端甚至衝上來親手打他兩記耳光。可要是從審訊過程中詢問的內容來看，它頂多只能算走過場。頂多只是把以前問過的東西再重新問一遍。他漸漸不耐煩，態度變得越來越強硬，使得審訊在旁觀者看來變得更加激烈。

夜裡他幾乎整宿沒睡著。他無法把那些對話的頭緒理清楚。他只是覺得那儲藏間似乎在變得越來越悶熱，他腦袋靠著的那個牆角也變得越來越狹窄。

第二天一早，果然有一輛黑色的福特汽車來接他。他沒有再看到鄭同志（此刻——十小時之後——他在心裡又叫一聲鄭同志）。兩名年輕的特務把他交給全副武裝的巡捕。讓他驚訝的是，其中竟然有外國人——後來在車上林培文用英語問過他（林培文在南洋公學上過兩年英文課），他只是笑笑，沒回答他的問題。摸出一枝短鉛筆頭，在煙盒錫箔紙的背後寫上幾行字，遞給林培文。

For we walked
changing our country
More often than our shoes
through the class war——[1]

他告訴林培文，那是共產國際裡一位詩人的作品。原先是德文，他剛把它翻譯成英文。

汽車把他送到望志路的一幢石庫門房子裡。站在客堂間吊扇下歡迎他的人，他很久以前就

1 布萊希特的一首詩。大意是：我們穿越階級的戰場，轉戰許多國家，比更換腳上的鞋子更加頻繁。

認識。他叫一聲，陳部長。當年，林培文在會場裡，他站在演講臺上，當年，他是學運部的負責同志。

幾小時後，他離開那幢房子。他強迫自己調整，強迫自己不要過分激動。情勢變幻實在突如其來，他的世界被整個顛翻過來，這是個徹頭徹尾的陰謀！這是對黨的誣陷！如果讓它得逞！革命事業將會遭受極大損失！我們必須阻止它！我們必須揭露它！這是黨交給你的任務！

整整四年，他都是跟一個騙子在一起，整整四年，他把一個陰謀家當成黨的代表，當成他與黨之間唯一的聯繫，當成他的指路人。民國十六年春天的大屠殺使他與南洋公學的黨組織失去聯繫，他的同志被捕的被捕，退黨的退黨，他生命中最要緊的人（他甚至都還沒來得及向她表白）被青幫流氓的鐵棍砸在頭上，再也沒能醒過來。那年十一月他從無錫鄉下回來，發現所有人的熱情都煙消雲散。僅僅幾個月前，誰都聲稱自己是共產主義的同路人。三月時有個同鄉學生來找他，宣布要同帝國主義和軍閥作最後的決戰。半小時的慷慨激昂後，那同學忽然對他說，他的舅舅原本在無錫教書，現在失業在家，能不能請林培文幫他找個教職？你有辦法，你是共產黨，你還是國民黨區黨部的學生委員，當時所有的學校都被兩黨聯合組成的國民黨黨部接管。

可現在他在路上看到那同學，人家把他當成陌生人，看都不朝他看一眼。他先前曾想過去武漢找黨組織，可不久武漢也開始清黨。他感到憤怒，不是對敵人（對敵人他只有更加冷酷的仇恨），而是對那些風一颳就倒的牆頭草。

就在這時，他遇到顧福廣。他剛走出那家門庭蕭索的書店。幾個月前這書店擺滿各種文字的左翼書刊，市黨部還沒來得及在這裡貼上封條。因為這裡是公共租界，書店老闆是德國人。當時，他感到危險逼近——現在他回想起來，覺得那時他根本不可能意識到這完全是另一種危險——他覺得背後有雙眼睛。他往弄堂裡走，在拐角處疾轉，看到弄口有兩個短褂男子望著他，他緊張，加快步伐，懷疑背後有奔跑追逐的腳步聲。這時，顧福廣來到他面前，顧福廣躲在橫弄口，朝他低聲喝道：「這裡走！」他懵懵懂懂被拉進一幢石庫門，穿過天井，從另一扇門走出去。

他現在回想起來（尤其在聽過鄭同志說的那個故事之後），這很可能是顧福廣設計的圈套，如此拙劣，他當時竟然無從識破。

他感到羞愧，他想自己是多麼輕信啊。他覺得根本的原因在他自己，他那時一腔憎恨，滿腦子想的都是如何向反動派復仇。對一個革命者來說，仇恨是危險的，他的內心應該更寬廣。他的敵人是那個制度，是那個階級，他應該更冷靜，他應該比敵人冷靜一萬倍。他一想到陳部長的話，就覺得無地自容。

他向陳部長提出正式的要求，希望組織上讓他重新入黨。老陳告訴他，在嚴峻的對敵鬥爭中，黨組織早已吸取教訓。隊伍必須更堅定，對黨員的要求會更嚴格，重新入黨的程序將會更加嚴密，而現在，最要緊的是抓緊時間工作。最要緊的是完成任務，你的任務是去把真相告訴那些受到顧福廣蒙蔽的同志，黨歡迎他們回來！

他站在東廂房的窗口，朝民國路對面茶館裡的同志招手。那位同志隨身攜帶秘密的黨內文件，它們會讓受蒙蔽的同志獲悉中央的最新策略。但首先要揭露陰謀，向全體同志揭露顧福廣的陰謀。

他看著在床上沉睡的薛維世，他還有一件事要弄清楚。老北門捕房的事。陳部長向他問起過薛，他覺得黨的情報系統果然神奇，對他們的情況一清二楚。陳部長告訴他，內線同志報告說，這個姓薛的傢伙身分特殊，與法租界警務處政治部的馬龍特務班關係密切。黨組織曾將一筆錢存進中國實業銀行的戶口，這筆錢專門用來對付法租界那些腐敗的警察，組織上對這個新成立的馬龍特務班極為關注。而在法大馬路中國實業銀行營業所櫃檯上班的秘密同志偶然發現，這個姓薛的傢伙曾用支票兌取過這個戶口裡的一小筆錢。組織上對這個姓薛的做過一番調查，認為他還不能算是壞人，還不能把他歸入反動派。他救出冷小曼，是出於他們之間的私人感情，冷小曼向顧福廣說謊，並不代表她就背叛革命，並不代表她就投靠巡捕房。

林培文讓小秦把薛維世叫醒，讓他來吃晚飯。林培文夾給他一塊熏魚，對他說：「上午在禮查飯店，究竟是怎麼回事？還有，昨天晚上提貨的事，你也詳細說說——那到底是什麼武器？」

「她怎樣？特蕾莎現在怎樣？」

「這我們還不知道。我們有人留在現場觀察，報告回來的消息說，那個白俄女人已被禮查飯店的人送往公濟醫院。你必須把詳細情況告訴我們，顧福廣很有可能再派人去醫院殺她。」

「我什麼都不知道——你們應該去問冷小曼……」

五十

民國二十年七月十三日深夜十一時五十五分

朴季醒背靠著花崗石墓碑，坐在水泥地上。墓壇呈橢圓形。用攪拌在一起的水泥和石英砂石鋪成，凹進地下將近一公尺。地底下是那個從清朝末年就跑來上海的耶穌會士的屍骨。這是甘世東路[1]的外國墳山，南風掠過肇家浜，把糞船上的氣味吹到這裡。風一停，氣味就更難聞。墳山西邊隔著甘世東路是鼎新染織廠，墳山的北邊是萬隆醬棧，全都散發著一股臭烘烘的味道。

五分鐘後，人手全部到齊。他們分頭到指定地點集合，免得驚動路上的巡捕。朴看看手錶，對身旁的小傅說聲：「走吧。」

朴讓人跟在他身後，從黑漆籬笆牆的缺口離開墳山。

圓月飄浮在天邊，夏夜星光燦爛，天空亮得像在做夢。南面的大木橋方向偶爾傳來一兩下船櫓搖動的聲音，微弱得像是老鼠從水裡游過。甘世東路很短，沒有樹，沒有路燈。他們往北

1 Kahn，Rue Gaston，今之嘉善路。

走，路越來越窄，漸漸變成一條弄堂，腳下的柏油路也換成水泥地。他們轉入亭元坊。弄堂走到底是圍牆，圍牆裡是花二姊妹製造影畫公司的攝影工棚。

裡頭燈光大亮，人聲喧譁。朴一點都不懂拍電影的事，他也不懂老顧為什麼要策畫這次行動。他拿著老顧扔給他的那本拍攝技術手冊翻半天，撓頭，問老顧。老顧說：「你別管那麼多，把人和機器全都帶回來。」

沒等門衛叫出聲，朴就揮拳直擊在他咽喉上。那條黑背狼狗撲上來時，朴一個側身，皮夾克袖子裡那把匕首從上到下劃開牠整個肚子。一人一狗墜落在地上，沒有驚動別人……

棚內在趕工，電影將在八月公映。廣告已登在租界的報紙上。縮印的海報裡，葉明珠肩裹輕紗，仍是上一部戲的蜘蛛精扮相。又過千年，她再次修煉得道，化成美女肉身。剛想作法害人，黑鼈道士進門來警告她——海報上他湊在她耳邊，海報上道士的鼻子快要觸碰到她的肩上……話說南瞻部洲的上海有一所大學……世事輪迴，這一次葉明珠是大都市裡的女學生，她仍舊顛倒眾生，害人害己，生生死死，可這一次，她要穿上白俄服裝師縫製的裙裝，這一次她化身變作摩登新女性。

他們走進攝影棚，站在陰影裡，沒人注意。三面燈光打向場地中央，把紙板糊製的布景區照得通亮，反光板立在光明世界的邊緣，遮擋住眾人的視線。燈光工人身穿汗衫，站在木架上，手舉一根七、八米長的伸縮桿，把一盞聚光燈伸到那浴缸上方。布景是浴室，窗戶上掛著透明薄紗，窗那邊畫著幾幢高樓，紅光閃爍。

浴缸是實實在在的，浴缸裡的熱水也是實實在在的。生怕熱氣不夠，有人躲在浴缸那側向外吹送白霧狀氣體。浴缸裡的葉明珠也實實在在。肩窩雪白，雙膝像水母的傘蓋在水中漂浮，值得你連買十五場票，就為看那一線春光隱約乍現。

朴有些遲疑，他愣在當場，用這種方式看電影，他還是頭一次。要是在電影院裡，他哪能看到這麼多？攝影機蹲在浴缸右側，攝影師趴在地上……銀幕上將會有那雙肉鼓鼓的肩膀，銀幕上將會白霧瀰漫……可這會他站在遮光板後，能看到她穿著游泳衣，能看到水裡如白蛇游動的四肢，能看到那具略顯變形的肉身。

他帶來的人全都蹲下來，好像是因為看到大家都蹲在地上，好像這是一種作客之道。只有他站著，他眼角一掃，對面角落裡還有人站著。倚靠在木架上，望著腿邊，望著那張檯面傾斜的小桌。桌上有幾頁紙，標記做得密密麻麻。場地左邊搭建起一堵牆，牆上有扇門，門外坐著個男演員，他在做準備，他要適時闖入浴室——

導演在大聲說話，像是在跟攝影師說話，又像是在與葉明珠商量：「要不要再坐高點？頭向後靠，脖子伸長，向後靠……閉上眼睛，唱歌，頭要略微搖擺，一邊唱一邊搖擺，大聲唱歌，你平時洗澡難道不唱歌？」

「當然不唱！」浴缸裡尖利的嗓音。

「你想像自己是個女學生，你快樂，你在洗澡，好舒服……你大聲唱歌。響一點！嘴要張開，張大！」

她的歌聲比朴季醒喝醉時唱得還難聽，可這是一部無聲電影，她只需要動動嘴唇。

「全都不許動！」這是朴季醒那口標準的中國北方話。

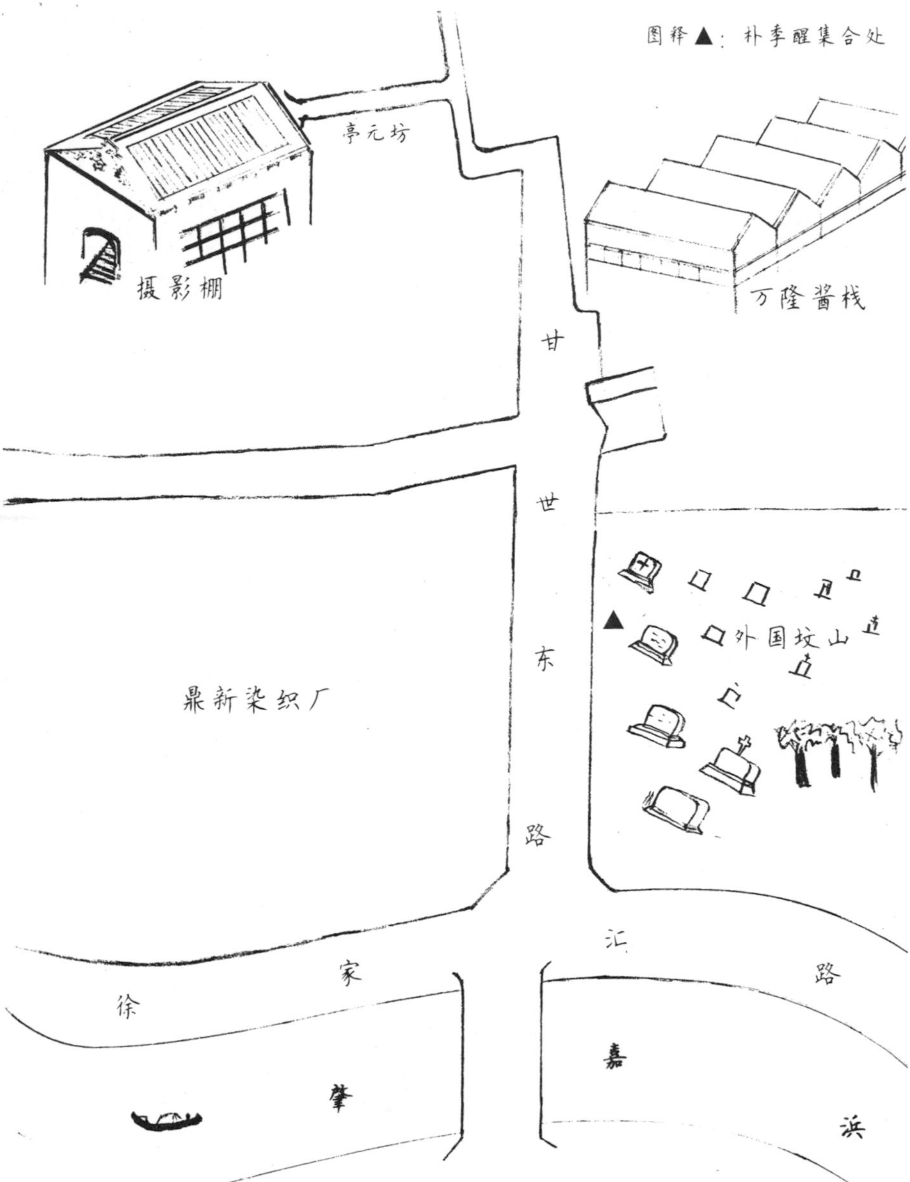

電影攝影棚綁架案周邊環境示意圖

沒有反應，所有人都沒有反應。他衝到聚光燈下，他衝到浴缸邊上，有人在叫：「你是誰？出去！」

朴舉起那支盒子炮，朝頂棚上開一槍。他可以開一兩槍，老顧說，那是攝影棚，稀奇古怪的聲音是常有的事。關鍵是要在最短時間內控制住整個現場。你要威風，你要盯著導演，因為在那裡導演最威風，你要比他更威風，這樣你就能控制場面。

槍聲讓那盞聚光燈一陣晃動，是那根七、八米長的伸縮桿在晃動，是那個舉著燈桿的工人差點從木架上摔下來。漸漸有人明白過來，蹲著的人就勢滾到地上，場務本來站著，一下跪到小桌背後。只有浴缸裡的葉明珠在尖叫。子彈打碎一只燈泡，玻璃落到她的肩膀上。她撐著浴缸邊想要站起來——

朴季醒一把將她拖出浴缸，扔在地上。水淋淋的游泳衣貼在身上，小腹下有片陰影。她蜷縮在地上，她想盡量遮擋住要害部位。

朴季醒威風凜凜地舉著手槍，用左手指指那個攝影師（他一進來就找到那人）：

「你——出來。」

他讓小傅把攝影師從地上拉起來，從那堆蹲著的人裡拖出來，小傅把手槍對著他，要他準備好所有拍電影需要用的東西。要他扛著那臺沉重的三十五毫米攝影機，朴又指指地上那堆膠片盒，讓人把它們全部扛到車上。

「夠拍幾個小時的？」他問。

沒人回答他，他也不在乎。他只需把它們全搬上車。他們沒有開車過來，老顧早就來查看過攝影棚，電影公司有自己的卡車，每天夜裡都停在棚外的院子裡。

所有人都要捆起來，老顧說。明天下午三點之前，所有人都不能離開那裡。那是一家小製片公司，那是個小攝影棚，沒有外人會來。他們喜歡夜裡工作，上午這些電影界人士都在睡大覺，沒有人會在上午闖進來。你要把他們全部捆起來，留兩個人看著他們，這樣就萬無一失，老顧說。

我們本來就人手很緊張，為什麼要這樣做。有什麼必要？他問過老顧。

「有必要。必須這樣。」老顧說，「這是你不懂的事，你不懂拍電影。你不懂電影的威力。民國十八年我在蘇聯，我看過那個電影。你知道愛森斯坦？你知道那個導演麼？那電影叫《十月》。拍的是攻打冬宮。可人家說，在那電影裡受傷的人，比真的還多，電影裡死的人，比起義時要多得多。勝利是很容易遺忘的，死幾個人也很容易忘記。留下來的只有電影。」

朴不太能聽懂他的話，朴覺得這些話高深莫測。他覺得老顧像是自言自語，像是在研究一個理論問題。

電影可以讓死一個人變成死十個人，只要攝影機換換位置。電影還可以讓人死得更好看，讓它變得乾乾淨淨，不會有腦漿，不會有抽搐，死亡會變成一個簡簡單單的印記。這話他能理解，電影可以讓死掉的人只露出肩膀。

他讓人把他們都捆起來，連那個已坐在卡車上的攝影師在內，連葉明珠在內。他親手捆綁這位大明星，他們帶來足夠多的繩子。他捆得很仔細，把她的手綁在背後，繩子從肩膀上繞過來，再從腋下穿回去，再繞過來，在肚子上交叉，又在大腿上繞兩道，轉到小腿，轉到腳踝，把兩隻腳捆到一起，在那裡打個牢牢的死結。他想，等她身體變乾時，繩子也會變得更乾，收得更緊。

拍攝現場的所有工作人員全都堆在一起，擠在熾熱的燈光下，朴季醒把捆成肉團的葉明珠扔在那堆人裡，拉下一塊窗簾，惋惜地替她蓋上。他留下兩個人看著他們，他覺得不用塞住他們的嘴巴，就算到白天他們也不敢叫喊，兩支手槍正對著他們呢。

卡車後車斗上蓋著篷布。他讓攝影師坐在駕駛室裡。要讓一個人好好工作，你必須給予足夠的尊重。時間還早，他坐在駕駛室裡抽煙。凌晨時他要把卡車開到馬霍路。把攝影師暫時扔在馬房裡。而他自己還要去八里橋路，那裡有另一個小組在等候他的到來，還有老顧。

他問攝影師：「拍露天場面，這東西架在哪裡？扛在肩上？」

「有個三腳架。」攝影師說。

他讓人去找來那架子，在攝影棚的一個角落裡。

他又接著問：「這東西在卡車上站不站得住？要是正在開動的卡車呢？」

「沒問題。」攝影師驕傲地說：「北伐時，我一路扛著它拍過戰場。」

朴季醒高興地拍拍他肩膀，在他嘴裡塞上一根香煙。

五十一

民國二十年七月十四日
凌晨四時三十五分

冷小曼渾身都難受。不光是累，不光是餓。她沒法翻身，她的手反綁在背後，只能側過身來躺在床上。房間裡一股嗆人的硫磺味，聞久之後鼻腔的黏膜好像結上一層殼。這都怪她自己，這是她第二次自投羅網。

下午她在那幢公寓門口被人攔住。是小李，林培文組裡那個最靦腆的小夥子，以前在藥房裡學生意。在那條連通霞飛路和花園的樓道深處，人家告訴她：

「你不能進去！老顧說你已背叛組織。你一出現，命令是格殺勿論。」

「我沒有背叛組織。」

小李憐惜地望著她：「我不想看到你死……可那個白俄女人早上帶人闖到禮查飯店，差點把朴季醒打死。消息一回來，老顧說一定是你向那個女人通風報信的。你一失蹤老顧就在擔心，沒多久就傳來那消息。」

「我沒有背叛組織。」

「現在說這個沒意思。你趕緊走……」住在貝勒路過街樓那會，小李也是常來看她的一個。他幫她往樓上扛煤球，幫她去隔壁弄口的老虎竈提開水。

「薛先生呢？」她忽然問。

「朴季醒把他帶回來。放在另一個聯絡點。老顧說，他懷疑這個小薛也很危險。他說突然跑出那麼一個傢伙，說他在巡捕房有關係……而現在你又洩漏組織的機密。老顧說薛還有利用價值。他要再考慮一下，對你，他說要格殺勿論。朴季醒朝那白俄女人開過一槍，有人回來說，沒打死她，她被送到醫院。老顧說等行動結束後，白俄女人也必須派人去處決。說你們三個現在都是組織的嚴重隱患。」

「薛先生是決心參加革命的。那個白俄女人也對我們有很大幫助——我們不能濫殺無辜。」

「你忘記我們發過的誓啦？你忘記群力社行動綱領啦？說這些都沒用，你趕緊走！我放你走！你別上樓！」

他推她轉身，她走出幾步，他又叫住她：

「等等……」他從口袋裡掏出一把零錢，一塊洋錢，幾張紙幣，他把這些錢遞給她。他想想，又從短褂下摸出手槍，一塊遞給她。那是一支手掌大小的勃朗寧。

她回到福履理路小薛的家裡。她坐在桌邊發愣。她覺得雙腿痠痛，她再也跑不動路，她也不知道能跑到哪裡。她忽然掉下眼淚，趴到枕頭上痛哭一番。她聞到小薛頭髮的味道，心裡一慌……

他在老顧手裡，她決定去把他找回來。她想這是她現在唯一能做的事。她不想讓他成為組織的犧牲品，像她自己那樣。她要去懇求顧福廣，她不相信組織會殺掉她，她不相信老顧真的會殺她。對她來說，這不是一個最漫長的決定，對她來說，這也不是最漫長的一天。可等她當真走出門，找到電話亭，撥通那個電話時，天色已將近黃昏。

她按照電話裡交代的地址找到八里橋路這家蠟燭店。老顧不在。朴季醒也不在。在這組織裡，她只認識這幾個人。別人把她帶到樓上，客客氣氣地把她綁在床上。

現在，她只能這樣等待著，只能這樣側著身子躺在床上。

窗外曙光微露，天空黝藍。她聽到樓下門板搬動的聲音，隔一會，她又聽見竹梯嘎吱作響，有人上樓，是朴季醒。

朴坐在桌邊望著她。

「為什麼要偷偷離開？」

她固執地看著他。

「為什麼要通風報信？為什麼要背叛組織？」

她並沒有從這種嚴重的指控裡感到危險，她只是覺得受到侮辱。她為組織付出過很多，其中包括痛苦的抉擇，無盡的寂寞，還有違心的表演。她望著朴季醒那張一宿沒睡的臉，那張因為沒刮鬍子而顯得更加憔悴的臉。她想起在這個組織裡，她看到過太多這樣的臉，她忽然覺得這樣的臉有些可笑，緊張，疲倦，因為過度疲倦而興奮……忽然之間，好像有另一個冷靜而超脫的自我跳出她身體之外，從那些剛剛還充滿她頭腦的羞憤中浮現出來，像個旁觀者那樣站在邊上。

那是一些沉浸在秘密行動中的臉，是一些完全沉浸在自我想像中的臉，蒼白的臉色在黑暗的人群中忽隱忽現，既驕傲又驚恐，既蔑視又渴望……

一旦她採取這樣一種旁觀者的立場，突然就覺得這一切都毫無意義。純粹是……無謂的消耗，她在心裡使勁尋找合適的表達方法。可她很快就原諒這一切，也原諒他們。他們不知道自己在幹什麼，她想。她又覺得他們畢竟也不是那樣可笑，因為她自己也有那樣一張蒼白又邋遢的臉，她自己也整宿整宿地睡不著覺。那張臉看似正在遭受無休無止的關節疼痛的折磨。

她在思索朴季醒剛剛說的那句話——背叛……

她覺得正是這樣的字眼在折磨著他們和她。這些字眼會偷偷咬噬人的心靈，讓人又激動又心酸，讓人徹夜不眠。這不是平常人們互相說話會用到的字眼，可一旦他們用這樣的字眼說話，生活就開始大不一樣，世界也變得好像夢幻一般。她一動腦筋檢點起這些字眼，心裡就排出來一大串，行動啊，綱領啊，國家啊，壓迫啊……還有——愛情。

她想，要是世界上沒有愛情這字眼，她和小薛的關係會不會更好些？她會不會不那麼裝模作樣些？她覺得自己像是被人家——被這些字眼規定好角色，可她現在覺得很累，她不想再扮演這些角色。

天快亮時她聽到樓下老顧說話的聲音，她想叫他，想對他說，她並沒有背叛，她只是不想傷害小薛。她並不覺得老顧真會殺掉她，她甚至覺得老顧不肯上來看看她，是因為對她有些愧疚，就好像她偷偷跑出去打電話給人家通風報信，責任都在他身上。她現在漸漸不再為自己做的事感到羞愧，就先替人家羞愧起來。

她大聲叫喊老顧老顧。朴季醒騰騰爬上樓，告訴她老顧走啦。朴過來幫她解開繩子，給她倒一杯熱水。她想洗臉，她想漱漱口，她多想換換衣服啊，可她更想問問小薛。

朴背對著她站在桌邊，好像在研究那只燈泡。

「我帶你去見小薛。」他告訴她。

她覺得心情輕鬆起來。畢竟——事情是可以講清楚的。等明天，等他們那行動順利完成，事情就過去啦。她可以幫忙去看著小薛，在這段時間內。至於那個白俄女人，那個特蕾莎，她不是在醫院裡麼？吃點小小的苦頭，也許對她還有些好處呢。

天還早，八里橋路街上一個人都沒有。老鼠在隔壁浴室的煤堆上爬過，完成牠在黎明前的最後一次巡獵。卡車停在街對面，柏油布篷罩著車斗，車後擋板上掀開一條縫，季醒翻下後擋板，讓她爬進車斗。

她感到屁股上被人用力推一把，她跌進車斗。

朴季醒跳進車內，她驚恐地回頭看著他——

篷布已放下來，裡頭漆黑一團。她還沒來得及讓眼睛適應，脖子已被人掐住。一瞬間所有事情都水落石出，她明白過來——朴季醒是想掐死她。在車上掐死她，省得從樓上往下搬。不過她只來得及明白那一小會，她的大腦開始缺氧，她透不過氣來，她開始掙扎。她被人壓在卡車擋板的角落裡，膝蓋頂著她的肚子，她想要拚命蹬腿，可腿也被人家坐在屁股底下。

她的手還空著，在快要失去知覺前一秒鐘，她忽然觸碰到那支手槍，她在福履理路特地換下旗袍穿上褲裝，就是想要藏好這支手槍，幸虧她沒被搜身，幸虧沒把手槍放在手袋中。她以前看到過林培文把手槍插在褲腰背後，她學他的樣子……

她掏出手槍，可她不想打死他，況且槍還上著保險。她揮舞手臂，槍柄重重砸在朴季醒的太陽穴上。那雙掐著她脖子的手頓時鬆開。她想咳嗽，可她來不及咳嗽，她連滾帶爬跳下車斗，朝車頭方向跑去。她聽到身後卡車擋板撞擊的聲音，她聽到重物墜地的聲音，她不敢回頭，拚命朝街對面跑去——

她看見林培文，站在寧興街拐角上。她看見在他身後，小薛冒出頭來。她以為自己是在朝他們呼救，可她覺得聽不見自己的聲音，她覺得自己無法呼吸，她看見他們轉過頭，朝這邊看。她看見他們站在街沿。她踉蹌地朝他們跑過去，揮舞手臂。她聽見背後引擎啟動的聲音，卡車從她身邊疾衝出去，左側輪胎撞到街沿上，車頭又急速向右拉去，在交叉路口歪歪扭扭劃出個弧形的輪胎印，拐到寧興街上，轉眼消失得無影無蹤。

她覺得渾身發軟，顫抖得厲害，她在哭泣，還夾雜著咳嗽。她靠在小薛的身上，他抓著她的手臂。她想騰出手來摸摸小薛的臉，可她手裡還握著那支槍。她想她差不多算死過一回，可又活過來。她既然死過一回，就無須再覺得羞愧，無須再去考慮自己的做法在別人家眼裡的印象，他很英俊，她剛剛以為再也見不到他啦。她繞著小薛的脖子，趴在他身上痛哭失聲。

五十二

民國二十年七月十四日
上午六時五十五分

林培文覺得時間太緊張，他一刻都沒耽擱，可還是差點晚到。他要是晚到一分鐘，這會大概只能見到死掉的冷小曼。再也不能讓同志白白犧牲。昨天晚上，小薛把顧福廣臨走時說的話告訴他，他立刻意識到冷小曼要出事。當時他猜想冷小曼已被顧福廣殺掉。顧福廣不想讓小薛見到冷小曼，顧福廣會殺掉她，然後栽贓到那個白俄女人頭上。可後來他得知小李碰到冷小曼。小李是他自己那個小組的同志，小李回到法華民國路，告訴他冷小曼已脫險。

那以後，他就把冷小曼的事丟在腦後。他有太多的事情要做，他只有一個晚上。他讓小秦他們幾個立即分頭傳遞消息，把他那小組的同志全都叫回來。他召集大家在民國路聯絡點開會，他要把事情明明白白告訴大家。有幾個同志還沒找到，顧福廣已把人手打散。他那小組裡的人有好幾個跟著顧福廣跑去浦東。

最重要的是他那個小組，陳部長說。清一色二十歲左右，很多都是學生。他們受到顧福廣的矇騙，可他們全都是革命的寶貴財富。無論如何要盡量找到他們，把真相告訴他們。可他那組人是顧福廣手裡最勇敢的一批。顧福廣雖然號稱發展出好幾個行動小組，真正能做事的是這些年輕人。陳部長告訴他，組織上做過調查，顧福廣其他那兩個小組，都是一幫在租界裡雞鳴狗盜的小流氓，有些是黃色工會的打手，有幾個從前在青幫開設的花會聽筒做航船，席捲賭金逃跑後被幫會派人追殺。他還搜羅一批外國人，韓國人、印度人、白俄，全都是從亞洲各地逃到上海租界的犯罪分子。

那些沒有找到的小組同志，他想不出辦法來通知他們。陳部長告訴他，要利用一切可能利用的關係，揭露這個企圖向黨栽贓的陰謀。小組同志開會後，他讓所有人抓緊時間分頭去尋找，他自己又跟這個小薛談話，他想知道，如果巡捕房獲悉這情況會怎樣，他認為有必要把情報用適當的方式向法租界警務處透露。

「冷小曼這會在哪裡？」這個自私自利毫無心肝的傢伙，只想到他自己的事。林培文弄不懂他，他倆根本不是一類人。聽說那白俄女人被送往公濟醫院，他剛鬆一口氣，可這會他卻又關心起冷小曼來，他不懂一個人怎麼周旋在兩個女人之間，他覺得那很庸俗。

「她很好。我們有同志已把情況告訴她，警告她不要去見顧福廣。」

林培文看出他確實對冷小曼很關切，但他想不明白，為什麼一個人可以既關心這個，又關心那個。

「顧福廣不是個真正的共產黨人。他正在策畫一次危險的搶劫行動，他想把這栽贓到共產黨頭上。我們希望你把情報透露給巡捕房，通過你的那個朋友。」

林培文覺得對方有話要說，他望著小薛。他的嘴唇上鹹津津，那是汗水的鹽分。他看到小薛在摸口袋，他知道他是想抽煙，他自己也想抽一根。

「他們為什麼要相信我呢？」小薛說。牆上的雪花膏女郎望著他們，在微弱的暈黃燈光下，她周圍那些爭奇鬥豔的花朵這會顯得色澤十分暗淡。他們為什麼要相信他呢？對於租界裡的帝國主義者來說，共產黨比普通的犯罪分子更可怕，他們有什麼理由要澄清這事實呢？

小薛在沉思。他們都是年輕人，林培文望著他，懷著一絲善意微笑著，儘管他平庸自私，儘管他的良心從未經受過天人交戰的時刻，林培文仍然希望能感化他。

「我倒有個辦法。」他忽然開口說話。林培文等著他——

「這是在上海。這是一座城市，城市有它自己的辦法。城市有它自己傳遞消息的渠道。」他在思考，邊想邊說著，「可以把消息傳遞給報館。寫一份聲明，一份通電。交給報館。一份揭露陰謀的重要聲明。還有廣播電臺。租界裡有那麼多電臺。現在報館正忙著，明天的早報還沒截稿，還來得及。擬個稿子，分寫幾十份，讓人分頭送到報館和電臺，明天一早全上海的無線電裡都可以聽到這聲音。早報也會把消息傳播出去。」

好主意——林培文再一細想，覺得這簡直是個不能再好的好主意。

他們整晚都在不停地寫，反覆修改，林培文無法請示上級，時間來不及，他只得懷著一絲僭越的惶恐寫下這抬頭第一行字：

中國共產黨上海區委員會致全上海市民同胞——

小薛認為，單單這樣一份聲明，租界報館根本無法刊登。他說，最好從頭說起，把它講成一個故事，如果它是一個有關事實的報導，報館和電臺就會冒險發布，因為本地市民最喜歡這類「聳人聽聞」的消息。林培文轉頭瞪他一眼。

要不要在文稿裡揭露明天將要發生的事件，林培文對此猶豫半天。他有些擔心，少數同志還未收到警訊。最後，他還是決定寫出來。他把稿子謄抄二十多份，小薛也在幫忙謄寫。他倆騎著自行車，四處送遞那疊稿件。小薛陪著他，對租界的各家報館電臺，小薛比他熟得多。將近四點，他們回到民國路。

從八里橋路回來的小組成員發布驚人消息：冷小曼在蠟燭店裡出現！發布者本人接受朴季醒的指令，來民國路召集小組其他人去八里橋路集合的。等到林培文把事情的真相告訴他，他立即報告說，冷小曼此刻在蠟燭店，已被捆綁起來。

林培文一秒鐘都沒猶豫，他掉頭出門直奔八里橋路。小薛跟在他身後。

幸虧及時趕到。

林培文望著凌亂的店堂。吃剩的食物，到處是煙蒂，原本方方正正堆疊的紙箱被人推得東倒西歪，紙箱後牆角地板下的槍枝和炸藥早已被人取走。

林培文懷疑自己這邊的消息已洩漏，他大張旗鼓召回小組同志，顧福廣不可能不起疑心。朴季醒一看到他們就匆匆駕車離去，他不得不假定，顧福廣已獲悉謊言敗露的消息。他一定會孤注一擲。

他不知道顧福廣準備拿那種新購置的武器幹什麼，他也不知道顧福廣的計畫，不知道他的行動時間，也不知道他的行動目標。所有的計畫都藏在顧福廣的腦子裡。在他召回的同志中，有人說行動目標是一家銀行，還有人說集合地點在跑馬總會對面的馬房。馬霍路周圍一家銀行都沒有。這是顧福廣向來的行事作風，他總是在行動前的最後一刻才把方案告訴具體的執行人員。

他們走進店鋪後的庫房，顧福廣一定是在這裡開過會，鐵皮罐頭裡塞滿煙頭，只有顧福廣才會這樣一支接一支抽香煙。冷小曼靠坐在牆邊一只木板搭成的貨架上，她抓著小薛的一隻手不放。

林培文環視陰暗的庫房，窗戶全被木板條釘死，早晨的亮光和柴煙從板條縫隙間鑽進來，煤球帶著夜晚的潮濕，散發出一股刺鼻的煙氣。隔壁友益里弄堂傳來洗刷馬桶的聲音。他注意到紙箱半空，裡頭的鞭炮拿掉很多。他還看到桌上有一張紙，顧福廣常常坐在桌邊那個位置。

林培文拿過那張紙，湊著燈光仔細看。他能看懂那草圖的意思。顧福廣在制定計畫時，向來十分嚴謹。他在行動前總要仔細勘察地形。開會時他會拿一張白紙，用鉛筆在上面畫出街道，標明寬窄，畫出建築物，門和窗，他會在圖中指定埋伏火力的位置，汽車接應的位置……

可他看不懂街道兩側一格格排列整齊的小方塊代表什麼。他注意到顧福廣在這些方格邊上設置火力，街道這一側有兩處，對面有一處。攻擊目標在街道這面，顧福廣的習慣是在攻擊目標的位置畫上個大豬頭，兩個大耳朵，占滿半個豬臉的圓鼻頭，鼻孔是兩個黑點。他看到草圖右邊位置畫著一個三角形，他猜想那是個巡捕崗亭。豬腦袋對面街上寫著一個小字，像是在說明問題時隨意的塗抹，他仔細看，是個冠字。

從板條縫透進的光線亮起來，他把紙放回桌面。冷小曼也把頭湊上來仔細看，忽然叫起來：「這是法大馬路。」

她用手指點著紙上的位置：「這是東自來火街，這是西自來火街，這個冠字，一定是冠生園。方格是騎樓的廊柱。目標是中國實業銀行！邊上就是星洲旅館。」

林培文轉頭看她，有一句話他不得不當面問她，他要她當面回答他：

「星洲旅館那一次搜捕，你被帶進老北門捕房。為什麼要說謊。為什麼你不把事實告訴顧福廣？」

「我說不清——我怕一說實話，你們就會掐斷聯繫……」

「那麼——你告訴我，」他又掉轉頭來，望著小薛：「你與巡捕房的馬龍特務班究竟是什麼關係？你通過冷小曼與顧福廣接觸，究竟是出於什麼意圖？」

小薛無法回答他的問題，他支支吾吾：「是朋友，普通朋友……不，是個好朋友……」

林培文朝他微笑：「別緊張。我們黨完全掌握你的情況。我們希望同你保持聯繫。如果你相信我們，如果你相信我們所做的一切都是為著一種正義的事業。我們可以成為你的朋友。」

五十三

民國二十年七月十四日
上午九時十分

像《申報》和《大公報》這類大報館，只把消息簡略地刊登在本埠新聞欄內，這是人家自覺其身分使然。而那些較小型的報紙中也有以刊發新聞稿件為辦報主旨的，比如《市民新報》。這類中等大小的八開報紙，則在頭版的右下角全文刊發那份聲明。去年，這家報館曾被上海特別市黨部清黨委員會封查，原因是他們在一種壯陽藥的廣告裡，配發南京國民政府主席蔣中正先生在北伐軍總司令任上全副戎裝的照片。在北伐勝利前後的混亂時期，此類拿總司令開玩笑的廣告鋪天蓋地，到處都是，後來漸漸肅清。在報館值班審閱大樣的主編格外小心謹慎，小薛提醒他，明天早上申時通訊社發給各家報館的電文稿中一定會有這份聲明，他不妨預先把稿件的來源寫成那家通訊社，意思是責任可以由別人家去承擔。至於那個複雜的故事，《市民新報》用兩個整版來報導，基本沿用林培文寫的那份東西，只在一些詞句上稍作改動。

小薛要是能碰到李寶義，他也會給他一份的。即使是《亞森羅賓》也有它的固定讀者。他把冷小曼送上有軌電車後，順手從站點旁兼賣報紙的煙雜店拿來一份《市民新報》。林培文止在忙於疏散安排他召回的小組同志，至於冷小曼，最方便的辦法是先去福履理路的小薛家休息。

小薛不能陪她去，他有事要辦。他在敏體尼蔭路找到一個公共電話亭，往薛華立路警務處薩爾禮少校的辦公桌上打電話。

少校一定是守在電話旁邊。少校一定看過早上的報紙。沒等他報告，少校就開始朝他發火：

「報紙是怎麼回事？你還向我報告什麼？報紙上全都有！他們不是共產黨，那是一幫犯罪團夥，那是誣陷共產黨的陰謀。為什麼不先來向我報告？正在策畫一起暴力活動，什麼活動？為什麼不報告巡捕房？你到底想幹什麼？」

他在法大馬路的蛋糕房裡喝咖啡，屋角那臺西屋無線電裡的廣播聲讓他很得意，他覺得這無論如何都是個好主意。

讓少校再次原諒他的是那個情報。少校不得不原諒小薛，他要是不按他們說的做，就沒法從那裡脫身，這個重要情報也沒法送達警務處。小薛有時會覺得少校在跟他玩貓捉老鼠似的遊戲，他有時覺得少校把一切都看在眼裡，他想少校大概是把這當作管理租界的一種絕妙方式。他坐在高處俯瞰著你，他容忍你的小花樣，只要他還想跟你玩下去。

十一點，他準時來到麥蘭捕房。馬賽詩人在門口等他。他看到在一間大會議室裡，馬龍特務班全體在場。

少校在隔壁小房間裡。面對這個驚人的情報，少校表現出錨樁般的穩定。一九一二年在法屬西非，他處理過科特迪瓦的土著暴動，大戰後他在河內搜查過當地民族獨立運動小組的炸藥作坊。在他心情好時，他會對小薛炫耀海外履歷中最光輝的業績。他目前最感興趣的是共產黨，小薛的消息多少有些讓他失望。最讓他失望的是小薛把這消息捅到報紙上，捅到廣播電臺上。小薛明白他讓少校失望，他認為少校的失望絕大多數應當歸結為因判斷失誤而帶來的窘迫和自責，有一小部分純粹是受到挫折的榮譽感在作怪。

少校對小薛憑記憶畫出的圖紙相當滿意，他讓馬龍班長把草圖拿到隔壁的會議室去。如果能夠成功鎮壓顧福廣的這次行動，小薛就能夠挽回在少校那裡丟掉的面子，也會幫少校挽回面子。他希望顧福廣的行動以失敗告終，他甚至希望巡捕房當場擊斃顧福廣。他相信林培文也希望如此，那是他剛剛結交的朋友。顧福廣是妄圖向林培文的黨栽贓的陰謀家。問題在於，沒人知道顧福廣將在何時發動攻擊。

少校並不為此焦慮不安。他在抽他的煙斗，在等待。

馬龍班長闖進房間，他用退役拳擊手那種無禮的方式向少校建議：「我們應該用裝甲警車封鎖東西兩個路口。路上人太多，要是不把他們嚇跑，一旦開始我們無法控制局勢。」

「他們明天還會來，或者後天……」少校快速答覆，可話卻說得模稜兩可。

「今天可不能算是個普通日子。所有警察全都不准休假，一半都調到法國公園，下午三點，總領事和公董們要在那裡閱兵，印度支那駐軍的分遣隊司令官也在觀禮臺上。」

小薛這才想起來今天是七月十四日，顧福廣選擇 La Fete Nationale[1] 動手，是早就打算好的。

「我也要去。等這裡收場。要記住，必須等他們開始後再出動。給我說說你的安排。」少校把具體行動交由馬龍班長負責。

「東自來火街的崗亭裡已秘密加派機關槍手。銀行周圍有不少便衣華捕。從這裡到現場，警車只要開兩分鐘。霞飛路和福煦路兩個分區捕房已得到通知，所有警車都在靠近法大馬路的轄區邊緣待命，一旦警報響起，這塊區域的所有出口都會嚴密封鎖。」

「很好。那樣的話——你還擔心什麼。」

少校把他的家什全都放在那只棕色的小皮袋裡，他解開繩子，摸出銅釬來挖煙斗，他在準備第二鍋煙絲——

爆炸聲，從西面傳來的爆炸聲。時間是下午二點。許多日子以後，在這一連串的事件平息很久以後，少校曾在一次閒談中對小薛說：「我確實一點都沒想到，他會用爆炸來開場。如果他是要搶劫銀行，為什麼要先扔炸彈呢？沒有人會這樣來開始一次搶劫行動。我當時覺得他是在發瘋——別人會悄悄地走進銀行，安靜地控制局面，讓人趴在地上。他需要時間，他們要把那些錢裝進包裡，裝進箱子裡，這些錢裡有一半是銀元，箱子會很重，他們還要把它扛上汽車。我知道他手裡有致命武器，他可以在衝擊包圍圈時使用它。我們已做好所有準備，銀行裡有埋伏，有機關槍，他們一旦往外走，所有埋伏點都會同時開火。他們上車時，一定會鬆懈。突然看到那麼多錢，一定會興奮。沒人會想到，他們一開始就扔炸彈。簡直是在發瘋。我告訴我們的人，至少有十分鐘時間，可以用來解決銀行外的所有火力點。他們不想給我們時間，問

1 法國國慶節。

題在於，他們根本都不想給自己時間。」

小薛聽到連續的爆炸聲。聽到各種各樣的槍聲。有的連成一串，有的是有節奏的單發，固執地一槍，又一槍，好像是不願意被別的槍聲淹沒。他覺得這有點像是那種婚宴上的鞭炮聲，如果他不是事先得到消息的話，他一定會誤把這個當成鞭炮聲。別人會把這個當成是鴻運大酒樓的喜慶宴會呢，或者是法大馬路上有哪家新店鋪正在開張呢。

馬龍班長帶著特務班的全體人馬衝出樓房，他們早就得到消息，他們完全是有準備的。他們沒有被爆炸聲搞亂，警車早就在大門口待命。少校讓小薛跟著他。

少校和小薛坐進一輛加裝鋼板的勞斯萊斯警車裡。他們沒能在兩分鐘內趕到現場。從分區捕房到銀行門口只有一公里不到的車程，可他們花掉七、八分鐘，他們被恐慌的人群堵在路上。等他們趕到現場，槍戰已接近尾聲。

先前在現場指揮的警官，是老北門捕房的那位探長。小薛認識他。他在向少校報告前，朝小薛看過一眼。他告訴少校，雖然早有準備，但開始時所有人都被搞懵。準備工作不能說不充分。是的，他們看到那輛車停在銀行門口，他們頓時肌肉繃緊（用埋伏在崗亭裡的那個機槍手的話來說）。是的，他們也看到三輛自行車突然靠到騎樓的廊柱下，一輛在銀行那側，其餘兩輛在街對面，正是那張圖上畫出的位置。所有人都沒想到，他們一跳下「配極」汽車，就朝銀行門口扔出三顆炸彈，一人扔一顆。就在同時，從三輛自行車的位置也響起爆炸聲，但那是鞭炮，大量的鞭炮，探長說，鞭炮一定是重新編結過的，只點一次就無窮無盡地炸過去。

這是一群手法極其業餘的搶匪，他總結說，他們一定是還沒開始搶錢就把自己給嚇破膽啦。他們也根本沒想到會有埋伏。警察在十幾秒鐘後開始射擊，看起來他們對此毫無預計，穿越爆炸的煙霧衝進銀行的三個人很快發現自己根本逃不出來，銀行櫃檯後也有子彈射向他們，他們在臺階上的門廳裡受到兩方面的火力壓制。

探長說，那以後，場面變得有些滑稽。三個騎自行車的傢伙本來預備依托那些廊柱，為衝進銀行的人提供火力支援，可他們剛拔出槍就看出情勢不對。他們直接從騎樓下跑出來，趁著警察的槍還沒完全對準目標，他們竟然跳上那輛車，揚長而去，他們竟然不去管銀行裡那幾個傢伙。

「他們朝敏體尼蔭路方向逃逸。」像是要為探長的話做注腳，從西面的八仙橋方向傳來密集的槍聲。

「他們逃不掉的。他們衝不出敏體尼蔭路。」少校望著混亂的爆炸現場說，銀行臺階上是一道彈簧門，裡頭是個不大的門廳，那三具屍體就倒在這裡，倒在那堆玻璃碎片裡。其餘在現場傷亡的普通市民，數量還未得到完整統計。

五十四

民國二十年七月十四日
上午九時二十五分

李寶義在維爾蒙路[1]的協泰煙兌莊停下腳步，從口袋裡掏出那張昨晚贏來的鈔票。簇簇新的中國墾業銀行十元紙幣，倫敦華德路公司印製。背面全是外國字，底下是銀行老闆的花哨簽名。這是銀行用來防偽的花樣。從前，有家銀行被人搶走一批還未來得及印上簽名的鈔票，結果是好久以後市面上還不斷冒出幾張墨跡暗淡的假簽名鈔票來。

櫃檯圍著鐵柵欄，他從孔裡把鈔票遞給那寧波人。

「九塊銀洋鈿，剩下來一塊換成角子。」他喜歡聽到褲袋裡銀錢叮噹響。

他在隔壁的饅頭店買包生煎，他知道這是一家冒名的大壺春，有誰會去管這個呢？

他把找來的銅錢放在另一只褲袋裡。他打算過會直接去馬立斯茶樓聽聽風聲，今天是法國國慶日，跑馬總會特地加賽大香檳場[2]以示慶祝。他昨晚在牌局上手氣大好，他認為這全都歸功於他想出的那個好辦法，所以他決定上午不出手，中午跑一趟，到水蜜桃的床上睡個午覺，下午再大殺四方。

在等那鍋生煎出爐的時候，他聽到隔壁煙兌店的無線電裡在播新聞。他被那個名稱吸引住——群力社，他聽到過這個名字，他那會可嚇得不輕。

他穿過愛多亞路[3]。這會還早，馬路上空蕩蕩，一輛汽車都沒有。他幾乎走在車道中央，愛多亞路正好切在跑馬廳路的弧形頂端，接壤處那兩大片房屋就像女人的兩條大腿，朝跑馬場的方向分開。穿過那條二十來米長的夾縫就是跑馬場。夾道左邊是一家中醫腎病醫院，有人在街道中央古怪地造起一間公共廁所，李寶義聽說跑馬場老資格的賭徒在下注前，都會先來這裡摸摸女廁所那邊的門框，因為根據風水，此地陰氣極盛。

馬立斯茶樓就在街區那頭的岬角頂端。李寶義直接跑到二樓靠窗口的座位，坐到鼓形的彎腳圓凳上。他要跑堂的沏一壺茉莉香片，他撕開被油浸透的紙包，又高聲叫喊起來，讓跑堂再送一小碟香醋來。

他是這裡的常客，偶爾可以在這裡賒欠。可今天他不但不用賒欠，還想把欠帳全付清。他要用銀洋付清帳目，今天他要裝裝闊佬。他掏出那疊銀元來，仔細查看跑堂送來的帳單，剛想撥出一枚來，忽然驚覺。他差點忘記——他把昨夜讓他翻本的那枚跟今早兌出的混在一起啦。他可不能隨意扔掉這枚寶錢，他把那疊銀元一個個拿起來，放到鼻子邊上嗅，直到他聞到那股熟悉的騷味。

---

1 Rue Vouillemont，今之普安路。

2 跑馬總會的一種賽事。一般每年定期舉辦一次。但有時也可加賽。按照規定，大香檳賽的賽程為一又四分之一英里。

3 Avenue Edward VII，今之延安東路。

帳算完，他神氣一清。讓跑堂的到樓下給他拿來報紙。一個標題引起他的注意。他仔細閱讀那篇報導，又看到一個熟悉的名字。報紙謹慎地向讀者提供消息來源，說故事的提供者是租界裡一份法國報紙的老資格記者，他的名字叫薛維世。他往茶杯裡啐掉一口茶葉末，心裡覺得小薛不仗義，如此爆炸性的新聞居然不先來告訴他李寶義。犯罪團夥，他又啐一口，他早就知道這幫人不是共產黨，他又想起小薛在月宮舞廳裡問起過的事。

他翻到跑馬版，把那事丟到腦後。今天是大香檳賽，頭等賽事，總會目前最有名的幾匹賽馬全都要出場。大香檳賽與普通場次不同，馬票早在一星期前就開始發售。但李寶義並不著急下手——

澳洲馬那一場，他已確定要買英國商人戈登的那匹「子彈」。那馬雖是匹「騸子」[4]，表現卻相當出格。參賽以來總是一路快到底，就算跑這種一又四分之一英里的長程賽，李寶義對它也有信心。騎師安排得漂亮，哥薩克騎兵出身的沙克勞夫隊長[5]是租界裡唯一擅騎短鐙的騎師，騎手幾乎要蹲在鞍上。蒙古馬一般用長鐙，騎手用腳踢馬肚子加速。澳洲馬體型高大，驅策這種馬需要操韁揮鞭，短鐙騎手在馬背上會更靈活些。

李寶義決定澳洲馬那場只買獨贏[6]，這場比賽，瞎子都能猜到贏家，賠率很小，就當是個彩頭吧。他要在那場蒙古馬的場次裡賭一把大的。那一場他會買連位票，他會把口袋裡最後一塊洋錢都買光。他相信這一場會爆出冷門，他有機會贏到幾十倍的賠金。要是運氣好，要是今天的馬報把老馬勒那匹雪白的小雌馬吹噓得再瘋狂些，他很可能賺上幾百倍。一星期來他天天到馬霍路，到那邊的紅磚馬房裡仔細觀察。他相信那匹灰色的「幻影」會讓所有人驚訝得眼珠都掉到地上。他相信牠膽怯的毛病早已被治好。人家說牠起跑時總是會被跳起的攔網嚇得愣住，人家說牠的肚子上出汗太多，可他親眼看到馬夫在牠眼前揮舞繩網，牠紋絲不動。他還親眼看到馬夫在把牠牽到訓練場之前，往牠的肚子上潑水，好讓簇擁在跑馬場訓練道欄杆旁圍觀的賭客誤以為那是牠的汗水。他相信「幻影」這次是志在必得，他還相信老馬勒讓他自己的兒子來騎那匹小雌馬絕對是一步臭棋，他的兒子太胖，身體太重，他的馬雖然名氣很大，頂多只能跑第二。第一是「幻影」，第二是老馬勒家的「白玫瑰」，這一齣誰都不會想到，這一齣會讓他贏上幾百倍[7]。

他中午一定要再到水蜜桃那去一次。前天晚上他忽發奇想，把兩枚銀洋錢塞到她的褲襠裡，當時她正睡得迷迷糊糊，他把這兩塊硬邦邦的銀元插到那條濕乎乎的縫裡，都沒有驚動到她。那兩塊錢吸足她所有的陰氣，果然給他帶來好手氣。他還要再這樣來一次，這趟他要塞它十幾塊進去，大大贏它一回。

他覺得躊躇滿志，他抬頭四顧，望著茶樓上這幫將會把錢通通輸光的爛賭客，望著這幫自以為懂行的馬會記者。他看到一雙眼睛，他心裡一慌——

4 比賽開始後總是跑到最前面的類型，往往後勁不足，最好的賽馬很少有屬於這個類型的。

5 Captain Sokoloff。

6 Win ticket，下注者猜中第一名即為贏的賭票。

7 連位的玩法因為猜中的概率更小，所以賠率比獨贏大。如果是冷門，賠率就更大。

他以前看到過這個人。這是——他在腦子裡緊急搜索這人的名字。他剛剛在報紙上看到過他的名字，這個人朝他的報館裡送來過一個牛皮紙信封，信封裡有一顆子彈。這個人綁架過他，拿槍對著他，要他刊登一份聲明。這個人——他叫顧福廣。他想起那篇報導裡的名字，他想起青幫裡的傳言，他想起那條據說是小薛散發出去的消息。他覺得這個人的眼睛在盯著他看，他不敢回視過去，他低眉垂眼，好像只要他自己看不到人家，人家也就看不到他。

他不敢喊叫，他知道人家有槍，他看不見人家的手，手在桌子底下。他懷疑那條右臂在微微移動，他懷疑人家的手已摸到那件夏布長衫的底下。他覺得胃裡一陣難受，他想那包生煎實在是太油膩。他的喉嚨口好像卡著東西，他想打嗝，可打不出來。他端起茶杯，可又把它放下來。他想他最好裝出沒認出那是誰。他覺得自己神色慌張，掩飾得太笨拙，他想人家是什麼人，怎麼會看不出來……

他站起身來，朝樓下走去。他在樓梯上加快腳步。跑堂在樓梯口招呼他，他氣憤地甩甩手，為什麼不去招呼別人？招呼那個讓他害怕的人，攔住他，好讓他有時間逃走。他沒有朝身後看，沒時間，也沒這個膽量。他匆匆跑出茶樓，向左邊那條夾道拐去。街上人還是不多，早來的賭徒都在跑馬廳路北邊，在馬霍路的養馬房那頭。街心的公共廁所旁圍著一些人，他朝那方向跑去。他衝進廁所，在門口回頭張望，看見那個人站在茶樓門口朝北面張望。他躲進廁所，心想這下大概安全啦。他覺得肚子難受，他打開一扇門，鑽進廁所的隔間裡，解開褲帶，蹲坐下來，他的心怦怦亂跳。他拉不出來，不斷放冷屁。他覺得心裡冰涼。

他沒聽到腳步聲。他只覺得眼前一亮，隔間門被人拉開。他勉強抬頭，想朝人家微笑，可他擠不出笑臉來。他看到刀光。他覺得脖子一涼，好像有一陣風吹進他的氣管，他叫不出聲。他只看到自己的血淌在衣服上，淌到吊在他膝蓋上的褲子上。他的手一鬆，腿一軟，褲子又在往下掉，一直掉到腳踝上。他聽到褲袋裡銀錢叮噹，他這時只有一個念頭——

那枚錢還在呢，我沒把它用掉啊，運氣應該還在啊……

臨死前的一瞬間，他的鼻腔裡浮現出一股熟悉的氣味，是那枚銀錢上的氣味，是水蜜桃的氣味……他看到眼前一道灰色的幻影漂浮而去，他想這是那匹馬呢……

五十五

民國二十年七月十四日
上午十時三十五分

顧福廣最擔心的事果然發生。他不喜歡別人對他的描述。他覺得自己無論如何不能算是個騙子。他對那篇報導裡的有一段特別惱火，說什麼他被人堵在妓女的床上，赤身裸體地跳下床，當時他可明明還穿著短褲呢。最讓他生氣的是那個小薛，他對他不錯，沒殺掉他。他忘恩負義，朝報館裡寫這種東西，他還跟林培文混在一起，把他的人手全都拉跑。那是他最好的人手，膽子最大，下手最堅決，不完成任務從來不逃跑。他會找小薛算帳的，等這裡的事情一結束。姓薛的一定是巡捕房的探子，必須以革命的名義處決他。

今早離開蠟燭店時，顧福廣是故意留下那張紙的，信紙上畫著行動方案的草圖。他一回到蠟燭店就發現情況有變。原定集合的三個人遲遲不到，而那三個人全都是林培文小組的成員。他不知道危險會從哪個方向過來，但他確定蠟燭鋪這個集合地點一定已暴露，他不能再用。他讓所有人都離開。他要朴季醒殺掉冷小曼，他用手比畫一下，暗示他用手掐死她，這樣不會驚動八里橋路周圍的鄰居。冷小曼已證明她自己背叛組織，她的存在只會危害組織。讓小薛以為是特蕾莎殺掉她的，那是最好的說法，當時他還想留下小薛一條命，他想他以後還要派這個人用場。現在看來，這個人已不能再用，對組織不能再用的人，尤其對可能危害到組織的人，應該盡快處決。

他在馬立斯茶樓讀到那段報導。他怒氣上頭，差點失控。他把雙手按在腿上，告訴自己要調整呼吸。他剛剛平靜下來，就看到那個流氓記者。他知道自己被人認出來。今天不知是什麼日子，諸事不順！他的怒氣再次湧上來。他看到這傢伙想偷偷溜走。

絕不能讓他溜走！行動在即，絕不能出現任何意外！

他在廁所裡幹掉這傢伙。沒有人發覺。他輕輕關上隔間的小門，從半截門上方伸進手去，上好插銷。他身上很乾淨，他下手很利落。他決定不再回茶樓。

馬霍路被人群擠滿。上午第一批賽馬已牽過馬路，從專用通道進入賽馬場。售票口排成長龍，錫克巡捕緊張地來回巡視。人群散開一條縫，讓騎警通過。天氣炎熱，穿著單薄，攜帶大量賭資的人都帶著皮包，雙手把包捧在肚子前面，免得小偷光顧。

他拐進德福里。弄堂深處大片空地，馬棚就在那裡。他早就讓人租下一間，馬棚在底下，樓上是辦公室，有圍牆。他聲稱自己是張家口來的大馬販。

朴季醒坐在門口第一間馬廄，手裡端著盒子炮。

人手不夠，但他決定按計畫發動。東面喧聲如雷，他知道第一場賽事已開始。四周突然安靜下來，似乎天空也在凝神屏息，似乎所有人都伸長脖子，以致嗓音變成細弱的氣流，輕輕地吐出來，融入這片安寧當中。潮水般的人聲再度響起，他猜想第一匹馬已進入最後四分之一英里的衝刺賽道。

決戰的時刻——他想。今天幾乎可以算是他顧福廣決戰的時刻。他會一戰成名，從此以後，所有人都會害怕他！賽馬總會大樓不僅是吸取海水般湧來的現金的巨大洞窟，更是這塊租界裡絕無僅有的象徵物，它的權勢，它的金錢，它的渴望。它始終處於這塊租界的心臟地段，它也的確正是租界的心臟。他要在租界的心臟上射進一顆炸彈，爆炸將會讓它休克。白俄女人賣給他的東西絕對是天賜神器，它穿透目標的致命方式，正可視作對今天這場偉大行動的一種隱喻，穿入目標的心臟，然後——爆炸。

他上樓巡視，確定馬棚裡沒有一張當日的報紙。他看到牆角有一臺無線電，他打開後蓋，拔掉最粗的那根真空管。他看到那攝影師坐在沙發上，攝影機和三腳架堆在沙發旁，他朝看守點點頭。

現在，他要調整呼吸，安靜地等待……

下午三點，烈日當空。顧福廣讓朴季醒把卡車停在華格臬路[1]和維爾蒙路的拐角上。二點鐘時，他聽到東邊敏體尼蔭路方向傳來爆炸聲和槍聲。

計畫中的佯攻已發動。他讓人在法大馬路的中國實業銀行營業所弄點動靜出來。要弄出大大的動靜，好把法租界分區捕房的巡捕吸引過去，他們會在敏體尼蔭路設置封鎖線。可槍聲不久就止歇，他暗自咒罵，該死的林培文，該死的薛維世，他們把他最好的人手都帶走，剩下的都是一幫烏合之眾。

二點三刻，他看見一隊汽車駛過。最後兩輛卡車上站滿法國士兵，戴著寬簷頭盔，夏季短褲軍裝，綁腿，手裡拿著各色軍號。他知道這是在法國公園裡參加檢閱的士兵。他猜想前頭那列小車隊一定都裝著法租界的權要人物。他們要去跑馬總會觀看最後也是最重要的一次賽事。報紙刊登的消息說，最後一場賽馬將在三點半出圈，屆時參加閱兵的法國總領事、法國分遣隊司令官、公董局各位董事都將蒞臨賽馬廳大樓。他希望這幫人都在，最好這幫傢伙都坐在頭等包廂看臺裡，好讓他向他們發出一個明確的訊息：他——顧福廣，在上海！

三點十五分。他敲擊駕駛室後窗，命令朴季醒啟動引擎。卡車朝維爾蒙路北端緩緩移動。卡車左側，靠近駕駛室的位置，遮蓋車斗的油布篷打開一條縫，那臺二十五毫米攝影機的鏡頭從那條縫裡伸出。

一分鐘後，目標從愛多亞路冒出頭來。

第一輛是帶炮塔的裝甲警車。第二輛是一輛小型廂式卡車。他知道第二輛車也重新加裝過鋼板，這是一輛裝甲運鈔車！裡頭滿載著當日跑馬總會贏來的賭金！根據報載消息，平常日子總會單日盈利可達十萬塊銀元。像今天這樣的大香檳賽事，顧福廣相信那跑馬場裡至少有五十萬洋錢在湧動，他相信這輛運送現金的裝甲卡車裡至少有價值十萬以上的各種錢幣。這是當天第一輛運輸車輛，在最後一場賽事結束前悄悄出門。把跑馬場當天淨盈利的主要部分送往金庫。他將對這輛車發動攻擊——

設置在維爾蒙路左側沿街住宅二樓天臺頂上的火力點已準備就緒。那是白俄女人賣給他的武器。他僅憑圖紙就一眼認出這種武器，他在蘇聯的槍械課程上看到過各種照片。這是一種看

---

1 Rue Wagner，今之寧海西路。

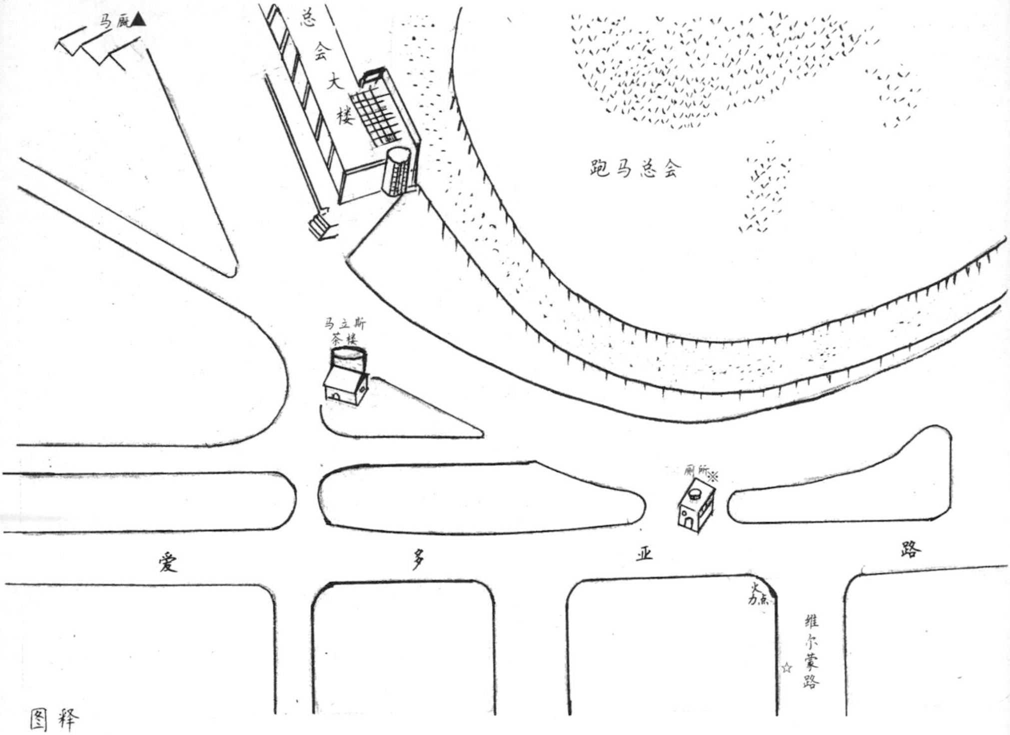

图释

▲：集合处

※：李宝义被杀处

☆：伏击点

賽場及周邊環境示意圖

似機關槍的武器，用可分開的兩腿支架支撐，但它發射的不是子彈，而是一種炸彈！他不知道如何用中國話來給這種武器命名，他相信這東西尚未進入中國的武器市場。關於這件武器，最讓他興奮的一部分（那也是讓他真正開始策畫這次行動的最初誘因）是它可以在槍筒上安裝一種特殊的炸彈，一種——可以射穿鋼甲的榴彈！它可以打到目標的心臟裡！然後——爆炸！

可惜的是，他沒有多少時間訓練射手。在吳淞口外，他讓人把浮標放進海中，讓他們把船開出五十米外，讓他們趴在船艙頂棚上（實際行動中會採取俯射的角度），讓他們對著浮靶發射實彈。他要確保成功，他不吝惜這種昂貴的炸彈。無風時，所有炸彈全都擊中目標（他挑選的都是最好的槍手），可一旦有風，浮靶開始漂移，射手命中率就大大降低。他們不熟悉這種瞄準器，他們也不熟悉炸彈刺向目標時的運動軌跡。

這不要緊——這在預計之中。他選擇維爾蒙路發起攻擊正是考慮到這種情況。他跟蹤觀察過跑馬總會運送車輛的行車路程，他知道車子要從這裡穿過愛多亞路——這條公共租界和法租界的分界馬路。他知道車隊將在這裡拐進維爾蒙路。他覺得租界裡這幫外國佬真的是一群自大狂，他們從不擔心有人會對他們下手，他們從不考慮變換行車路線！

他知道公共租界和法租界遵循兩種不同的行車規則。汽車在公共租界內按英制須靠左行駛，可法國人不理那套，公董局規定要靠右行駛。

（顧福廣無法獲悉的是，公共租界工部局和法租界公董局此時正在商議統一交通規制，未來上海所有的車輛都要靠左行駛。新規定將在這一年的年底頒布，不久以後，南京政府將在全國推行汽車左行規則。）

裝甲車隊從公共廁所東側夾道出來，在愛多亞路交叉街口中央弧形轉彎。當它轉入維爾蒙路時，要在道路左側街口短暫停頓——

租界裡的有識之士早就對此類狀況頗有意見，兩個租界的行車規則必須統一。以這個路口為例，維爾蒙路右側行駛的車輛由此進入愛多亞路時，要換到左側行駛，這會造成相當混亂的局面！有些急於轉入愛多亞路左側車道的司機，常常在尚未抵達街角時，就開始向左打方向盤（愛多亞路車行密集，這樣做可以讓他稍稍節省排隊擠入車流的時間）。如此一來，就會與從北向南擠入維爾蒙路道口左側街角車子相遇。顧福廣發現，裝甲車隊駛過這個路口時，儘管拉著警笛，司機還是會格外小心，他會停下十幾秒鐘，以免一頭撞上那些毛裡毛躁的司機——裝甲車上裝有大量現金！

陽光酷烈，照在裝甲車上。鋼板上塗著血紅色的油漆。護衛車的炮塔上架著機關槍，槍手躲在車裡。顧福廣從布篷縫隙間盯著運輸車的車廂，鏡頭在他頷下從左往右輕微平移。一旦打開機器，攝影師好像就忘卻恐懼和疲倦。密封車廂呈四方形，顧福廣看見鋼板上有兩排平行的鉚釘，他在等待——

陽光把街道照得煞白，沒有看見發射管噴射的火焰，在爆炸聲震動他耳膜之前，他只看到護衛裝甲車的鋼板被撕開，炮塔整個被炸裂，炮塔蓋騰空而起，卡在路邊的梧桐樹枝上。隨後——

爆炸聲漸次響起。沿著愛多亞路向北，然後是跑馬廳路，馬霍路，幾秒鐘內，所有的鞭炮都開始炸響！他在沿路安排爆炸位置，點燃大量鞭炮，他需要這種效果，他還要讓它們像古代的烽火臺那樣傳遞訊息！最後，最劇烈的爆炸聲在跑馬總會大樓裡響起，那才是致命的炸藥，真正的炸藥，在貴賓看臺的下方，在那間廁所裡！

他看見朴季醒跳下駕駛室，他要衝向那輛運輸車，他要打死那輛車上所有的人，他要駕駛那輛滿載金錢的鋼板車，把它開走！預定的計畫是由朴把鋼板運輸車開到甘世東路攝影棚，在那裡一直等到天黑。天黑以後，把車悄悄開到肇家浜岸邊，那裡有一隻小船在等候。

勝券在握，他回頭看看攝影師，等他空下來，一定要好好欣賞這傑作。他一點都沒想到——

他看到運輸車廂鋼板右側裂開一道縫，他忽然想到那兩排鉚釘——他看到黑洞裡閃現一張慘白的面孔，他看到機關槍口的火焰，他看見跟在朴身後的那兩個人倒在地上，他看見朴掏出毛瑟手槍，雙手揮舞，好像跳進河水前那一瞬間，他看見朴的肩膀被成排的子彈撕裂，手臂在他的身體倒下之前就落到地上。

他看到所有人都在向後退，從弄堂裡衝出來的，從卡車裡跳下去的，他咒罵，這幫烏合之眾！他感到怒火沿著頸側的血管衝向太陽穴，耳根下的皮膚不斷跳動，好像怒火要從那裡爆炸。他提起車斗角落裡的武器，他調整呼吸，手在穩定地裝彈。他端起它來，根本不用瞄準，他掀開油布篷，射出穿甲炸彈。他看到車廂的後半截整個被掀開，冒出一股濃煙。他掏出手槍，跳下車斗，衝向駕駛室。駕駛室裡的人已被震暈。他拉開車門，把手槍裡的子彈全打空。他用膝蓋把屍體頂向一邊。他發動引擎。他顧不上等別人，他顧不上等自己這邊的卡車，他甚至顧不上那架攝影機裡的膠片，裝甲車發瘋一般向南疾衝……

有一瞬間，他有些為朴難過。他想他已失去一個最忠心耿耿的手下。也許甚至可以說是他的兄弟……他不止一次想到過這個：他當初用匿名電話把朴的哥哥送進巡捕房，斷送他——其實是想要頂替那個死鬼的位置吧？

他看不到身後，他看不到身後車廂已被炸成半截，他不知道那些銀元水一般傾瀉到地上，沿著他駛過的路線一路流淌。他不知道整個法租界的居民將為之狂歡，他不知道整整三天以後，法租界市政管理處下屬的清掃工人還能在街沿的水溝縫裡挖出一塊又一塊銀元。

五十六

民國二十年七月十九日
下午三時二十分

事情過去好幾天，顏風還是驚魂未定。那天他扛著攝影機和三腳架，趁亂離開維爾蒙路。他在烈日下狂奔，不知自己是從哪裡來的這股子力氣。他在外國墳山[1]舊城牆似的大門前攔住一輛黃包車，讓車夫把他拉回甘世東路攝影棚。

他在亭元坊弄口看到很多汽車。他沒敢進去，他看到巡捕房的大隊人馬。葉明珠裹著戲裡穿的浴衣衝出弄口，跳上汽車匆匆離開。

他該怎樣對巡捕房說呢？別人又是怎麼說的呢？今天下午他被人用槍逼著幹這樁加班活，他覺得這可沒法向巡捕房說清楚。

從前他跟著北伐軍，一路拍過戰場。剪成新聞短片，在租界的電影院裡搭配美國片一起公映，國民黨中宣部駐滬辦事處編審組藝術股為此還給他發過嘉獎令。可他拍的那些東西都是假的。沒人要求他真的鑽進槍林彈雨裡。說實話，那臺三十五毫米攝影機，要讓他扛著爬坡蹚

1 後改造成淮海公園。

河，還真辦不到。那些新聞電影是讓士兵們表演出來的。甚至事先都設計好劇情，敵軍屍體讓北伐軍士兵橫在地上裝扮，穿著從戰場上死人堆裡剝下來的軍裝，連衣服上的子彈洞都是現成的。

可那天下午他拍的那卷膠片，所有屍體全都如假包換。躲在攝影機背後，他確實有一種虛幻的感覺。子彈打在牆上，磚塊如風化般綻放，碎屑不斷向外濺射。跌倒的中彈者在地上抽搐，血從來不是噴出來的，而是像番茄醬從軟袋裡擠出來。爆炸的聲音震耳欲聾到如此地步，他的耳朵反倒一片寧靜，嗡嗡聲如同在某個一千公尺深的洞穴中回響。裝甲車炮塔像是崩裂的蛋殼，可是撕裂的、邊緣捲起的鋼板看起來更綿軟，相比起來蛋殼倒是脆硬的。從鏡頭背後的觀景窗裡他能看見子彈打在鋼板上濺起的火星，在那種白熾的陽光照射下，他本該什麼都看不見。

他後來才知道這些人是共產黨。出發前，他們在馬霍路的馬房裡宣誓，在他的攝影機前發表聲明，誓死向帝國主義和反動派進攻。他還拍下他們的黨旗、鐮刀和斧頭。

前些日子，他給花二姊妹公司拍的那些神怪劇讓人送到上海特別市電影檢查委員會，被他們強令修改，三番五次送審，最後雖由公司高層疏通放行，可他拍的那些最漂亮的場景卻慘遭刪剪。從那以後他就覺得共產黨講的很多東西也有一定道理。說到帝國主義，去年那幫電影界人士鬧過一場。那部進口電影《不怕死》[2]裡頭包含侮辱中國人的情節和鏡頭，有人在電影院裡演講，有人到電影院喊口號示威，他也跟著一起鬧事。結果他這個跟在後頭搖旗吶喊的卻被巡捕房抓進去關半天。以他個人的觀點，就憑那部電影也該打倒帝國主義。

他熱愛攝影機，熱愛拍電影。這兩條裡無論哪條似乎都能給他理由，讓他心安理得跟著人家跑。他不想讓別人擺弄他的攝影機，再者，人家又不是讓他去幹別的。

可事後他卻開始害怕。他怕巡捕房審問他，發生這樣的事，人家想給他安個什麼罪名就能給他安上。人家要是說他通共，把他往江蘇高等法院一送，他少說也得關上個十年八年，說不定趕上剿共高潮，直接拉出去槍斃。

他要黃包車掉頭離開。

他不知道該不該把那卷負片沖洗出來。說實話，他對這件作品並不滿意。他沒有助手，這幫傢伙對電影一竅不通，甚至連裝卸膠片的暗袋都沒帶上。他站在卡車上，機位太高，縱深不夠，攝影機不斷晃動，強烈日光會讓大部分背景一片灰白。可他不敢把光圈調得太小，他怕把這幫傢伙的面孔拍得太暗，他猜想他們更喜歡自己的形象在電影裡顯得更光輝些。曝光過度會把一切都搞砸，可他只好賭一把。他也沒帶上沃特金斯曝光錶[3]。那只老寶貝還在那件外套口袋裡，掛在攝影棚的椅子上，那可是他千方百計託人搞來的。

可他知道在他平生拍過的膠片中，這一盤是無與倫比的，它真實，它比他親眼看到的那種致命武器更真實。他給的鏡頭全在拍攝距離的兩極，全景，特寫，全景，特寫，他希望能表現出當時那種瞬息萬變的局面。

---

2 Welcome Danger。

3 Watkins Bee Meter。

他不敢去公司上班，他打過電話，有人告訴他，葉明珠受到驚嚇，宣布暫時在家中休息。公司只好暫停這部電影的拍攝工作。公映日期看來要延後，那不要緊，因為報紙上刊登的驚人消息會讓這部電影將來更賣座。第二天夜裡，他強忍住想要毀掉這盤膠片的衝動。那很容易，賽璐珞膠片的主要成分是硝酸纖維，只要一根火柴……

昨天夜裡，他正在看報紙。他坐在窗口，天氣潮濕悶熱，雲團壓得越來越低，閃電悄無聲息地劃亮夜空，一場雷雨勢在必然。

他沒聽到門鎖撥動的聲音。等他抬起頭，他看到一個人站在門後，穿著帆布雨衣，背影很眼熟，那個人輕輕掩上房門，扣緊門鎖，合上保險。轉過頭，斗帽一直遮到眼睛上方——

他被那副玳瑁架茶色水晶眼鏡弄得有些迷糊，沒敢認。十幾秒鐘後，他確定就是那個人。那個首領。他最新作品裡的主角，他手中那張報紙上的明星。報紙上說，他的名字叫顧福廣。報紙輕輕落到桌上——

「我來要我的東西。」這個人說。

「膠片不在我這裡。巡捕房……」他不敢把東西交給這個人。他猜不出人家想要拿這東西做什麼。悄悄收藏起來當作某種紀念品？對靠不住的記憶提供擔保物？他想像人家拿它去公開放映，他自己的名字赫然出現在演職員表中——通共罪名成立，判決顏風有期徒刑十年……你竟敢不承認？那好吧，判處顏風死刑，立即執行。

「顏先生，」他帶著一只皮包，好像哪家貿易行的跑街。他把包放到桌上，拿出煙盒，拿出火柴，又拿出一支手槍。他把槍也扔到桌上，「這幾天我一直看著你。你沒上班，天天躲在家裡，巡捕房也沒來找過你。東西還在你手裡。」

這是一部委託製作的電影，你，顏風，作為攝影師，你無權把它藏起來。你竟敢不把它交給顧客，你竟敢意圖吞沒。那好吧，我們將會宣判你死刑，你無權申訴，立即執行，槍就在桌上，一分鐘後執行，也許只要三十秒鐘……

「東西不在這裡。在公司——它很難保存，天氣太熱，會黏到一起，圖像會融化。它很容易燃燒。它還要沖洗出來，還要剪輯，還有記錄聲音的唱盤，要一格一格對準……」

「沖洗？」

「拍好的是負片。一打開就會曝光。必須先沖洗才能裝到放映機上觀看。」

「那沒問題，我可以陪你去公司，現在就去，你當場把它沖洗出來。」

我們要像一對老朋友那樣，去你的公司，去拿到那盤膠片。我確實需要那盤膠片，你不給我，我會對你發脾氣的。現在，你要穿上衣服，高高興興跟我一起出門，去你的公司。他覺得自己找不出理由來拒絕人家，拒絕這合理的要求。

「可今天辦不到。我需要助手。公司的沖洗技師早就下班。」

對方在思考。暴雨突然落下。窗外的街道瞬間變得模糊，雨水如白色幕布般籠罩，與柏油路上蒸發出來的濕氣混在一起。一陣雷閃雷鳴過後，天空突然寧靜下來，只有雨點落在地上的聲音。

「很好。那我明天來找你。」

他沒有威脅顏風。他的眼睛在茶色水晶鏡片背後閃爍不定，他把手槍收回包裡，動作緩慢。他輕輕離開，關上門。

雨還在下，窗外水聲交織，顏風如同在夢裡。

今天上午，他決定偷偷找公司的沖洗技師把負片沖洗出來，那是他合作多年的老友。這是禮拜天，公司裡很安靜。他在剪輯臺邊上的小型放映機上觀看，洗出來的東西讓他倆全都看得入迷。他覺得無須剪輯，他覺得錄在蠟盤上的聲音根本無須與膠片同步，那一大段聲明正好可以作為畫外音，反覆播放，配合這部長達二十分鐘完完整整的紀錄電影——他一共用掉五盒四百英尺長的膠片。這膠片的每一幀都如此逼真，他可不捨得剪掉它們，連空白鏡頭都不捨得。這是他拍過的最好的電影，這輩子他恐怕沒機會再來一次，事實上，他但願別這樣再來一次。

他一遍又一遍觀看，長期訓練養成的挑剔習慣開始占上風，他動手剪掉幾段，讓畫面顯得更流暢些。有些動作一到膠片裡就好像變得比較緩慢，與他記憶中的激烈場面相比，看似不夠迅疾，他剪掉幾格，把它們跳接成一連串電光石火般變幻的殺戮場景。

門房在窗外喊叫，是在叫他。他走過去拉開窗簾——是巡捕房的人！穿警察號衣的法國人站在車旁，另一個是中國人，便衣。他抬頭望望顏風。門衛在指給他看樓梯的位置。他再次產生一種如夢如幻的感覺。

他們終於來找他啦。這一刻，他覺得自己的攝影生涯總算宣告完結。他想他最後這部作品，無論如何是最好的。有人在對他說話：「顏先生，我們知道你手裡有一盤膠片，是巡捕房正在尋找的重要物證。跟我們走一趟吧。」

五十七

民國二十年七月十九日晚九時三十五分

在薛華立路警務處大樓西北角上那間禁閉室裡，小薛被關到第四天，這才看到薩爾禮少校。之前的三天裡，他已弄清狀況，少校本人自身難保。他後來才知道，這次內部調查由法租界警務處的麥蘭總監親自主持。

他的身分現已確認，屬於政治部馬龍特務班招募的特別警員，雖然他並未經過任何考試，他也從未在設在河內的法國殖民地警察學校上過課。他相信少校堅持這種說法，絕不僅僅是在替他考慮。

在反覆多次的談話中（沒有人會把這稱為審訊），小薛堅決不肯改口的一點是，他事先從未獲悉過顧福廣將要搶劫跑馬總會裝甲運輸車的情報。實際上，在這個問題上他並未說謊。他從未對與他談話的官員提起過少校那些話，那些有關「驚天動地的大事件」之類的話，這也不算欺騙，人在想起過往的談話內容時，總是會有偏差的，過分清晰的記憶通常都會證明為添油加醋，無中生有，很可能是幻覺。他真正瞞掉的事與特蕾莎有關——軍火交易，那種武器。這當然也不算說謊，因為根本就沒人來問過他。他擔心過，可後來發現別人一直不曾提出這個問題，他想大概是少校從未向人說過這事。很多年以後（那時他和少校的關係已介於一種老朋友和老同事之間），他提起過這事，少校說，他當時不認得這種武器，他以為是一種機關槍，他想找軍火專家鑑定，可事件發展得太快，那幾天裡他忙得暈頭轉向，這件事被他丟在腦後，沒有立刻去辦。這時候的小薛早就見多識廣，他懷疑少校當時故意把武器的事丟開，可能是另有意圖。但他老練地把這想法藏在心裡。

他決定不把林培文和共產黨的事告訴少校。一來人家對他不錯，二來他可不想再惹麻煩。至於冷小曼，他認為在金利源碼頭的刺殺事件中她牽扯太深，無法洗清。目前巡捕房被整個事件搞得焦頭爛額，還顧不上她，在他們想到她之前，最好是逃離上海。他想他自己也到該離開上海的時候啦。他現在有一筆錢。他多生個心眼兒，一進禁閉室，就把顧福廣讓他轉交特蕾莎的那張支票捲成香煙大小的紙捲，翻開皮鞋的汗墊，在靠近腳跟的地方挑斷縫線，挖個口子，把支票從那裡塞進鞋跟的空隙裡。他決定只要離開警務處大樓，頭一件事就是去銀行，兌現這張見票即付的票子。免得帳號萬一被查封。然後他要去公濟醫院看望一下特蕾莎，他覺得自己又怕見她又有些想見她。無論如何，就為這筆錢，他也該去見見人家。

他滿懷憧憬，期待著他將要與冷小曼一起度過的未來日子。也許先去海防，隨後坐船去歐洲，或者美國，但他不知道這筆錢夠不夠他把家安在美國的。

少校在寬慰他，讓他回家休息一兩個禮拜，然後來政治處上班。他當然不會把自己的想法告訴少校，他想少校給他放的這假期，豈不正好給他提供足夠的時間啦？兩個禮拜，他可以安排好所有事情，買好箱子，訂好船票。

他在公濟醫院看到尚在半昏迷階段的特蕾莎，阿桂陪侍在單人病房。幾分鐘前她醒來過，喃喃說過些什麼。他握著她的手，沒說話，沒有回答她。不久她又睡著。

他在醫生辦公室找到那位德國醫師。手術很成功，她會再活上五十年的，人家告訴他，可那顆子彈造成無可挽回的損失。幸虧有那條腰鏈，幸虧那個大金墜子擋在前頭，可也正是這墜子帶來那種遺憾。子彈打在墜子上，從墜子的一側滑過去，鑽進特蕾莎的腹部，鑽入她的子宮，她再也不能懷孕生孩子。

他在病床前握著特蕾莎的手，感覺到她手指的抽動。他沒有立刻離開醫院，他在那裡一直等到天黑。

那天晚上在福履理路家中，他沒能說服冷小曼。他甚至連提到那事的機會都沒有。冷小曼像換過一個人，他不知道在他被警務處關禁閉的這幾天裡，她的身上發生過怎樣的變化，他只覺得她好像在哪裡徹底清洗過一番，突然變得振作起來。隨後他就明白過來，他的那個計畫很可能無疾而終。

他還不懂得為什麼黨對冷小曼有如此大的影響力。她說，所有的一切都是顧福廣害的，她以前是受騙上當，可現在她找到真正的黨組織，她有一種重新活過來的感覺。他告訴她，他想離開上海。她沉默——

「為什麼你不能留下來呢？你可以幫助我們。」她說。

「我能幫你們做什麼？」他覺得意興闌珊。

「你是好人。你應該做我們的同路人。」她借用他以前說過的大話，她在提醒他。

他再次覺得她像他看過的哪部電影中的女演員。可他至今想不起來那是哪部電影。他有種隱隱的感覺，好像她是個剛剛度過某種周期性低潮階段的女演員，又再次恢復活力，再次容光煥發，再次站到舞臺上。她曾短暫丟失那種形象，也許因為疲倦，也許因為某種突如其來的精神崩潰，他不知道他更喜歡哪一個，是眼前這個光彩奪目的形象，還是那個迷惘、不知所措、顧不上整頓自己（甚至有些邋遢）的形象。他覺得這兩個他都愛不釋手。

「我能幫你們做什麼呢？」他再次問道。

「眼下就有一件重要任務——」他覺得有些好笑，她已不知不覺使用「任務」這種字眼。

「顧福廣在那次搶劫行動之前，綁架過一個電影公司的攝影師。他讓這個人拍下整個過程。黨組織找到幾個受過他欺騙的同志，得知這一情況。那盤膠片對黨組織會造成嚴重危害。顧福廣在電影裡冒充共產黨人發表聲明。必須找到這盤膠片，銷毀它！黨組織得到一些情報，萬一這盤膠片落到帝國主義分子手裡，後果不堪設想。」

「什麼後果？」他的心思還在別的事情上。

「內線同志報告說，租界裡有些帝國主義投機商人企圖把顧福廣做的事繼續栽贓到共產黨人頭上。為他們增兵上海找到藉口，他們想把整個上海變成完完全全的殖民地！」

計畫是讓小薛以巡捕房政治處特務班警察的身分去找那個攝影師，讓他交出膠片。這計畫的另一優點是小薛本身是攝影師，是內行。

小薛找到馬賽詩人，讓他開著巡捕房的警車陪他跑一趟。薩爾禮少校對馬賽詩人說過，小薛有特殊任務，小薛無須告訴他內容，只要向他提出要求。他們找到攝影師家中。不在。他們要開車到電影公司。門房說，他在剪輯室。

此刻，東西就在客廳裡，在桌邊的地上，一大堆。沖洗好的負片，可用於複製拷貝的正片，記錄聲音的蠟盤。

他們在等待林培文。他要把這堆東西帶走，交給組織上審查，然後銷毀。

昨天夜裡下過一場暴雨。

今天，白天仍是烈日當空。到傍晚，颱風前鋒抵達上海。屋外風雨交加，鋼窗鎖扣在不停晃動，冷小曼在廚房收拾碗筷，小薛打開一盒沖洗好的膠片，一格格觀看，時不時咋舌驚歎。

冷小曼手拿毛巾走出廚房：「下雨天不知……」

她突然站停，望著門鎖——

門鎖在轉動。他抬頭看看她，又轉頭盯著門。

房門猛地推開。一條黑影站在門外，帆布雨衣的斗帽壓得很低，是顧福廣！

槍口在他和冷小曼之間移動。雨水滴在地板上，很快就形成一個圓圈。風一陣比一陣緊，拿槍的手緊繃著，人卻像是在思考。小薛覺得顧福廣有些疲憊，他甚至覺得老顧有些傷感……

小薛朝他微笑：「老顧……」

他剛想說話，顧福廣就作出決定，他轉過槍口，朝小薛扣動扳機。

「不……」冷小曼突然尖叫，淒厲的聲音壓過窗外颱風的呼嘯，壓過鋼窗的撞擊聲，她撲向小薛——

尖叫聲讓老顧的手指延遲幾秒後才扣緊扳機……

槍聲響。尖叫聲戛然而止。小薛像是能聽見子彈鑽入冷小曼身體的聲音，他無法形容這個聲音，這聲音像是從他自己身體內部發出的，子彈像是鑽入他自己的身體。

他抬頭望著顧福廣——

顧福廣被眼前的景象弄得有些迷惑，像是想起一些往事，他的眼神中似乎帶著一絲傷感——

小薛摸到膠片盒底下的手槍，那是冷小曼的手槍，那是別人送給她的手槍。上午她把槍交給小薛，讓他帶著去執行這件任務。子彈是上膛的，晚飯時冷小曼已打開保險，當時他還在心裡暗自笑話她像演戲，笑話她作出誓死保護膠片的姿態，笑話她和她的組織把這堆膠片看得如此要緊——

他從未開過槍，他看見過很多開槍的場面，他拍過很多這樣的照片。他生平第一次開槍射擊，他連續扣動扳機。

顧福廣倒在那攤雨水裡，倒在那個雨水畫出的圓圈，那是他自己畫出的圓圈。

子彈射入冷小曼的心臟，她在抽搐，像所有小薛看到過的中彈者那樣抽搐……

她一定感到疼痛，小薛摟著她，望著她緊皺的眉頭。他像是能感覺到她身體的疼痛。

她的大腦開始缺氧，現在她的疼痛漸漸在消失，她的眉頭慢慢舒展開來。她的嘴唇在動，她在對小薛說話，可他聽不懂她在說什麼。

她不停地說著，有一刻，小薛覺得他能聽懂她的話，他甚至覺得她說得比平時要真切得多得多，要真切一萬倍。他覺得這一刻，她一點都不像是在演戲。她的神態變得越來越疲倦……

尾聲

民國二十一年二月七日

炮彈擊中義大利巡洋艦利比亞號。這四顆炸彈，以及在兩個租界中發生的多起爆炸事件，加上日軍派出身穿平民裝束的便衣隊，在租界中襲擾商業區，攻擊普通市民（導致中國軍隊同樣派出便衣士兵在租界裡搜捕日本間諜和被日方收買的漢奸）。這使躲在租界各種俱樂部裡坐山觀虎鬥的歐洲商人們終於意識到，這是一場真正的戰爭，誰也無法在上個月二十八日深夜發生並延續至今的這起軍事衝突事件（在外交函件中它被含蓄地稱為「上海危機」）中置身事外。

駐滬外交使團聯合約見吳鐵城市長。齊亞諾伯爵（義大利駐中國代辦）請利比亞號船長到討論現場，向與會各方陳述調查結果。炸彈穿透甲板，幸運的是一顆都沒爆炸——當時船上大多數人都在熟睡。

很快就找到那幾顆未爆炸的三英寸炸彈，彈身刻有中國製造的標記。彈道分析表明，炸彈全部是從中國陣地方向射來的。正在上海負責調停爭端的原田男爵[1]（東京某位重臣的私人秘

1 Baron Harada。

書）對此多少有些幸災樂禍。

大上海市政府的吳市長鄭重表示，首先，他對戰事波及中立國，使之遭到財產損失感到深切遺憾。他承諾中國軍隊將會謹慎避免同類事件的發生。但同時，吳市長再次向各位總領事抱怨，這難道與在座各方允許日本軍隊在租界調動軍隊一點都沒有關係麼？日本陸戰隊在租界碼頭登陸，日軍前線指揮部設在租界，撤退日軍在租界裡休整，日本海軍旗艦就停泊在利比亞號旁邊。我們難道能夠綁住那些在前線自衛的中國士兵的手麼？

這起誤傷事件要是發生在平時，他們怎會善罷甘休？可這會——儘管駐上海的各國軍隊總數有上萬人，儘管黃浦江面上停泊著幾十艘重炮巡洋艦，儘管駐馬尼拉的美國海軍艦隊隨時可以出發，四十八小時內抵達上海，受到傷害的中立各國代表竟全體默然，就這樣讓事情悄悄平息。歷來在與南京的各種爭端上，他們從未表現出如此限度的忍耐。有什麼辦法呢？連日來，他們對這塊土地上前所未有爆發出的民眾愛國熱情，對中國軍隊突然表現出的戰鬥能力印象深刻。

薩爾禮少校站在薛華立路中央捕房門口，陪同警務處總監迎接客人，只有在重要場合，他才會穿上這套高級警官禮服。大門裡側，全體外籍警員分列三排，頭戴鑲白圈黑色鋼盔，步槍上肩，等候來賓檢閱。雖然日本軍機近來頻頻進入租界上空，商業區多次遭到炸彈「誤傷」，薛華立路沿街仍有少數好奇市民圍觀，人群聚集在捕房西側花園的鐵欄圍牆外，冬日陽光照在花園八角小亭的琉璃瓦頂上，平添一股安詳懶散氣息。街對面那家小店的「Heng Tai & Co」[2]

招牌下站著幾個小孩，好像在遊戲途中突然被警察持槍列隊的景象嚇得愣住，動作突然凝固，停頓在剛剛嬉鬧時的位置上。

客人是公共租界日本駐軍司令，由日本領事館一等秘書澤田[3]先生陪同前來法租界警務處，目的是討論戰事延續期間法租界的公共安全問題。

少校意氣消沉。自從上個月二十八日午夜，日本海軍陸戰隊突然向閘北江灣中國地界多處發起攻擊以來，租界裡大多數白人都日漸消沉。可少校的委靡不振來得更早，七月裡那起震動上海（甚至驚動巴黎朝野）的事件發生以後，他深切預感到租界未來的悲劇命運（他曾對此極為樂觀），歐洲白人在亞洲殖民地的悠閒歲月終將變成一種美好記憶。沒人會為此責備他，但他卻在自責。他覺得正是像他這樣肩負重任的一些人，無視時代的變化，堅持早年那一代冒險家的老套做法，以為單憑機變權謀就可以操控成千上萬的中國人，就可以把租界牢牢掌握在手中，隨意吸取這塊土地上的財富，才導致這樣的結局。

警務處主樓臺階處，值班秘書匆匆奔下，疾步跑到門口，把一紙電話紀錄交給警務處總監。麥蘭總監看完後，遞給薩爾禮少校。電話是從日本駐滬領事館打來的。電話紀錄上說，原定今天上午十時澤田先生訪問法租界警務處的行程已取消。原因是今晨八時三十分左右，兩顆炸彈落到日本總領事館東北牆內側，雖然並未造成傷亡，但日本方面認為外交官出行安全無法

2 恆泰雜貨公司。

3 *Sawada*。

得到保障。警務處值班秘書收錄此件後，旋即電話各方作簡單諮詢。公共租界的馬丁少校告訴他，那兩顆炸彈是從黃浦路緊靠領事館的一處貨棧房頂上投入日本領事館的。

畢杜爾男爵坐在法國總會酒吧間裡看報紙。窗戶緊閉，窗外草坪乾枯稀疏，梧桐只剩下光禿禿的樹枝。室內還是溫暖如春。

他被報紙上的漫畫吸引。義大利人馬里奧的時事諷刺畫。背景是一幅上海地圖。一架飛機懸掛在地圖上空，正朝著地圖扔炸彈。地圖東北角早已被炸成一個大洞，一股強風正在把飄浮在空中的大批炸彈吹向地圖西南部，吹向他——以及他的合夥人斥鉅資囤積的土地上。

直到戰事爆發後的第三天，畢杜爾男爵才認識到事情的可怕。在此之前，他多少有些幸災樂禍。去年秋冬以來，他和他那幫土地投機商私下裡始終抱有此種觀點：認為要是日本海軍陸戰隊真的能出手教訓教訓南京，倒也不無益處。在日本領事館的招待酒會上，他甚至以微妙的方式向那位澤田先生表示，租界裡很多像他這樣的外國商人都覺得，先進的亞洲國家完全可以在租界大家庭裡多擔負一些責任。說到底，日本海軍如果僅僅是想要炸毀南京政府以大上海計畫之名在市區東北角上興建的新城，所有人都會從中得益啦。

三天前，他親眼看到乘坐汽車的日本便衣隊朝人群扔出炸彈。他看到彈片割破路人的喉管，看到捲成一團的腸子從腹腔裡滾出來，灰塵裹著腸子，看上去像是一團裹著麵包屑和絳紫色果醬的條狀奶油。畢杜爾男爵握著他朋友（一位眼界開闊的地產投機家）的手，眼看著他的脖子像一根破管子，噗噗向外吹著黏稠的紅色氣泡，眼看著他斷氣。

林培文和秦傸全趁著軍艦炮擊的間歇，乘舢板越過蘇州河黃浦江交匯處的花園灣，沿著堤岸進入黃浦江南段，從南市的碼頭上岸。步行橫穿中國地界，來到法華民國路。法租界已被軍警封鎖，那些穿過市區的港汊，在靠租界岸邊攔起通電的鐵絲網，鐵網背後還停著裝甲車，架著機關槍。道路閘口也徹底關閉，以阻擋潮水般湧入租界的難民。在這種時刻，他們還能自由出入租界，全靠那幢房子的特殊地理位置。當初租下這幢房子做聯絡點，誰也沒想到它還會帶來這項便利。這幢弄堂房子地處法租界，可它的東廂房窗戶卻面對華界，租界巡捕沒顧得上在法華民國路攔一道封鎖線，只在民國路幾條交叉道口關閉閘門，架設路障。他們在窗口掛一條繩梯，便可輕易進入租界。今天凌晨，他們悄悄沿同樣路線進入黃浦路那家貨棧，爬到屋頂上朝日本領事館扔進幾顆炸彈，此舉是為報復日軍派出便衣隊襲擊普通市民。

前兩天，有傳聞說日軍即將襲擊南市，中國地界的居民發瘋般衝過來，想要躲進中立的租界，在巡捕房的機關槍和裝甲車前他們停住腳步。林培文當即決定，利用這道繩梯，盡可能向那些躲避戰禍的普通市民伸出援手。從這條繩梯悄悄進入租界的難民少說也有幾百個。

小薛剛從皮恩公寓出來。通過特蕾莎的白俄幫會管道，他現已查明那個白俄商人的藏身之處。此人把自家洋行的卡車出租給日本便衣隊，在租界內戕害普通市民。其一三五九號車牌被人記住，報告到巡捕房。小薛將此情報轉告南京駐上海的特別機構，同時也將此情報轉告給他的老朋友——林培文。兩方面派去的人都沒找到那個白俄，他已早早躲避，只有從俄國人自己的小圈子才能打聽到他的下落。

半年來，特蕾莎一直在養傷。她像是死過一回，覺得內心變得比從前更堅硬。很久很久以前，她就受過鍛鍊，她那柔軟的婦人心腸早在大連、在星ヶ浦[4]水上警察局的日本監獄裡被鍛鍊得像冰柱一樣冷，像鋼塊一樣堅硬。那些往事不僅改造她的性格，甚至改造她的記憶。從那以後，無論是向別人述說，還是夜闌人靜時告訴自己，她的回憶總是像出自虛構，有時候美好得像是幻覺，有時又慘淡得像是一場夢魘。她並不憎恨日本警察，儘管那些傢伙用酷刑折磨她，逼她，要她交代出雨果把錢藏在哪裡。她也不憎恨雨果，那個德國人——她不得不告訴人家時，說他是個金髮的奧地利人。Hugo Irxmayer，這個給予她姓氏的傢伙，她跟他在一起時，他從未告訴她，他是個海盜。在北方中國海域搶劫過往貨輪，絲綢、煤塊，從南滿鐵路的碼頭上岸，賣給日本商人。直到大連的日本警察闖進門，她一直都是個快樂的白俄女人。他們在她的箱子裡找到一支槍，恩菲爾德皇家左輪手槍（很久以後她才獲悉這種武器的標準名稱）。她沒有告訴他們，因為她實在是不知道。直到出獄後，才有人跑來告訴她，紅髮雨果在槍戰中被擊斃，他確實留給她一筆錢，還有一堆珠寶。

小薛的腳步聲在電梯間那頭消失。

半年來，她心中始終藏著一個疑問。她隱約記得，在醫院裡，在她還處於半昏迷狀態時，她問過小薛。

有一筆錢消失不見。一筆鉅款——小薛至今未向她交代清楚。顧福廣的暗殺組織向她購買昂貴的德國軍火。按照事先約定的方案。小薛應該在拿到支票後才啟動交貨程序。與送貨人接頭，方法是燈光信號。信號的次數和頻率她只告訴過他一個人。不見到支票絕不發出信號。
可她仍舊喜歡他的中國肋骨……緊緊貼在她身上，貼在她小腹部仍舊隱隱作痛的傷口上。
窗外，從東北方向再次傳來槍炮聲，這聲音讓她亢奮起來。

4 Hoshigaura。

後記

這故事在其雛形時——也即在其尚處於一個模糊的、霧狀的，只有隱隱約約幾個黑影在背景裡晃動的階段——一個八月的炎熱早晨，一個沒頭沒腦的、連我們自己都尚未察覺其含義的句子躍然紙上（如同從黃浦江東岸穿透江面濃霧照在上海檔案館閱覽室東側靠窗口桌位上的一道光線）：

起初，引起薩爾禮少校注意的是那個白俄女人。

我們絕無自稱自讚之意，這不過是一句大實話。一九三一年，警務處政治部的薩爾禮少校面對法租界紛繁複雜的局勢，試圖理清頭緒，抓住破解懸案之謎的蛛絲線索。他通過閱讀舊檔案，找到這個白俄女人。將近八十年後，我們坐在檔案室內，（與少校一樣）嘗試構建發生在一九三〇年代初上海法租界的一系列事件的輪廓模型，同樣通過閱讀歷史檔案，我們一開始就發現這個女人。

法租界警務處政治部的文書確曾為她建立起一份卷宗（儘管它顯然帶有殖民地法國官員那種懶散的、馬馬虎虎的風格）。日軍侵入上海後，該卷宗仍保存在理論上歸屬法國維希政府管轄的法租界當局手裡。直到一九四三年，汪偽政府正式宣布收回法租界管轄權，卷宗當然隨同法租界警務處的其他所有重要文件一起，轉到偽警察局檔案室內。我們相信，日本侵略軍駐上海的特工部門（即我們常常說的特高課），以及汪偽特工總部（即人們常說的「七十六號」）一定曾抽走該檔案內的一些關鍵文件，以配合他們隨後對該女軍火商人展開的複雜而成效不彰的調查。當然，另外還有一種可能（總會有另一種可能的），我們的薛維世先生（無論此前還是當時，此人一直在該部門位居顯要），出於他私人的各種目的（或者國家利益），同樣很有機會把卷宗內的重要文件秘密取走並銷毀（即便他有收藏的意願和可能，我們大概再也無法找到）。

眾所周知，中國軍民的抗戰勝利是在一九四五年，這卷宗隨即由光復後草草組建的上海市盧家灣公安分局接收。一九四九年以後，卷宗的接管單位是中華人民共和國上海市盧灣公安分局。作為一個歷史研究者，我們必須體諒新生的、物資貧乏的國家和政府管理部門對於歷史檔案的處理方式——有些時候，如何節約利用物資要比合理利用歷史信息更迫在眉睫。純粹是由於紙張供應嚴重匱乏，共和國的公安人員不得不利用舊檔案（那些看來不太具有現實價值的文件）的空白背面，以書寫對他們來說更緊要、更須記錄的事件。如此一來，這卷宗就被拆散，沒有人會關心寫在那些紙張背後的、已由（主要由投誠的國民政府軍政特工人員組成的）情報諮詢委員會鑑定過的，並被確認為無用的歷史信息。我們相信很多相關文件已被撕碎、捲成一團，消失在紙簍裡。一部分信息至今仍藏在主題全然與其無關的文件背後（因為重新裝訂黏貼歸卷而難以被研究者發現）。我們曾發現過一頁文件——在一份有關建國初工商業資本家內反動分子的舉報紀錄背後。那頁文件被翻摺過來重新裝訂，並用劣質膠水黏合。因為天長日久而脫膠，我們這才有幸發現它。在檔案館嚴格的調閱規則下，我們不得不小心翼翼從上下兩端挑開那頁合疊的紙，確保不去破壞裝訂線，憑借靠窗座位比較明亮的光線，一字一句把這份殘頁的內容抄錄下來。

不過當然，卷宗本身還是保存下來。最後它隨大量歷史檔案一起，被有關方面轉交給上海歷史檔案館，由該館的專業人員鑑別入庫收藏。而到這時，這卷宗也只剩下殘篇斷簡，案件的相關證據鏈再也無法建立起可靠的邏輯關係。（卷宗名見附注。）

從這個意義上來講，擺在讀者面前的這本書仍應被視為一部虛構小說。我們相信作者在某個涼風習習的夜晚（風裡帶著夏日特有的腥臭味），一時興起，隨心所欲就捏造出一起電影攝影棚綁架案。我們更有理由懷疑那些存在於人心深處的欲望、那些還在頭腦中醞釀的複雜計畫，作者如何能猜得透？我們的確能看到作者用心叵測地轉換視角，以使假想出來的人物動機和行動計畫欺騙性地帶有一種混沌模糊的風格，在這裡透露一點，在那裡閃爍幾下，引誘讀者相信他在歷史信息不足時的擅自虛構。最難測度的是人的情感因素。薛維世先生和白俄女軍火商之間到底有幾分是（屬於人類最美好最善良的）情感？有幾分是詭詐的互相利用？薛和他的另一個更加天真的情人冷小曼之間發生的事，又有多少是出於當事人愈演愈烈的情場表演呢？

假設真的有一個公正的歷史法庭，我們要指控作者僅憑五、六份相互之間缺乏邏輯關係的文件，妄圖向陪審團構想出整個案件的過程。證據鏈缺乏完整性，由書面的間接證據來推論，缺少堅實可靠的論證基礎。法庭將不予採納。其實，有關薛維世先生（以及他的白俄情婦）的故事隨後的發展變化本身也會提供一種例證。如上所述，由於歷史檔案的人為丟失，薛維世先生在「孤島時期」處於各種複雜勢力逼仄下採取的主動（或被動）行為，在上海光復後遭到國民黨當局的嚴格審查，同樣由於檔案的缺失，這項審查最後毫無結果，僅憑薩爾禮少校的一份不太可靠的宣誓證明就草草收場。

但人類從來不曾生活在那個魔法世界裡，在魔法世界裡（就像在那部電影裡），魔法師有一部可以無限對摺展開的書，他所有的舉措行動、所有最微妙的心理變化都將在事發同時記錄備份在那本書裡。如果有那樣一本魔法書，不僅歷史學家要失業，小說家也同樣要失業。

附注[1]

I　U731—2727—2922—7620卷宗：

描述及摘要：

法帝國主義警察處特務部對一組暗殺和販賣軍火事件的調查報告與分析、剪報、關卡及房屋搜查記錄、照片、指紋編號目錄相關頁摘錄、要人登記冊相關頁摘錄。

涉及主要人物：IRXMAYER THERESE[2]

在一張照片的背後我們看到一個名字：Weiss Hsueh。顯然，這就是我們的薛維世先生。翻過來再次仔細研究照片，我們這才發現，照片的右下角有一個大半身被切在畫框外的人影。他背朝著照相機，淺色外套，左手伸向自己的面孔。我們據此猜想他有揉鼻子的習慣，他的面孔隨著手勢稍稍偏向左側，我們因此能看到他美麗的下巴。由於焦距是對準白俄女軍火商，他的身影相當模糊，看不出胖瘦程度，即便如此，這也是我們所能找到的唯一一張薛維世先生的照片。

II　一份文件殘頁

描述：這些紙張有可能在一九四九年解放後從上述卷宗內抽出取作他用（作為一項節約使用戰略物資的臨時措施）。但也有可能它從未被歸到上述卷宗內（考慮到殖民地法國官員的工作態度和作風）。這是一份由英國情報部門轉到法租界警務處政治部的報告，內容涉及大連日本租界水上警察對活躍在中國海域的一群歐洲海盜的一次搜捕。我們確實在文件內隱約看到Therese的字樣，而Hugo Irxmayer的字樣在一個括號內，括號上畫出一個箭頭，指向用黑色墨水寫在頁邊的巨大問號。

III　事實上，除那張照片外，在相關檔案內找不到任何與薛維世先生有關的文件。以他在法租界警務處政治部的地位，確實有能力清除所有涉及自己的與不法行為相關的文件。但最後，我們在逃往臺灣的國民黨情報系統退役特工人員於八〇年代後以回憶錄為名發表的文章內找到線索（這些文章想必曾受到臺灣有關當局的嚴格審查刪改，其未被允許公開發表的部分至今仍保存在某個檔案庫內）。根據這些線索，我們翻閱到「孤島」時期駐滬日本侵略軍特高課檔案。在光復後上海盧家灣公安分局的其他檔案內，看到一份法語手寫的證明信，仔細辨認信件底部花哨的字體，正是大家所熟悉的薩爾禮少校。信件內甚至提到薛維世先生與那名白俄女

---

1 相關檔案卷宗摘要。

2 粗體字為直接引用原檔文字。

軍火商的接觸，聲稱薛的所有活動都是在他本人授意下進行的。我們還在法租界警務處工資登記冊內查到薛維世先生不斷得到提升的職位和收入，他受到的各類獎勵和表彰（甚至包括由率艦隊視察上海的法國海軍上將對其授動的一項記錄），我們在許許多多的搜查記錄和報告內看到他的簽字。

IV 在一九三一年春夏之交的上海中外文報紙上，能夠查閱到很多與顧福廣的暗殺團有關的消息，雖然語焉不詳，有些純屬記者閉門造車胡編亂造，但所有報導的指向仍很明確，顯示在那個時間段，顧與他的暗殺團體，確實在上海租界居民的內心造成極大震撼。查閱現已解密的英法外交部官方通信文件彙編文獻，在相關時間段內，有幾條涉及「上海自由市」和「租界頻繁發生的暗殺活動」問題的來往信件，信件是由駐滬英法總領事（由駐北京的外交代辦處首長附簽或轉呈）對倫敦和巴黎的外交部發出的述職報告。相關文字常常只是出現在主要報告的附錄便條內，反映出外交界人士在處理敏感問題時的喜好和習慣做法。

V 關於殖民地歐洲人那種老式的謀略（三〇年代歐洲列強的綏靖政策是這一傳統策略符合邏輯的延續）：以上海為例，我們觀察到國民政府的「大上海發展計畫」，其地理位置的中心恰好處於這座城市的東北區域。這與兩租界的外國地產商以越界築路方式向上海的西部、南部發展形成衝突。事實上，一．二八事變後，上海東北部正在進行中的、由國民政府「大上海計畫」主導的城市基礎建設幾乎毀於一旦。而就在戰後不久，西區越界築路呈現越來越興旺的趨勢，大量資金湧入，建造新式的道路、住宅、商業建築、大型娛樂設施，高級休養院。當然，沒有任何現存的檔案文獻可以證明我們對於這些現象的推測。

VI 有關顧福廣、林培文、冷小曼等人的事跡，只能找到零星的片言隻語，想必這些至今仍屬不可公開的保密檔案。如果作者在這裡俏皮地說道，這做法其實倒是給小說虛構一塊很大的空間，讀者不會怪罪他吧？

當代名家・小白作品集1

租界

2017年12月初版　　定價：新臺幣380元

著者	小白
編輯主任	陳逸華
叢書編輯	張彤華
校對	吳美滿
封面設計	兒日

出版者	聯經出版事業股份有限公司
地址	新北市汐止區大同路一段369號1樓
編輯部地址	新北市汐止區大同路一段369號1樓
叢書主編電話	(02) 86925588轉5305
台北聯經書房	台北市新生南路三段94號
電話	(02) 23620308
台中分公司	台中市北區崇德路一段198號
暨門市電話	(04) 22312023
台中電子信箱	e-mail：linking2@ms42.hinet.net
郵政劃撥帳戶第	0100559-3號
郵撥電話	(02) 23620308
印刷者	世和印製企業有限公司
總經銷	聯合發行股份有限公司
發行所	新北市新店區寶橋路235巷6弄6號2樓
電話	(02) 29178022

總編輯	胡金倫
總經理	陳芝宇
社長	羅國俊
發行人	林載爵

行政院新聞局出版事業登記證局版臺業字第0130號

本書如有缺頁，破損，倒裝請寄回台北聯經書房更換。　ISBN 978-957-08-5046-8 (平裝)
聯經網址： www.linkingbooks.com.tw
電子信箱：linking@udngroup.com

國家圖書館出版品預行編目資料

租界/小白著．初版．臺北市．聯經．2017年
12月（民106年）．424面．14.8×21公分
（當代名家・小白作品集1）

ISBN 978-957-08-5046-8（平裝）

857.7　　106021874